斜岭路三号

丁伯刚◎著

作家出版社

中国作家·江西原创

总　策　划／何建明

总　协　调／汪天行　刘　华
　　　　　　叶　青　黄宾堂

评委会委员／张　陵　张水舟
　　　　　　包明德　张亚丽

统　　　筹／江　子　秦　悦

作者简介

丁伯刚

祖籍安徽怀宁，1961年生，1977年初中毕业后随做手艺的父母移民到江西修水县落户。在《收获》《当代》《钟山》《上海文学》《中国作家》等杂志发表过长篇小说《我敢靠谁》，中篇小说《宝莲这盏灯》《落日低悬》《两亩地》《马小康》《艾朋回家》等二十余部。出版中篇小说集《有人将归》，散文集《内心的命令》。

第 一 章

1

半上午时分下过一场小雨，雨住后风却大了，对面阳台上晾的一床被单在高处自我敲击，发出噼噼啪啪脆响，宛若一位巨人对着天空拊掌而歌。街头巷尾，楼上楼下，似乎满世界都有无数的东西呜呜咽咽着松动，给人一派风声鹤唳之感。也许风声掩住了脚步，也许陈青石面貌神情哪里有些不正常吧，当他一步跨进饭店大门，站在门侧值班的服务小姐吃惊不小。陈青石因了这人的吃惊，更显一副惶急模样。

“嘻。”另一位值班小姐看着陈青石掩嘴一笑。笑过了，意识到自己的失态，弯腰顺手朝客堂深处的楼梯指了指。

这是一次很普通的婚宴，地点在北门附近的山谷酒店。上世纪80年代末期的歌山县城，类似规模的酒店还不多见，生意也就格外火爆，每天从半上午开始，一直到夜晚八九点钟，人群就同一股又一股污水，在梯级上不停地漫过来，漫过去。

二楼大厅光线昏暗，众人井然有序坐在属于自己的位置伸手动脚，说说笑笑，间或传来一两句高声争论，整个空间发出零乱而又有节奏的嗡嗡轰鸣。穿红着绿的服务人员端着杯杯盏盏出来进去，陈青石站在过道一侧让到这边，让到那边，半天也没找到合适的位置。正不知如何是好，远远的廊柱那头有人招手。是同他招手，他如获大赦般压低身子，避过人们的视线紧奔过去。

年轻的服务员淡淡指给他一个座位，转身离开。

“来得太晚了。”陈青石拖过座椅，朝旁边的人笑笑，半是解释半是歉疚地咕哝一句。

同桌的看来相互间都是熟人，不熟的，刚刚坐下的，几句话说过，也熟了。众人三三两两谈着各自的话题，谈话者的身份也渐渐能听出一二。其中一位中年人是县城某公司的经理，黑面皮，细眼睛，下巴如刀子那般削着，却穿西服，打领带，头发梳理得一丝不苟，隔着桌面跟那位律师身份的人讨论着一些什么。律师姓林，陈青石曾在不同场合听过这个名字。他很想同这人认识认识，说你就是林律师吧？想了想又觉没那个必要。众人由不久前发生在县城的某起经济纠纷，扯到偏僻山乡里的一些奇风异俗，坐在陈青石身旁的张股长于是连讲了几个亲身经历的故事。张股长是某个单位的股长，人胖，脑袋大，身子大，站起是一堆，坐下更是一堆，耳垂长得出奇。他将胸前的衣襟敞开，一手叉腰，一手斜倚住桌沿，侧起的面孔在正午的光线下缓慢而笨拙地牵动。

陈青石默默坐了一会，又坐一会，忽然发现，大半天过去自己还没说下一句话，没发出一丝丝声音呢。好似他不会说话，好似没他这个人存在了。他希望有人能转过身朝这边看看，他就好抓住机会点头打招呼，加入到他们的谈，他们的笑中去。他瞅准一个机会，觉得完全可以生动地发几句议论。他暗暗咳了声，清清嗓子，也借此提醒别人，他要讲话了。准备张口，别人已转到另外的话题。他甚为懊恼，后悔没早点开口。第二次准备讲，又发现旁人没注意，就算了。第三次，一句话到喉咙边了，痒痒地爬着难受，于是他发现自己太激动，话语太多，怕一时表达不清反而出丑。还有一次他担心声音过大，会吓着其他人。到最后，一个更好的机会来了，又以为这么久自己没说话，现在凭空来那么几句，倒显着突兀，不正常。

陈青石收拾起脸上的色彩，彻底打消了各种企图，干脆装出高傲与冷漠模样，一声不吭。他偏了头这里瞄一眼，那里瞄一眼，然后目光越过一个人的肩膀，看定窗外一处地方，看巷子对面檐头上刚刚出现的斑斑驳驳阳光，仿佛在凝神思考着什么重大问题。不过在这样的场合思考问题，其行为不用说也是纯属乖张与滑稽，陈青石赶紧低了头，牵牵衣襟，摸摸下巴，一手抓住另一只手揉过来，捏过去，尽力显示自己的满不在乎。旁边有人拈了一张餐巾纸，仔细揩拭碗筷、杯盏，他认为那动作很悠闲，也想拿一张餐巾纸过来。手伸到一半，急促间又打消了念头，重新坐直身子。

随着最后一个人到齐，大家纷纷操杯弄盏，动荡起来。酒宴正式开始了。陈青石悚然一惊，浑身肌肉习惯性绷得更紧。他似乎刚刚记起，自己原是一个极不习惯这种场合的人。陈青石怕酒，陈青石怕餐室里弥漫的恶浊空气，和满脸喝得通红、给你喷出一股又一股气味的人。他尤其听不得餐桌上的讲话，那一套一套装腔作势、机巧无比的酒席语言。陈青石想，吃饭就吃饭，喝酒就喝酒，哪有那么多废话可说呢？尽管说的与听的一齐手舞足蹈，得意非凡，哈哈大笑，他却听不出丝毫可笑之处。他奇怪身前身后总有许多人，天生一头酒席动物那般，每坐到酒桌前，整个人便像彻底变换了一个，脸红着，嘴张着，一条舌头上下翻飞，将那满口满腔的唾沫，连同如唾沫般琐屑无聊的话语一齐泼溅到菜盘中间去，让你一筷头一筷头夹着吃。陈青石感觉到生理上的深深痛苦。陈青石想，这其实是丑恶的。陈青石想，简直太丑恶了。小小一张酒桌，实在代表了我们日常生活中最恶俗、最脏污的那一部分。陈青石接着想，他妈的！陈青石只说自己滴酒不沾，微皱眉头，紧低脑袋，一声不吭专心吃菜，或痴痴呆呆看着别人怎么说，怎么笑，看劈面而来的唾沫溅向自己的碗碟。陈青石坐在角落，动作僵硬，落落寡合。

“喝一杯，就一杯，怎么样？”有人侧起脑袋把他打量好久，眼里满含陌生和敌意。

陈青石双手攥紧酒杯，紧张道：“我说不来假话，真的不喝。”

那人问：“你真是那个，那个滴酒不沾？”

陈青石说：“真的滴酒不沾。”

“世上也有滴酒不沾的人，”那人夸张地叹过一口气，不再理他。

困难的地方在这里了，陈青石无法忍受面前的丑恶，但他更无法忍受别人的陌生和敌意，无法忍受自己的落落寡合。他尽可以对周围的一切百般鄙视，却不敢在言行举止中有一丝一毫表露。他眼睁睁看着子弹一样的唾沫准确射中自己的衣襟和面门，却不躲不避，不声不响。他没有勇气明目张胆伸手擦一擦，他认为那会让人家难堪的。他抹不下这个情面。他更担心自己的落落寡合会破坏酒桌上的欢乐气氛，会扫了别人的兴。假若有谁好意敬来一杯酒，他会惊恐得手足无措：喝下去是不行的，不喝下去更不行。这时你非得具备一张好嘴巴，一张能灵活运用酒席语言的嘴巴，将对方善意或恶意的攻势一一化解开去。可是陈青石没有嘴巴。尽管他满脸红涨，嘴唇发颤，稀里糊涂咕哝半天，最后仍然语不成句，一任别人拨弄得团团打转。如此几番下来，众人渐渐看出门道，有些乐了，一个没说完，另一个又接上，齐心协力把目标对准他。不用说，他已被当作一只猴子在耍弄了。他不止一次想学学别人的样子说话。他想大家都能说，为什么自己偏偏不行？但是他真是不行。他不会。他没有随机应变的能力，情势越急迫，越是一句话也想不起了。即便能想起，他也承受不住那份装腔作势，那份恶俗，话未出口，先把自己羞住了。酒席上的陈青石时时刻刻戒备着，颤抖着。

不过这一天，陈青石白白紧张了。他头一回看到，像他这样笨嘴拙舌，不善交际，容易被别人当作一只猴子耍弄得团团打转的，原来还有另外一个人。

2

见面第一眼，陈青石就注意上了这位叫杨大力的高个子青年。

陈青石出身乡村，自小家境贫寒，加上个子瘦弱矮小，见了陌生人不会说话。于是在他心目中，人便可以分成这么简单的三类：地位高的与地位低的，长相好的与长相差的，会说话的与不会说话的。一旦置身高个头、长相与穿着都体面的人们之间，他能在片刻之间变得思维混乱，手脚僵硬。而在陈青石目光中，周围的人一般都高大而体面，比如眼下，坐在身旁的这位年轻人身材颀长壮硕，面部轮廓方正有力，一双大手微微扣拢着摆放在桌面，不言不语间同样给人一种无形的威压。陈青石不由正襟危坐，尽可能不把对方放入眼里，眼角的余光却一而再再而三歪斜过去，要把对方放入眼里。

杨大力似乎人缘尚好，同坐的不止一个人与他相识，不时有人大力大力叫着，口气甚为亲切，杨大力也忙着这里那里应答。于是没过多久，陈青石不由看出一些蹊跷之处，身旁这位长面长身的年轻人，似乎并不如外表所呈现的那样有多么体面，多么洒脱。相反，这人是过分随和，过分谦恭了，每次给人碰杯，他都急促地站起身子，脸上堆笑，腰微微弓着，其神情举止容易让人联想起憨与傻，联想起讨好巴结之类。有人漫不经心，不想同他多礼，或不好意思看他那样多礼，示意他坐下，说坐着，我们坐着喝。杨大力一面答应说好，一面仍把身子站直，端杯的手长长伸出，要与对方碰一碰。对方不愿简简单单碰，坐在那里一句接一句讲话，非得弄出一套说辞，讲出个什么子丑寅卯。杨大力接不上半句，只顾僵硬站着，笑着，手上的酒杯进也不是退也不是，微微发抖。另一只悬空的手更不知放到何处，一会插进口袋，一会摸摸额头，一会捏捏衣摆，一会抹抹桌沿。

桌上年龄最大、身份最高的怕是那位张股长了，杨大力同他喝酒时格外尊敬，说我干了，你随意。仰头一饮而尽，然后亮了杯底给大家看，其神情肃穆庄重，动作干净利落，仿佛完成了一件了不得的大事。陈青石想，这人大约从来没有一本正经喝过酒，从来没有如此成功地喝过酒。等张股长抿过一小口，杨大力说声谢谢，搁过酒杯，面色凝重地坐下来。陈青石清楚，他一定为自己的行为得意不已呢。

“大力，来，我们来。”一只酒杯在杨大力的酒杯上敲了一下。

每当这个时候，每当别人反过来给他敬酒的时候，杨大力会猛然吓一跳，受宠若惊地站起，口里慌不择言，连说我敬你，应该我敬你的。然后别人的这份尊敬，顿时化作沉重的负担压在身上，让他坐也不是站也不是，一心一意要以加倍的敬意回报过去。对方忙于应酬，没有觉察他的用心。杨大力一次次端杯在手，又一次次不声不响坐下。好不容易将对方的目光捉住了，他身子一挺再次站起，终于说出那句酝酿已久的话：“我敬你!”

桌椅间的空隙原本很窄，偏偏杨大力腰板宽大，情绪又激动，坐下时衣襟扫过桌面，将一双竹筷扫落在地。这意外的变故让他措手不及，匆忙间做个挽救的动作。没承想这下更糟，只听叮叮当当一阵响过，面前的碗、碟、酒杯一齐打翻，酒水汁水淋淋漓漓洒开来。

“太挤了，你把椅子拖开点。”陈青石拈过几张餐纸，帮他堵桌上的水流。

“没关系呀，没关系的。”杨大力半个身子在桌下，脑袋却伸出来感激地对陈青石笑。

所有的动作和表情都甚为熟稔，看着面前这个人，就像看着镜中的自己，一时间陈青石尴尬不已。他想今天怎就碰得如此之巧，两个同类货色偏偏坐到了一起，搞什么展览一般。陈青石越来越抬不起头，他怕周围的人看出什么，看出他和他是同一类人，看出今天这里无意间进行着一次展览。

从杨大力身上，众人大概也看出某种奥妙，很快摆脱了相互之间的纠缠，将纷乱场面收拾了，含笑的面孔不约而同投过来，一个接一个要给杨大力敬酒。酒桌上常见的那种情形，那许多人围攻一个人的情形，那玩猴的情形又一次出现了。杨大力吓住了，极力推辞说不能喝了，我酒量有限，再不能喝。众人要的就是这个效果，就是你不能喝。于是一个个越加兴奋，把酒桌上特有的一套一套道理说出来，不怕你不依。杨大力很想能表达点什么，结结巴巴半天，终归是哑口无言。他做出一副痛苦难当模样，用力揉揉脑门，最后下定决心把酒喝了。

“痛快!”

众人夸张地叫一声，将他酒杯重新斟满。

这里的意思已十分明显。众人连起码的掩饰也没有了，基本的规则也不讲了。众人既已看穿了你，知道你是怎样一个货色，也就完全没有掩饰的必要。

喝与不喝当然不只是简单的喝与不喝。不是醉，或者不醉。问题在喝的过程中所包含的那另外一种成分，那戏弄与围攻的成分，那赤裸裸什么方式也不讲的成分。何况接连几杯下去，杨大力长脸涨红，真的不行了，醉了。

眼看精彩的场面即将出现，众人越加激动，笑着，等待着。

杨大力说："我是真不行的。我不会讲客气话，能喝就喝，不能喝就不能喝。"

杨大力说："你们不要强迫嘛，是不是？"

众人说，怎么扯得上强迫，大力讲话这么难听，太见外了吧。众人大声说，看起来高高大大、威威猛猛一个男子汉，裤裆里长了鸡巴没有？长了鸡巴，算个男子汉，便是强迫也喝了。众人说，今天在座的大多是初次相识，大家心里高兴。假若我是你，一下结识这么多新朋友，朋友们又如此有敬意，我宁愿爬回去，酒也要喝下。

任凭众人好说歹说，杨大力只端坐着一动不动，那杯酒也悬在他面前，一动不动。敬酒的人说："大力，好兄弟，今天这点面子不给，你看我的手怎么收得回来？"

杨大力坚持不住，口气松动了。

"我喝一点，表示个意思，可以吧？"

那人说："可以！我把酒干了，你随便表示个意思。"

杨大力听不得这样的话，喝一口，又喝一口，结果也把整杯喝干了。

杨大力找出一条又一条理由，想转移众人视线，他说今天大家搞错了目标，该敬的不敬，不该敬的倒敬起来了。现在经理在这里，股长在这里，律师也在这里，怎么平白无故敬到我头上？众人说，经理也敬，股长也敬，律师也敬，我们一个一个按次序来。杨大力说，今天这是婚宴，我们把新郎新娘撇到一边，反客为主在这里大呼小叫，是不是太那个了？众人说什么这个那个，婚宴图的就是个热闹，越吵越闹越大呼小叫人家新郎新娘越高兴！众人一个个巧舌如簧，你好不容易说出一句，他们那边能随着带出一串。

杨大力不行了。不能喝了。但情势所迫，不得不喝。在众人含笑的凝视中，他唯一能做的就是让自己镇定下来，摆出一副无所谓模样，以表明他的喝并非纯粹出于别人所迫。他喝，是因为他能喝。他一口一口吃菜，让自己作一些必要的放松。他用很小很平静的语调不时同这个说一句话，又同那个说一句话。他似乎惊喜地自语道："我一直以为自己不能喝酒，今天发现，我的酒量还可以嘛。"杨大力猛然想起什么，端了酒杯和陈青石碰了碰，说，"我们也表示一下。"

陈青石懂他的心情，毫不犹豫地碰了。

陈青石说："不行你就别喝。"

陈青石早觉得应该出面说点什么。事情没牵扯到自己，又一直壮不起那个胆。现在得着机会，不由提高声音，向众人建议道：

"我看大家到此为止，今天这位真不行了，不能喝了。"

众人翻翻眼睛，说："你知道他不能喝了？"

众人又道："你想代了他，是不是？"

陈青石脸红起来，欲言又止，羞惭地低下头去。

杨大力仰靠在椅背上，不能动弹，额角的青筋突突直跳，脸腮下陷，腮下的咬肌则微微鼓起，明显可以看出，他在拼命阻遏着，固守着，不让体内那股蠢蠢欲动的东西喷吐而出。一旦吐出，定然不可收拾，那丑今天便出大了。陈青石问他感觉怎样，要不要喝点热茶解解酒？问过几声，杨大力的眼珠才得一转，抬手轻轻摆动一下，表示不要，或不用管他。嘴唇和咬肌更坚定地绷紧，一不留心，所有的努力都有可能在瞬间彻底崩溃。

"大力，不要紧吧，"陈青石叫他。

陈青石同众人说："杨大力确实不行了，我就代他喝了这杯酒，怎样？"

陈青石如何说的话，说话的同时又如何站直身子，自己是全无料想，也无记忆了。站起的片刻，他觉察到自身的行为有多么突兀，众人又将怎样怪异地看他。这让他略略迟疑了一会。没承想迟疑的结果反而更有些不顾一切了。他伸出长长手臂，指点着那同杨大力纠缠的人，说："这位，我们连喝三杯，不，连喝五杯，怎么样？"

陈青石唯恐对方反悔，手忙脚乱四处收集酒杯，让人一一倒满。然后一杯接一杯，一口气把五杯酒喝干了。

第二章

1

众人吵吵嚷嚷，意犹未尽地走出饭店大门，忽然脸上都略略带上些愧色，热心着要送杨大力回家。杨大力不让他们送。杨大力站在人行道旁，意思是你们再送，我就不走了。众人无奈，嘱咐了又嘱咐，三三两两散去。陈青石打过一个招呼，也随人们散去了。杨大力其实真有些支持不住，太阳穴上的脉搏跳得叭叭叭叭，好像有人一下接一下给他甩耳光。

整个上午风风雨雨，等到你把中饭吃过，看见风停了，太阳也露脸了。这时的太阳光还特别热烈，你一脚从巷口跨出来，还以为自己走错了地方，不小心走到另外一个空间去了。祠堂门前的地场上，摆放着一摞摞白花花的碗碟，那位给称做三姨父的男人解开捆扎的草索，一只一只将碗碟擦干净，然后再捆到一起。碗和碟在他手中发出咯咯脆响。离三姨父不远处，邻居家那位老婆婆斜坐在长条凳上，背靠祠堂外墙，眼闭着，颈项伸出老长，一心一意在那里打瞌睡。墙高处钉着一块铁皮门牌，模模糊糊写着几个白底蓝字：斜岭路三号。其中的“岭”与“路”两字让铁锈或雨渍侵蚀覆盖，完全看不见了，不知是谁用红漆把它们重新描了出来。三姨父看到蹒跚而来的杨大力，手捏一只碗站起，惊慌道：“老大，这是从哪来？”杨大力不想回答，又不想不回答，随口咕哝一句什么。三姨父转过身，抢在他之前进了大门。

“老大回来了，老大在外面喝了酒，脸喝得像一块红布！”

三姨父向吴翠红报告。吴翠红迎上前，嗔怪道：“到哪去也好打个招呼吧，独自不声不响走掉，这边人还提了篮子往车铺送饭。”

吴翠红一手拿木梳，一手拿剪刀，正站在廊檐下给小月梳头、剪发。小月左避右闪，不肯就范，说我自己会梳，我自己又不是不会梳。吴翠红说你自己是会梳，梳来梳去把自己梳成个披毛鬼，乱鸡窝。小月说，月季也是乱鸡窝。吴翠红说先莫管月季，先管好你自己！哪天你把自己这团乱鸡窝收拾好了，我会烧一炷高香，谢天谢地。

小月有凳子不坐下，直挺挺那么站着，吴翠红梳一下，她的身子抖一下，嘴角咧开，吊起，脖子扭曲着往一边歪过去，好像很痛，痛得受不了了。

小月的头发给剪短，梳顺，然后蘸了刨花水，编成粗粗硬硬一条大辫子。辫子编得过紧，小月感觉那毛发不是了毛发，而变成一只铁瓢，结结实实扣在脑顶。她从母亲手心挣扎出来，手扶辫根翻过来摸摸，覆过去摸摸，横竖不自在。

“你那双爪子不动不行吗?”吴翠红喝叫。

祠堂的顶楼低矮而暗黑，仅有的一个用来通风透气的狭长窗洞，也出于保暖的需要堵住了。杨大力穿过杂乱无章、叫不出名称也不知哪一时期遗留下来的杂物，摸到楼角的床铺躺下。他想让自己休息一会，谁知许许多多印象，菜盘的印象，酒杯的印象，面孔、嘴巴的印象，重重叠叠出现在面前。“大力，大力!”他又听到喝酒的人的声音了。还有心跳的声音。心脏连着太阳穴仍跳动得那么厉害，似乎连着身上的床板，连着床板下的楼体一齐给震动了，一个人躺在床上，宛如躺在颠簸起伏的大车之中。

杨大力试图弄清这样一个问题：今天在酒桌上，不知不觉自己怎么就陷身那样一种可怕的局面，让众人鸣鼓而攻?同桌的都是什么样的人，同桌的都是熟人，和不熟悉的人。熟悉的不必说，不熟悉的更不必说，平日一律无冤无仇，眼见自己遭此困境，为什么不但不给以同情，反倒一而再再而三穷追猛打，欲置之死地而后快?

楼板上有人走动，是三姨父在走动。三姨父肩扛手提，开始一趟趟往楼上搬运擦拭一新的碗碟。有一阵三姨父还站到杨大力床前，呼吸粗重，大约累了，想为自己找一个搬运的帮手。杨大力内心厌恶，担心他果然会开那口。这种人没什么开不了口的。于是他静心静气，装出熟睡的模样。三姨父搬到七八趟的时候，杨大力当真有些迷糊过去了。迷糊中感到身边始终有人，感到三姨父一刻不停在楼板上走来走去。杨大力想，搬了大半天，那东西还没搬完吗？整个人不由一惊，睁眼来看，身边早不是三姨父，而换了母亲吴翠红。吴翠红坐在床沿，一动不动看着他。

“大力，今天还真是喝了酒来？从哪里喝了酒来？”

杨大力清楚，母亲有什么话同他说。杨大力更清楚，母亲要说的都是些可说可不说，也许早已说过多少遍的话。母亲说，三姨父又挑了一担碗出去了。三姨父这几天生意不错，只见他一担担往外面运货。母亲说，月季、小月背地里笑三姨父卖碗，“碗——啦！”声音好响，好凶，气愤愤的，好像那不是卖东西，那是朝人家发火。母亲又说，别人的生意都做得好，别人的生意为什么做得那么好呢？

又来了，杨大力皱紧双眉。

每次都是这样。母亲每次都是这样：先说别人，再说自己。说自己这一家人，然后唉声叹气。

“敬老院那边今天就没事？”杨大力眼一横，打断母亲的絮叨，翻过身子面朝床里。为了表达内心的厌烦，他翻身的动作很夸张，幅度很大。

吴翠红轻轻叹口气：“这班人说不得话，说一句话也得罪了人。”

母亲神态黯然，却坐着不肯起身。看来她还有什么话要说。母亲果真说了，说的仍是三姨父。母亲说，你在这吃，在这住，我不说什么。你一连住个三天五天，住个十天半月，我都不说。我给你端盆端水递毛巾，服侍你洗脸洗脚，我也不说。你把脚洗完了，洗脚的水总该倒一下吧？可他连自己的洗脚水也不倒，两只脚往凳子上一架，要你这班人去给他倒水。

杨大力胸头憋闷，气那位三姨父的强横，气母亲的软弱，更气这一刻母亲把家里乌七八糟许多破事讲出，无缘无故累他生一场冤枉气。

“谁让你给他倒水嘛!”他朝母亲叫。

“你不倒，他端手架脚坐着，一盆脏水摆在房中间，来来回回你总要看得下去吧?”吴翠红同样朝他叫起来。

“你想去倒，你就去倒，倒了别在这里说给我听。我不想听!”

杨大力真不想听了，不想说了。反正说也说不清，气也等于白气的。这位很难说得准从哪里冒出，如何攀扯上的三姨父，春天卖尼龙绳，夏天卖竹垫，秋天卖扫帚、条把，冬天卖碗碟，祠堂里这个角落永远脱不了他的身影。三姨父一住又不是三天两天，他一住便五天六天。有时夜里回来得迟，八九点钟了，他完全可以在外面吃点东西的。可他想不到这点，再晚也要摸回来，让吴翠红到厨房给他热饭热菜。早餐应该更简单，随便到街头买个馒头包子即可对付，三姨父仍舍不得花那钱。他坐在饭桌边一等再等，宁愿耽误了生意，也得吃饱了东西上路。

不知是身子发热了，或情绪过于激动，杨大力肩上、背上到处发痒，是那种针刺般的锐痒。他横过手臂，上上下下挠动着。

吴翠红说：“你说你累，这班人谁又清闲了？这班人自己也有一大家，跑了外面又跑里面。我就不懂一个人怎能那么做得出，宁愿端手架脚坐着，眼巴巴看自己的洗脚水摆在房当中，摆在眼皮底下。一个人替自家想了，也该替别人想想，上半夜替自己想了，下半夜也替别人想。换了我，我去别人家会一刻也待不住。我生怕给人家添了麻烦。”

杨大力说：“你还讲!”

脊背上又狠狠痒了一下，针刺一般。杨大力嘟囔一声：“我起床。”掀了被子翻身而起。吴翠红也恼了，高声哎呀一句：“不说了，我走，我走。你别做这个鬼样子给我看。”

吴翠红急步向楼梯口走去。

“谁做鬼样子给你看了?”杨大力气急道。

他以为母亲会接过话头，重新说上一通的。可是母亲头也没回，很快在木梯上消失，下楼去了。

没料想母亲有如此强烈的反应。母亲从不这样的。话是她找人说起，说了没几句，无缘无故将别人气上一通，自己又掉头走开。怎么会是这种人？杨大力吃惊着自语，手臂微微抖动，既感愤怒，也有隐隐的后悔。他真想跟下楼，同母亲认认真真大吵一场，把事情说个清楚。

这么欲起未起坐过几分钟，杨大力终是穿衣下楼，出门往修车铺走去。

2

从祠堂里搬出，另找一个单独的住处，这个愿望存在杨大力心内已有些时日了。他曾试图同母亲提起，临了又忍住没说。母亲不会有其他表示的，母亲只会红着一双眼睛对你流泪。杨大力想，这也不怪她伤心，你说你搬出去，你到底要搬到何处去。靠修自行车的一点收入，是不可能租得起房子的。总不可能到修车铺里安身吧。夏天里某个时期，杨大力搬了竹床，吊起蚊帐，试着在车棚睡过，几天后也撤了。那样的路头，那巴掌大一个破棚，尽管别人不肯明说，自己也会觉得有什么不对头，觉得奇怪的。你说你贪图河边的凉快，可你能担保路人不把你当作露宿街头的乞丐，或什么猪一般狗一般的东西吗。

杨家的房子位于祠堂前厢，直不棱登一大间，当中用木板隔开了，后面是杨竹生、吴翠红的睡房，前间住着大妹月季和小妹小月，同时兼做日常起居的场所。杨大力住楼上。杨大力自幼习惯于将木楼梯顺过来，翻过去，爬上，然后爬下，熟练得如履平地。只是有时候，当周玉燕带着杨斯从玉田来县城的时候，这才觉出梯子很陡，觉出这楼难上。他从墙角小小心心顺过木梯，领妻子女儿一步步攀上楼去。女儿胆小，一双手臂紧箍她妈妈的颈脖，弄得周玉燕脚步歪斜，在梯级中间摇来摆去，让人悬起一颗心。吴翠红、杨竹生每次要费下许多口舌，试图说服周玉燕带孩子睡下面的床，他们两个老的上楼。周玉燕个子矮小，性格却倔，说什么也不愿。杨大力跟着劝过几句，同样没有效果。

“不，不，我不!”周玉燕说。

周玉燕没有别的说法，说来说去仅那么一句“我不”。看她板紧脸，争得面红耳赤的模样，杨斯吓着了，不由哇哇大哭起来。杨斯边哭边嚷：“我不，我不，我不嘛!”

其实吴翠红、杨竹生让床，隔三岔五原属常事。杨家来往的客人多，住处又紧张，如何安排好住宿于是显得相当重要，也相当棘手，每每要几个人一起划算半天，将一家几口打散了，搭过来，配过去，排列组合。谁谁住前间，谁谁住后间，谁谁住楼上。来一个男的如何睡，来两个女的如何睡，一男一女又如何睡，等等，方法很多，奥妙也很多，总之既要让客人睡安稳，又要安排得合情合理。待到众人分头躺下，夜深人静了，接下来又有问题不好解决，比如这方便的事，就很不方便。公共厕所离得远，出了大门，还要半拎着衣裤拐上三四个弯，故此祠堂里每家每户的暗处，一般都置有一两只便桶。平常的日子比较简单，关起门是一家人，一方面听惯了，另一方面在长期的适应中，也懂得如何掩饰，如何取巧。有了客人，诸多的烦难之处会随着一一突现出来。一切都是陌生的，一切都是直接的，里间外间、楼上楼下不过一板之隔，夜深时分异样的响声清越激昂，让人格外心惊肉跳。

杨大力死也不明白，一年四季家里为什么能有那么多客人。说起来都是亲戚，都来自乡下。父亲方面的，母亲方面的，到县城看病，办货，做买卖，找工，等等。来了都亲热地叫。见了杨大力，见了吴翠红、杨竹生，见了月季、小月，各有各的叫法。都说是顺路进来看看。说到了县城，假如不进来看看，未免太对人不起。吴翠红接着了，高兴，感激。随之便紧张。她得张罗着让客人吃饭，她得拿出点拿得出手的东西让客人吃饭。客人们说不吃不吃，顺便进来看看，你忙什么。客人吃饭时，吴翠红一刻不停守在旁边，给人殷勤相劝，生怕弄出的东西味道欠佳，生怕什么地方招待不周，让人暗中不愉快。为表示真诚，吴翠红手捏一双干净竹筷，不时到客人碗里搅动几下，将完整的戳碎，撬烂。吴翠红说：

“端出来就是吃的，莫让我劝，我也不会劝。”

月季转身同小月嘀咕：“也不怕那样子难看。都要同人家拼命了，她还说她不会劝。”

客人吃过，住过，临到出门了，吴翠红会猛然从内房冲出，满脸窘急地将一只布包塞在客人手中。包里多半是一点鱼干虾干，或糖果、饼干、花生之类。遇到客人中身份比较特殊的，如出生不久的婴孩、新过门的媳妇、年老的长辈，吴翠红还必须准备一份像样的礼品，一双鞋子、一对尼龙袜、一条风巾、几尺布料什么的。

吴翠红连说：“少了，少了。”

客人轻易不肯接受，要推送一阵。吴翠红如同一个害羞的小姑娘，躲到房里藏起来了。

“老鼠洞里的东西都掏出来送人，家里这日子不用过了，”月季发着牢骚。

吴翠红手执扫把，里里外外整理房间。客人离去后的房间空旷而零乱，被子揉成一团堆在床头，不知给谁穿过的衣服鞋子东一件西一只丢着，地面四处是踩瘪的烟蒂、泼撒的炉灰。吴翠红若有所思，若有所失，心里乱得厉害，也空落得厉害。她开始怀疑今天的行为是否对头。吴翠红说，这来的又不是什么至亲，犯得着那么起劲招待，犯得着送那么重的礼物吗。

吴翠红的大方并非心甘情愿的大方。吴翠红只是脸皮薄，不如此不好意思，因而事后的懊悔也就越发强烈。月季的话恰好点着了要害，令她内心一阵阵发虚，发冷，同时无名的火气烘烘蹿跳而出。她将一杯剩茶朝天井里啪地倒去，对月季嚷道：

“你那嘴里包着蛆，嚼不干净是吧？什么这日子不用过了，一天天一年年，日子不照样过下来了？”

月季原不过随意说说，没料母亲连这随意地说也不让说，她干脆放开胆子，将早已想好的一句话不管不顾说出。

“要脸也得要得起脸。明明要不起脸，偏要那个脸，你以为这张脸很光彩是吧?”

一口气哽在吴翠红喉头，吐出不是，不吐出更不是。

过了不久，吴翠红又一次心血来潮，将小月留待夏天做连衣裙的一块棉绸布送出了。这棉绸是小月的心爱之物，一天要翻出抚摸几遍的，晚饭时小月回家，发现衣柜里那格抽屉空了，想也没想，张开大嘴来个哇哇大哭。吴翠红真正着了慌。尽管劝，尽管分辩，尽管怎样许诺，小月硬是个大哭不止。

吴翠红说：“你这是要我给你下跪吗?”

接连几天，小月对人不理不睬，一句话没说好，她会立时红了眼圈，偷偷到一旁抹泪。吴翠红又气又急，又是好笑。吴翠红说便是死了娘死了爷，也没见有这般伤心的。

吴翠红充分吸取教训，以后来了客人，她表现得格外小心，悄悄把月季拉到一旁商量，说那反复说过的话。吴翠红说，这又不是什么至亲，用不着过多讲究吧。月季说，还不随你?吴翠红说便是至亲来了，便是爷老子娘老子来了，来了也就来了，莫非回回来回回要我当上宾待着?

看情形，吴翠红打定主意要得罪一回人家了。此刻的吴翠红仿佛怀了见不得人的鬼胎，仿佛偷了东西的贼一般，神情恍惚，五心不定，坐不好站不好，一当着客人的面，目光便迅疾而惊慌地避开，让人看了禁不住暗中发笑。倒茶了，端菜了，盛饭了，吴翠红赖在厨房里不敢出面。吴翠红要月季出面。月季半是生气半是玩笑道：“你不好意思，我又好意思?得罪人的事要我去做，你躲在这里充好人!”

如此这般自我折磨一番，吴翠红重又拉过月季，悄声道：“月季你说说，到底该怎么个办法?”

月季道：“我说了，还不随你?”

吴翠红不再说话，终是到街头买了该买的东西回来，尽够了她以为该尽的礼数，如此才心安理得，与客人有说有笑，成为了一个正常人。

第三章

1

看见李玉花耷拉的眼皮，懒散的神态，周玉燕明白星期天又到了。

这么三个徒弟，叶云琴离家远，一般不容易回去；周小芬是本地周家湾人，与周玉燕同村，离得太近，平日也懒得回去。李玉花家距玉田有二三十里的山路，说远不远，说近又不近，因此必须每个星期请好假，正正经经回去一次，拿米，拿菜，到父母家人面前撒撒娇。听说李玉花在兄弟姐妹中排行最小，大约自幼宠坏了的。

一般情况李玉花星期六下午动身回家，星期一清早再骑车赶到玉田上班，这些周玉燕基本默认了的。可李玉花思家心切，得寸进尺，往往星期六上午，甚至吃过星期五的中午饭，她那神情便开始不对劲，眼皮耷拉下，目光涣散，一对本已嫌大嫌重的屁股磨盘那般牢固地搁着，因而更见其重，也更见其大了。此时任你问什么，她都是一个懒洋洋爱理不理，手下还常常出错，让人哭笑不得。有次她将一件衣服的领子连到袖口上去了，另一次她给人垫了衣袋布却忘记收钱，做了一个结实的赔本生意，弄得周玉燕大光其火。以后每到周五周六，周玉燕说话派活会格外小心，发现势头不对，即刻将她从机子上撤下，让到一边打打下手，做做杂事之类。

近几天铺里忙，为后村一户做喜事的人家准备衣物嫁妆。那人家好脸面，派头摆得大，要求高，时间又限得紧，原说要到县城定做的，周玉燕托亲戚找熟人，好说歹说，算把生意揽下了。周玉燕提前同徒弟们打过招呼，说这个星期不比寻常，谁也别提请假回家的事，要回家等交了货以后回。养兵千日，用兵一时，好钢用在刀口上，大家齐心协力加把劲。周玉燕强调道，我已把丑话说在这里了，到时别惹我发急。

都知道周玉燕的话针对谁的，李玉花也知道针对谁的，铺子里一时沉寂下来。姑娘们躬身伏案，手脚并用，埋头工作，似乎真的很忙了，几对眼神都如纷乱的蝴蝶在机头机尾，在飞舞的衣料皮尺之间递来渡去。

傍晚，周玉燕让李玉花到厨房准备晚饭。周玉燕问："玉花，晚上我们吃点什么？"

李玉花说："不晓得。"

周玉燕说："前两天买的那菜，还剩得有吗？"

李玉花说："不晓得。"

"你这张嘴巴怎么了，是不是让舌头塞住啦？"周玉燕好气又好笑，有心拿她逗着玩。"讲话连声音也出不来了。"

李玉花不吱声，歇了机子从工作台那边绕过来。两人擦肩而过时，周玉燕伸手拈去她肩头的一根白线，顺带着到那板结的脸腮上轻轻拍一下。李玉花一点也不准备接受她的友好与善意，脑袋一偏，不动声色闪开了，径自到厨房去。周玉燕心下不快，倒好似你在拍一个谁的马屁，结果拍在马蹄上一样。

几个人围着灶台吃过饭，把碗筷一推，匆匆到前间接着忙。李玉花跟着把饭碗一推，也到前间来忙，捡捡布料，拉拉抽屉，煞有介事着。周玉燕几次用眼睛暗示，她都装作一无所见。周玉燕忍不住，说：

"玉花，那边散了一灶台脏碗，你说该谁去洗？"

李玉花说："我不晓得该谁洗。"

"今天这事真正新鲜了，自己吃过的碗不晓得该谁洗，是不是该我给你洗？"周玉燕道。"你要回家，你吵着回家，行啊，回去把你妈叫来，把你爸叫来，让他们说清楚这碗该谁洗！"

李玉花说："又不是我一个人吃的碗。我包了煮饭，包了做菜，又让我包洗碗，我是从哪里请来的丫环哪。”

周玉燕说：“你是什么丫环，谁吃了豹子胆敢让你做丫环。人家想叫你做太太还来不及呢！”

叶云琴、周小芬扑哧一笑。李玉花见周玉燕真有些急眼，心下不安，也跟着咧嘴笑了笑，磨磨蹭蹭到厨房洗碗。

2

杨大力到达玉田时，已是夜晚七八点钟，河谷里黑得很实在了。镇那头远远的山脊上，有绒线那般细长的一点红红山火在蔓延，忽明忽暗，忽高忽低，只有形而无声，不像真实的东西。杨大力在玉田生活多年，每到这样的季节，山梁上那火便在镇后高处出现，惹人眼目。火一烧几日十几日，不见大，也不见小，不知几时燃起，也不知几时熄灭。白天踪影全无，夜晚到了，才发现火仍在那里烧呢，且烧得异样明，异样亮。就在人们停步观看时，火又忽然暗下去。杨大力至今没弄清那火是人们开荒垦山所放，或无意间失手引燃，或干脆是什么天火。街上居民们个个安之若素，没人惊讶，更没人上前过问。

镇头有几个人聚在暗处聊天，嗓门大，语意却不甚清晰。杨大力侧耳倾听，声音较熟，发出声音的人也应该很熟的。脚底下加足劲，从人堆旁一晃而过。偏偏车轮辗压之处凹凸不平，车身发出剧烈的哐哐啷啷，吓得那堆人呆立作一处，自己也几乎从车上给颠落。

“窜死吧你！”

身后传来响亮的叱骂。杨大力懂了，人堆里并没谁认出他。

玉田镇用的是山里小水电，水压不足，晚饭前后用电量大，电灯的光如阴雨天墙角的霉菌，一律黯淡而短促。人们迎着或背着这样的微弱光线在镇街上踽踽而行，已经不像了有血有肉有重量的人，而成了人的影子，一举手一投足都似是而非，若有若无。樟树边那家商店干脆不对头顶的灯泡存了指望，另点起两支蜡炬。有一些发亮的东西，如装食品的瓶瓶罐罐，如包装盒上的塑料亮纸，刺戳着路人的眼目。杨大力因此模模糊糊忆起了某一件事，准确说，那应该是一个梦，前不久做的。梦中的杨大力与今天一模一样，也骑车从县城赶来，也天黑了，也在樟树下这家小店门前，他看到他的女儿杨斯了。

“天黑成这样，一个人怎么还不回家?”杨大力记得他踉踉跄跄跳下车，大惊失色地问。樟树下的小店与周玉燕的缝纫铺处于镇子的两头，中间的街道几经曲折，人来人往，一个四五岁的孩子夜里跑这么远，万一有个闪失怎么得了?

杨斯手抓一件黑乎乎的物件，站在柜台前有滋有味玩着，抬头认出店外是谁，跑过来亲热地叫一声爸，让杨大力牵她回家。杨大力担心里加进了更多的怜爱，问女儿一个人摸黑跑这么远，回去不怕吗?

“妈妈不过来接我，怕又能有什么办法?”

女儿像个小大人那般，极力模仿着父亲的口音，把话说得老气横秋，饱经沧桑。玉田离县城不远，口音上却存在明显区别，那些年杨大力作为镇上的居民，话头句尾一直带有略显怪异的县城腔调。没承想这腔这调什么时候已让女儿学会，并且跑到他的梦中说出。梦中的女儿将父亲的话语模仿得生动而滑稽，让人心疼至极。

女儿倒腾着两条短腿，尽量跟上杨大力的步伐，结果一不小心，一家伙踢在路面的石块上。女儿哎哟一声要把伤脚提起，仓皇间目标弄反了，提起的是没受伤的脚。女儿也意识到自己的错误，却硬不知道应该先把手中的脚放下，才能提起那只伤脚。她哀哀地一个劲让伤脚在地面去痛，而抱了没伤的脚在怀中兀自不放。女儿滑稽而娇憨的模样逗得杨大力大笑不止，于是从梦中一笑而醒。

缝纫机的声音嘀嘀嗒嗒传出老远，周玉燕同她的徒弟们以某种固定的姿态忙碌着，见到杨大力眼皮也来不及多抬，简简单单招呼过了，偏过身子让他进去。徒弟们在发出哧哧暗笑。徒弟们清一色的小姑娘，或坐或站大约有六七个，脸面都在熟悉与不熟悉之间。杨大力明白了这些并非真正的徒弟，多半是街头巷尾人家的姑娘大嫂，趁夜晚到铺中串串门，赶赶热闹。周玉燕口中衔一段白线，肩头又挂了一段白线，一块咖啡色布料在宽阔的台面上给拖过来摺过去，皮尺、角尺、剪刀随着她手臂的晃动四处翻飞。杨大力忽然有些紧张，站在那里不知进好或者退好。

“从县城来这一路上，你看到什么热闹没有?”叶云琴笑着问。

杨大力有些吃惊，问：“看到什么热闹?”

“天黑成这般，他能看到什么，”周玉燕道。

杨大力问周玉燕：“她说我看到什么?”

“没什么，”周玉燕脸色淡淡的。“上午到县城的一辆中巴车翻了，他们说伤了不少人，你没听说这事?”

“哪里的中巴车翻了？在什么地方翻了?”

周玉燕问：“晚饭吃过了吗?”

杨大力说：“吃过了。我吃了晚饭动身的。”

周玉燕忽然把双眉皱起，声音也不由提高许多：“碗柜里还有剩饭剩菜，你自已端到锅里热热，不需要别人帮忙吧!”

杨大力讪讪答应着，转身到厨房找吃的，心下甚是懊恼。夫妻之间这是什么人之间，的确没必要过于拘谨的，吃了就吃了，没吃就说一声没吃。他知道周玉燕讨厌这点，他自已其实也讨厌这点。

跑过几十里山路，还真叫饿了，几碗冷饭连同锅巴锅屑填下，仍有些意犹未尽的。他重新收拾好碗筷，舀了热水洗脚洗脸，然后给周玉燕打过一个招呼，独自来到房中。

女儿不在，墙角扔了一只小得可笑的球鞋，杨大力捡在手里，仿佛看见女儿又圆又嫩的小腿小脚了。他四下搜寻，想找到配对的另一只鞋。铺里过于忙乱，周玉燕像个大男人一样不知收捡，女儿也托在周家湾她外婆处照管。杨大力打开电视，有一眼没一眼看着。由于电压不足，画面一会清晰一会模糊。透过屏幕盲目地轰响，他有时能听到外房机器的嘀嘀嗒嗒，及姑娘们有一阵没一阵的嘁嘁窃笑。他紧张地侧耳倾听，笑声霎时又隐没了去。

毋庸置疑，周玉燕的生意越来越兴旺，人也越加成熟了。周玉燕为人泼辣能干，手艺好，人头又熟，在玉田镇总算打开了局面。杨大力欣慰过，顿感肩头的压力卸去许多。不可思议的是重压卸去的同时，他却感受到另外一种更大也更沉重的压力。眼前所有的忙乱与兴旺都是周玉燕的，不是他的。他的位置不在这里，他的位置在县城，在城角那狗窝一般的修车铺。尽管结婚多年，他和他的妻子周玉燕仍是不很相干的两个人。他不止一次让自己真诚地为妻子高兴，向妻子表示祝贺，说我们的处境确乎有了很大改观，照此发展，我们的前景应该不会差到哪去的。但是杨大力清楚，他反复强调的所谓"我们"是假的，他的高兴，他的笑容与乐观同样很虚假，很虚伪，话说到后来，连自己也无法压抑内心的酸楚。于是他省却了多余的话不说。

周玉燕一点也不掩饰读懂了他的目光，读懂了他的未尽之言。周玉燕没有吃惊，依旧埋头忙自己的，似乎在说这种男人，犯不着多作计较，犯不着同他七歪八缠。她忙，好忙，没精力没空闲的。

夫妻本是同林鸟，大难来临各自飞，杨大力记起一句古话。所谓夫妻，其实真的没什么意思。感情有多么脆弱，感情能算什么东西。坐在电视机前的杨大力，脑袋里塞满这样一些阴暗而颓败的声响。杨大力是阴毒的，且从这阴毒中感受到奇特的畅心快意。

3

十来年前，玉田镇头的大樟树下有一家缝纫店，店里有一位小头小脸小身子的微型美人，沉着脸坐在当门边，将一部机器踩得呜呜直响。镇里镇外一伙半大小子，无业青年，苍蝇闻到屎臭那般聚在小美人身边，你叠着我，我倚着你，挤挤挨挨，说说笑笑。你娘个东西！狗，蛆，滚你的！小美人用各种脏话骂他们，赶狗一般赶他们。青年人不生气，照样嬉皮笑脸，挤挤挨挨，店中一应事务，劈柴，担水，洗碗，乃至送衣取料，买油买盐，整个让他们包揽了。

这个时候杨大力在玉田乡政府上班，后来又到红极一时的柴油机厂当操作工，当质检员，上班下班从樟树下经过，缝纫店里的一切对于他，只能算得远处的一道风景，或什么戏台上串演出的热闹。杨大力与周玉燕的交往要推到几年之后，即周玉燕让远方的一位小军官抛弃之后。杨大力很有些犹豫，此刻的微型美人可以称得上一朵几近凋败的昨日黄花。杨大力一遍又一遍这么问自己：别人不要的我就要吗？杨大力的家人得知风声，也表现出从不具有的坚决态度和统一意志，他们不能让自己的独生儿子找一个农村户口老婆。儿子的老婆吃农业粮，儿子的儿子永远成为吃农业粮的人了。

那些年杨大力性格乖戾，喜怒无常，他始终愤愤不平于两大具体问题：一，农村户口；二，别人不要的我要吗？与此相对应，有了微型美人那边的察言观色，百依百顺。婚前的微型美人很快两次怀孕，两次流产，这份伤害实在达到小头小脸小身子所能承受的极限了。微型美人几乎变成了一个纸人，消瘦而苍白。这时的杨大力等于冲毁了闸门的大水，一路激荡澎湃，遏制是全无可能的。眼睛血红的青年摸索着，试探着，同时颤抖着。他问："怎么办？"

周玉燕说："还不随便你？"

周玉燕摆出一副不管不顾的架势。

从某方面来说，杨大力当真有些亏。他过于亏待了自己。他从身上，从口里抠出一分一厘的钱聚敛着。他有他独到的快乐：他的钱是留给妻子和女儿的。每次骑车到玉田，将一张一张钱票数过去递给周玉燕，周玉燕同样一张一张接在手上，他的眼睛，他的脸膛，同妻子的眼睛和脸膛一样，散发出明亮的光。他整个变做另一个人，逛市场，逛商店，买衣，买鞋，买鱼买肉。他为她们大手大脚。周玉燕受到感染，大概以为这钱来得容易吧，跟在他后面同样大手大脚起来。这正是他需要看到的。他只愿看到她们的欢笑，她们的轻松，看她们大手大脚，让她们以为他的钱来得容易。不平的地方便在这里，他的自苦是他所愿，他不怪谁，也不能怪谁。但周玉燕作为一个妻子，多少也应该觉察到丈夫背后的那种苦，那种抠。就算一种直感吧，夫妻之间，这种知痛知痒，知冷知热，照理应该存在。

"你数数。"杨大力说。杨大力递钱过去时，习惯这么说。

后来周玉燕兴旺了，忙乱了，再没心思数那几张可怜的钱票了，随随便便接过，往旁边一放。杨大力一颗心悬起，他想提醒一句，这都是钱，尽管少，但挣来的确不容易，你应不应该收起来藏好？铺里人多，人乱，不要弄丢了。

杨大力说，现在到了赶紧刹车的时候了。他不能如此傻下去，这种女人是不知感激的。一个人当真傻透了。杨大力说，恩断情绝，恩断情绝。杨大力心情激动，躺在床上不停地翻来覆去。

夜已经很深，山风在很远的谷口那边低低耸动。铺里的机器一如既往嘀嘀嗒嗒，然后停住，然后又嘀嘀嗒嗒，针头带着白线黑线在布面上快速走动，进，退，拐弯，嘀嗒，停住。又长又直的巨型剪刀贴紧木台切割布料，发出咯咯咯咯让人迷醉的清脆声响。有一会工夫什么声音也没有了，四周寂静得吓人，外间的灯光猛然明亮，成矩形地投射到睡房地面，发出碎玻璃一样的哧啦哧啦的声音。杨大力疑惑着，姑娘们的工作已停，各自回家安歇了？那么周玉燕又去了哪里？

噗——

有人含了满满一口水喷开，其声其响撼人心魄。然后又是叽叽咕咕的说和笑，机声嘀嗒，硕大的剪刀咯咯咯震动布台，针头牵引着白线黑线进退，拐弯，走动不止。原来外间仍拥挤着一大屋子人。

有一个事实再清楚不过了：杨大力正专心等待周玉燕早点进房睡觉。在过去的日子里，杨大力经常这样早早上床，用体温一点点把被子焐热，然后侧身以等，等周玉燕躺下，他拥了被子整个盖上去，软软地，又是牢牢地扑住，将两个人做成了一个人。周玉燕大约患有轻微的肩周炎，双膀不能见风，见了风会咳嗽的。可周玉燕偏像一个不懂事的顽劣孩童，睡梦中不是伸胳膊便是踢腿，总有这里那里露到被外去。于是杨大力夜夜要无数次醒来，清晰地或模糊地醒，在醒与非醒中忙着替妻子遮肩，拉被头。杨大力的夜晚是给糟践得一塌糊涂的夜晚。

后来有了孩子，杨大力回了县城，所有的亲热一变而为遥不可及的往日回忆。类似今夜的感觉，今夜的等待，对杨大力来说委实过于陌生，也过于新奇了。这是怎样一个夜晚，女儿去了两三里路外的外婆家，剩下的是纯纯粹粹的两个人，和两个人所面对的纯纯粹粹的夜晚。属于这个季节的野火犹如半空中掠过的雁行，在镇外的山梁上蔓延，忽明忽暗，似是而非。水流随风声在山间漂浮，流淌，脚下的大地倏忽隐遁而去。杨大力清晰地感受到与身子同在床铺上翻腾的别一种企图。

4

几个徒弟陆续离店，回了她们的租房。周玉燕卸下布台，将桌椅板凳一一归拢，桶里的残水轻轻泼开，然后开始打扫卫生。杨大力听到搬弄自行车的声音，不由从床上爬起，出外帮忙。

周玉燕说："这搬都搬好了的。"

杨大力挪开墙角的门板，按序号一块块榫上去。周玉燕见他穿得单薄，催促着他赶紧回房。杨大力说："今夜是不是太晚了？"

"天天这样，有什么晚不晚的。"周玉燕掩住嘴巴，憋好久，打出一个长长的呵欠。

周玉燕问："还没有睡着？"

"睡着了的，刚醒。"

周玉燕洗漱后仍不急于上床，这里翻翻，那里看看，又从梳妆台抽屉取出一沓纸单，摸出圆珠笔写写画画起来。杨大力虚眯了一只眼睛，从被隙间往前探看。又故意弄出些响动，让人觉察他的等待。

杨大力道："还不打算睡吗，明天又说要早起的。"

"我理理近几天的账，免得到时又忘了，"周玉燕的声音笼罩在台灯的光圈里，有些模糊不清。

周玉燕不会打算盘，日常需要划拉个什么，加减乘除的，算式摆了一道又一道，草纸涂过一张又一张，同时口中念念有词，把笔下的人名、数目及具体的运算过程反反复复读出，不熟悉的人会以为她在同谁讲话，争辩。她说不这么念着，脑子里空空洞洞，一般的东西还真不容易记进去。念叨停了，手中的笔也不由停下，头微微歪斜，双唇紧紧抿住，一心思考着什么呢。

杨大力说："明天一早我到周家湾接杨斯。"

周玉燕嗯了声，仍歪了头用劲思想，毛发映着灯光闪闪发亮。杨大力猜测这是笔什么账目，莫非就没有个算完的时候？她明知旁边有一个人正一心在等着。杨大力忽然意识到，今天晚上他是否犯下一个致命的错误，他忽略了问题的关键：周玉燕所谓的忙碌纯属装腔作势，面前这个女人实际上一直在敷衍他，回避他。她在千方百计拖延时间。

恩断情绝，杨大力说。有什么意思，恩断情绝。

床板咯咯直响，杨大力重重地翻身向里。可周玉燕半点也没觉察他的翻身，没觉察他满脸的意气。杨大力咯咯地重把身子翻回来了。

"今夜你真不打算睡觉吗？"

周玉燕说："叫你先睡你就先睡么，有什么等的？没看到这边忙？"

杨大力说："你那灯光刺人家眼睛！"

周玉燕给台灯调了个方向，又将灯罩按低，光圈集中到桌面，却始终没转身看看床上的人，没听出这人话语里的东西。也许听是早已听出了，正因此她才懒得搭理的。

周玉燕给身后一阵巨大的响动吓住了，她吃惊着回头，见杨大力一身内衣内裤，手脚斜撑住床沿，另一只手缓缓地按揉弯曲而绵软的右腿，面呈痛苦之色。

"好好一个人，睡着睡着这是怎么了？"周玉燕终于离开桌椅走上前，"从床上摔下来了？"

杨大力歪着身子，从床里找过毛衣，两臂比画着伸进袖筒，扯顺，由头顶向下一套。他开始穿衣服。

周玉燕问："穿衣做什么？"

杨大力说："我走，回去。"

"你要回哪？"

“我回县里，回县城。”

周玉燕愣怔着，没弄清他的话意。

“不是刚过来吗，怎么又急着回去？”

她问他回县城有什么急事。

杨大力说：“没什么急事，就是要回去。”

周玉燕说：“没看几点钟了，大半夜快过去了，这还回哪里？”

杨大力不做理会，继续一件件穿衣，动作沉着，平静，目光坚定，不容置疑。

“你是在这里找我发神经吧，要走可以，先把话说清楚！”周玉燕一张脸涨得通红。“你说你什么意思，来也是你要来，回去也是你要回去，吃饱了饭没事跑来拿别人开心开胃是吧？以为我们这班人活得好自在是吧？狗日的什么东西！”

周玉燕连骂带喊，一句快似一句，同时涕泪交流了。

“你回去就回去，我不留你，我留不住你。你回你那个好家，回你的县城去。以为自己是个什么东西！你快走，快滚，别慢吞吞让我心烦……真是一头猪，猪一样的东西！”

杨大力双唇嚅动，满眼怒气，差不多也要喊叫着回敬过去。他没想到周玉燕会骂人，没想到周玉燕会如此歇斯底里，伤心欲绝。他知道，所有的伤心都因他而起。周玉燕真情流露了。杨大力惊讶地看着面前这张脸。这是怎样一张脸，在眼角、额角、嘴角，在鼻翼，在纵横流淌的泪水后面，散布一条又一条微小却密集的皱纹。这的确不是当年孩童一般依附着自己、小头小脸小身子的微型美人了，由于劳累，由于生活的重负，周玉燕成熟了，同时也憔悴着，老了。

周玉燕双脚比齐了立在床前，脑袋深埋进被子里，长时间低声饮泣。杨大力不加解劝，也不知如何解劝。他小心挨坐到一旁，轻轻抚弄她的双肩和头发。

“睡，睡啊，”杨大力问。

早先的日子，结婚前结婚后的日子，周玉燕有事没事，也喜欢像现在这样比齐了双脚立在床前，将脑袋深埋进被子深处哭泣。每逢此刻，杨大力并不解劝，只轻手轻脚上前，悄悄拽住她的裤腰或裙腰连着内衣用力朝下一拽，一对光溜溜的屁股瞬间滑稽地翘在高处。周玉燕大叫一声惶急着捞衣，捞了半天没捞住，无可奈何站在那里，扑哧扑哧笑得眼泪簌簌直掉。

那样的日子，眨眨眼已过去多久了呢？

杨大力将妻子凌乱的头发一根一根、一绺一绺捡拢，轻轻搁在肩背上，抚摸一阵，又从颈项那边放下去。

“把衣服脱了，睡，啊？”

上次来玉田，杨大力与女儿杨斯也闹过一次别扭。三个月前杨斯刚满四周岁，杨大力实在糊涂了，他到底搭错了哪根神经，和自己这么小的孩子闹气。可他恰恰闹了，且闹得认真，闹得投入。杨大力不能容忍，什么屁事不懂的一个小孩似乎也能狗眼看人，无论言语动作、表情神态上，对他这做父亲的总有些无所谓，有些小视，有些看不起。杨斯心里只有一个妈妈。妈妈长，妈妈短，妈妈让她干什么，妈妈不许她干什么。杨斯哭了，杨大力好话说尽哄不转，她妈妈一句话，一个断喝，立时能让她静寂无声，乖得像条狗一样。杨大力给她买了件新衣，一双鞋，一个玩具，她明明欢喜得紧，表面却装作不欢喜的模样，说：“妈妈会给我买的，买个好大好大的，好漂亮的！”有时杨大力陪她玩得入迷，周玉燕过来了，她即刻会抛下他，讨好地跑到母亲那边。周玉燕教女儿唱歌、认字，给女儿讲故事，两人说说笑笑，打打闹闹。杨大力独自坐在一边看电视，表面不动声色，全神贯注，甚至对闹过了头的母女投去淡淡一笑，说上一句什么，但在内心深处，他感觉一切有多么无聊，没意思透了。

杨大力是容易得罪，容易伤心的。杨大力一边抚摸着周玉燕颤抖的肩，一边想。这到底怎么回事呢，到底？莫非整个世界都伤害了我，要与我过不去了？

第二天一早，杨大力到周家湾看了看女儿，随即匆匆赶回县城。

第四章

1

玉田镇散落在一个三角形的山间河谷中，出镇不远，谷地渐渐消失，公路依山峡盘绕着，要同低处的那条河流汇合。山峡越收越拢，公路也越爬越高。等山峡收拢得不好再收，公路也爬到一定高度的时候，迎面一座独孔水泥桥横跨山翼两边，公路便借了这桥，从山的一边渡到另一边去。假若你远远看着水泥桥停住，你的身旁，在公路与河流之间的台地上，定会出现一排排低矮而狭长的砖瓦平房，房与房之间形成一个个同样狭长的院落。院子里有树，白杨、梧桐什么的。还有高一堆低一堆锈迹斑驳，与泥土混成一体的废弃机械，与渗进地层深处四处流淌着的腻黑油污。笔触模糊残破的巨大美术字沿着裸露的墙体从时光的那边向你走来，然后换过一个方向离你而去，似乎重回了时光的那边。

这里是若干年前名动一时的玉田柴油机厂所在地。

杨大力在厂里干了整整八年的质检员，八年后柴油机厂渐渐走近尾声，产品销路滞塞，机器的声音一年中响不了三四个月。到后来柴油机厂干脆与柴油机脱去应有的干系，转而生产一些电锯、斧头，以及锄头、锅铲之类，严格说堕落成规模较大的铁匠作坊。斧头、锅铲、电锯的坯料均由外地制好，用汽车运来，在这里开口、打磨，然后安上一把制作精巧的木柄，再捆扎、包装，全部的工序即告完成。无聊时你站在公路旁，透过一排排布满灰尘泥沙的窗口，能看到低处暗黑而空旷的车间，车间里纵横交错的水泥凹槽。工人们一人守住一台小机床，将手中的物件击打得火星四溅。镇上人说，别看这些斧头、锄头不起眼，这绝不同于一般的斧头、锄头，这是专为高鼻头蓝眼睛的老外制造的，说不定明天后天就要漂洋过海，给你出口创汇去。至于出的哪一国，创的什么汇，镇上人不知，厂里人也一概搞它不清。

在与斧头锄头打交道的漫长日子里，周玉燕不止一次忧心忡忡叨咕，说我们应不应该到外面跑跑，探探消息找找路子，可能的话也好早做个打算。这么一天天混着耗着，半天云里过日子，终不是长久之策。

杨大力笑周玉燕胆小、幼稚，一个人在家没事找事瞎操心。他说这又不是哪一个人操心得了的事，这是整个厂子的事，几百人上千号人的事，那上面会没个统一的考虑，统一的布置?

“做斧头打锅铲，这就是上面的布置!”周玉燕说。“半天云里的日子，说不得哪一天给你摔个四仰八叉，你还弄不清怎么摔下的。”

杨大力说：“大不了厂子关门，大家卷铺盖走人。别人走了，我不走，”他指指窗外光洁一片的水泥操场，“我把这水泥板揭了，开荒种地，做个粮食专业户。”

杨大力的自信不能说全无道理，有一条消息早在厂区各个角落流传，说玉田柴油机厂一旦维持不下，除了残破的厂房，除了特殊人员就地安置外，全体干部、职工和技术设备将一同并入县柴油机总厂。在上边的意图中，这有一个特殊的说法，叫聚面为点，聚掌为拳，集中精力抓重点，求突破。杨大力高中毕业后通过招工参加工作，在玉田一待多年，而今倒可能借了工厂倒闭之机，重返自小生活过的县城了。

刘银春真的不算什么，一个地地道道的农民，乡村中常见的游手好闲者，二流子。他平生唯一的爱好，是喜欢跟吃公家饭的人套近乎，有事没事泡到镇政府里，泡在商店、粮站、卫生所，泡在柴油机厂。见到厂里的每一个人，干部、工人，大人小孩，他始终满脸堆笑，皮笑肉不笑，以同你讲上一句两句话为荣。人家上班，他跟着混进车间，无偿地给人打下手，颠来跑去运机件、递螺丝、掌扳手、挥大锤。假如给查岗的头头发现，无缘无故还遭到一通训斥。下班了，放松了，工人们高兴，他比工人更高兴。那时流行打球，如篮球、乒乓球。刘银春拐着一双罗圈腿，螃蟹一般在篮球架下乱蹦跶，陪人家操练。等到哨音响起，球赛开始，又谁都嫌他球技太臭，让他站一边给球员们搂衣服，做捧场的观众。生产进入旺季，人手不够，车间里某位头头会隔着玻璃窗吆喝一声："刘银春，我这里有一笔钱，狗日的你挣不挣？"

刘银春说："有钱不挣，我操蛋操昏头了吗？"

于是临时做上个十天半月，一月两月。活干完了，忙季过去了，头头们照样一句话，随随便便又将他打发了。

在柴油机厂，在玉田镇，各机关各单位让刘银春混了个烂熟，后来让他混上了镇政府的林政管理员。虽说仍是临时聘用，但毕竟成为镇上一方实权在握的人物。在他上任的短短五六个月时间里，他与人打了六七次架，动了三四回刀子，镇政府礼堂里关上过一批又一批偷柴偷树者，罚下了一笔又一笔钱款。都是四方乡亲，都是熟人，这些刘银春不懂。刘银春迈动一双短短的罗圈腿，螃蟹那般在田头林间出没着，他的左眼眶上，至今留下铜钱那么大一块淤斑，无论热敷冷敷，打针吃药也消退不去。

"狗！"

"垃圾！"

柴油机厂的人满脸鄙夷议论他。

看来刘银春给越传越神了，据说，让柴油机厂起死回生的那一车车斧头、电锯、锄头、锅铲，就靠了他一句话，从鬼也弄不清的外地调拨而来，加工为成品后，又靠他一句话，给一车车运到鬼也弄不清的什么外国去。因此当杨大力第一次踏进他的办公室，小心翼翼提出自己的质询时，刘银春随手一挥，哈哈笑道："我们真人不说假话，而今这里只加工斧头、锄头、锅铲，鸡零狗碎，没什么质量可以讲究，用不了国营柴油机厂的质量检查员。”

刘银春说：“算了吧，你回家好好待着。只要不杀人放火、违法乱纪，你想干什么就干什么，每月工资照发，十五号一到我派人准时给你送上门去。要是我刘银春食言，你到办公室来掌我嘴巴！”

杨大力说：“那么几块大钱，我老婆孩子一窝，日子怎么挨得过？”

刘银春说：“几块大钱就几块大钱吧，你不用干活，老太爷一样在家过悠闲日子照样可以领工资，几块大钱不算少吧。我在农村一辈子，几时见过别人给我发一分钱？要是谁一个月给我几块大钱，我不天天烧高香许大愿世世代代供他的菩萨像才怪！”

杨大力说：“不管怎么说，无缘无故想赶了人家走路，只怕没那么容易。”

“不容易，我当然知道不容易，所以才每月给你们发工资啊。惹不起我还躲不起吗。再说这怎么是赶你走，我怎么敢赶你走。我这是白养你！”刘银春说，“要不然我们换换位置怎么样，你来白养我，我回家领工资吃闲饭去，行不行？你说！”

刘银春合上笔帽，从办公桌那边站起身。

“哪一天你另有高就，要求调离玉田柴油机厂，你同我说一声，我即刻放人。编制在我这里，我发百分之四十工资，维持一年。”

局面的转化只在瞬息之间。那么多朝夕相处的熟悉面孔，头一天还在一起打牌，喝酒，吵架，发牢骚，结成一帮到办公楼作祸闹事，吓得小子刘银春不敢在厂里露面。可等你一觉睡醒，熟面孔们已一个接一个从你眼前消失了。谁谁调走了，谁谁也调走了，调到其他单位上班了。本镇的，外镇的，县城的，有的甚至调到遥远的市里省里去了。剩下一些无法调离的，也各有各的门路，各有各的打算，跑运输，搞贩买贩卖，开店铺，或干脆到哪里承包一家企业，摇身一变弄了个厂长、老板干干，根本不在乎柴油机厂的狗屁位置，不在乎那位流氓农民刘银春了。慌急间杨大力带着哭腔找厂里原先的领导申诉。书记也在一个月前调到外地任职，头发花白、戴一副眼镜的厂长叶春球因涉嫌经济问题，给勒令提前退休了，你这个时候上门，不无异于在人家伤口搓盐吗?

这个时候谁也管不了谁的，这个时候人人自身难保。那么多的人，那么热闹的一家工厂，那么乱纷纷一个摊子，突然就一哄而散，走了个干干净净，只把杨大力一个晾在原地，面对着如此空旷的一片厂址，面对在厂址上指指点点、神气活现的中年农民刘银春，还有跟在刘银春后面乖孙子一般团团打转的部分留厂人员，以及刘银春的七亲八姨，狐朋狗友。当然，属于刘银春的日子也并不很多，柴油机厂勉强支撑了半年一年，随即为一家肉制品加工厂所取代，生产猪肠皮、火腿肠及猪肉罐头之类。这种个体企业技术水平明显不能过关，猪肠皮大量腐烂，猪肉罐头不合卫生标准，肉制品厂一变又成了另一家瓶装鲜竹笋、猕猴桃、山杨梅的罐头食品厂。于是在短短的一两年时间内，这里的厂牌迅速变更，人员换了一批又一批，刘银春也不知给换到了哪里，大约随着他的那些斧头、电锯们一道，漂洋过海给运到外国出口创汇了。有一段时间，厂房里住满拓宽沿线公路的民工，民工们将屎和尿拉得满操场满河滩都是。最后，这里变成由几户农民承包，得到镇政府资助的养鸡场，一年中的任何季节你从玉田出来进去，车到桥头一带你恰如钻进了什么鸡笼之中，一口腥气憋在胸中久久吐它不出。那细微而又尖锐的庞大鸡鸣，更如什么灿烂的山桃花，将满河满谷开了个遍。

杨大力懊丧已极，早知柴油机厂在刘银春手里长不了，他也不至于求爹爹拜奶奶，四处求告了。当时的玉田简直传得人尽皆知，柴油机厂的那个杨大力，那个脓包、肉头，不单让人莫名其妙赶了，他还像个无用的女人跑到赶他的人面前痛哭流涕，大放悲声。人们又说，在被赶出工厂的最初一段时间，杨大力仍坚持到车间抢活干，跟往常一样像模像样地按时上班下班。没人出来干涉他，当然也没人愿意搭理他。

胳膊终究拧不过大腿，无论怎样哭求，怎样吵闹，摆在杨大力面前的仍只有两条路可走：第一，一次性领取一笔生活补助费，自谋职业，自找出路，一切与柴油机厂无关；第二，保留编制，等待重新分配。杨大力权衡多日，选择了后面一条。

于是开始了日复一日的遥遥等待。玉田无法再待，杨大力带着妻子女儿回到县城，在他自小熟悉的木楼梯爬上爬下，开始卖豆腐，种豆芽菜。后来周玉燕厌倦了，重回玉田开她的裁缝铺，杨大力则来到河沿，摆摊修理自行车。至于重新安置工作的事，却是谁也没有提起，似乎都忘了，再不敢存半点非分之想了。

重新提起这事的是陈青石，那天在山谷酒店吃饭时认识的陈青石。

2

自上次在玉田与周玉燕闹过气，杨大力回到县城，心境顿时沉稳许多。他似乎第一次意识到，这河沿，这车铺，也许并非什么暂时栖身之地，他得有点长期的打算。他从城郊五六里外一家校办工厂买下一批水泥砖，借来板车一车车拖回，自己动手砌墙。父亲杨竹生也利用下班或休息日的空闲，见缝插针过来帮忙。不久，一座虽简陋却也像模像样的铺面在河沿三岔路口出现了。为地址的事曾有过一番纠葛，这一带原是县二轻局五金修配厂的属地，简单支个棚子修修车，人家厂里不会干涉，但你正正经经弄出个建筑，性质已迥然不同了。幸得河滨酒家的沈老板出面，请五金厂几个头头到店里坐了坐，讲定每月象征性交点场地费，此事便暂时搁到一边。

“没事，没事了。”沈老板悄悄拍杨大力肩膀。

杨大力感激不已，一遍遍道：“沈老板，今天全靠你了。”

都说人靠衣裳马靠鞍，这修车也大抵如此。自新棚建成以来，生意似乎也日益看好，修自行车，也修摩托车，同时从哪里弄来些旧书旧报旧杂志，摆到门前供客人们闲坐无聊时翻看。杨大力又在铺中间挂了块布帘，帘后恰好能放下一张窄小木床，自此以后吃饭、睡觉，再用不着一趟趟往祠堂跑了。

周玉燕带着杨斯来过一次县城。见了妻子和女儿，杨大力略略有些吃惊。他似乎刚刚记起，自己已有好长时间没去玉田了。他糊里糊涂快把她们忘了。近些日子他确实过于忙乱，铺子没弄好，成天东奔西走忙铺子；铺子弄妥了，又舍不得一天好似一天的生意。当着妻子和女儿的面，杨大力感到很内疚，同时也觉到模糊的快意，自己给自己微微笑了。也算一种补偿吧，他带她们出外逛街，给女儿买了许多吃的玩的用的，还给周玉燕买了一双皮鞋。

"爸爸，"杨斯骑在杨大力脖子上，指着喷泉中心盘腿而坐，留短发，吹笛子的女性石雕，"那是谁呀？"

"那呀，那是一位大姐姐，"杨大力说。

"大姐姐为什么要坐在水里面呢？"

杨大力一时语塞，不知怎么解释更恰当。他想起曾经做过的那个梦了，梦中的女儿百般努力也不能把那只伤脚提起，于是像一条咬住自己尾巴的白毛狗，只顾着团团打转干着急了。

"杨斯快下来自己走，"周玉燕喝道。"这么大个人，有腿不会走路么。"

独自一人在车铺里过日月，最为难的算那吃饭，那烧饭。杨大力没有厨房。车铺不过是车铺，并非正式的住家，厨房原本没计划在内的。杨大力的厨房只能具体而又具体，特指那只铁皮柴炉。除了刮风下雨，铺里一般不宜过多煮饭烧菜。铺面狭窄，你在那肢解后的车梁车轴车胎中，简直就没办法转过身子去。杨大力喜欢将柴炉及附带的油盐酱醋一齐摆放到门外，同什么野营行军埋锅造饭那般。于是早上、中午、傍晚，一日三餐你能看到一个长脸长身子的男人紧低脑袋，艰难地哈住双肩，将一只铁锅捣鼓得哧啦哧啦、咕咕咚咚直响，烟味、油味，青菜、萝卜、大蒜，等等，诸多味道飘满街街巷巷。

那天太阳落山已经很久，河中的水雾伴着暮色升上来，城里城外，一家家窗户陆续亮了灯。巷口的路灯跟着亮起一盏，另一盏也想亮，却硬是亮不起来，长久地在那里一跳一跳。杨大力吃过饭，蹲在角落洗碗刷筷，偶一转身，发现铺子里什么时候已进来一个人，皱皱巴巴的牛仔裤，棕色皮鞋布满灰尘。杨大力没在意，只当是傍晚时分沿河散步休闲的人，他甚至连头也没抬起一下。

来人在铺里来回走过几步，前前后后没有固定目标。终于到旧书架上取下杂志来看。三下两下翻完，放回去，又取一本。

“你这书是卖，还是租?”

“几本破书。”杨大力说。杨大力只说了半截话。不知从几时开始，杨大力已经养成说半截话的习惯。反正都是些可说可不说的话，说一截说半截，差不多的。

杨大力的意思是说，这么几本破书，卖什么卖，租什么租?

来人不再作声，依旧抽了书在翻。隔壁河滨酒家的玻璃门开了，沈老板送一伙客人出外，一遍遍给人笑着，客气着说小心的话。那笑很巴结，话也说得巴结，让人听了不好受。沈老板大约六十左右年纪，江州人，当兵出身，转业后不知怎么给分到歌山，在这里成家立业。他本是国营五金修配厂的副厂长，退休前恰好碰到评职称，一下给弄了个副高，算高级知识分子。沈老板说其实他根本没什么文化，小时读了两三年私塾，当兵后弄到一所半吊子大学进修过两年乱七八糟机械理论，混了张文凭。

“都是乱混的，”沈老板说。“我这副高说不得，乱混得来的。”

来歌山几十年，沈老板的口音一点也不肯随俗，他把歌山说成合算，我不是合算人，你们合算什么什么的。河滨酒家是以他爱人的名义从五金厂承包过来的，实际操持的却全靠他一人。五金厂是这样一种厂，除了一伙身系围裙的师傅徒弟们手掌长锤在白铁皮上敲敲打打，余下的人基本上无事可干，更用不着副高级的工程师。沈老板也落得清闲自在，上下午到办公室各点一次名，然后一心泡进自己的小店。沈老板不像文化人，更不像军人，个头矮小，光脑袋、逢人便笑，一笑便现出满脸皱纹。店里如若空闲，他会夹一只人造革手提包，骑一辆破自行车出门讨债，在人家办公室一赖一昼半昼，赔尽笑脸，打那无油无盐寡淡无味的哈哈。结果多半仍是个空手而归，工夫又白白搭进去了。推车进门的那刻，他不忘了同杨大力打个招呼，脸色阴郁地骂道：

“妈的个东西!”

沈老板称得上一位真正的好老头，为人处世有一副热心肠，喜欢管点别人的闲事。隔三岔五，他会专门抽点时间到车铺看看，看了也不多说，回头端了一盘半盘菜和汤进门。菜是客人留下的残菜，但质量很好，荤荤素素都有，也清清爽爽干净。接受当然不可能，推却同样不可能。尽管平添了莫名其妙的烦恼，杨大力内心仍存着太多的感激。

好老头时时发起坏脾气，可见这店维持得有多么不易。

杨大力收拾完碗筷灶具，接着整理地面摊开的零散东西。店堂里翻书的人仍在一旁闷声翻书，他不由好奇心起，侧过身子回头去看。这一看，杨大力吓了一跳。

陈青石也吓一跳。

“真的就是你!”惊喜交集之余，他在杨大力肩头着力拍了一下，“这是你开的铺子?”

杨大力攥一把七零八落的废车胎，俯着的身子慢慢抬起，挺直，然后呆住，脸上满呈惊惧之色，不知怎样回答对方的问题，或根本没听到别人问了句什么问题。

陈青石说：“我这么左看右看，都看你大半天了。觉得像，又有点不像，怕认错人闹笑话。于是我边翻书边耐下心来等，心想你总有把头抬起的时候。”

陈青石嘿嘿笑了。他狡黠地说：“其实我一进门就认准了你。”

杨大力跟着咧嘴笑了笑，眼神却照旧迷迷瞪瞪，似乎仍没从意外的惊吓中清醒过来。

“杨大力。你不是杨大力吗，认不出我了?”陈青石有些紧张，也有些尴尬。“我叫陈青石，前些日子在饭店吃饭的时候，我们坐在一起的。”

杨大力连连点头，说认得出，怎会认不出。

“你，坐坐?”杨大力慌张着问。

杨大力双脚划动，把尚未收尽的零散东西拨拉到一边，好给陈青石腾出一个坐的地方。

出乎意料的相见显然令陈青石激动不已，他讲话的声音低，语句却急促。他说这些日子一直想找杨大力，找过多次，连个人影也没见着。等到快彻底绝望，以为再也无法找到，莫名其妙两人又撞在了一起。

“在我印象中，怎么就认定你家住那边，住北门那边。”陈青石随手划了个方向，又一次嘿嘿笑起来。

第五章

1

应该说在人与人之间，很多时候往往会存在一种难以想象又难以解释的神秘联系。别的不提，单说说陈青石和杨大力的相识吧，就有许多让人费解之处。试想一个从不沾酒、并且对酒厌恶至极的人，为什么能一口气连喝五杯，喝完后一点事没有，一点感觉没有，就好像喝下的根本不是酒，那是几杯白开水了？又比如接下来的事，在此之后的几天时间，陈青石一直处于莫名的激动之中。他吃不好饭，睡不好觉，一天中任何时候，大脑里都有一个声音在不停地大叫：这位，这位！我们连喝三杯，连喝五杯，怎么样？

陈青石说得没错，近些日子他不止一次寻找过杨大力。他不知多少次寻找过杨大力，他几乎把整个歌山县城找遍了。等到一个人彻底绝望，目标突然一下又在面前出现，并且是在这么个不起眼的地方，在这么一个破车铺里出现。陈青石以为这同样是难以解释的。

实际上另外还有一点难以解释，只是陈青石不好说出而已。有关杨大力的身份及职业等等，陈青石当然也有过无数猜测，大致说来，他有点倾向于认为这是个机关或企业的办事员，也可能是个商店营业员、仓库保管员等等，至少如自己一样，出身农村，靠读书靠分配，好不容易混进县城，故此也好解释在酒桌上表现出的那份拘谨与畏缩。说到底，怎么也不至于是个街头修自行车的吧。

陈青石略略环顾一下四周。简易的铺面，零乱而脏污的物件，及物件所散发出来的混合着铁锈、橡胶、机油及菜油、酱油、辣椒、臭豆腐的气味。随后他打量一眼窘迫地站在面前，半天没能回过神来的这个人，陈青石明白，今天他无意之间打扰了一个卑微而宁静的灵魂，他撕开了这人身上给小心遮掩的伤口，让伤口流血不止了。

有很长一段时间，陈青石试图同杨大力展开一点交谈。他问到了对方生活上的一些情况，如年龄、家庭住址、生意往来等。尽管他一味小心翼翼，话语半吞半吐，唯恐略有不慎会碰触到什么。可每句话出口，似乎都化作坚硬的铁蹄，狠狠践踏在某种温软而脆嫩的物体之上，具体说，是一而再再而三踩在那个伤口上。杨大力一如刚刚抓获的罪犯，你问一句，他答一句。你怎么问他怎么答，顺从中透出明显的无奈与敌意。陈青石非常清楚，眼前的对话再无法进行下去。他不应该问起这些，可他又实在不能弄清，此时此刻他究竟需要谈点什么。

陈青石看定对方双眼，抱歉地嘿嘿而笑，样子显得很傻。杨大力紧张着把目光滑开了，然后又抬起，同样傻傻地笑了笑，似是为对方的抱歉而抱歉。

一辆载重汽车在车铺门前的弯道上调头，随着马达一阵赛过一阵的巨大轰鸣，浓烈的汽油味挟带地面的灰尘蒸腾而起。车灯的强光沿着街道缓缓扫过来，再扫过来，把修车铺从里到外照穿了。杨大力和陈青石各自伸了胳膊，在光柱中心左遮右挡，恍若两张雪白的纸人。

“倒车——请注意!”

“倒车——请注意!”

车尾的红色指示灯明明灭灭，电喇叭一遍遍重复着这句单调刻板的声音。

汽车开走了，陈青石不愿再在铺中呆坐。

“我们，出去走走吧?”他提议道。

走走就走走，杨大力默默锁门，样子像个被押的囚犯。两人沿着河边的大路往前行过一阵，又行一阵，气氛已悄悄发生变化，话语不知不觉也多起来。河沿的路是土路，路面布满起伏的车辙，又很少见到路灯，一双脚在那里高一下低一下，不知踩到些什么地方。陈青石吸取教训，他不再发问。他只介绍自己。陈青石谈到自己的年龄、住址、家庭出身等等，谈到早年在乡村的那段困苦生活，谈到至今仍在乡村困苦生活里挣扎的父母兄妹。陈青石还谈到有一年他在黄田镇中学读高一，暑假时跟着父亲来县城，晚上似乎就住在沿河一带某家小旅社二楼的木板房间里。那是他平生第一次来县城，更是平生第一次住旅社，当时的新奇与激动一辈子也难以忘记。陈青石自然而然提到隐藏在内心深处的一个秘密，便是对城市、对城市人无可救药的艳羡与崇拜。陈青石说一个人出身乡村，原本已经够卑微，够低贱了，而他的父母家人，当然也包括他自己，又是低贱的乡下人中最最低贱者。在他们眼中，乡村中所有那些大大小小的干部，村组长、支书、会计、妇女主任，一个个都显得高不可攀。更别说那些吃商品粮的国家干部了，更别说那些城里人了。那时谁家如果拥有一门镇街上的亲戚、县城里的亲戚，这个家庭便具有了非同一般的荣耀，说话的声音比别人大，笑声也格外响亮。

直到现在，此刻，陈青石说，别看我在县城工作这么多年了，勉强也可算半个城里人，可内心深处仍固执地以为，自己是低贱的乡下人中的最低贱者，每次回家看望父母，见到那些村上的干部，浑身止不住仍暗暗发抖，脸上不知不觉堆满媚笑，生怕什么地方巴结不够，得罪了他们。

杨大力点头，表示着同感。杨大力说："这种心境其实很好理解。因为你的父母家人还住在村上，在他们手下讨生活。"

陈青石说："比如我们，比如我和你吧，别看我们现在一起随随便便散步，好像我们是一对很好的朋友，我们平等了，平起平坐了，其实在内心深处……"

陈青石顿一顿，问："你知道在内心深处，我正想着点什么吗？"

杨大力问："你想点什么？"

陈青石支吾着，忽然大笑了。

"我正暗暗为自己能与你这个城里人一起散步，一起随随便便、亲亲热热谈话而骄傲呢。"

陈青石说："我甚至希望，假如现在我们村上有人来县城，无意间看到我与你这位仪表堂堂的城里人一起散步，他真不知会有多么惊讶，多么羡慕。"

杨大力受不住，结结巴巴争辩说城里人其实又有什么，许多城里人不知多可怜。再说自己也不算什么城里人。他的户口、家庭还在玉田，他只是一个街头摆摊修车的，暂时寄住在父母家里。陈青石说你在县城出生，在县城长大，你父母家人都住在县城，单凭这一点也够让人羡慕的了。

杨大力说，要说城里人，你自己才是一个真正的城里人，大学毕业，国家干部，又在政府机关工作。

杨大力很慌，很窘，很急。很想有力地争辩几句，又全然不知如何表达。但陈青石看得明白，此刻杨大力其实已经轻松了不少，他们的谈话不知不觉活跃起来，两人之间那层无形的隔阂也正在渐渐消失。陈青石一点也不否认自己的真诚和坦率，他在向一个朋友倾吐心灵深处的秘密，不过与此同时，又分明觉察出自己一番话语中暗藏的技巧与心机。有意无意间，他在极力贬损自己。他要以贬损自己的方式来迎合对方，甚至讨好对方，恭维对方。他要在不知不觉间帮助杨大力拆除内心那道无形的障碍，从而明白他和他原属一类人，他们是一路货色。

"那天回家后，你没事吧？"陈青石问。

"有什么事？"

"那些龟儿子，真想一个个给他们一耳光。"陈青石说。他指的仍是那天酒桌上的一伙人。

走过荒僻的路段，黄的白的蓝的各色灯光密集了，人也渐渐多起来。有一会工夫，他们跟在一对恋人身后走了一程又一程。说不上是偶然的巧合，或有意的跟踪。女的十分年轻、漂亮，短小紧身上装，线条流畅的长腿，一步一摇，抖抖颤颤。如此美好的身体一任身旁那个矮矮胖胖的男人搂着，姑娘不但不以为耻，反而得意扬扬，下巴颏旁若无人仰得老高，一个劲对着男人媚笑，好像整个世界不存在了，她的眼中只有他与她两个人。

“贱货!”一男一女在黑暗的巷道中消失了，陈青石松过一口气，恶狠狠骂道。

陈青石告诉杨大力，刚才跟在那对男女身后，他整个人紧张极了，心惊胆战注视着那男人的一双手，生怕它一不留意会触到姑娘柔嫩的胸脯，生怕它直接钻进姑娘的衣服里面。一男一女如此招摇过市，明摆着关系早不同一般，岂止触与钻的问题，什么可能都应该有了。不过陈青石禁不住仍要担心。背后发生的一切他管不着，他忍受不了眼前的残酷事实。

陈青石说每当在大街上看到一男一女手牵着手，肩搭着肩，他的心内便不由隐隐作痛，一遍遍绝望叹息：完了完了，又一个女人给污染了，糟践了，毁灭了。并且一切无可挽回。他真想大声提醒：姑娘们别上当，小心这些狗男人！想想这世界当真有些不可思议，大自然既然创造出许多美丽优雅的女性，为什么又听任她们让那些男人糟践呢？女人们明明给糟践了，为什么不但不深以为耻，反而要如此扬扬得意呢?

杨大力说：“一个女人没有男人糟践，她才会深以为耻吧。”

“假如可能，我想立即发布一道命令，将所有年轻漂亮，未经男人染指过的少女们保护起来，隔离起来，永远不许那些狗男人接近。”陈青石一句一句，宛若发表庄重的宣言。“我要让姑娘们认识到自己的崇高，自己的神圣不可侵犯。直到她们年纪大了，青春和美丽消失了，然后放她们到男人中间，她们想干什么就干什么，我再也管不着，也懒得管了。”

杨大力很有些同仇敌忾的意思，说：“那已经是一群老妈妈，谁稀罕管她们闲事。”

陈青石道：“不过，让这些老妈妈和男人们接触，又有什么意思呢？姑娘们的青春和美丽在隔离中白白消耗了，不同样是一种浪费，不更显得残酷吗?”

杨大力说：“看来，女人们还是应该让男人糟践的。”

两人一齐犯难了。

脚下的土路再一次变得狭窄，变得坎坷。三三两两的行人从身旁匆匆而过。一条老狗拖着尾巴在暗处奔跑。河坎下某一堆垃圾经过长久的酝酿，忽然自动燃烧起来，塑料的臭味，橡胶的臭味，破布片烂木头的臭味，刺激着人的鼻腔和胸膛。路旁零零落落散置着一些低矮的木板房，有墙有顶，有门有窗，还有那种敞格式的铺面。某一个时期这里大约也算得上一处生意兴隆之地，后来突然冷落了，人们一家接一家搬走，只留些一时搬不动的空房黑乎乎歪斜在路头，里面不时发出窸窸窣窣的可疑之声，说不上是人是兽，或其他类别的有声无形东西。

“知道今天下午我从哪来吗？”陈青石的样子有些神秘。

“你从哪来？”

陈青石说下午他到河对岸办事，独自一人爬到街边一座石头山顶坐过好久。石山给挖去一半，另一半于是高高翘在了空中。高压电线满天空发出嗡嗡的轰鸣，街道、房舍，和来来往往的行人都在脚下很深的地方陷落着。

“我这么居高临下，能把所有的行人看个清楚，而行人们各自心怀城府，忸怩作态，根本没料着头顶上正有一双眼睛一动不动看他们呢。”

杨大力问：“你看到什么了？”

“也没看到什么，就看到几辆汽车，”陈青石说，“有三辆外地的汽车，一样的颜色，一样的型号，好像一母所生的三兄弟、三胞胎，一辆挨着一辆停在马路那边，显得亲亲热热，相依相恋，怪可爱的。三个司机下来调整后视镜，检查车灯，又趴到车底下察看，你帮我一会，我帮你一会，说说笑笑，估计在做着进城的准备。后来一辆车子发动起来，缓缓开走了，另一辆车子也发动起来，缓缓开走了，剩下最后一辆仍稀里糊涂耽搁着。等它明白到什么，前面两辆车子已走出好远，于是它像一个失了伴的婴孩手忙脚乱，跌跌撞撞跟上去，样子孤单而可怜，让人看了怪不是滋味。”

“后来它赶上了吗?”

“当然赶上了。”陈青石想了想，笑了，似为这故事不成为故事而抱歉。

这天晚上，陈青石一直保持着亢奋的神情，他们一边谈话，脚下却没有半刻停留，县城的大街小巷给反反复复走了个遍，陈青石也把内心里的隐秘倒了个遍。后来又到水利局陈青石的住处坐过好久。等两人分开，已是深夜两三点钟了。陈青石不由十分尴尬，他想他今夜哪来那么多废话，并且乌七八糟都讲了些什么，纯粹一派胡言么。真不知道杨大力听后，会把他当成个什么。大约会当成一个丑态百出的流氓，一个有着变态心理的怪物吧。平心而论，陈青石并没有自己所形容的那样下作。这里有一种夸张的成分，有一种故意的丑化成分。丑化自己，从而获得一种与对方平等交往的资格。

坦率是不错的，但夸张却没有必要，自我丑化没有必要。除非一个人发了疯，陈青石想。

2

习惯一旦形成，以后想改，只怕都难了。

陈青石和杨大力在一起时，就像所有的男人在一起时一样，谈得最多的自然还是女人。

有一年冬天，陈青石经人介绍，认识了城郊蔬菜大队一位姑娘，名叫刘春香。介绍人吴老头，当时在水利局大院做门房，常喜欢坐在窗玻璃前，半侧起脸笑眯眯将进出行人打量。吴老头一笑，两片肥嘟嘟的嘴唇上下翻开，露出婴儿一般殷红鲜嫩的牙龈，及同样如婴儿般鲜嫩的疏疏落落的几颗小白牙，鼻头上的肉可笑地皱做一堆。

吴老头也许确实出于好心，但他把陈青石当成谁了？相亲，介绍对象，到底算什么鬼名堂？不就是乡村里俗男俗女玩的那套，不就是将一头公猪牵到随便哪里的一头母猪面前，然后躲在一旁笑眯眯露着几颗小白牙看它们热闹吗？从学校毕业不久的陈青石满脑袋不切实际的幻想，他把吴老头的行为当做对自己的极大侮辱，但他又实在禁不住对方死磨硬缠。吴老头一次次上门，说走走吧，随便出去走走，就算散了一次步吧。

在当时那个年头，一个大学毕业生还真叫稀罕的，因此有关陈青石与城郊蔬菜大队刘春香的交往，水利局大院内曾流传许多说法。说陈青石懵懂无知，身边又没人提醒，上了人家的大当，受了人家的愚弄；还有人自称实在看不下去，竟在半道上拦住陈青石，当面向他揭穿吴老头一伙的险恶用心。说蔬菜大队那是什么地方，一伙地地道道的农民，尽管户口在县城，吃的是城镇商品粮，名为职工，其实不外乎干些挑土担粪、施肥挖地的勾当。可陈青石不但没对别人的提醒表示丝毫感谢，相反，他反倒以为人家是别有用心。于是水利局院内的舆论忽然整个颠倒过来，纷纷议论起陈青石在蔬菜大队刘春香家的种种不堪表现。说陈青石吃饭时从来不敢上桌，陈青石吃饭要待在一个特别的地方，待在厨房里。他帮刘春香的母亲洗菜，劈柴，烧火，刘春香母亲偏爱这个未来的女婿，菜炒熟首先挑那好的满满盛上一碗，让他躲在灶门前独自吃。说陈青石在蔬菜大队嘴巴不知多甜，叫爸叫妈，叫叔叫婶，左邻右舍，上上下下，凡附近一带的菜农，他都亲亲热热叫得一丝不苟。

“陈青石看起来心高气傲，想不到私底下还藏有这么一手独门功夫。”同事们含笑打趣他。

每次同杨大力讲起这些，陈青石都有点痛不欲生，羞愧难当。他说尽管别人的传言多多少少有些夸张和丑化，但基本事实毕竟存在着。他实在弄不懂，当时自己怎会有那么一连串丑恶的表演。就算他出身乡村，内心卑怯，但毕竟在外面的城市读过几年书，也算见过些世面，有了点身份。现在置身一位郊区菜农的家里，不说有多大的优越感，至少也不应该猥琐到那种地步，肉麻到那种地步吧。

“简直是无耻，无耻之尤么。”陈青石感慨。

“你相信不相信，假如我要说，一个男人和一个女人同床共枕几个月，却没有过那种关系，那性的关系，你相信不相信？”有一天陈青石对杨大力说。“这是一对青年，身体各方面当然一切正常，充满属于那个年纪的骚动，对于异性，成天成夜想入非非。可是这样的一对青年男女躺到一起，赤身裸体相拥相抱，却能平心静气，相安无事度过一个又一个漫长的夜晚，你相信吗？”

陈青石严肃地说着，他的意思不言而喻：这样的事情绝对不可能发生，实际上这样的事情又恰恰发生了。男主角当然是他本人，女主角是他的恋人，刘春香。陈青石记得很清楚，第一次见面不久，刘春香的家人便安排他们在同一个房间睡觉。固然是两张床，但灯一熄，他们已睡到一起了，是刘春香主动钻到他这边来的。奇怪的一点便在这里，陈青石半点也不认为这就是机会。他一丝一毫的念头也没有。肉体的关系，性的关系，对于陈青石来说相当重大。假如他与她，刘春香，真的怎样了，那样了，他便完蛋了。陈青石说回过头来冷静分析，他认为自己可算得上一个极理智、极可怕的人。一时的懦弱，一时的善良谁也不可避免。他不忍心拒绝，不忍心伤害谁，不忍心伤害刘春香及刘春香同样善良的家人。不过所有的懦弱、善良、迁就，毕竟是暂时的，眼前的交往是暂时的。一切都可以来得及后悔。他从来没有与刘春香结婚的打算，没有与刘春香相守一生的打算。于是性的关系，肉体的关系，便意味着更深一层的关系，意味着后悔未必来得及。尽管在长久的肉体相对相缠中，陈青石也有激动的时候，似乎受不了了，陈青石说，事实上那都是假的，是装的。他装出来为着讨好刘春香的。他不断地问：行不行，行不行？假如刘春香点头，作一种郑重的允诺，他会顷刻间颓然废想，沉入万念俱灰的寂灭之中。

陈青石描述的无疑是一场战争，持久而又惨烈。战争中的陈青石充当着一位英雄，防守，退却，又防守，一步一步，一寸一寸地争和夺。陈青石说他最后的失守纯粹出于偶然。那是一个假日，他们待在房中无所事事，这样那样地闹着玩，根本没料到会有那种结果的。

3

同刘春香分手以后，接连几年陈青石再不敢与那些有意牵线搭桥的所谓介绍人接触，有时别人找上门，他也深以为耻，必脸红耳赤板起面孔予以拒绝，同时紧张地东看西看，生怕周围有什么人偷听了只言片语，以为他又在从事那见不得人的勾当。这时陈青石暗暗迷恋着单位上一位新分来的姑娘。姑娘名叫于苏苏，文静，忧郁，一口细脆的童音，边讲话边用惊恐而幼稚的眼睛盯着你。报到那天于苏苏穿着一件略嫌短小的白衬衫，身影从陈青石办公桌边晃过时，陈青石只听得轰隆一声，面前的一切都有些不甚分明了。

对女性异乎寻常的敏感，从陈青石很小的时候即开始表现出来。每到一处地方，他都要找到一个寄托感情的对象，似乎这便找到了安身立命的根本。可怕之处在于，他所有的投入都一厢情愿在私下进行，从不敢有一丝一毫表露。在心目中的异性面前，他永远如鬼打着一般惊慌。整整四五年时间，就同以往多次经历的那样，陈青石在沉默中无望地注视着于苏苏的一举一动，一颦一笑，承受着以此带给身心两方面的巨大损伤。这是真正的无可救药。四五年过去，于苏苏调往几百里路外一个城市，离别在即了，陈青石这才叹息着惊醒：他还没来得及与她正正经经说上一句话呢。

陈青石接触女性的唯一方式，看来只能通过那令人最接受不了的方式，就是通过介绍人，通过媒人。

随着年岁增长，不愿接受的事实也慢慢学着接受了，陈青石由介绍人带领，又出去相了几次亲。一见之下，他都不由愣住。他想这从哪里弄来一些稀奇古怪的女人，几乎算不上正经的人，而成了什么异类了。其中一个据说在县城一家灯具厂做工人，个子比陈青石高出一头，黑面皮，高颧骨，雷公嘴。有生以来从没见过如此之丑的女人，偏偏相亲时遇着了。另一位是城郊某机关的干部，早年由于诸种原因耽误了青春年华，陈青石不知这就是他未来的女朋友，还以为这是女朋友的母亲呢。

介绍人反复强调这样几个意思：第一，女方有正式工作；第二，结婚时要求不高，用不着花你多少钱，等等。由此可见，他们把陈青石当成那种找不到女人的老光棍了，穷，长相差，人又木讷，笨拙，加上到了一定年纪，加上老实可欺。可不管陈青石各方面条件如何差，也不至于要同那些怪物匹配吧。某一段时间，看着一个接一个鬼鬼祟祟登门的媒人，及那些从面前经过的半人半兽式丑女，陈青石禁不住一阵阵发慌，发傻，他想这到底怎么回事，她们为什么非得一齐盯住我不放？

每经过一次相亲，陈青石要在床上大睡一天两天，人如死去一般，实在没有了勇气，没有脸面再一次面对这个世界。他发誓再不能随便听人摆布，他也受不了一次半次打击了。不过下回有人邀他到什么地方走走时，半推半就中还会稀里糊涂默认下来。于是又一次满怀羞辱而归，又一次关起门在床上大睡一天两天。从某方面看，陈青石说他大概有些变态了，他的面貌，神情，不知不觉似乎也一起发生着可怕的变化，人们不止一次提醒说，陈青石看女人的目光凶狠而猥亵，那一瞥之间都不像目光了，那是一束束射向女人的箭镞。

陈青石讲过，杨大力也跟着谈到自己的一些经历。有时陈青石话音未落，杨大力已迫不及待插进来。杨大力说："不管怎样，虽说你不敢跟女人接触，但你敢看她们，目光还那么直接，凶狠。你想象得出我到了什么程度吗？"

陈青石道："你到了什么程度？"

杨大力忽然畏怯了，满脸通红一笑："你说呢？"

陈青石道："莫非你看都不敢看她们一眼？"

"不是不敢看，是我没资格看！"杨大力说，"我根本就没有看她们一眼的资格。"

在生活中，杨大力无疑是一个典型的正派人、规矩人，从来没有过半点可资回忆的艳遇，甚至不存任何非分之想。他要让别人，也让自己以为，他对什么女性，女人，打内心不感兴趣。他觉得那没意思，根本就半点意思也没有。每天出入车铺的女人不在少数，杨大力打气就打气，补胎就补胎，自始至终目不斜视，心静如水。

做到这一点其实并不难，杨大力说做到这一点其实容易不过。只用稍稍设想一下，在这里，在县城，他杨大力是个什么样的货色呢？他是一个外人，一个无业游民，无住处，无户籍，无福利、医疗等方面的保障，假如哪天病了，或让人打了，打死打伤算一个白打，没有半点依托的。他的父母算什么父母，他的家庭算什么家庭，除了唉声叹气，哭哭啼啼，令人徒增烦恼外，还能有点什么？杨大力更担心一旦目标闹大，他的无职业、无户籍、无保障，人人可以得而欺之的黑户身份会暴露在光天化日之下。他羡慕着大街上的每一个人，这些人哪怕再穷，再窝囊，哪怕瞎子跛子哑巴，都比他强。他们有县城户口，他们是这里的主人。有时出入街头巷尾，无事独自闲逛的时候，看戏看电影，散场后离开座位的时候，他也会很忘形，仿佛与身旁熙熙攘攘的人一般无二了。只有内心里清楚，他与他们并非同类。

这个时候可以设想，假如像他，像杨大力，这么一副不人不鬼模样，连起码的生存能力、生存权利都没有，起码的做人资格都没有，竟也会想那种事，想什么女人，不是令人奇怪之至吗？不说别人，他自己首先就不能容许自己，不能原谅自己。他会看不起自己的。

4

杨大力讲过这么一个故事。有一位在河滨酒家帮工的姑娘，年纪较小，人也天真，因为离得近，空闲时常来车铺找杨大力聊天，说些有关车铺和餐馆的话题。“那个肉麻啊。”小姑娘感叹。她这说的是餐馆的内幕，比如菜洗不干净，洗菜的水又怎么脏，菜料馊坏变质等。她说她有时看着一桌齐齐整整的人吃饭，她都以为是一窝猪在那里拱槽了。她尤其看不惯那些指手画脚的女顾客。“吃餐饭好了不起，婊子婆！”小姑娘说。在她眼里，所有同男人一起来吃饭的都不是正经女人，都是吃的那个的饭。

小姑娘言辞粗俗不堪，不过在粗俗的背后，恰又透出几分真纯与可爱。来往久了，杨大力不傻，姑娘也不懂掩饰，他看出她很有些那种感情了。杨大力颤抖着想，这都是送到嘴边的肉了。然而他不敢。姑娘是一个乡下姑娘，长得又丑，何况粗俗。与这种人有了什么，会让别人笑死的。一个黑户，一个丑女，门当户对，一双活宝，等等，杨大力承受不了如此打击。于是，他有意无意避起嫌来。他不愿让别人产生误解，不愿让黑户与丑女形成某种对照。大概他的神情上有所表现吧，小姑娘渐渐来得少了。

在一个春末或秋初的夜晚，九到十点钟，杨大力骑车从城外回来，忽看到几步开外，那位姑娘手拿一把黑伞独自踽踽而行。杨大力停了车与她同走，问这一晚从哪来。小姑娘说了从哪来。这一刻杨大力半点犹疑也没有，指指公路旁一条岔道，说我们到那走走吧。姑娘也没有半点犹疑。杨大力按压住心内的狂跳，到一个低洼处，他胡乱丢了车子，抱住姑娘用劲吻了。“黑户与丑女终于走到了一起，”有一个声音，清清楚楚在杨大力耳边响起。杨大力立时惊醒，不由兴味索然，恶心欲吐。他紧张思索，怎么收场，怎么了结？

当杨大力一只手探入姑娘衬衣，要向胸部去时，姑娘挣扎了一下。杨大力抓住机会，装作受到无限打击的样子，痛苦地低下头，扶起车回身就走。上了公路，他借口想起某件事，同姑娘解释一句，又向城外飞快骑去。

陈青石问：“后来呢？”

“后来么，后来就没什么后来了。”杨大力皱缩起面孔，痛苦而尴尬地笑。

杨大力骑着车子，在城外毫无目的地逛了大半夜，尽量推迟回家时间。他一边责骂着自己的荒唐与无聊，一边设想可能出现的种种情况，如丑姑娘怎样向沈老板哭诉，沈老板又带着她找杨大力父母理论等等。临回家前，他特意弯到河滨酒家门前观察动静，餐馆早已熄灯，并无半点人声，家里也一切如常。为了避一避风头，杨大力找了个借口到乡下亲戚家一住多日，等他重新回来，丑姑娘已不见了。丑姑娘跟着几个小伙伴出远门做工去了。

故事讲完，杨大力神色紧张，一再嘱咐陈青石："这事只你一个人知道，千万不能同其他人说，说了我就完蛋了。"

陈青石说："不会，说了不会。"

两位朋友比赛着诉说各自的无能，各自的不堪与猥琐，失败和耻辱。无论话题多么沉重，表情却始终轻松，兴奋，仿佛那根本不算什么出丑卖乖，丢人现眼，倒是多么光荣的事情了。换句话说，出丑卖乖、丢人现眼本身就很光荣，就值得吹嘘。谁出的丑最大，丢的人最多，谁便具有了最大的荣耀。在这里，在两个朋友之间，存在着迥异于外界的另一种原则，另一种标准。依照这种标准，这种原则，陈青石和杨大力，这两个社会上的失败者，两个被正常生活摒弃的人，成了真正的英雄。他们毫不犹豫地以英雄姿态，傲慢的、居高临下的口气，来表达与日常生活的势不两立，尽情嘲弄那在别人看来一本正经的一切。

"什么东西!"他们说。

"--个人怎么就那样?"他们说。

"妈的见鬼去吧!"最后他们说。

陈青石和杨大力躲在不为人知的某一角落，得意地哈哈大笑了。他们从最隐秘处，最幽深处彻底解放了自己。

第六章

1

吴翠红一觉睡醒，感觉什么地方不对劲，习惯性伸手到旁边一捞，却捞了个空。她想都到哪一夜了，这人还没回家？心中慌乱，一翻身坐了起来。坐起后更清醒了些，才觉原本没必要慌乱的，半夜三更不回，在那人原属常事。吴翠红把床头的小日光灯拉亮，斜躺着慢慢等待。祠堂外的巷套里不时传来脚步声，沙沙，啦啦。总以为这就是了，却又不是。巷子里有人走动，时间大约不能算太晚吧。吴翠红寻思，随着又迷迷糊糊起来。后来终于等到丈夫回家，吴翠红缓过一口气，仔细听那熟悉的声音。那人将渔网渔篓挂到檐前的廓柱上。那人掏钥匙开门。那人换鞋，脚板在地面拖动。那人推开中门进房了。

“好冷。”杨竹生站在房中脱身上的外衣，同时打了一个抖颤。吴翠红看见，他的外衣濡湿，头发、胡须、眉毛，一齐湿得厉害。

吴翠红惊讶道：“这是下雨了？”

吴翠红说：“不小心摔到哪里了吗？”

“摔也没摔到哪里，”杨竹生又打过一个抖颤，“让露水打的。这半夜，河边的露水重得很。”

吴翠红心里发急，想说一个人让露水湿成这样，还不快去烧点热水洗个澡？话没喊出，人忽然醒了。才知原是做了个梦。床前，房中，空荡荡连个人影也没，唯见头顶的日光灯绿荧荧照着。可刚才怎回事，那人，那声音，那透湿的衣透湿的头发，未免过于真切，无论如何不能说仅是个梦吧。

魂。

或者，是鬼?

有一阵冷风，阴风，也可能不是风，是日光灯的荧荧绿光从面前拂过，吴翠红全身的汗毛嗖的一下纷纷倒竖。

下床时吴翠红碰倒了一只木桶，声音很响，外间床上有了动静。吴翠红隐隐约约想，房里这还有人。吴翠红又想，月季吧，小月吧。吴翠红让自己安定了一些。

“月季，月季吗，你爸还没回呢。”

“嗯。”月季含混着答应一声。

“月季。”吴翠红拉亮外间电灯。“这一夜你爸为什么还不回家?”

“我爸怎么了?”

月季掀开被子要下床，但灯光刺眼，她的动作给人猛击一下似的停在中途。

“你爸吃过晚饭出去网鱼，这一夜还没见回呢。”

月季不再说什么，一边手忙脚乱穿衣，一边推床里的小月。小月却如一段木头，任你如何用力，始终不见纹丝反应。吴翠红说别推了，这瘟猪。月季说让她起来也多个伴。吴翠红说不指望她做伴，我们到车铺找大力，让小月看家。

手电筒久置没用，要亮不亮的，月季用劲拍打。刚带上门出来，忽听得身后传来一声嘶叫：

“妈!”

小月说：“妈，你们去哪?”

“你管我们去哪，”月季恶狠狠道，“你好好待在房里看家!”

“我不看家，我也要跟你们出去!”小月同样恶狠狠。她穿件单衣跑出门了。吴翠红没法，耐心哄了她回头把衣服加上。月季气狠了，却发作不出。

走出祠堂大门，母女三人猛觉到衣服穿得太少，冷风飕飕朝嗓子眼里灌。小月把衣襟搂紧了，发丝蓬乱，猴一般贴向母亲胸前。

“刚才我做了一个梦，梦见你爸回来了。”吴翠红说。

要是魂，吴翠红想，魂，应该走路没声音的。可我听到了声音，脚板的声音，挂渔网渔篓的声音，掏钥匙开门的声音。

吴翠红说：“你爸的衣服和头发，一齐湿透了。他说河边露水好重。”

明明没人，怎又能听到声音呢。

记得吃过晚饭，杨竹生肩扛网竿，手提渔篓鱼饵出门时，吴翠红曾极力阻拦过。吴翠红托说有事，让他好歹在家待上一晚。她后来还拉住他的手臂。她想她今夜因为什么，要拦住他不让出门呢。这里大概有一种叫做预感的东西。预感往往不可思议，却又无可勘破，无可遏止。湿是什么意思。全身衣服湿透了，连头发，连胡须，连眉毛，那不正是从水里爬出来的样子吗？

吴翠红控制着不让自己哭出声，她怕吓着月季和小月。何况这么个深夜，母女三人在街头哭哭啼啼，人家真不知发生什么了。吴翠红反复同自己说不会的，在此之前，同样的担心已经太多，结果每次都虚惊一场，每次那人都好端端回来。

不过，也许。也许呢？这样的事是什么事，一次半次就够了，一次，完了就完了。走多了夜路总会碰到鬼，吴翠红想起人们常说的一句话。何况他夜夜在外，何况这网鱼还网出个稀奇，非要到那冷僻处，到一般人白天也不敢到的地方。

很多回当丈夫夜晚出门，吴翠红会默默无语跟在后面。吴翠红的意思一为做伴，二则考虑到万一遇上个好歹，旁边总有个呼叫的人。吴翠红帮丈夫扛着渔篓，又将他腰间挂的电筒和蓄电池端在手中，看丈夫在疏淡的光影中撒网，起网。这时刻，杨竹生总有诸多的不满处。

“这边，你照这边！”丈夫的声音在河坎下，在树丛中单调响起。

河面上也不孤寂，时有猎鱼的小船顺流而下，或在滩头湾角萦回，船脑上雪亮的灯盏明明灭灭，划桨声和人语声若有若无。当然更多的日子，偌大一个河谷唯有她，和她丈夫两个人。吴翠红暗暗不安，催杨竹生早点回家。杨竹生冷着脸慢条斯理，撒网，收网，时不时摸出腰间的酒瓶喝一口两口。吴翠红一贯反对丈夫过多过频喝酒的，此刻在深夜的水流旁，她也感觉酒毕竟是好。酒驱湿气，也驱邪气。酒最能激发一个男人身上的阳和刚。吴翠红想象着，也许岸边或水中暗藏的龌龊东西一闻酒气，及酒气所激励而出的旺盛人气，便会胆寒而退吧。

到修车铺见到杨大力，恰好陈青石也在。真是大喜过望。几个人边出门边商量怎么个找法。杨大力主张先回家看看，然后顺祠堂左侧的小巷到河边。那是一条直路，是这位抓鱼人走惯的路。吴翠红和月季点头同意。陈青石说我们急也不用急的，我们急了也白急，或许这边四处找人，那边人早回家了。

吴翠红高兴道："我也这么想。"

"前面都是谁，半夜三更聚在大街上聊闲天?"随着声音，街道那边的暗影里颤巍巍钻出一个人。仔细分辨，不是杨竹生那畜生是谁，一肩扛渔网，一肩背渔篓，正咧开大嘴朝着这伙人傻笑。

"都在这，一个不少。"杨竹生说。看那意思，他倒有什么不好理解了。

"你个老死尸，赖在河边还舍得回来呀，"吴翠红兴奋之余，声音都有些变调了。

月季说："爸，你随身带的电筒呢，不声不响钻出来也不怕吓坏了别人?"

下一天晚上，吴翠红说什么也不让丈夫出门，同时她要求杨大力也回家睡觉。杨竹生父子当然没那么容易服人，独今天温顺得很，这边开口一说，两人一齐默默无言，算是答应了。在吴翠红战栗的话语，紧张的神情面前，他们不能不受到感染。

天黑后下起了小雨，吴翠红早早安顿丈夫睡下，自己转身去了趟敬老院，将几位老人的衣服送过去。在家里以为雨小，到巷头就着灯光一看，雨大得很，地面都起花了。夜深时又刮开了风，吴翠红担心向街的窗户会张雨。再一想大约不至于吧，窗外用雨棚撑好了的。不久她听到一种声音，细小，却清晰，突出于其他声音之外。不是风声，应该相当于风吹动什么东西发出的，比如洞穴，比如纸页。仍然不像，是火苗那样的啸叫，呼呼的，呜呜的，捉摸不透。吴翠红侧耳倾听，越听越清醒。声音隐隐从大衣柜顶端传来。大衣柜顶能有点什么？她借口小解，下床查看。

大衣柜上堆了些杂物，瓶、罐、纸壳、棕叶，一摸一手灰尘，并无半点可疑之处。这才想到隔壁的厨房。会不会烧饭时火灰没熄透，经风一吹，引燃了灶门边的柴草？吴翠红推开门，跌跌撞撞冲出去。没有。厨房里暗黑一团，同样什么动静也没有。拉亮灯细细搜寻一遍，真的什么也没有，一切正常。

“厨房漏雨了吗？”杨竹生问。杨竹生让她的出出进进闹醒了。

“没漏，你睡你的。”

吴翠红躺到床上，不敢翻身，静心捕捉声音的具体方位。她准备等丈夫入睡后，再悄悄查看一下。不把事情弄个清亮，她想她无法安心睡那觉的。此刻发觉，其实声音并非来自大衣柜顶。声音来自大衣柜顶的顶上。楼上。

大力在楼上。会不会是他抽烟，引燃了棉被衣物什么？

“这又有事了？”杨竹生拉亮床头的日光灯。

“我，上楼看看，”吴翠红支吾着，“看房顶漏雨了没有。”

“这个鬼女人，”杨竹生叹息一声，给她扔过一件衣服，“仔细披好，别着凉了又要花钱看病。”

吴翠红捏好电筒，轻手轻脚上楼。实在不好再吵醒谁了，又不能不管那声音。细密的雨点敲击屋瓦，恰似无数蚂蚁在头顶啃啮。吴翠红这里听听，那里照照，同时借手电筒的余光向深处张望，担心杨大力暗中醒来，会偷窥到她的怪异模样。“这也叫睡觉，”吴翠红嘟囔着，体内有什么一下一下抽动。杨大力衣服也没脱，就那么坐着睡过去了。

楼上各处寻遍，仍没寻出个结果，怪异的声音依然怪异，飘飘忽忽，捉摸不定。似乎也不在楼上，倒在屋瓦之外，从祠堂前的巷套传来。如此则可以放心了。她准备将杨大力唤醒，让他脱掉衣服躺下。

随着电筒的光照，吴翠红愣住了。她怕自己没看清楚，静立片刻，又用电筒晃来晃去。她想怎么回事，三十不到的年纪，这么一副模样了？

杨大力背靠床头的一只大木柜，脑袋微微仰起，嘴张开，脸部皮肉松弛，一片一片向下垂落，面容苍老得吓人，死尸一般的。吴翠红想这躺在自己面前的哪是自己儿子，明明是街口常见的那种老头么。她忽然有些害怕了。

“大力，你睡好呀。”吴翠红叫。她抓住儿子的手臂摇晃，轻轻地，然后重重地。

这夜剩下的时间，吴翠红失去睡意。脑子很乱，何况还有那声音。声音始终没有固定的方位，忽远忽近，或上或下，每当你略有些迷糊，它能突然之间清晰起来。直等到天亮后，吴翠红再一次从迷糊中醒转，这才发觉声音已经彻底消失。“出鬼呢，”她愤愤想，接着迷糊过去。

“月季，上午有时间吗？”吃早饭时杨竹生吩咐，“有时间陪你妈到医院看看病。”

“给谁看病？给我看病？”吴翠红没有睡好，此时呵欠连天，碗筷当作碗筷摆着，全然懒得一动的样子。吴翠红问：“我有什么病？”

“自己得了什么病还不知道？神经病！”月季与小月同时大喝一声。

原来，昨夜一家人都让她吵得没有睡好。

2

杨大力的母亲吴翠红几次招呼陈青石，说有话要同他说。陈青石等着她说，偏又没了下文。陈青石并不在意。这时候陈青石随着杨大力来来去去，在祠堂里混得久了，一家上下逐渐熟稔起来。吴翠红按照乡下习惯，让月季和小月称陈青石为小陈哥哥，吴翠红也跟着女儿一道，竟一口一个小陈哥哥叫着，其口气的自然与随意让人甚不自在。月季和小月有时忘了，或说话快了直呼陈青石其名，吴翠红会在一旁挤眉弄眼，恶狠狠瞪她们。月季、小月懂她的意思，却故作不懂，佯嗔道："神神鬼鬼，什么嘛!"吴翠红措手不及，慌忙道："没什么，没什么。"两个女儿一贯不满母亲在人情礼节上的过多讲究，看她一副狼狈模样，暗暗都有些幸灾乐祸。

第一次置身祠堂一角，陈青石的惊奇委实无法形容。这个家庭的每一成员都与杨大力一样，身材高挑颀长，皮肤细腻白皙，神情上却又拘谨羞怯，内心脆弱谦卑。杨大力的父亲杨竹生在位于城郊的歌山造纸厂做着一名操作工，早上七点半准时到大桥头乘厂车，进车间后匆匆换上大皮裙、高统靴，半白的头发蓬松着，混杂于一群年轻人之间，在化浆池边走来走去。杨竹生的嗜好有三：喝酒，网鱼，讲风凉话。酒喝不多，每餐两小瓷盅，这是吴翠红给定的量。当然深夜在河边除外。据说杨竹生网鱼的收获与酒也有极大关系，网起网落间，他不时取下腰间的酒壶深吸一口，噗噗喷到昏黄漆黑的水面。小鱼小虾们逐酒香而来，然后在晕晕乎乎中甘愿给一网打尽。这位河路上的英雄卸下渔网，回到家里，便任何事情也拿不了主见，甚至辛苦弄回的鱼们虾们在木盆里变质腐烂了，他宁愿在一旁闭目闲坐，也不懂得上前伸一伸手。你这边逼紧了，让他坐不住了，他可能会扛上渔网再次出门。

操持家务的自然是吴翠红，遭人怨惹人愤的也是吴翠红。平日讲起这位家庭主妇，全家上下一律不屑一顾。杨大力说："她晓得什么。"杨竹生叹息一声："这个鬼女人。"月季和小月有点恨铁不成钢："我们的老娘好懵懂啊。"杨大力出生前几年，偏僻山乡的青年农妇吴翠红整日以泪洗面，茅草房里四壁空空，瓦缸里再无隔夜之米，她的那位二流子丈夫杨竹生却百事不管，成天趿一双半截鞋，在村头村尾蹭来蹭去，惹得人人厌弃。谁知孬人自有孬人的福气，此时政府下达硬性指标，让各村各队选派农民积极分子进城，进新办的工厂，支援国家建设。二流子杨竹生经一致举荐，脱掉半截鞋，成了国营造纸厂的正式职工，连带吴翠红也成了县城人，吃上商品粮。好多年以后，那些举荐的村人这才后悔不迭。不过孬人毕竟算孬人，哪怕进了城，也算城里的孬人，几十年过去，操作工杨竹生仍做造纸厂的普通操作工，即便捕鱼捞虾的技艺，也还是光着屁股自小在山村里练就的。而对吴翠红来说，县城里的日月一直靠着打零工煎熬过来，修路工地砸石头，建筑工地搅石灰，拖了板车去河滩拉沙子，到县医院传染科打扫肝炎、肺结核病人带血带脓的痰迹，什么事没干过，什么事都干过。近几年吴翠红经人介绍，在民政局所属的社会福利院为孤寡老人洗衣做饭，兼带负责院里院外的清洁卫生。

陈青石暗自琢磨，祠堂里这一家人整体性呈现出一副良好的身形体态，除了遗传因素，还应该与杨竹生式的二流子传统惰性有关，也与他们日常的食物结构，与那些小鱼小虾有关。一个人遇事不关痛痒，不做努力，他们没有能耐做什么努力，也就免操了那份心。这样一来，在艰难困窘中反倒制造出一种安静恬适的别样境界，从而导致身体上下的舒张伸展，自由变化。至于食物结构之类说法，陈青石也是从报纸书籍上看来，相信不会全无道理。报上说鱼类对人体富有多种特殊的营养，报上还举例说某些民族从体质到精神之所以非同一般，就因为他们靠近海，具体说他们靠近了鱼。当然这里存在着本质的区别，杨家以鱼为食绝非出于营养学角度的考虑。杨家吃不起肉，甚至连一般的菜蔬也无法吃上。他们一日三餐面对的唯有鱼，唯有那些自己捕捞而来，不花费一分一厘钱的小鱼小虾。

借助一年四季源源不断的鱼虾，及被鱼虾们所渗透的每一个平常而窘困的日子，吴翠红的才能得到了充分发挥。这里的生活的确过于博大精深，绝非一般人所能想象。比如鱼虾，新鲜时的小鱼小虾一般说来并无多大食用价值，何况数量过多，一家几口根本无法及时吃完。吴翠红习惯制成鱼干虾干，香硬嘣脆，随便撒点盐末、酱末、蒜末、辣椒壳，连骨头带脑袋一齐嚼了，其味无穷。鱼有咸干、淡干、辣干、黄干、白干、片干，虾有虾米、虾酱、虾粉、虾汁，分类极多。鱼虾的作用，或自吃，或摆到街头零卖，或用于人情交际，这些都在吴翠红的精心算计之中。又比如烧火做饭。我们日常所说的木柴，在这里应具体划分为两个迥然不同的层次：一是柴，一是炭。炒菜需明火，用柴，煮饭只要达到一定的热力即可，用炭。吴翠红能把木柴烧到那样的程度，既正常发挥了火力，燃烧后的红炭又不会很快熔化，条是条，颗是颗，装进灶侧的圆颈大坛，封盖，捡出来黑亮晶莹，嘎嘎作铜音。

炭因为其小，其细，这里都以条，以颗，以粒计算。打了多少米，放了多少水，需用多少炭；条炭多少，颗炭多少，粒炭又多少，早经过精确的测试，精确的搭配。炭粒燃烧到何等程度锅里会发响，又到何等程度锅里悄悄沸腾，炭火由明转暗，饭正在焖着。等炭粒烧透，化为灰烬，一锅白灿灿、热腾腾的米饭已花一般开放了。而饭后留在灶膛里的余温，多半还可以烤一锅金黄脆亮的鱼干呢。

也许从小受到耳濡目染，小月很好地继承了母亲的秉性，深通厨房里的学问，吃的学问。初中毕业后小月即停学回家。上街找点事做嫌年纪小了，甩手甩脚出门溜达，又嫌年纪大了，于是她一头扎进炉灶间，玩那各式各样把戏。别看小月人高马大，亭亭玉立，俨然一位成熟的姑娘，性格上却半点未脱孩子气，几颗花生，一小撮黄豆，半捧面粉，她能油盐酱醋一齐上，煎、炒、煮、烹，弄得热气腾腾，火星四溅。随后用小碟子装了，一个人躲到房深处慢悠悠品尝。应该说小月的入迷之处，陶醉之处不只在吃，更在煎、炒、煮、烹的过程本身。有时候吴翠红忙不过来，让小月帮着洗米洗菜，小月也能洗出无穷乐趣。她惊叹米中的沙粒之多，淘过后舍不得丢掉，一粒一粒晾干收起，日积月累，竟然贮了尖尖一碗。小月视若珍宝，用铁盒装了，埋进木箱深处。楼上楼下，厨房内外，到处藏有小月的诸般秘密，针头线脑，红纸绿布，石头瓦片，应有尽有。假如你在暗黑的墙壁上，在潮湿的过道边发现一处新鲜泥迹，你千万别抠破它，那是小月的圣地，里面封存了一只孤僧老道般神秘的土蜂，或红蜻蜓、黑蚂蚁、粉蝴蝶之类。

月季比小月大两岁，比杨大力却整整小了七八岁，偏黑，偏矮，也偏胖，外貌上与这个家庭多少保持了一段距离。同小月站在一起，不像个姐姐，倒好似一个妹妹了。吴翠红、杨竹生时而拿她开玩笑，说月季不是我们生的，是下乡时从路边捡来的，不然怎会谁也不像，不知像个谁了。月季说我谁也不稀罕，我像我自己！月季勤劳，细心，能体谅人，年纪不大，已随父亲到造纸厂干了两三年的临时工，每月按时把小小一份工资交在吴翠红手中，并指望着哪一天能拿到一个招工指标转正。早晚在家，月季分担了不少家务，洗衣，做饭，搞卫生，休息日随母亲到河滩，到对面山垅山脚挖地种菜，担水挑粪，或到更远的高山上砍柴，从无半点怨言。

月季的怨言来自小月那边。月季体谅家庭，舍不得母亲，不过她的体谅，她的舍不得有一个先决条件，这便是拼定了小月，让小月也要同她一道体谅，一道舍不得。无论大事小事，动手之前月季首先要花上许多工夫，仔仔细细把任务一分为二，一半属自己，一半留给小月。结果证明她的工夫白费了，小月根本不吃这套，随你怎讲怎劝，好话说尽，坏话说尽，不好不坏的话都说尽，小月自始至终一声不吭，躲在锅头灶尾忙她的。月季最看不惯那股浑劲，那吃，那只为了一张嘴。她想这哪能算一个人，这是猪也不如的东西么！当然气归气，面对这样的浑人，你能有一点什么办法？月季把分开的任务重新调整了，一边多的，一边少的，一边重的，一边轻的。月季同小月说：

“你做轻的，我做重的，你做少的，我做多的，这该行得吧？”

可是不行，小月仍一味默不作声，不理不睬。她根本不屑于抬头看你一眼么。月季再三忍耐，退让，由哄，到等，又由等，到哄，以至于骂了。

“你到底管不管小月，你不管我可要管了，”月季满怀怨愤跑到吴翠红面前告状。“根本就没有家教。根本就是一头猪！剥无皮，杀无血……”

月季话没说完，已遭到做母亲的迎头痛斥。

“你愿做就做，不愿做别做，不稀罕你做，别啰里吧唆惹我心烦！”吴翠红说，“讲起还算一个姐姐，成天小月长小月短。小月怎么了，小月哪点不如你了？”

好心得不到好报，好心当成驴肝肺，月季喃喃自语，泪流满面了。再不做了，再不管了，再做我是畜生，是猪，是狗，是死爷的死娘的!

月季一遍遍发誓不做，且用毒咒来阻止自己，约束自己。可是一口气咽下，第二天看到母亲独自吃力受累，忍不住又走上前要帮一把了。

3

周玉燕托人带信来县城，让杨大力近几天务必抽点空，到周家铺她父母家帮忙。周家的几亩稻田亟待翻耕，然后点上油菜。周玉燕的哥哥在福建加工藤椅，一时半刻不能按时返回。季节不等人，家里上下都很着急。有事没事到周家铺帮工，在杨大力原属常事，接信后他二话没说，提前吃过中饭，找出几件换洗衣物夹在车后架匆匆上路。一小时后到达玉田，又过十几分钟，杨大力已把自行车撑在周玉燕娘家门前的地场上。

杨大力病了。事后据医生介绍，这种病一般多发在田间劳作的人身上，由人体接触禽畜的粪便而感染，不过杨大力相信，他的发病应该与刚到周家铺时喝下的那几瓢凉水有更直接关系。经过长时间长途奔波，杨大力全身汗透，焦渴难耐。周玉燕的母亲为人一贯很怠慢，面容淡漠地站在阶沿喂一群鸡，看到他宛若没看到一般，低了头边一把一把抛谷撒粒，边清点她的鸡数。大鸡小鸡一个个伸头翘尾，你挤我推，相互穿插，相互啄击，鸡群时聚时散，变幻不定，让老太婆数无可数。杨大力无法等待，径自跑到厨房找水喝。平日装凉水的白瓷罐是空的，几只开水瓶同样都是空的。杨大力揭开墙角的缸盖，舀水仰脖猛灌一气。几瓢凉水喝下，身子激灵灵打过个抖颤。杨大力当即感觉不好，他想他不该喝下这么多，这么快的。极冷和极热的东西猛然交融到一处，说不定就能给你激出一个什么毛病。整整一个下午，那种冰冰凉凉、闷闷胀胀的感觉，一直缠绕体内，似乎喝下的不是水，而是一块冰冷的石头。接着还有些头晕、乏力，手中的锄柄，肩上的担子，一齐跟着沉重无比。

杨大力意识到自己病了，病得不轻。

“玉燕。”这天早上出门，杨大力手扶厨房门框，迟迟疑疑叫了一声。铺子里仍然很忙，三个徒弟中，叶云琴、周小芬又因事请了假各自回家，留下来的李玉花身子重惯了，这么晚仍赖在住处不见人影。周玉燕在厨房洗衣弄饭，院里院外、灶上灶下地穿梭起伏。杨斯刚从床上爬起，赤脚，光着两腿，双眼迷糊地蹲在后院矮墙边，手拿一块木片死命往墙缝里戳蚂蚁。早晨的阳光晒着敞开的窗扇，街头人迹稀疏。杨大力原准备同妻子说点什么，也顿时失去说的勇气。周家铺那边翻地担粪一片繁忙，特意请你过来帮一把，你怎好意思开口说病，说什么不舒服。

吴翠红到玉田时，杨大力躺在床上已不能起身了。

吴翠红也没料到，自己会在这个时候赶来玉田。半上午，敬老院的几个卫生员忙完手头杂事，各自揪着汗湿的衣衫站在回廊吹风，同事江师母那在味精厂开车的儿子大毛找进门，将一串钥匙交在母亲手里。大毛临时出车，老婆头天却回娘家了，家里无人，想让母亲夜里住过去照看一下。

大毛交代完跨出院门，母亲又把他喊住：“我这里有一个人到玉田，你帮着带一下。”

江师母话音刚落，旁边一人已转身大叫：“翠红，翠红，快过来!”

吴翠红没有准备，双手在腰裙上直抹，不知该去好还是不去好。

吴翠红说：“大忙的天，又没什么事的。”

“不是口口声声要去玉田看孙女，看儿媳妇吗，”旁边几人热心撺掇。“平日想去还去不了呢，这顺车顺道的，又不去了?”

“江师母让你去你就去!”江师母使劲把她往大门外推，“院里的事别担心，有我们大伙呢。一人伸把手，有多少事做不完的?”

车子顺大街兜过几个圈，七弯八绕在巷口停住。吴翠红这才定下心，小跑着回家换过件衣服，捡上几样吃食，且给小月简要作好交代。

没承想一到玉田，进门就遇上这么件大事，儿子独自躺在缝纫铺里间的竹躺椅上，脸色血红，全身发烫，一手摸过去，好像摸着一只炙热的炭炉。吴翠红往起一蹦。

“这人怎么了？大力你这是病了？”

“头有点痛。”杨大力睁了睁眼睛，随即又慢慢闭上。

“头怎么痛？头很痛吗？”吴翠红问。

“感冒哇！”周玉燕在外间大声答。

周玉燕说：“昨天我找了上街的徐长子来看过，他说是流行性感冒，打一针，吃点药，睡上一觉没事的。”

徐长子本是个兽医，专门走乡串村给人劁猪阉鸡。后来他把手艺传给儿子，自己在上街头开了个中药铺，进药卖药的同时，弄了个听诊器成天挂在胸前，装模作样看起人的病。吴翠红当然信不过这种半吊子医生，她从额角到胸脯，将儿子全身各处摸了一遍，神色凝重地走出来。

“玉燕，你们快帮我把大力扶到医院去，这不像感冒呢！”

周玉燕似乎突然清醒过来，也有些惊慌：“不是感冒？可徐长子明明说了的……”

两人一边一个扶杨大力站起。杨大力已经失去站的力气，身子一阵歪扭，竟砰地跌回躺椅，脑袋仰起直喘粗气。吴翠红用带哭的声音大力大力叫着，发疯那般再去扶。周玉燕让她略等一会，转身吩咐李玉花到街头叫几个人来帮忙。

“这还能等？”吴翠红道，“一个人到这种地步，你以为还能等？”她立稳双脚，躬定身子，想也没想背起儿子就向门外窜。

“玉花，玉花呀。”身后周玉燕大声招呼李玉花回来照顾铺面。

杨大力坚持着要自己下来走，不让母亲背。杨大力个大，身沉，加上一番挣扎，吴翠红愈加踉踉跄跄，眼看两人就要一同栽到地面了，吴翠红不松手，不说话，憋住气埋头往前奔。周玉燕几次想替换她一下，她只是个不理。街头的行人纷纷驻足观看，议论着发生了什么事，议论哪里来的妇女，能身负如此牛高马大一个男人疾步如飞。

幸亏抢救及时，否则一个人这就算送掉了。医生说，再晚来个半天一天，甚至晚来两三个小时，这人肯定没得救。这是歌山一带最为流行的病，叫什么钩端螺旋体，开头仅仅头痛脑热，确乎与一般的感冒没多大区别。一两天后体温突然升高，然后开始吐血。等到口腔见血，所有的话你都不用再说。那血不是吐，那是喷，是射了，谁有能力阻止得住？在此之前，像这般患钩端螺旋体病吐血而死的，扳扳指头周边村子上能数出好几个，县里有关部门还专门下发过紧急情况通报，让各地医院密切注意。

杨大力在玉田医院住了三天，吴翠红也一刻不离守护了三天。

第七章

1

“回头想想你就知道，这有多怕人！”吴翠红心有余悸地同陈青石说。假若那天她没有碰巧赶到玉田，假若她晚半天，晚几个小时赶到玉田，这事该怎么个了结呢？

吴翠红说一个人就怕病，怕那种暴病。她一遍遍同杨大力，同周玉燕打招呼，万一哪天碰上了，千万不能大意，不能拖。不要舍不得花钱。你们实在拿不出，至少派一个人同我们说一下。哪怕倾家荡产，病也是要治的。到时，你们一定要说呀。

后来吴翠红把同样的话同周玉燕的母亲和兄弟姐妹都讲了，意思是你们人多，到时候一定要给我报个信。吴翠红说第一遍，周家铺的人没作声，等到说第二遍，老太婆当即翻了脸，说吴翠红这是怪他们没给她儿子治病。说你儿子得病，我们并不很知情的。头天明明好好的，吃得做得，哪知第二天便得了病。说你儿子几时得了病，我们没给他治？说假如有一个谁病了，我们给治，是理所应当，要是一时大意，没及时治，也犯不了哪款天条。杨大力并非到周家铺做上门女婿，我们没那个责任天天盯着你是不是病了。老太婆说世上还有这样做娘的，儿子没病，儿子病好了，还口口声声咒他得病。老太婆越说越有劲，吴翠红如何解释，硬封不住她那张得理不饶人的嘴巴。

“我哪就口口声声咒自己儿子得病了？平白无故，你不要血口喷人哪！”

吴翠红气得流出了眼泪。

同陈青石叙及这一切，吴翠红又一次泪流满面了。

吴翠红从没到过陈青石的住处，不知如何摸着问着来的。她说今天敬老院里没事，顺道就想进来看看。

“这是我年前做的酸泡菜，坛口用泥巴封住的，腌得还不错，送你尝尝味道。”

她从布袋里摸出高高大大一只玻璃瓶，搁到厅角的木料堆上。

印象中的吴翠红个子高挺，腰身壮大，可等到真真切切坐到面前了，陈青石发现她并不高，也不壮，拢腰缩腿斜倚沙发深处，倒似一个失去扶助的单弱孩童，大颗大颗泪滴顺脸颊扑簌簌往下滚落。吴翠红不愿让泪滚下，她一边平静叙述，一边若无其事抬手将泪滴捉住，连着耷拉的额发，向上或向耳后推去。泪一滴一滴往外冒，手随着一下一下那么推。这边下来了往这边推，那边下来了往那边推。直到谈话无法进行，不得不忽然抿紧双唇住了口，她的眼睛仍睁得大大的，抬头望定墙高处，一任泪水一颗一颗冒出，她也耐着心思，一颗一颗捉住向后推去。

从吴翠红这里，陈青石详细了解到杨大力与周玉燕之间的紧张关系，了解到杨大力许多年来的真实经历与具体处境。吴翠红说她一直念叨着想同陈青石说说，却一直没说。此次若不是这场病，她还不会说。

“好好一个人，怎么这样了？”吴翠红哽咽难语。“好好一个人，我一把屎一把尿带大，个头长得比别人高，面相长得比别人齐整。我们也高兴，以为会比别人有出息。好端端的，怎么这样了？”

“玉田那边的事我不操心，周玉燕和杨斯的事我不操心，我也操不上这份心。我没能力操心，”吴翠红说。“我只想救救我这个儿子！”

吴翠红以为在儿子问题上，谁讲话都不会起作用，陈青石讲的话能起作用。其他人讲话，做父亲的讲话，做母亲的讲话，亲戚邻居的话，杨大力只当耳边风，甚至连风也不如的。风刮过了还有回响，这班人越讲，他只会越厌烦。真不知哪一世造下的冤孽。

“他听你的，小陈哥哥，他就听你的。”吴翠红目光久久停在陈青石脸上。

从吴翠红找上门的最初一刻起，他就无法掩饰内心的惊骇。杨大力所有这些经历，包括如何从玉田柴油机厂被人赶出、他与周玉燕之间的种种矛盾等等，实际上陈青石全清楚。都是杨大力亲口说出的，说完后两人还很开心地笑过，自嘲过。他只是没料到，同一件事从不同人的口中说出，效果竟然如此不同。

原来是这样！陈青石想。原来是这么回事。

陈青石穿鞋着袜，开始作出门的准备，要找杨大力谈话。但他让吴翠红拦住了。吴翠红很惊慌，更迟疑，说要不再等几天吧。这么多年拖下来了，干脆再等几天，等大力身子复原了，再找机会说也不迟的。

据吴翠红所述，杨大力最忌讳别人提起那个柴油机厂，每次提及，恰似被人兜胸猛揍一拳，他能立时阴沉沉把眉头皱起，脸乌黑，鼻子不是鼻子眼睛不是眼睛，痛苦得眼看就要死去。你再说一句他便发火了，干脆起身离去，不同你搭理哪怕一言半语。此后几天，他一直会处于闷闷不乐状态，神情恍惚迷离，动作呆滞，一碗饭一杯茶他端着便那么端着，全忘了手上端的究竟是什么。家里人一齐暗暗怕着他，唯恐一不小心会闹出什么事故。

“你不要告诉他我来过你这里，”吴翠红临别时反复交代。“你更不要说，这些话都是从我这里听来的。”

接下几天，陈青石和杨大力有过多次接触，却真的无法找到机会作很好的深谈。记得有天晚上，杨大力正吃饭。杨大力不知陈青石是算准时间而来，杨大力说：“这么巧，我刚从玉田回，脸还没来得及洗一把。”陈青石随口想说，我猜死了你今夜一定会回。再想想又没说。车棚里灯光微弱，半明半暗中杨大力嘿嘿在笑，笑声带有过多的轻松和愉快。

他还笑，陈青石暗自咕哝。

事情到了如此地步，他还有闲工夫笑。

杨大力笑的是不久前两人所谓的做生意。县城各处都流行做生意，陈青石也兴冲冲找到杨大力，说某某地方一家食用菌场积有大量香菇，我们只要帮着找到一条销路，即可从中大赚一笔。而陈青石恰巧有一位熟人在县农产品进出口公司做着业务员。杨大力表示怀疑，说这么便宜的事能轮得上我们？陈青石死拖活拖，两人一齐去见那熟人。熟人随意翻弄着墙角的一堆破纸盒，默默倾听陈青石结结巴巴的叙述，然后说："你是说香菇吗，我们后山上的仓库里香菇堆成山，看看快霉烂变质了，你们有没有好门路给销掉一点？"

陈青石一愣，半天回不过一口气。两人讪讪走出农产品公司大门，躲到一个无人处笑得喘不过气来。

依旧保持着好心情的杨大力慢腾腾摆弄车后架上那只蛇皮袋，做生火造饭的准备，同时回了头拿陈青石开玩笑，问几天过去香菇销售情况如何，要不要再多找些熟人。陈青石一声不吭。陈青石想，这人情绪的确不错，还挺风趣的呢。

陈青石默默打量灯光下的杨大力，琢磨着该如何来开这个口。陈青石发现，他当真难开这个口。杨大力病后恢复得不错。因为吃饭，因为说笑，因为灯光的映照，杨大力双颊绯红，额头、鼻尖微微沁出晶亮的汗珠，有一绺头发打湿了，女人那般耷拉着。陈青石想象不出，此时此刻假如他把话头提起，会造成一个怎样的结果。那大约跟在这张生动的脸上甩一巴掌差不多吧。吴翠红的惧怕不是没有道理的，陈青石一切都懂。陈青石感情细腻，懂得如何体谅别人，懂得什么叫一个人的隐痛，及触及隐痛的具体滋味。在以往的相处中，他始终遵守一条规则，从不主动问起对方生活上的一些细节，即便杨大力自己提到，他也装作毫不在意的模样，笑一笑，说声："是吗？"然后转到其他话题。陈青石只把所有的惊奇与震撼藏进内心深处。

面前这个人内心其实有多么虚弱，自己又有多么虚弱，别看平日嘻嘻哈哈，无所不谈，说到底那不过是一些做出的潇洒。真正的话，许多伤心伤肺的话，他们连一句也承受不起，不敢触及的。

2

星期三傍晚，陈青石在大街上遇到高中读书时的同学苏国河。

“这是回家来探亲?”陈青石问。

“探什么亲……还不是出差?”苏国河好像有些不习惯这种正儿八经用词。“好久没回了，趁着到外地办点事，临时拐回来看看。”

苏国河戴眼镜，个子笔直高挺，举止投足间别有一种优雅派头。陈青石邀他到住处坐，苏国河摆手说不，今夜不。待会他还有点事，要坐明天过来坐。其实他回歌山几天，天天准备过来坐坐的，结果总给点什么事情耽搁住了。

几年未见，苏国河表现得格外亲热，说着话不时伸手揽住陈青石双肩，摸一摸，拍一拍，仿佛揽着一位小弟弟。实际上苏国河比陈青石小一两岁，读书时也低一年级。陈青石考取大学，苏国河也随着家庭调入县城。可能因着家庭环境的影响，苏国河性格活泼、洒脱，人长得不错，生性也风流，初中读书时已懂得与女同学约会。到了高中，更不得了，两年的工夫，他就谈了两年的恋爱。风传有一次，他还让班上最漂亮的一位女同学流了产。那些日子，班上几乎所有的男生都气得嗷嗷叫，扬言要联合起来好好收拾他一顿。学校老师也找了男女双方谈话。无奈他们死不承认，查无实据，事情只能不了了之。

中学时期的苏国河，应该是个最臭名昭著的学生了。等到陈青石大学毕业分配工作，他还天天挎着书包，在县城里做个补习生。苏国河不在意，隔三岔五带了哪位女孩子找到陈青石住处，一面毕恭毕敬讨教功课，一面抽空做个鬼脸，同女孩子调笑嬉闹一番。苏国河的家人当然绝望，几次当众加以训斥，说他一百岁也考不取个学校，同学中也戏称他为花花世界中的老童生。苏国河依旧不在意，不气恼，我行我素。奇怪的是后来苏国河不只考取了学校，他考取的还是那种重点大学，毕业后顺理成章分到南方大城市的一家科研机构上班。人们目瞪口呆之余，不得不服，说什么样的人大概总有什么样的命，定好了的。

陈青石原计划是到河沿车铺，邀了杨大力再到哪里散散步，同苏国河分手后，忽然失去散步的兴致。他顺一条直街行过一阵，再侧转，顺一条横街行过一阵。最后走不下去了，站在那里犹豫好久，只得折身而返。

每次见到苏国河，接连几天陈青石都会处于一种失衡状态，心中空空荡荡，无法找到个落实的地方。苏国河微抿双唇哈哈而笑的神态，叽叽嘎嘎一句接一句的话语，及话语中涉及的许多大城市名称、一条条铁道线、火车的班次、风景名胜、饮食男女，斑驳陆离一一呈现于眼前，纠纠缠缠，挥之不去的。陈青石非常明白，在他与苏国河之间存在着多么大的隔阂，多么大的距离。往日的苏国河，那个自小一同读书，那个三天两头挟着复习资料前来讨教问题的苏国河，已属于全然陌生的另一世界。

有一点陈青石从不愿向人提及，自己是个极少见过世面的人。除了读书的那座城市，他没有到过外面的任何地方。即便是读书的城市，他也知之甚少。学校坐落在离市区几十里路外的僻郊，四周散布着水田和农舍。耕牛翘起尾巴慢条斯理把屎尿拉在自己的蹄印里，公鸡母鸡飞到草垛上打盹，放眼望去，你见不着半点城市的踪影。星期天想进一次城也困难，唯一的一路公交车，一个小时才有一辆过来。校车则是接送教职工的，学生一般轻易别想坐上。出来进去，你只能依靠自身两条腿。到了寒假暑假，时有同学相约着出外游玩，陈青石没钱，想也不敢朝那方面想。毕业后分回县城，更无出外的可能了。于是他一遍遍重复着走进某一座尘土飞扬的大城市的梦境。他不停地走，带着无比的兴奋和惶恐，却怎么也走它不到。好不容易走进了，又在陌生的人群，奇怪的房屋中把自己弄迷失了，直到一身大汗从梦中醒转。

第二天中午，苏国河如约而来，同行的还有一位圆圆脸的矮个姑娘。苏国河介绍说是表妹，家里派他们到乡下看望一位生病的亲戚，回后见时间尚早，一同进来玩玩。姑娘大约让苏国河给得罪了，不笑，不言语，站着便站着，坐着便坐着，脸上淡淡漠漠，看不出任何内容。苏国河压低声音一遍遍给她说话，似哄，似劝，似赔着小心。姑娘脸色渐渐和缓，娇嗔地朝苏国河那边虚打一下。

陈青石从抽屉里找出些钱，张罗着要留客人吃饭。苏国河推托一阵，问姑娘：

“我们吃了饭再回，怎么样？”

姑娘不作声，等于默认了。

陈青石骑车去了趟下街的菜场，回来发现房里的气氛不对，苏国河大声责怪陈青石不该过于客气，买下这么多菜。不过声音太大，倒显出几分装腔作势，让人感到话语里掩盖着另外的东西。姑娘则坐在沙发对面的小凳上翻书，似乎头也不敢抬起的。陈青石原本不相信所谓的表妹一说，但又不相信一个大城市的人，会回过头跑到县城寻上一个女人？

饭吃到一半，苏国河眉飞色舞正讲着一个笑话，姑娘不声不响搁下筷子走出门，再没见回来。陈青石有些奇怪，苏国河说没事，马上会回的。后来连苏国河也奇怪了，两人楼上楼下，巷内巷外搜寻过一遍，不见半点踪影。重新上楼找邻居打问，邻居只说不知。两人找到巷底的公共厕所，苏国河站在标有“女”字的台阶前，用力蹬响脚板。

“有人么？”

苏国河咳嗽一声，昂昂然走进去。

女厕所里也没有。饭当然无法再吃下去，苏国河打过招呼，急匆匆赶回了。

离开歌山的前一天晚上，苏国河独自一人又来过一次，杨大力正好在座。陈青石问到上次那位姑娘，苏国河说没事，她要小孩脾气，吃饱饭自己先回家了。苏国河兴致甚好，三言两语过后，谈起那永远也谈不完的异地趣事与见闻。陈青石应和着点头，笑，偶尔作些必要的提问和回答。杨大力坐在对面的小杌凳上，自始至终一语不发，只随着别人的话意或傻笑，或用夸张的表情显示惊讶。苏国河见他在一旁过于落寞，有时转过头礼节性地问一句什么，想引他一同加入到谈话中。杨大力手足无措，支支吾吾连一句完整的话也答不上，最后仍来个傻笑了事。在这位咄咄逼人的外来者面前，陈青石与杨大力一齐局促着，窘迫着，灰头土脸，猥琐丑陋。苏国河分明也有所察觉，几次从眼镜后探过意味深长的目光，看看这个，看看那个。

“大力，你坐过来，坐到这边么!”

苏国河拍拍身边的沙发，说坐到这边舒服。杨大力摇动双手，不愿坐过来。

杨大力身高体大，杌凳却小，那么庞大的一个身躯搁在那么小的凳上，效果于是异样强烈，大者更见其大，小者更见其小了。尤其那两爿屁股，方正浑圆，肥厚壮硕，微微以八字的形状向两边岔开，恰似绑作一起的两辆大客车。而杨大力偏偏佝腰偻背，卖弄什么一般将大客车悬空伸到杌凳之外。

“他妈的!”陈青石忽然暗骂一声，不快地将脑袋偏开。

苏国河走后，两人讪讪着无话可说。杨大力站起身。

“我也回了。”

陈青石站起身，送杨大力出门，两人连一句多余的话也没有力气再说。

3

“大力我问你，那年你从玉田柴油机厂出来，到底是怎么回事?”

下一次见面时，趁着杨大力说笑的间歇，陈青石猛然问。

久积在心的一句话终于脱口而出，语气且如此严肃，如此冷硬、尖利，这让陈青石自己也暗吃一惊。他想他明明不敢说，不忍说，结果不但说出了，而且采用了如此极端的方式，如此严肃、生硬，直统统不加丝毫掩饰。也许正因为说不出，可又不得不说，这才借了冷与硬、尖与利之势贯穿而出，直指对方的要害，对方的伤痛深处。击打的有力有时恰恰证明了击打者的软弱与空虚。

如此，对方的态度也就很好解释了。杨大力反应的迅疾正是强刺激下一种本能的条件反射。杨大力说："什么怎么回事？"

语气同样严肃，生硬。杨大力以某种固定的姿势呆立着，目光略显惊讶地看着对方。此时他脸上还残存着上一秒钟留下的笑容。两种性质完全不同的东西阴影一般穿梭交织，以至于他的鼻翼都有些歪斜了。他实在不懂平白无故，陈青石为何会突然提到玉田，提到那柴油机厂。

什么怎么回事，你自己还不知道吗？陈青石尽管有足够的思想准备，仍没料到能遭此反击。他真正有些气恼了，双唇使劲抽动几回，要求杨大力把有关玉田柴油机厂的整个过程从头叙说一遍。

杨大力说："这有什么好说的，不就是那回事？"

"你说吧，坐下说，把怎么回事仔细说给我听听。"

杨大力记得，柴油机厂那些鬼事他不止一次同陈青石说起过的。尽管零零碎碎，今天说上一段，明天说上一段，但毕竟全部说出了，连一些琐碎细节都说过的。为什么突然之间，无缘无故，陈青石又要让他再说一次？何况这么一本正经，盛气凌人，用了这样一副嘴脸？那些事，杨大力并非不愿意说。他是不愿在不愿说的时候，比如今天，让他说。他不愿意让人强迫，不愿意被审问。

杨大力吞吞吐吐，想挺住了不说，不过仍然开始说了。他不得不说。想想有些不可思议，他还真受不住陈青石的目光，受不住陈青石的静静等待。仿佛这真是哪来的一个法官，而自己则成了被审判的罪犯，他在交代让人不齿的丑行了。

几句话出口，杨大力的表达渐渐流畅起来，他用了很长时间讲厂子的困难，讲自己的困难。他似乎要借这次机会，把自己好好洗刷一番，也把厂子洗刷一番。产品销路不好，大气候。电锯，斧头，锄头。刘银春。保留编制。如此等等。事情不能全怪厂里，厂里也没办法，大势所趋，不得不如此。个人更没办法，他已经尽了最大的努力。杨大力说有很多事情并非人力所能为，所谓行事在人，成事在天吧。

“同一个厂里出来，为什么许多人都能办理了调动，调到其他单位上班?”

陈青石截住他话头。

“哪有许多人办理了调动……”杨大力嗫嚅。

“你自己说的，当时有许多人办理了调动，本镇的，外镇的，县城的，有的甚至调到遥远的市里省里去了?”

杨大力发急：“人家不是提前做好了准备么?”

“人家提前做好准备，你为什么不能也提前做好准备?”陈青石问。

陈青石问：“当时为什么不多找找人?”

杨大力愣住。这一次他真应该拒绝回答对方的问题了。他刚才明明说过自己曾如何找人，找了些什么人，陈青石为什么还要问为什么不找人，那么他费了半天力气讲过的一切，全都白讲了，对方一句也没听进去?

杨大力说：“我不是已找过了吗?”

“找了些什么人?”陈青石问，“说具体点，不要吞吞吐吐。”

“什么人都找了，该找的都找了，车间的，班组的，厂领导，那个来搞承包的刘银春，还有原先的厂长，退休了的，叶春球。”

“他们怎么说?”

他们怎么说，他们怎么说刚刚都说得一清二楚的！杨大力明白，也许陈青石并非出于有意的刁难，说到底他是真没把自己的话听进心里。一面要别人说，别人说了，说了不止一遍两遍，他又全然听不进，听不进，为什么又要让他说？所有这些，到底是何用意?

“他们能怎么说。”杨大力不得不把故事再次重复一遍，“叶春球自身难保，上面调查组当时正驻厂查他的问题。上面的意思让他退休，否则接受处分。他日夜在县里和镇上奔走，哪有心思管别人的事。”

“你把自己的情况同他说过了?”

“那个时候说了也等于白说，没什么用处的。”

“我不是问你说了有没有用处，我是问你找他说没说，”陈青石逼问。

“我找刘银春说了。”

“我不是问你找没找刘银春说，我是问你找没找姓叶的厂长说。”

“叶春球自身难保，没必要说么，”杨大力心慌气急。“再说别人那种处境，我们再找上门啰唆，是不是有些不知趣了。”

“我不是问你知不知趣，也不是问你有没有那个必要，我只是问你一句话：找没找他说？”

杨大力狠狠看了陈青石一眼，脑袋忽然朝下一低。

“找了，但是没说。”

“没说就没说么，非得让人问上半天，”陈青石似乎这就达到了目的，口气缓和下来。

“你不是告诉我柴油机厂还有一位书记吗，你找他说过没有？”

杨大力道：“书记调走了。书记不调走，在厂里也不具体管事。”

“你也没同他说？”陈青石点了点头。

杨大力道：“我找了刘银春！”

“你不用说刘银春，”陈青石道。“刘银春是承包人，裁人减员原本出自他的意思，你找他有个屁用。假若我承包，无疑也会这么干，你找上我说话可真算找对人了。”

陈青石失声笑起来。

“除了姓叶的厂长和那个刘银春，你还找过什么人？”沉默一阵，陈青石问。

“我还应该、应该找什么人？”杨大力有些迟疑，更有些吃惊。

“这么说你没再找其他人了？”陈青石更加吃惊。“这么大的一件事，关系到自己一生一世的事，莫名其妙便这么算了，让别人说清除就清除，你找人说都不说一下？”

陈青石说：“兔子逼急了还咬人呢，狗也会叫上几声。”

“也不是说算了，我想等等再说……这也是没办法的事。”

杨大力继续嗫嚅，身子微微抖动，有些喘不过气来。

陈青石问："那么你还要等到几时再说？"

杨大力默默看着陈青石。窗外飞来一只圆头圆脑的苍蝇，动作笨拙而放肆，在灯影里飞来绕去，发出巨大的轰鸣。苍蝇也不知出于何种原因，竟然笔直地飞落到杨大力鼻翼边停住，一动不动了。

"你以为，"杨大力丝毫没觉察脸部的苍蝇，"我应该找些什么人？"

"大力，你这种情况我是第一次知道，实话讲，有些难以置信。这有些荒唐，哪有一个人对自己的事会如此，如此不负责任的？"

陈青石很想挥挥手将苍蝇赶走。那只苍蝇，那苍蝇的叮法，让人看了非常难过，无法忍受。不知为什么，大概正因了苍蝇的缘故吧，灯影下的杨大力整个变换了模样，陈青石差点认不出面前这是个谁了。

陈青石沉默过一会，说："这真的是自己的事，不是别人的事。自己的切身利益，一辈子的前途和命运……甚至还有，家庭的命运，孩子的命运。"

陈青石告诉杨大力："要找的人多着呢，你应该比别人更清楚，无须我多说的，比如，镇里的领导，县里的领导，还有柴油机厂的主管部门，县机械局等等。谁管事我们找谁，一个不行我们找另一个，县里不行，我们就再往上一级，去找市里，直到把事情落实为止。"

一阵微风从房里穿过，苍蝇嘶叫一声飞起来。杨大力仍呆呆看着陈青石，满脸满目的枯槁和荒凉。这有点荒唐，杨大力想，事情果然有点荒唐。在此之前，实际上不止一人向他指出，他应该多出去找找人。周玉燕就不知多少次让他出去找人。他自己也隐约知道，他不能整天就这么缩在家里，事情不能就这么完了的。但每每打定主意，随即又忘了，或认为时机没成熟，拖掉了。下决心总这么下，拖也总是这么拖，忘也总是这么忘。直到今天，拖到今天，假若没有陈青石提醒，他还会掩耳盗铃，日复一日拖下去的。

陈青石说得对。陈青石说得都对。以他这样的性格，根本不适合修自行车、摩托车，不适合做什么生意的。做生意所必备的一切，精明的头脑，强硬的心肠，狡诈的手段，社会上的关系，资金、场地等等，他一样也没有。他唯能如早先那样回到工厂，找到一个稳固的职业，发挥一点技术上的特长。任何人都可以从单位走出，都可以做生意，唯独他不能。住房怎么解决，户口怎么解决，福利、医疗保险怎么解决，小孩读书的问题怎么解决，生老病死又依靠谁，你还真打算窝在这河沿，不人不鬼混上一辈子?

“找人，我找人。”杨大力独自喃喃着。他终于艰难说出声了。

第八章

1

当年在玉田柴油机厂，厂长胡国才有一个流传甚广，自己也乐于默认的绰号，叫作胡司令。胡国才籍贯河南，据说出身于职业乞丐家庭，自小随父母流落到江南这片山区僻地，偶然的机会让人带进区政府，先在食堂打杂，挑水劈柴、喂猪养鸡。由于人乖巧，随后又当了一名通信员，给领导们端茶倒水、打扫卫生、接送文件等。论起资格不说在玉田，在整个歌山县，他都能排得上号的。胡国才长得像一个真正的北方汉子，一脸络腮胡常年刮得铁青，不高却壮，不怒而威。某一年的某个时期，正值生产旺季，胡国才病了，胃大出血之类，给送到县城做手术，住了一段时间医院。返厂后发现已后院起火，那厂长的位置另有人坐着，自己给调回镇政府弄了个闲差。他发脾气，吵架，死活不愿从厂里离开。上面没法，只好在厂里给安排了个副职。

胡国才于是扮演起一个受压抑者，一个愤世嫉俗者的角色。班自然不上了，病后需要休息么，只除了开会。他唯一能持之以恒的便是开会了。例会的日子一到，胡国才必定提前到场，默默坐在属于他的位置，却自始至终埋头抽烟，一言不发，脸色越加僵硬、难看。冬天的早晨或傍晚，工人们三三两两沿公路沿河滩跑步，常看到高高的山坡上，胡国才迎着凛冽的寒风将上衣捋起，又将下面的棉裤褪到腿弯处，只露着一条破旧短裤，和几片光精精的身子，两手伸进股沟兀自摩擦不已，嘴中发出啲啲的快乐痛叫。人们知道他是在练一种修身养性的功，但偏偏有人说那并非练功，他其实正拎着自己的东西向天向地咒什么人呢。女人们更远远地羞红脸，恶狠狠咕哝一句“狗日的”，避瘟神一般避了开去。

后来，胡国才不知从哪弄到一大群鸭子养着。大小胖瘦一模一样的鸭子，灰了吧唧大约一两百只。鸭子或许经受过刻板的调教，不由自主都带有几分乖张，几分怪异。比如追一只小小的飞虫吧，假若有一只带了头，用嘴那么一啄，然后嗒嗒嗒奔逐过去，其他的几十只几百只一模一样的鸭子也用嘴一啄，然后嗒嗒嗒，一齐跟着奔逐而去，动作整齐划一。一只鸭子受了惊，伸长脖子神经兮兮东张西望，以为有谁要暗害它，其他的鸭子便一齐跟着受惊，一齐东张西望发神经。一只鸭子头抵地面，屁股翘在高处嘎嘎大叫，满地面的鸭子同时头抵了地面，屁股向天嘎嘎大叫。那都不像了一群鸭子，而是一头毛色斑斓的巨型怪兽。公路边，厂房里，甚至喝叫声、口哨声、球声不断的赛场上，你一个不防备，身边便能潜流般汩汩涌出那股鸭群。也不知是由于惊慌失措，或因为扰乱了别人的秩序而暗中得意，鸭们一律勾紧头，弓着腰，满脸神情暧昧，窃窃含笑，只把一双脚掌，无数双脚掌在地面拍得飞快，浑身麻栗色花纹如水浪一般、阴影一般哗啦啦漫流而过。正当人们惊愕不止时，胡国才肩扛一根长长的竹竿，头戴草帽，将军那样威严地出现在鸭群的尽头。这时的胡司令真正成为鸭司令了。

在调任县政府办公室副主任之前，胡国才曾在工商业联合会搞过一段时间的副主委。副主委不光副，而且闲，每天的工作仅限于一无所事地坐满那八个钟头。尽管如此，有关胡国才上调县城且进政府机关，在玉田柴油机厂仍神神道道传了个云遮雾障。人们说胡国才有人，县里、省里都有人。省里的某某大官就是他幼年走乡串村乞讨时的同乡伙伴，两人一同参加工作，工作后共一个床铺睡觉，共一只瓦钵吃饭，好得浑似一个人。说胡国才办公的地方不是一般的地方，是一幢专门的小楼，外表看起来也平常，进去了才知有多么神奇与复杂，有时绕着绕着你会失了方向，出不来了。什么时候玉田柴油机厂有一个谁曾到小楼找过胡国才，又有几个人在县城大街上遇到过他，他眼睛向天，连哼都不给你哼一声。胡国才说这一生再不想见到玉田任何一个人，一见到玉田的人，他那头就痛。于是有人反驳，说大街上遇到胡国才绝不可能，他那种身份的人，怎会无缘无故跑出来逛大街？

“你以为他像我们，有事没事跑到街头乱窜啊？”这人挖苦道。

传说中神奇的胡国才，大权在握的胡国才，就是眼前这个人了，杨大力坐在县政府办公室副主任胡国才家的客厅里，小小心心这么想着。陈青石正与胡国才天上地下闲扯着一些什么，声音响亮，恰似吵架一般，听仔细了，你知道那并非吵架，那是话语融洽，神情激动。客厅里的摆设也极其普通，靠墙放一圈布面沙发，另一边散置着一些木凳、木桌，桌下横着竖着丢几只小孩的鞋袜。落地电扇静蹲过道一边，兀自摇头，旋转，不时向陈青石吹一口风，向胡国才吹一口风，也向杨大力吹一口风。

这才几年，一个人的变化会有如此之大吗，杨大力大惑不解。其实这已经算得上一个老人了，衣服没来得及穿好，带有典型老人式的拖沓，敷衍，前襟过短，裤脚管也过短，整个给人以干巴枯瘦的印象。满脸的络腮胡子照旧刮得光光溜溜，但皮肤开始松弛，不再那么铁青。身子仍矮，却不壮，双腿乃至双臂隐约带着些罗圈，无论走动，无论挥手，都显出曲里拐弯的奇异模样。胡国才恰恰意识不到这些，讲话高兴了，手臂不由得一挥一挥，甚至蹦跳着跑到屋子中央，比比画画表演起什么，动作笨拙，幼稚，且滑稽。

腊狗子。

杨大力灵机一动，暗暗给胡国才取了个绰号。记得很小的时候，在祠堂后厢的哪个地方，曾短暂住过一户人家，那家里有个叫腊狗子的残疾孩子，常常曲腿弯脚，踉踉跄跄在天井四周跑来跑去，神情动作与眼前的胡国才很有几分神似。

这样的人，一个老人，能指望他办成什么事？心里掠过一丝犹疑，虽短暂，却有力。杨大力看看坐在沙发另一头的陈青石，陈青石仍满脸欢笑，与胡国才谈得投机。

他们所谈的是前不久发生在歌山乡下的一件事，杨大力多少也听说过一些的。某处一座公路桥被水冲毁，重建前车辆需绕道一二十里，从上游另外一座桥上通过。当地几个农民花半个多月工夫挑土垒石，修起一座临时性便桥，对经过的车辆收取过桥费。据说后来因收费不合理，县交通局及乡政府出面干涉，不让设卡。但农民们说，我们修桥方便来往车辆，出了钱，花了力，收点费用理所应当。再说这也算一个愿打一个愿挨的事，你说收费不合理，你可以不从这里经过，你照旧从几十里外的地方绕过去么。

在这个问题上，胡国才显然不同于一般的官方人士，他站在修桥者一边。

“我们自己不修，首先已经失职，别人辛辛苦苦修好了，你有什么理由干涉，你还有脸去干涉？”胡国才又冲动地站起，手臂用力向下一劈一劈。

陈青石说：“他们认为这种收费合情、合理，却不合法。”

“不合法你们修啊，你们自己去修啊。”

大约两三年前，陈青石随一个临时工作组下乡驻队，工作组的组长即由胡国才兼任。尽管只有短短的一两个星期，但毕竟算同过事，算老相识，有时在大街上遇见，相互都能点头打个招呼。至于杨大力，同他认识的时间则更早，两人都是玉田柴油机厂出身，用胡国才的话说算得上一家，一家人。因此这次见面，双方没有多余的客套，甚至也没有必要的过渡，随便拈过一件小事，胡国才便开始侃侃而谈，仿佛大家纯属天天见面的老朋友，仿佛这就是昨天欲谈而未谈完的话题。陈青石当然乐于配合，两人一问一答，有问有答，一句递一句竟谈得不可开交。越到后来，陈青石的神情越加振奋，聊到酣畅处，目光忍不住直往杨大力身上瞄，似乎要让杨大力看清楚他有多么会说话，他的交际能力有多强。同一个不甚熟悉的人，尤其同胡国才这种身份的人能一谈这么久，谈得如此平等、随意，在陈青石绝对也算平生头一遭了。

胡国才带有浓重的异地口音，杨大力听着颇显艰难。偏偏胡国才的话语又比较急促，很多内容乌七八糟挤成一团，你只知他在那里不停地说，只知道句子，而无法分辨句子里到底包括了哪些字、哪些词了。胡国才也觉察了自己的缺陷，话说到关键处，不由伸长手臂，用五根指头相互一捏一捏，或者比比画画要把意思在空中写出。杨大力屏声静气，竭尽全力，想今天这事当真糟透了，别人那么热心同你讲话，你竟然来个听不懂，一方面当然没得礼貌，另一方面会不会显着过于愚钝，木头木脑让人厌恶。宽容的人、大度的人能宽容一点、大度一点，检讨到自身的发音不清。不宽容、不大度的人，还以为你有意搞什么名堂，在戏弄人家侮辱人家，在出别人的丑，露别人的乖呢。

"相片，相片么。"胡国才说。

杨大力呆呆直视着胡国才。他简直有点傻了，实在不明白胡国才为什么突然会扯到相片。有一点可以肯定，胡国才说的绝不是什么相片。他一定指的是另外一个意思。杨大力很希望对方能转过话头，扯到其他的什么，自己也好借机蒙混过关。可胡国才又是个一丝不苟的人，不把话说清是决不轻易放手的，一个劲用手在空中比比画画，伸长的那根指头竟然颤动不已。

"相片?"杨大力不得不惶惑着问，声音同样颤颤抖抖。

陈青石解释："乡里，乡里面。"

"哦，乡里面!"杨大力恍然大悟，响亮地重复道。

"乡里面。"胡国才手指缓缓向下一垂，点点头，"乡里面。"

"乡里面，知道知道，那知道的!"杨大力仓促答应着。

乡里面，如此简简单单几个字，自己怎么偏就听不懂，偏要听成相隔十万八千里的"相片"呢？杨大力内心懊恼已极，身子坐不安稳，一会看看这个，一会看看那个。为了对刚才的失误做点补救，他装出兴味盎然的模样，越加出神地聆听胡国才的话语，不断地笑，点头，或惊讶，或感叹。

看起来，胡国才对陈青石真的颇为欣赏，说了许多年轻有为，前途无量之类勉励的话。他大概以为，陈青石大学毕业，又在行政机关工作，肯定属同道无疑了。

“老弟。”胡国才把一只手臂长长伸出，五根撮拢，在陈青石胸前一点一点，“老弟，要干就好好干，不要像我老朽，要干不干，不干又干，到头来弄得不伦不类，不尴不尬。”

据胡国才所述，几十年前他已经享受正科级待遇。几十年间上上下下，起起落落，颠三倒四，结果依旧守着那么个正科级，所任之职前尚且附了个挥之不去的副字。倒是不知从哪里钻出来的一些后生小子，说才无才，说德无德，轻轻松松一步早跨到你头前，然后恨不得骑在你脖子上拉屎拉尿。

胡国才说现在的正科级算个什么，你到县城大街上看看，什么阿猫阿狗，是人不是人的都可以弄个正科级干干。几十年前可不同，几十年前的正科级那才叫正科级。胡国才一手握成拳，另一手作出敲击的姿势。

“梆梆响。”他示意道。

2

歌山县政府办公室副主任胡国才并不住政府宿舍，他住在镇第一小学，他爱人的单位。正是放学时分，学校铁栅门外挤满接子女的学生家长。陈青石、杨大力从胡国才家告辞而出，谁也不说一句话，也不抬头看对方一眼，神情有些莫测高深。两人其实都清楚各自有太多的话要说，有太多的意见要交流。也许正因为话语太多吧，反而不说了，低着头只管疾走，步子越迈越快。

他们已经是第二次踏上这操场，这楼梯，简直称得上熟门熟路了。经过那片绿树成荫的水泥坡道，陈青石猛然冒出一句：“行了！”

“行了？”杨大力满脸是笑，却做出一副不敢相信的样子。陈青石仍紧低着头，不动声色朝前疾走，直到在收发室老头的监视下走出大门，挤出车堆与人堆，离得很远了，这才重复一句：

“行了！”

陈青石说：“你的问题基本解决了。”

“你觉得，有一定的可能性吗？”杨大力压抑住无法压抑的兴奋，仍然用不敢相信的语调，吞吞吐吐问。

“百分之七十的把握。”陈青石说，“百分之八十的把握！”

陈青石说：“这姓胡的，胡老头，胡主任，够意思。”

杨大力连连点头：“没想到胡主任为人会这么好。”

路经街口一家冷饮店，杨大力略略迟疑了一下。摊主老太太扁脸，大眼睛，穿一身花布衣服，头戴儿童式宽边遮阳帽，帽檐还绘了一串伸腿蹬脚的变形金刚。那天前往第一小学寻找胡国才之前，陈青石因事暂时离开过一会，杨大力就站在老太太的店门前等他。现在这才过去几天，店面还是那个店面，老太太也还是那位老太太，即便路头上飘动的纸片，也仍是随风来去的模样。杨大力却已经不是几天前的杨大力了。

事情看起来顺利得出人意料，其实也算自然而然，顺理成章吧。

“小陈小杨，你们今天找我，估猜着为点什么事吧？有事尽管直说，我们一家人不讲那个二话。”

那天谈话到最后，陈青石有些冒汗了。时间委实拖得太久，该扯的话题也早已扯完，可他还没有打定主意该不该把要说的话说出。亏得胡国才善解人意，主动帮他将来意挑明了。

胡国才神态恳切真诚，绝无半点做作之处。陈青石一手抓紧杨大力衣袖，朝前推过来。

随着陈青石的叙述，胡国才的双眉渐渐皱拢。

“有这种事？”他将吸了大半的香烟捻熄，伸手接过杨大力递来的厚厚一沓材料，戴上眼镜认真翻阅。陈青石和杨大力拢近身子，给他作些简要的解释。

“这事我过问一下。我应该过问一下。”

胡国才掏出随身的记事本，问陈青石带了笔没有。陈青石、杨大力明知自己没带笔，仍上上下下一阵乱摸。胡国才进房把笔找了，一横一竖记了些什么。

胡国才摘下眼镜，用镜架敲敲陈青石膝盖，又敲敲杨大力手臂。

“小陈小杨，你们看这样好不好？你们的事我一定记在心上，不过呢，我回头还需要各方面问问，了解了解情况，等有了结果再及时通知你们。”

陈青石和杨大力千恩万谢站起身，回来静等消息。今天下午陈青石坐在办公室与几位同事闲聊，其中一位忽然想起什么，看定他说有一件什么事要告诉他，一时一刻却又无法想起。同事将额顶的几绺头发掀来掀去翻弄半天，恍然大悟着说，电话。前两天曾有个电话找你，是县政府办公室打来的，后来找到你没有？

提到县政府办公室，陈青石立时紧张了，问什么时候，谁找我？陈青石又问，电话里都说了些什么？

“没说什么。一个男的，只问你在不在。我站在走廊叫你几声没叫着，回头电话已挂断了。”

这么大的事，为何不早告诉我？陈青石内心窝火，很想同这人理论一番。他到车铺找着杨大力，又到街对面的小店买了一条烟，然后骑车直奔县第一小学。非常凑巧，胡国才正好在家。胡国才刚刚从乡下回来。说到那天的电话，胡国才连连摆手说没事，没事的。他偶尔想起玉田柴油机厂的一位老朋友，多年未见，故此拨个电话想问问陈青石。电话拨通，才意识到弄错了，在玉田工作过的不是陈青石，而是杨大力。

这边两人一时有些尴尬。胡国才看出了，恍然大悟道，哦，上次你们说的那事，我已同有关单位，机械局、劳动局的几位领导打过招呼了。领导们很热心，表示假若情况属实，该落实政策的要落实政策，该重新安排的一定要重新安排。

“胡主任同劳动局、机械局已经打过招呼了？”陈青石惊喜，更惊讶。

同劳动局、机械局已打过招呼，这是多大一件事。对陈青石、杨大力来说，是天大的事，可是就胡国才主任看，可能却是小得不能再小，以至于提都不愿提一下，直到两位年轻人赶上门，几个人面抵面，他才偶然记起，随口说出来。

“依我看，小杨你还是回到县城算了。”胡国才在杨大力肩头轻轻拍了拍，“县柴油机总厂的林厂长同我有点老交情，等下次见面，我试着跟他说说。质检员，该算个技术活吧，加上你为人诚实，也许他们四处谋这种人才还无法谋到呢。”

“能来柴油机总厂，那可是天大的好事。好得不能再好的事。”陈青石心内激动，话语都有些哆嗦，“我们连想也不敢想的。”

“你们暂且不用急，容我慢慢出面协调，”胡国才道，“这么多年不明不白挨过来了，也不在乎一时一刻，是不是?”

陈青石忙点头说不急，“不急不急的。”

陈青石说没有胡主任出面，我们再急也一点用处没有的。

两人告辞出门，胡国才把桌上的烟拿在手上，用另一只手一下一下拍动着，做了个滑稽的表情，说小陈小杨，来我家你们还带这个，本来我是该生气的。不过既然带来了，我也就收下来。烟好，不抽白不抽。再说到人家办公室说点什么，也许还真要递上一根烟才好开口呢。

胡国才说完顾自笑了，陈青石、杨大力也笑了。这是真正开心的笑。笑声里有一种责任，有一种承诺，表示说好的东西已不再停留在口头，而找到了踏实的落脚之处。杨大力更借这一条烟，将内心深处怎么表达也无法表达出来的感激之情，真正表达出一点了。这个时候陈青石说百分之七十的把握，百分之八十的把握，确实毫不奇怪，杨大力也在暗中这样想的。

3

月季和小月手挽着手，肩靠着肩，挤在街头的人流中迎面走来。她们肯定早发现了这边的两人，边嬉笑着窃窃私语，边用目光不住来看。往日与家人在街头相遇，杨大力总会偏过头装出一无所见模样，不理不睬从一旁走过。今天他倒是远远停下脚步，上前吆喝一声："月季，小月！"

月季拉拉小月，小月看看月季，两人有些不情愿地走近来。

杨大力放低声调，问："你们这是去哪？"

月季笑笑，说："不去哪。"

杨大力问："你们这是去敬老院吗？"

月季不答，把脸红了红，脑袋忽然朝后一仰。小月没站稳，身子给拽了个趄趔。

"鬼东西，你要死吧，"小月急扯白脸高声斥骂。姊妹俩推推搡搡，竟自走远了。

"你们这一家可真有意思，"陈青石笑。"在外面遇上了，怎么跟陌生人一般，相互之间不是你不理我，就是我不理你，从没见和和气气打个招呼。"

杨大力也笑笑："天天见面，哪有那么多招呼可打。"

看看天色不早，杨大力说你也没必要再回单位，我们找个地方随便吃点饭吧。他前后左右打量，想寻找一家合适的饭馆。

陈青石问："吃什么饭？"

陈青石感觉奇怪："平白无故为什么要在外面吃饭？"

杨大力知他懂了自己的意思，不由有些狼狈，慌急道："也不是什么吃饭，好玩吧。反正你回去了也得自己弄饭的，我们不如随便找个小饭馆吃点东西算了。"

"你是说，"陈青石道，"我们今天把事情办出个眉目，应该庆贺一下？"

"也算这意思，"杨大力憋红着脸。"你知道的，今天这日子对我真的不同一般，很重要。我，高兴。你知道的，在生活上我们随便惯了，从不在乎吃饭、喝酒之类。"杨大力结结巴巴。

陈青石当然知道他们从不在乎什么吃饭喝酒，两人相识以来，还从未在外面的饭馆吃过一餐饭，也许正因此，杨大力的提议才显得格外突兀。有一点不容否认，杨大力今天的提议绝不是偶然的心血来潮，绝不如他所说的那样，是随便。杨大力一定经过了长久的谋划。杨大力是想以吃饭这种方式，来好好表达一下对陈青石的满腔谢意。这是一颗屡经伤害，故而承受不起点滴恩惠的心，此刻唯一能给他以安慰，让他平静下来的办法，便是答应他，让他以自己的方式来表达谢意。

陈青石说他十分理解杨大力的心情。庆贺我们一定要庆贺，不过那是以后的事，而不是今天。你以为事情果真如此简单，凭某个人某句话就可以彻底解决？那未免也太天真了。

“下一步等待我们的，必然还有许多麻烦。有许多关节需要打通，花钱的地方多着呢。你有多大的资本在那里用不掉，非要送到乌七八糟的小饭馆去？”

“钱没关系的，我就是再穷再紧张，也不在乎吃一餐饭的！”

陈青石话未说完，杨大力已大声嚷嚷起来。同时手忙脚乱，把钱从口袋里快速掏出，以表示他有钱，他不在乎这点钱。

“到时候送礼，哪怕借，哪怕贷，哪怕倾家荡产，礼也是要送的！怎么也不在乎今天这餐饭吧。”

“好了，我们不必再说。”

陈青石不愿过于纠缠，他解释还要到办公室看看，半下午时间溜了不见人影，毕竟有些放心不下。再说上面布置的一张规划表尚未来得及填好，明天一早人家又得催问的。

“我没事，正好可以到办公室给你做个帮手？”杨大力强求不了对方，只得退一步。陈青石笑，说你以为填表，就是我们平日填一张什么表？“不是干这一行的，半点名堂也看不出，你守在旁边只会给我添麻烦。”

“为我的事，弄得你又影响了上班。还不知领导记了你的旷工没有呢。”杨大力说，“青石，今天全亏了你的。假如是别人帮了这么大忙，我还真不知道该如何感谢的。”

杨大力陪着陈青石，急匆匆往上班的地方走。每次分别，他们习惯了这么你送我，我送你。在离水利局院门不远处，杨大力止住脚步，再一次变得窘迫起来，试试探探道：

“我们，是不是还应该……找个地方吃点东西？”

“这事不要再说。”陈青石板起脸，扭身走向院内。杨大力大声道：“那你今天的晚饭怎么解决？”

杨大力站在大院门口，看着陈青石穿过院中那片空地，踏上青石铺就的台阶，然后在树丛中消失。杨大力仍一动不动站着，目光移向正前方那幢办公楼的某一扇窗户。他知道陈青石马上会在窗前出现的。过了一会，窗户中真的出现了一个人。陈青石也看见了他，向这边扬扬手臂。杨大力默默点过头，转过身做出就走的姿势，然后又看看窗户。

第九章

1

所谓回单位上班之类，固然纯属托词，暂且找个理由摆脱杨大力的纠缠而已。可一旦把纠缠摆脱，独自坐过一会，陈青石明白，他可能把事情办差了。此刻要让他好好在办公室坐下来，基本是不可能的，做做事、填什么表，更不可能。陈青石发现自己实在亢奋得厉害，拿笔的那只手都有些微微发抖。很可能他比杨大力还要亢奋，还要激动。杨大力的成功就是他的成功。可以设想，此次如果没有他出面，凭杨大力一人之力绝不可能办成什么。实际上连陈青石也根本没有料到，他们会把事情办得如此顺利。更没有料到在办事的具体过程中，自己又会表现得如此沉着老练，说出的话如此得体妥帖，无懈可击。杨大力就几次用开玩笑的口气提到，说你哪来那么多的废话，简直都有点巧舌如簧了。

杨大力的提议其实不错，他们应该找家餐馆，两人坐下来点上几个菜，好好吃一餐，庆贺一下，从而略略平复内心的波澜。不一定就如自己所说，要花多少钱。一个辣椒炒肉，他和杨大力都喜欢吃；再加一个炒丝瓜炒茄子什么，三菜一汤。另外，也来两瓶啤酒吧，表示个意思即可，已经比什么都丰盛了。当然他不会让杨大力出钱的。要是杨大力啰唆，他肯定会不客气加以呵斥。

陈青石几次起身，想出门追赶杨大力，又几次打消念头，回桌前继续弄那报表。如此几番反复，终是关了门，穿过空荡荡的院落，来到大街。他用很快的速度回家里弄了些吃的，然后再次出门，从城东走到城西，又从城南走到城北，只避开河沿修车铺那个地方。他怕碰到杨大力，怕对方奇怪。不是急着回单位上班吗，怎么转眼的工夫，又跑到外面来乱走？甚至担心杨大力会怀疑，他是不是真放不下刚刚讲到的那餐饭？

第二天陈青石到办公室很早，把头夜没填的表格弄完，送交领导处。下楼梯时他与两个女人擦肩而过。头一位是单位同事，很熟的，他微笑着打个招呼。第二位也有些熟。就在他愣怔的工夫，对方首先笑起来："这么看我干什么，不认识了？"

陈青石也笑："怎么可能不认识……于苏苏，你好你好！"

陈青石说："还记得回来看看大家，没把我们忘光了？"

"还记得回来看看大家？你说我还记得回来看看大家？"于苏苏重复着他的话，呵呵冷笑。于苏苏道，"我三天两头回来，跟大家一起玩一起乐。倒是你自己莫测高深，成天躲在什么地方，让人见不到一个影？"

"你三天两头回来，怎么可能。我就在办公室上班的，怎么从来见不到……"陈青石还真有些迷茫。从对方及同事两人的笑声里，他领悟到自己上了当，也禁不住哈哈笑起来。他让于苏苏到办公室坐，于苏苏答应。于苏苏告诉他，今天这有点事，先到三楼去一下，等会专门过来看他。陈青石以为只是句客气话，没想过了一会，于苏苏还真来了，和往日同事们七扯八拉半天，陈青石也踊跃发言，一下讲了许多。

"有时间，也到我们学校坐坐呀。"临走，于苏苏还不忘这么嘱咐大家。

没错，于苏苏就是若干年前，那位让陈青石一厢情愿迷恋得颠三倒四、黑白难分的姑娘。从水利局调出，到外地上班不久，听说于苏苏就结婚了。于苏苏正是以结婚，以照顾夫妻关系的名义调出去的。丈夫老家也在歌山，和于苏苏似乎还做过小学或中学同学，大学毕业后分到外面哪个很大的工厂做工程师。这些情况，陈青石是从单位的同事处了解到的。陈青石平日独来独往惯了，与同事交集不多，没有谁愿意同他过深交谈，因此偶尔听到点什么，也是只言片语，有一句没一句。后来于苏苏与丈夫离婚，带着个小男孩重新调回歌山上班。陈青石听到这些，同样是些只言片语。于苏苏并没有回原先的单位，她转行到城里的职业学校做老师了。似乎说她原本就是读的师范类大学，做老师算回归本行吧。某几个场合，陈青石还远远看到过她的背影。多半是在学校附近什么地方，上班的时候，下班的时候。于苏苏穿着简朴的衣服，一只手臂往后斜护住肩头的挎包，身子因此微微侧转，从一边匆匆而过。有次陈青石准备打个招呼的，不过于苏苏显然没能看到他。也有一两次面对面撞上了，陈青石像平日见到老同事老熟人那样，微微一笑，道声："你好。"于苏苏略显出几分慌乱神色，用惊恐而稚弱的眼光看看他，同样回一句："你好。"两人交错而过，再没一句多余的言语。

面对异性讲不出一句话，在陈青石原本一贯如此。同谁都如此，从小到大没有丝毫改变，要说不同，可能就是今天。今天当着于苏苏的面，他当真觉得轻松快意，一下讲了这么多，并且神情亢奋，话语幽默自然，两人站在楼梯上来来往往一句赶着一句，在外人看来肯定都有些打情骂俏的味道。旁边站的那位女同事似乎都有些看不下去，分明带几分调侃又带几分醋意笑微微打量着他。这是两天来所发生的又一次不可思议事件。是不是可以说，长久以来笼罩着自己的某种心理障碍不知不觉间已一扫而空，整个人达到了书本上所说的什么自由境界？他，放下了，升华了，随心所欲不逾矩？

也可能，现在毕竟年纪大些了，心态方面渐趋成熟，不再如早年那般青涩窘迫。何况同于苏苏也隔了太久不见，多少也消除了些对方身上的神秘感。陈青石如此这般琢磨着。

还有，昨天的事，也是一个不小的影响，至少从某种程度上增加了为人的底气。

吃过晚饭陈青石继续独自出门散步，在城郊某处三岔路口，他有些茫然地站住，微皱眉头，似乎陷入某种困惑之中，无法回过神来。

就这里，没错。从县城延伸过来的公路一分为二，分别通往相对的两个方向。在两条路分岔处，原本有一座突兀的石头山，山顶上耸立着一幢灰蒙蒙的石头房子，名叫徐家寨。于是县里的人把石山所在的这个三岔路口，统称为徐家寨。后来房子拆掉了，连路口的石山也给削平，在原址建了一座很大的花坛，所有的车辆从此经过时，都得转一个漫无边际的圆圈。可在大家口里，这个地方仍习惯性地称为徐家寨。

“后天晚上七点，我在徐家寨花坛边等你，可以吗？有件事想同你说一下。”

有一句话，清清楚楚在耳边响起。

是好几年前，陈青石说过的一句话。是他所写的一张纸条，给单位上那位叫于苏苏的姑娘的。

陈青石一直声称，与于苏苏一起上班的几年之中，他从来没有和对方说过一句话。没有说过一句话，这点基本上与事实相符。但同时存在的另一个事实是，在他和于苏苏之间却有过一次正儿八经的约会。话都没说过一句的男女跑到一起约会，不言而喻，其中包含着多么可怕的荒唐与荒诞，乖张与怪异。直到现在陈青石也不敢承认，某年某月某日某时，他曾给同单位那个姑娘写过一个纸条，并且有过一次约会。不单不敢向别人承认，甚至对自己都不敢承认，每次暗中想及，便不由心慌气短，口中连连发出啧啧的羞愤之声。

他一直把那天晚上的事，视为平生所受到的最大羞辱。

至今记得，为着那次约会，他事先做下过多少准备。有很长一段时间，他一直生活在某种虚妄的自信之中，完完全全一厢情愿，自作多情。也不知根据什么，他非常固执地以为，于苏苏是对他有感情的。于苏苏自头一次见面，就对他有感情。他把于苏苏每个举止动作，都当作了对自己的暗示。以为她的每句话，都是朝着他说的，是在向他表达着什么不同一般的深意。为此他一日复一日激动着，甚至彻夜失眠。失眠到最后，简直有些别无选择了，在某个夜深时分自然而然写下那张纸条，第二天用信封装好，贴上邮票，从邮局寄出去。

到了约定的那天傍晚，他早早洗好澡，换了件衬衫，来到花坛边等候。

没有准备于苏苏真会前来赴约的。可于苏苏来了，还来得极为准时，简直不差一分一秒。

“有什么事？你快说吧。”

于苏苏的第一句话就很不对头，陈青石愣了愣，隐隐感觉不妙。有什么事是什么意思？快说是什么意思？莫非她真不知道他约她出来的用意？一个男人夜晚把你约出，难道还有其他什么让她不懂的意思？

“往前走走吧。”陈青石不理她，试图把她带往左边那条更僻静的公路。这也是见面前他经过反复琢磨设计出来的。

于苏苏跟着走过几步，停住。

“我不想走了。这地方很好。你快说吧，时间宝贵，说完我好回家。还有事呢。”

于苏苏的意思越来越明显。她在拒绝他。她在等他把自己的目的表达出来，然后好干净利落加以拒绝。她根本没打算同他约什么会。

看来，今天夜里自己把事情彻底搞错了。这也太可笑了。

陈青石不愿开口。即使愿意开口，眼前的气氛也完全不对，说出了只会让自己丢更大的丑。他只坚持着仍往前走。于苏苏跟在身后两丈来远的地方。迎面过来一伙人，陈青石下意识把头偏向一边。于苏苏又在催了。于苏苏再次止住脚步。

“不能再往前走走吗？”陈青石问。

“不想走了，有事你就说吧。”

陈青石不得不冷静下来，内心一片冰凉。他清楚今天晚上没戏了。

“你，把那东西给人家看了吗？”他声音颤抖着。

“什么东西？”姑娘问。

“我给你的那张纸条。”

姑娘笑：“你怎么知道我把那东西给别人看了？”

陈青石问：“给人看了没有？”

“你听谁说给别人看了？”

听她话音，陈青石放下心。她并没有给别人看。这是他唯一的要求。

陈青石在一座小石桥边停住了。这也是他设计中的一个地点。

“还往哪走?”

“到小路上去走走。”他朝公路边的另一条分岔路指指。那是一条通往乡间的机耕路。

“大路都不愿走，走小路我更不愿意了。”

陈青石不好再坚持。他找不到话说，伸出一只手挠着脑袋。

“有事快说吧，免得以后啰唆，再费时间。”

姑娘似乎有些不耐烦了，话语里透出的意思越加决绝。陈青石无话可答。

“有什么话不好讲，非得往那里面钻呢?”姑娘笑，是那种明显的假笑。

“没什么事，”陈青石道，“要不，你回去吧。”

“不信没有事，快讲吧，讲过就算了。”

陈青石说：“真的没事，就是想出来走走。”

姑娘再次假笑着。他看不清她的脸。幸亏相互看不清，否则他根本忍受不了如此窘境。

“我不愿意走。”姑娘说。

“那你回去。”陈青石已不存任何指望，顾自朝前走过几步。“真的没事。我从来不说假话。”

“那为什么要把我约出来?”

陈青石说：“是我头脑发昏了!”

姑娘再次发出无可奈何的笑声。

陈青石把外衣脱下，捏在手上，又用双手抱住头，扭过去看天上的星星。公路上时有车子亮着灯从远处开过来，呼的一声驶过。两人相对沉默着。不错，姑娘是有道理的。既然他约她出来谈事，就一定要把事情说出么。但陈青石打死都不相信，姑娘当真会单纯、实在到如此程度，连他的用意都弄不清楚吗?

他真想说一句：何必如此逼我？难道真让我说什么我爱你吗？

“我搞错了。你回去吧，对不起得很。”

“有话直说么，有什么不好说出的？”姑娘仍不时发出一声无奈的笑。

陈青石真没什么好说的了。他唯一的念头就是想早点离开她，从而摆脱如此奇怪的局面。

沉默好久，姑娘道：“真没什么事，我走了。”

“那好，你走。”

姑娘走过几步，陈青石又赶上来。

“哦，你等下。”

姑娘慢慢停住。陈青石听到她再次发出无可奈何的笑。

“不要对别人讲，行吗？”

“讲什么？”姑娘又不懂。

“今夜的事，我约你出来……不要对别人讲。”

姑娘笑。陈青石明白，她应允了。

“让我们忘了这事，算我的不是。”说过这话，陈青石转了身，笔直向前走去，也不知姑娘是几时走的，姑娘是如何走的。

直到现在，整整几年过去，陈青石仍无法接受，自己曾有过如此荒唐又窝囊的约会。他费了九牛二虎之力把于苏苏约出来，似乎并不是为着向她表达情感，表达内心的爱意，而只是达到一个目的，央求她不要把约会的事向无关的人透露出去。这是最不能原谅自己的一点。一个像他这般窝囊、无用的人，竟然也会存有如此奢望，心血来潮爱上一个姑娘，并且向她发出约会，其结果只能如眼前这样，沦为自己心目中的小丑，很可能，更沦为众人茶余饭后的笑柄。

“自不量力，自丑不觉，自取其辱……”陈青石喃喃自语。

徐家寨，正当出入县城的交通要道，陈青石此前来来去去，不知从这里经过多少次。每次来了都不由别有一番滋味在心头，不敢也不愿多待，脚下用劲，踉踉跄跄逃离而去。不想有这么一天，自己终于有了这个能力这个勇气，专门冲着某种记忆而来，平静直面生命中的不堪痛点。陈青石沿着当年他和于苏苏走过的路线走过好久，内心突然让一个念头照亮。他以极快的速度赶回家，拿出纸笔写了一封信。信写完，看过几遍，又慢慢撕了。过几天再一次写出，再一次撕碎。撕碎后又不甘心，最后终于写好，郑重用信封装了，贴上邮票。他担心街头的邮筒不保险，不惜绕了好远的路，送到邮局发出。

“后天晚上七点，我在徐家寨的花坛边等你，可以吗？有件事想同你说一下。”

约会的纸条，给于苏苏的。内容与几年前那次一模一样，连标点符号都不差分毫。

2

就陈青石来说，于苏苏始终是天边的一道风景，一朵云彩，色泽绚丽，却遥不可及。经过几年前那次唯一的约会，两人的距离不用说拉得更远，几乎成了全无干系的陌生人。谁能料想有这么一天，远处那朵云彩以如此突然的方式从天边飞来，真真切切站到自己身边，两人一左一右相隔不到半步，沿着夜色中的公路随随意意往前走。有不短的一会，陈青石都有些难以相信，也难以适应，侧身悄悄打量着，想这真的就是于苏苏，那个让自己颠倒了几年之久的女人？

晚七点。徐家寨，花坛边相见。一左一右两条公路，他们选了较黑较暗的那条。甚至连天气，同几年前那次也一模一样。于苏苏穿着简朴的衣服，一只手臂往后斜护住肩头的挎包，微微侧着身子，在街那头路灯的光亮中出现了。陈青石紧走几步迎上前打招呼。他本来想客气一句，问怎么来得如此准时，一个人家里家外，上班下班，事情一定挺多的，还得照顾孩子。略一思忖，又觉不很妥当。于是只能无话找话，问吃过饭了吗？孩子放哪里了？于苏苏简短而干净利落回答着，说下班后到父母家随便吃了点东西，孩子也丢在他外公外婆那里照看。

“你也吃过了？还是在食堂里吃那种‘土豆不烧牛肉’？”

于苏苏笑，同时眼波流动，含讥带讽、似娇似嗔瞄他一下。没容陈青石回应，她的身子已猛然转过，带动肩下的挎包也晃了一个大大的弧线，快步往前而去。

所谓“土豆不烧牛肉”，说的是他们以前在单位食堂就餐时的一个笑话。食堂当门处的小黑板上，最常出现的一个菜名叫“土豆烧牛肉”，带着那个时代的流行色。名字诱人，可一伙小青年把土豆翻遍了，始终找不到一星半点牛肉的踪影。于是有人慢条斯理拈过粉笔，到黑板上加一个字，改成“土豆不烧牛肉”。

于苏苏情绪很好。细细童音，已然带上几分少见的幽默与成熟，与沧桑，甚至还有隐隐的风尘之感。讲话的口气、身姿、步态，与以前相比同样发生了不小变化，性格似乎也开朗了很多，假如没有前几天的接触，陈青石简直会怀疑这是全然不同的两个人。陈青石再次疑惑，想出外几年，于苏苏到底都碰到了一些什么，遭遇了一些什么？

就似看穿了他的内心，于苏苏快言快语，滔滔不绝讲起来，中间竟不带丝毫过渡。她由那天的见面，由办公室的那伙同事，讲到自己的婚姻、家庭、孩子，当然还有，那个人，她的前夫。是初中时的班主任老师做的介绍。班主任老师出面，谁也不好不给面子。无所谓好与不好，无所谓有没有感情。婚后不久发现，是真不好。时不时吵闹，不一定就为着明确的什么。其实更多时候，任何事也没，任何缘由也没，稀里糊涂便吵起来。吵得多了，便懒得吵了。当她把离婚两字说出，他好像也正等着这两个字，双方一拍即合。

“一拍即合。”于苏苏笑着强调，“水到渠成。”

于苏苏唯一的要求，是孩子。她以为丈夫很难说话，事前做尽了准备。哪知她错了，丈夫及丈夫的父亲母亲根本没说多少话。甚至连房产、家具什么，多半都留给了她，对方等于净身出户。似乎真的有些迫不及待了。只要她能离开，他们什么条件也没。

于苏苏无奈而又困惑地继续笑。

于苏苏的意思，从这方面考虑，她有些承认自己人生的失败。

于苏苏说，其实她倒真的愿意对方能同她吵一吵。像其他所有那些离婚的男女一样，就有关房产呀孩子呀存款呀家具呀，完全可以闹闹矛盾么，搞得个鸡飞狗跳，甚至打得头破血流，上法院找律师。可她没有，什么也没碰到。这个婚也离得太容易了。她忽然觉到，自己是不是太没价值了。

也许此事带来的打击太大，于苏苏突然对自己所生活的那个环境，甚至那个城市失去起码的兴趣。也没经过太多考虑，甚至连父母那边也没商量一下，独自往歌山跑过几趟，便把工作关系重新办了回来。

“你，在意吗？”于苏苏问。

于苏苏问得突然，陈青石显然没有准备。

陈青石不懂。

“在意什么？”

于苏苏的意思，陈青石其实是懂的。为着作些必要的掩饰，他故意装不懂。于苏苏知他在装。不过于苏苏不在乎这些。

“在意我讲的这些。”于苏苏道，“我，是个结过婚的人，也就是大家所说的，二婚头……”

“什么二婚头……那有什么……”陈青石一时窘迫至极，仓皇否认，“什么结过婚的……”

“嘀，莫非你还以为，我不是个二婚头？”

话语如此粗俗，如此直接，以如此玩世不恭、破罐子破摔的口气说出，陈青石再次觉得无法承受，无法适应。

对今夜会面，陈青石同样有过许许多多猜测与设想。当然再不能像几年前那次，整个傻了吧唧，把局面弄得莫名其妙，洋相百出。陈青石早不是以前的陈青石，至少，他得把内心的情感向于苏苏表达出来。他还必须采取一定的行动，像一个真正的男人那样，比如什么拥抱、亲吻之类，今夜他都得亲历一下。反正吧，他再不能白跑一趟，再不能傻。可根本没容自己有丝毫动作，于苏苏已把所有羞答答、酸溜溜遮掩的东西揭了个精光，开门见山扯到什么在意不在意，扯到是不是二婚头之类。似乎他们已到了谈婚论嫁的程度。他们就像一对共同生活多年的老夫老妻，在斤斤计较，商量着什么琐碎家务那般。

今天夜里，他表达过什么了吗？其实他还什么都没来得及开口呢。无论如何，两人的关系还没能发展到如此地步吧。可不可以认为，于苏苏同自己一样，也充分吸取了几年前那次约会的教训，有意对他，对双方做点补偿？但再怎么补偿，感情也总得有个发展的过程，有个适应的过程，是不是？

“我知道你会计较这个，谁都会计较这个，哪有不计较这个的。在我们这个社会……但是没关系，”于苏苏话头一转，“知道我为什么好不容易从歌山调出去，随后又调回来吗？”

“你刚才不是说，”陈青石斟酌，“婚姻的事，打击很大？”

“对，婚姻是一个原因。但还有另一个原因，很可能，是一个更主要的原因，”于苏苏说，“有时我觉得，正是有了后一个原因，才会导致前一个原因产生。”

于苏苏的神神道道，倒让陈青石好奇心顿起。以前单位上的同事也曾议论过这个，猜测于苏苏为什么出去了又回来。结论当然乱七八糟。人往高处走，水往低处流，一般只听说从歌山往外调，还极少有调出了又回来的。

“主要就是，”于苏苏说，“因为你。”

“其实没什么不好说出的，”于苏苏生怕陈青石没听懂，“我回歌山，最重要的原因就是因为你。”

3

照于苏苏的说法，她婚后生活的种种不协调，应该也源自同一个原因，源自陈青石。心里另装着一个人，另搁着一件事，有意无意便有些心不在焉，觉得眼前一切难如人意。心不在焉久了，对方又不是个木头，肯定感觉得出来的。如此就有了随之而来的磕磕碰碰，有了那些争吵和不愉快。

起初于苏苏没有意识到这些。她甚至根本弄不清，自己心里另装着一个人。偶然机会在哪本杂志上读到一篇文章，作者是位年轻女性，读大学时，曾遇到几个很真心的男生，一个个如傻如痴那般对她好，狗一般忠诚着。可作者太年轻了，太幼稚了，半点不能领会男生们的可贵，更不懂珍惜，成天晕晕乎乎，不知把自己当成个什么，时不时还拿面前这伙小狗逗逗乐，逼他们出洋相。毕业后进入社会，经历太多曲折和磨难，事过境迁，才恍然大悟傻男生们的一派真心真情，意识到青涩时代的美好。也意识到，自己曾做下过多少错事，意识到真痴真傻的绝不是那几个男生，而是她自己。

平平淡淡一个故事，把于苏苏击中了。她想到同样在自己生活中出现过的几个傻男生。想到了陈青石，想起某个夜晚两人曾有过的那次会面。想起了便生根了，长芽了，自此以后再也无法放下。

傻，这个字是对陈青石的最好描述，最好概括。

同报纸上那篇文章的作者比起来，于苏苏相信自己显得更成熟，身边这位傻男人的心思，几年的痴情，几年的投入，所有的痛苦，她全都一清二楚。还有那次可笑的约会，每一想及就暗自笑得不行，也感动得不行。有时笑着乐着，不由全身抖动起来。完全可以想象，为那次见面，陈青石会做下多少准备，寄托着多少幻想，多少希望。可见了面除了扯几句无聊的废话，正事一句也没说。越没说，越好笑，她发现自己也就越加心动，以至于泪水都流出了。

“你给我的那些，是我这辈子唯一的回忆，唯一的温暖，让我觉得，自己还没有白活。”于苏苏一字一句道。

“你是真的。”于苏苏说。

于苏苏说她明明清楚，自己是一个二婚头，不可能，也不应该再存任何指望。过去的已彻底过去，无法重来。但内心深处某个地方，就是无法放下。她在暗暗期待着，似乎就在等待着一个人的出现，等待着一张纸条，就像几年前那次一样。为此，那天她站在楼梯上所说的话一点也不错，她装作随意串门的样子，多次来单位上玩，试图能看到他。幸好那天把人碰上了，紧接着，她又把纸条等到了。正是她所想象的那种纸条，她想了百遍千遍的纸条，与几年前的那张一模一样，不差一字。

“只要觉得你在，心里就温暖些。哪怕靠近一点点，也会觉得安全些，放心些。”

于苏苏絮絮叨叨，有时声音越来越小，几近于自语，几近于无，离得再近也听不见了。不过她的每一句话，陈青石都认真听了进去。陈青石在感动着，震动着。他应该有所响应才对。陈青石应该有所行动，把内心这份感动很好地表达出来。眼前的局势，也逼得他非得有所行动不可了。今夜他们所走的，正是几年前陈青石曾经选定的那条路线，先公路，然后分岔，走上侧边的那条乡间机耕路。两人的距离越来越小，到踏上机耕路时，身子与身子已贴在一起了。陈青石一只手斜插在裤袋里，无法抽出，抽出便没地方放。机耕路走完，面前是一个缓缓往上升起的小山包，山包上有菜地，有果园、茶园什么，后面还有一所小学校。两人站在并不很大的学校操场四处打量一会，转身往回走，于苏苏的肩膀已经直抵陈青石胸前了。陈青石略略往外避让，于苏苏再往前抵。陈青石又让，于苏苏又抵，一直把他抵到路沿去。

陈青石真的不能再装马虎，他也装不了这个马虎。但是不行，他觉得他不能。他还没准备好呢。一切都没经过仔细考虑，心里总有些不踏实。他想今天夜里到底是怎么回事，于苏苏讲了些什么？她从外面调回歌山，是为着他？她婚姻的破裂，也是因为他？有可能吗？有那么巧合，有那么戏剧性吗？真不懂这个于苏苏，到底在说些什么。

再往下，陈青石几乎给挤到路边的水田之中了，他不得不伸出手，搭到于苏苏肩上。两人身子拥抱在一起，可他心神仍不能回转。他一个劲顾自喃喃着，想怎么回事，今夜怎么给弄成如此模样？

第十章

1

月季在造纸厂干的是捆扎工，计件。一捆一捆牛皮纸闪着沉郁的光泽，千军万马般从传送带上起起伏伏、踢踢踏踏而来。月季同着几个小姐妹站在传送带尽头，做出夹道欢迎的姿势，待纸捆来到面前，出其不意顺手揪过，另一只手拖着玻璃绳一阵虚晃。咔嚓，咔嚓，咔嚓，绳断了，纸捆的头、腰、尾三处早给绑个结结实实，啪嗒撂上身后的运输车。

接连几天，月季看见斜对面的王水仙在忙乱的间隙，偷偷侧过脸朝这边打量。等两人的目光接触，王水仙一个娇笑，若无其事勾下头去。月季很想问一声笑什么，我怎么了？但看到对方鬼头鬼脑的模样，心里存了气，只忍住没作理睬。

脑子出毛病了吧，天天一起上班的人，不认识啦？月季又想说一句，当然也同样忍住了。她想也许自己什么地方，穿着，举止，真有不当之处，以后注意点就是了。

那天傍晚下班，人多拥挤，月季走到车间大门边站住，侧过身子让后边的人先走。身后的刘芹不知她用意，催促道："走啊。"

月季道："你先走。"

刘芹坚持道："你在前，你先走。"

月季也坚持："你先走啊。"

王水仙紧跑几步，亲热地搂住刘芹双肩，歪歪斜斜上前而去。王水仙笑道："月季说，让你先走。"

两人发出一连串叽叽咕咕的笑。

"你先走啊！"王水仙模仿月季的腔调，怪里怪气叫起来。

王水仙的声音无异于一根皮鞭，猝然抽在月季脸上，月季呆在原地，半天不知该作何反应。你先走啊，月季喃喃重复着。她想这又有哪里不对头的地方，值得别人如此大惊小怪？就算不对头，一个人也不能如此不给面子，当面大声嘲笑的。整个歌山造纸厂，干捆扎的不过十几二十个人，都是女的，都是临时的，年纪又相仿，在一起也玩得随便。何况这王水仙算个什么东西，一个标准的乡下姑娘，至今吃的是离县城一百多里外大山深处她父亲种的农业粮。人长得又丑，瘦，黑，矮，嘴大，笑起来嘴角往两边一扯，便将一对稀薄如人造革那般的面皮高高扯起，上上下下一大窝牙齿连带着红丝丝的牙龈一齐露出，就似她母亲用一只竹筛端出了满满一筛大玉米。王水仙恰恰又喜欢笑，于是一天到晚，那两张人造革一个劲卷上卷下，王水仙她妈也马不停蹄将满筛的玉米端进端出，忙得个不亦乐乎。

对王水仙，月季的态度一贯很友好。她同情她离家远，工余的日子，休息的日子，早早晚晚，常带着在自家祠堂进进出出，赶巧了吃过饭再走。鱼干鱼片，以及小月烹出的形形色色零食，王水仙更不知尝下多少。遇到杨家有客人了，这王水仙又甚不知趣，仍磨磨蹭蹭赖着不走。锅里的东西仅那么个分量，做两碗装吧显然难以出手，装作一碗让王水仙晾在一边，又不合吴翠红的为人之道。小月不止一次嘀咕道："有这么不识趣的。"

就是这么一个人，就是你如此对待的一个人，她非但不知感激，回过头倒笑起你来了。月季想，我即便再怎么不对头，再怎么可笑，也轮不上你这种人来笑吧。这个丑鬼，乡下婆，玉米生产加工厂。

月季打算着第二天好好与王水仙吵一架的，结果架没吵起，夜里自己倒首先流了许多眼泪，早上起床一看，脸色不好，眼泡都有些肿了。临到出门上班，脚下竟一个劲虚得厉害。她感觉有点怕上那班，怕见到王水仙、刘芹她们。这些人大约早已结成一伙，叽叽咕咕议论她，正等着她的到来呢。

上班时间已过，今天迟到了！月季受惊不小，将编织袋斜背在肩奔跑起来。厂车已然过点，无法坐上，月季抄近路乘渡船过河。越接近工厂，内心越乱，口中的气短短的，双腿木木的，若不是人来人往，都要找个地方瘫下来了。月季终于停下脚步，站在路边悄悄喘气。她想迟到这么久，见到领导该如何交代，面对王水仙、刘芹一伙，又该如何表现。是来个彻底不理不睬？月季只怕做不到。装作什么事没有，照往日的样子亲亲热热打声招呼？月季同样做不到。这些问题一时都十分巨大地摆在面前。

月季重背着她的编织袋，走马路，过大桥，声息皆无地回到祠堂。在这样的时辰，又这般模样进厂丢人，还不如回家埋头睡上一觉，下午再去上班。可是等到下午，月季更不敢出门了：她已经是旷工半天的人了！

2

拣一个响晴的日子，起大早，吴翠红将几张床上的被单拆下泡了。半上午时，清洗一新的满满两木桶衣物已从大河边担回，吴翠红与月季站在天井的日光底下，一人抓住一个被头使劲拧，白花花的水流滋滋冒出，噼里啪啦跌落在卵石地面。几床被子拧过，晒起，月季大概乏力了，又是咬牙又是咧嘴，不小心身子一个歪斜，赤裸通红的双臂随着被单的力道给扭了个转，那样子已经不是她拧被单，那变成被单拧她了。月季仍咬着牙，哧哧啦啦笑起来。吴翠红心中疼爱，也跟着哧哧啦啦笑了。

“吃起我的饭来一碗接一碗，真不懂那力气吃哪去了。”吴翠红数落。

“还不都得怪你？”月季说。“催命鬼一般，早上我根本没来得及吃饱。”

两人言来语去说过几句，不知怎么就扯到月季的旷工。吴翠红真正有些发急，语调不由为之一变，厉声催促月季吃过中饭赶紧回厂上班，一时一刻也不敢再耽误了。

月季旷工，已经是第三天头上。

别说旷工，就算一般的迟到早退，月季也从没有过的。偶尔一次两次饭做得晚，或因事耽搁了，眼看上班时间即到，月季会紧张得脸色发白，泪水都在眼眶里打转，饭也顾不上吃一口，提了编织袋径直奔出门。小月气喘吁吁赶上前递给她几块零食，喝叫道："尽管走慢点，没人会怎样你的。一个临时的，你当什么正经。"回头吴翠红总要埋怨小月几句，怪她不该提那临时二字。月季倒不计较，在临时的位置上有滋有味干着。故此那天当月季在家闲待了一日，晚上杨竹生问她为何不去上班时，吴翠红道："不是说厂里放假吗?"

杨竹生说："是放假，她自个儿给自个儿放假。"

对于月季所谓旷工，起初吴翠红并不怎样放在心上。问也问过了，讲也讲过了，看看没什么大不了之处，也懒得再去劳神费力。反正是临时的，反正是计件。说放假休息也好，说旷工也好，事情就那么个事情。可是今天不同。今天当想到月季是因为微不足道的一点小事而拒绝上班，而一连旷工几天时，事情陡然具有了不同寻常的意义，其严重性甚至到了这样的程度，似乎再沉默一分一秒，吴翠红一口气就憋在胸中出不来了。

"谁说这事不够稀奇的，别人笑都不能笑了，笑一笑就说是笑你。"吴翠红喔哧一声，将试试探探，欲到衣盆里觅食的小鸡赶开。"世上的人千千万，每天谁不会笑几声，这些人都在笑你了，都冒犯了你，让你受不了？你是不是到哪个墙角撒泡尿把自己照照，看别人有没有那个兴趣来笑你杨月季。"

"别人有没有那个兴趣我知道，用不着你管!"月季叫道。

"不用我管就回你的厂里去，别人怎么笑你，你也怎么笑她，别像一个缩头乌龟，整天躲在家里做脸色给我看。你那脸又黑又胖，除了有鼻子有眼，还是有鼻子有眼，没什么好稀奇的!"

因月季的不可理喻，吴翠红有些激怒了，面孔僵直地仰起，腮上的肌肉一个劲抽动着，不知要往哪里用力才好。月季原本还要逞一阵嘴功，看到母亲模样，心下畏怯，低头将木桶里最后一件衣物捡出，扑打扑打展开，晾到竹竿上。

吴翠红接着说："一个人无缘无故让人笑了，本身已吃了亏，你生气不去上班，不更是亏上加亏，人家不更要笑你了？别人笑你一声你生气不去上班，别人要骂你一句，打你一下，你还不要找根绳子往梁上挂，找片河水把脑袋硬塞了进去？"

月季一声不吭，提了木桶兀自进厨房。吴翠红见一番话语起到作用，击中了某个人要害，不由大受鼓舞，脚挨脚跟进厨房。

"我也不是说你这一件事，我是说你以后。这么点鸡毛蒜皮就承受不了，想想以后你能干点什么，你怎么在世上顶一颗项上人头？"吴翠红深深叹口气，"我生的人都没用，快二十的人了，怎么还这样没用呢？"

"你有用，你有用，我没用，行不行？"月季猛然转过身子。"你要有用，我也用不着年年爬起来干个临时工！"

这回轮到吴翠红哑口无言了，胸头那口气如一块冰冷的饭团横哽着，上不得上，下不得下，不知是该上，还是该下。消化了半天，这才喊出声，可是月季早甩手出门，走得个无影无踪。

"别找我，要找找那个人去。我又不是你们厂里的，我又不是哪个厂里的。我自己干临时早干了一辈子，我怨过一声谁？我只能怨我自己！"

吴翠红第一次觉察，月季小小的身体里，却是藏下了好大一个心思。

3

这一班从事捆扎的临时工里，最有希望转正的第一是月季，第二要算刘芹了。月季属本厂职工的子女，职工子女优先安排就业，各企业各单位有过明文规定的。刘芹的家庭出身较好，父亲在外贸局做干部，县里上下有不少关系，家境又富裕，送礼、找人什么，不在话下。所有这些，对月季来说不能不构成极大的威胁。月季聪明，吴翠红讲的那番道理她懂。她甚至自以为比吴翠红更懂，自进厂上班的头一天起，她已暗暗把刘芹视作了竞争的对手和敌人。月季清楚她不能同刘芹比。她谁也指靠不上，唯独能指靠的就是自己。

月季全心全意，一步紧跟着一步，不动声色地沉稳前行着。

没过多久，孰高孰低孰优孰劣，已经不判自明。刘芹是个直性子姑娘，也是个浅薄的姑娘，有什么说什么，该说的不该说的一齐说。说她的家庭，父母、叔伯、舅公、三姑姑八大姨，都如何如何了得。说第一遍第二遍时月季惊叹，羡慕，自惭形秽。说得多了，且每说一遍内容随着改变一次，月季再不敢贸然相信，继而放下心来。刘芹的话里原来含有过多的水分。刘芹从一开始便在那里吹牛。吹牛算个什么，图嘴头子痛快而已。即便你不是吹牛，但把自家的老底整个端出，这只会让你的对手警醒，然后积聚更大的力量击溃你。世上怕找不到比这更傻的人了。月季相反，每当别人问及家庭种种，她愿意一句句如实相告。她还要装出一副可怜兮兮模样，将自己的无奈夸得大而又大。月季以守为攻，她要充分地麻痹对手，单把气力使在暗处。工作上积极自不必说，嘴巴又甜，见谁都笑，见谁都打招呼。见谁有什么事，私人的公家的，能帮上的便顺手帮上一把。别人要感谢她，夸奖她，她反而狼狈万分，一脸娇羞跑开了。在歌山造纸厂，从厂长到车间主任到一般工人，一直到值班室的看门老头，上上下下，里里外外，提到杨月季谁不说是个好工人，厂里要是招工，不招这样的人你招谁去？

与此同时，刘芹那边已不大不小出了几个纰漏。先是上班迟到。迟到了倒罢，车间主任问起，她又东扯葫芦西扯瓢，把个主任扯火了，不客气训了她几句。后来在县城菜市场，刘芹欺负卖菜的乡下妇女，结果人家哭哭啼啼闹到厂里来。那女人也不找人，也不吭声，顾自蹲在厂门口的水泥牌下，一个劲掩面哭泣，说是讨要什么秤砣，说刘芹抢了她的秤砣。再后来为着工资奖金之类，刘芹竟然找着车间主任吵架。主任到厂领导那里诉说，厂长不耐烦地挥挥手："让她走，让她走。"走当然没走，但刘芹在车间领导乃至厂领导那里留下的极坏印象，是怎么也抹除不掉了。

月季松下一口气，暗暗庆幸着自己的胜利，表面却左一句右一句地为刘芹抱不平。月季甚至想出很多主意，说了一大堆知心话，让刘芹看开点，没必要把一点小事放在心上。月季与刘芹的关系更亲密了。月季想，我是一个多么阴险的人，我的城府又有多深啊。

车间主任当面打过包票的："记住我的话，大家卖力干。谁干好了，我转谁的正。"有一次当着捆扎班诸位女工的面，车间主任再一次向厂长提到此事。厂长观看了捆扎班的劳动场面，内心满意，笑眯眯连连点头："可以考虑，可以考虑。"

直到多少时间以后月季才能明白，主任的话，厂长的话，原不过是上下两片嘴唇随意那么吧嗒一下，吧嗒完了也就完了，当不得多少真的。唯独月季才会奉若神明，奉为金科玉律加以珍藏。她以为自己随时都在接受考验，随时有某一个重要人物正斟酌着杨月季的转正问题。等到有一天醒悟，却是晚了，三年两年的努力，伴着三年两年的心计，各种各样的表演，争斗，失望，亢奋，全化作了泡影。

车间主任已然换人。面对吞吞吐吐、吞不吞吐不吐的杨竹生，新主任回答得干脆："要哇，杨月季表现不错，干活实心实意，技术熟练，捆扎班少不了她，我们要定了。"但招工是大事，主任做不起这个主，让杨竹生去找厂长。厂长同样将月季夸上一通，然后说，基于歌山造纸厂目前的现状，人多活少，僧多粥少，招工指标已完全冻结，他不好为哪一个人开这个先例。政策是他一手制定的，他必须第一个带头遵守。在厂长无奈而歉疚的苦笑声中，杨竹生无言以对，诺诺而退。

厂长没说假话，此时造纸厂效益低下，像月季这样的临时工，工资尤其低得可怜。身边的伙伴一个一个走了，新的临时工又一个一个进来。无论走的还是来的，都轻轻松松，无牵无挂。有牵有挂的只剩月季和刘芹。月季和刘芹，如两台不堪重负的捆扎机器，一声不吭坚守在纸浪翻涌的传送带前。此时此刻月季讶然明白，刘芹是与自己完全相同的一类人，一样的心事重重，一样的老实而又无奈，她的那些了不起的父母叔伯，三姑姑八大姨，一齐不见了。

也不是没有走的念头。轻松而去的伙伴中不时有人过来怂恿，出去贩菜吧，到公共汽车上卖票吧，帮人守摊吧，哪个地方挣不到一点钱，何必在这棵枯树上吊死？月季犹豫着。月季想，这么久已待了，两年三年已待了，哪又在乎眼前一时几刻？汗流了，血流了，万一前脚迈出，招工名额又下来了呢？

三天的旷工，帮月季下定了久下不定的决心。

4

在街头行过一会，心里宽松了许多。好久没尽心尽意这么闲逛了，不用担心迟到早退，不用担心自己的表现是否让人看去。两三年的殚精竭虑，不过是一场骗局。骗局揭穿了不过如此，没什么大不了的。月季逛了商店，布店，买了一支天蓝色的绒线花，吃了两支棉花那般雪白绵软的蓬蓬糖，还在一处刚刚圈定、没来得及施工的建筑工地上看了好久的猴把戏。一位衣衫破烂、满脸脏污的中年人操着异地口音，在训练一大两小三只猴子打篮球。可那只手捧皮球的小猴子缩头耸肩，一张红红小脸高高仰起，傻不棱登向围观的人群看过来，又看过去，似乎难为情极了，全然不把男人的号令当回事。直到口哨声猛然响起，它这才一个哆嗦立正站好。

“不要三心二意，想入非非，不要东张西望，交头接耳！”男人大声训斥着小猴子。“篮球队员要有篮球队员的样子，三大纪律，八项注意，一切行动听指挥。现在听我的号令，预备——投篮！”

哨声响过，半天仍无反应。原来小猴子又将一只小脑袋转过来，转过去，在那里东张西望难为情了。观众轰然大笑。男人做气愤已极状，趁小猴子不注意揪住它的耳朵，一巴掌扇过去。男人巴掌尚未抽回，龇牙咧嘴、吱吱乱叫的小猴子同样一巴掌打在男人的脸上。男人又一巴掌过去，小猴子又一巴掌过来。男人的巴掌带几分惶惑与畏缩，小猴子可是打得又准又狠，结结实实。此刻蹲在一旁的大猴子不声不响纵身跃起，对准男人翘起的屁股猛然一推，男人一个嘴啃泥栽在地面。

“好小子，反了天了你！”

男人狼狈爬起，伸手捡地上的皮鞭要动武。大猴子抢先一步，将皮鞭远远撂开去。男人扑上前又捡，猴子又撂，三只猴子一个男人，花朵一般绕成一圈，月季同无数的围观者一道，早笑得喘不过气来。

烫上一个头发，是月季多年来的心愿。她的面前总有那么个烫发姑娘，穿着宽大的毛线罩衫，脚蹬旅游鞋，两手随意插在牛仔紧身裤兜里，从街道那边轻轻盈盈走来。几年过去，烫发的心愿依然还是存放着，没有个实现的时候。起初没钱，后来上班了，出得起那钱了，反而把钱看得更重了。月季根本没有在身上放钱的习惯，更没有用钱的习惯，平日买点衣服，读书时交交学费，全归吴翠红一手经办。现在口袋里猛然装上一月的工资，并且为烫个头发而将工资的大半用出，事情未免太重大，太可怕了。计划中要这样要那样，结果一样事也没那样，只倾其所有，一分不少交到吴翠红手中，换来父亲母亲的一点宽慰及终于能为家庭出点力的兴奋。

“月季像我一样没用。自小没用过钱，就怕钱烫手。有几块钱搁上身，会累得觉都睡不安生。”吴翠红同邻居笑道。

人与人之间其实挺不值得的，你越善良，越诚实，你忠心耿耿为了这个家庭，人家不但不说你一句好话，口口声声反讲你没用，甚至瞧不起你，以为你好欺负。亲人又怎么样，父亲母亲又怎么样？这么说吧，上班几年没烫成个头发，不上班了，眼看离开厂子了，今天这头发却是烫定了。

“烫个头，怎么个价钱？”月季问。月季早知道烫头的价钱，但她还需要问一问。

“冷烫还是热烫？”

头上顶着无数的发卷，外罩木桶那么大的铁盔，铁盔下露出一只肿胀的脑袋，在几个理发员的奔忙下，杀猪那般冒着热气的，大概就是热烫了。月季忽然害怕起来。

“那就，那就冷烫。”

“冷烫十八。”

“二十。”

“十五。”

“十八。”

跑了几家理发店，也没找到一处合意的地方。烫发是大事，总不能过于草率，说烫就烫的。月季习惯先看看再说。何况这尽是些什么样的理发店。第一家店面宽大，装饰堂皇，几个理发员围坐在一起嘻嘻哈哈，客人进门问过几声，才爱理不理朝你走来。这什么态度，给你送生意来了，又不是向你乞讨来了，除你这里，我就找不到个烫发的地方吗？第二家要价太高，别人十八，他们偏二十。第三家价钱是低，但陈设寒酸，那理发员圆头圆脑，一看就是个乡下女人，你把一只脑袋交到这样的人手里，三下两下她还不把你也弄成个乡下婆？另一家的理发员过于热情，你这边尚未进门，她已迎上前拖拖拉拉，一副宰人的架势。大凡热情过分总不会有什么好事，那里应该有一个陷阱，一个骗局等着你去钻。在他们火热的笑脸里，你能读出这样的意思：上当吧，傻逼！

看情形今天这发无法烫成了，越往下跑月季越失去信心。当她犹犹豫豫，终于推开街角一家理发店的玻璃门，她发现再没有气力也没有理由返身走出了。

“我想剪个头发。”

“要烫吗？”

“我，我吹风。”

理发的男青年竟然有点眼熟，大概什么时候在街头遇见过，瘦长的身材，白皙的面孔，高挺而纤细状如葱管的鼻梁，头发有些自然卷曲，粗粗一看你打死也不会相信这是一个理发的，你以为这是一位走红的歌星了，月季暗暗为他惋惜起来。

月季不止一次进过理发店，剪个发、吹个风之类，其中当然也不乏男性理发员。她知道不管是男是女，理个头发根本算不得什么，这是一门职业，就像做医生的，女医生男医生都可以为你看病检查。不过今天，月季一个劲在转椅上移来移去，横竖不自在。她大约不甚习惯面前这位男青年，不习惯他那双比女人还要女人的纤纤手指在发际，甚至在脖颈边缭绕，摩挲。月季想，或许前几次有小月与其他人陪着，今天是独自一人的缘故吧。

“怎么了?”理发员停了剪子，问。

好痒，月季想说。

“没怎么。”月季说。

理发员更紧地按正她的脑袋。

梳子，推剪，条剪，喷水器，喷乳器，圆瓶，扁瓶。理发的小伙子当真不错，所有的理发用品，所有的看家本领一齐派上了用场，一会拿这，一会用那，忙乱中又不见忙乱的迹象，整个动作都在静悄中有条不紊进行，耳边只有铁械及玻璃器皿偶尔的撞击，及剪刀发出的咔嚓，咔嚓声。咔嚓声欢快，似按照着某种节律，即便无发可剪，或犹豫着这一下该不该剪时，根据节律的需要，剪刀仍兀自在那里咔嚓着。作为一种伴奏，在咔嚓声每次响起的同时，一团雪白的清洁粉会落在被剪之处，略略按稳然后一旋，将那断残的毛发掸去。

吹风机叹息般喷出第一股热气的时候，月季猛然抽搐了一下，身子一弹。她怎么感觉这热气不是吹风机吹出的，这是从小伙子的口中呼出，或干脆就是这人将火热的双唇贴在了她的耳根上。月季全身的肌肉僵硬了。

“坐好，别动，”理发员轻轻按住她的脑袋。月季明白了什么，竭力让自己放松，脑袋顺着顶上的那股力略略偏移。

“别动，别动。”头顶上的那股力重新出现，只是掉转了一个方向。

小伙子鼻梁纤细，手指纤细，一颗心大约更为纤细绵长的。风声和电流声呜呜呜响，那股热气始终如火烫的唇吻一般，在这里在那里驻留着，拨弄着，呢呢喃喃，或远，或近，一时浓烈，一时又若有所思，甚而竟至于无。等你略略抖动一下耳廓，才知那股热力正在某一个高处将你仔细端详，无言地持续。月季相信，小伙子不是理发吹风，他是一根头发一根头发剔出，然后比画着要给你绣成一朵斑斓的花了。

月季的脑袋渐又偏斜，她就这么偏斜着瞥了一眼跟前的镜面。理发员身穿白色工作服，靠着椅背侧身而立，双肩微微下伏，眼睛一眨不眨专注于工作，丝毫没有觉察到她的窥视。一切似乎都一本正经，看不出半点异常之处。而在镜面的更深处，你能看出同样的黑色镜面，镜前的沙发转椅，梳子，瓶子，剪刀，及不停飘动着的男女理发员同样白色的身影。

理发而已，有什么大惊小怪！月季再次嘲笑自己了。

每见到一个青年男人，都以为这人的目光及动作有点异样，都以为对自己有什么意思。每见到年纪不轻的男人或女人，同样以为这人的目光及动作有什么异样，都会想：他家里是否有一个正当年的儿子或孙子？此时的月季便心慌，便不自然。月季想，这不神经吗？

一个理发的，可惜了，月季又想。

吹风机继续鸣响，声音如一团一团浓烈的白雾哧哧吐出，月季脸色潮红，身子连同残存的意念一起，冰雪一般酥软着，融化着，一切都在白雾中消失不见。吹风机吹向哪里，她的脑袋也随同顶上的那股引力耷拉到哪里。引力缓缓地移过来，移过去，月季的脑袋也跟着耷拉过来，耷拉过去。月季感觉她已经睡着了，她的面前出现了高速行驶的火车，晶亮耀目的河水，和裂缝那般在荒原中延伸的人的队列，直到她的额头搁到某处坚硬而又极富弹性的实体之上。

这是一具男人的躯体，具体说，是年轻理发员的胸脯。月季警醒了，她发现她的身子侧转着，已紧紧埋入某一个陌生男人的怀抱深处。

不行！月季想。

这不行的。

给自己这么说的同时，月季又一次陷入迷糊之中。于是她真正震惊了。她猛然睁开双眼，不顾一切要抬起头来。在偶然向上一望中，月季忽然完整地觉察到正有意无意环抱着自己的男人，及男人那悬崖般陡峭结实的身体。紧憋的一口气倏然吐出，月季双眼一闭，泥一般再次瘫入男人怀中。

抱我！月季在内心这么呼喊。

月季感受到自己所依托着的身体的巨大呼吸，及呼吸背后某一颗心脏的咚咚弹跳。心跳的声音将她耳膜震得吱吱嘎嘎直响，似乎将要碎裂了。月季张开双唇，大口大口吞吸着来自男人身体深处的粗浊气息。

反正是理发，反正没人知道的，有一个声音在这么悄悄叙说着。

5

花了好一会工夫，月季才能弄清自己置身的处境，原来早到下班时间了，理发店里空空寂寂，只有一个清洁工模样的中年女人在店堂的另一边忙碌，将转椅扶正，零乱的理发用品一一归置到位。年轻的理发员站在几步开外，用刚刚脱下、沾满月季毛发与体温的白大褂仔细拍打自己的周身上下，肩，背，胳膊，胸，腿弯，甚至皮鞋后跟也给侧转过来，扑，扑，拍了又拍。拍完，还到地面蹬动几下，再侧转另一只脚跟，扑扑拍打。

男人长身材长鼻梁，头发自然卷曲，白白的面孔始终绷得铁紧，眼睛一眨不眨专注于身体的清扫，那种耐心与细致，就与刚刚清理月季的每一根头发时一样。

一句多余的话也没有，半点慌乱的迹象也没有。

扑，扑，扑，声音一下一下，结结实实仿佛都打在月季的脸上。

“好了。”男人说。

就这么简单生硬的两个字，月季便从深深沉溺着的怀抱里给毫不客气推离出来。

月季也知道这是理发，知道男人在一本正经理发。理发是一种职业，一种服务性行业。所有的细腻与耐心，轻柔与绵长，梳子，剪刀，喷水器，发乳，全不过是职业性的公事公办。

今天的玩笑可真开大了。好了，两个字生硬，冷漠，隐约还带着久压在心的厌恶，月季的额头忽然就处于一种无所凭依的悬置状态。假如不是身体本能的条件反射，假如没有旁边的沙发扶手，她大概会随着脑袋的前冲，而整个身子栽向地面吧。

也许男人真的无意，理发么，公事公办么。但这种无意更衬托出月季的可悲与屈辱。

“多少钱?”月季问。

“五块五。”

这么贵，月季想。若在平日，月季一定要弄清为什么这么贵的。

理发员一丝不苟地收钱找钱，月季背向着他，将面孔高高仰起，站立着。出门时，久蓄在鼻咽深处的液体忽然汩汩冒出了。这是大街，当然不好哭出声的。而想到自己连一个哭的地方都没有，月季的喉头怪响了一声，鼻涕泪水爆炸那般四散着溅出老远。她双手箕张，想捞回那泪水，中途又改道向上，堵住大张着的面孔和嘴巴。此时她已哇哇有声，狗一般吭吭咳咳大哭着了。

第十一章

1

近些日子，杨大力同样过得有些颠三倒四。

有一种骚动，一种来自肉体深处的骚动在日夜翻腾着。杨大力太需要诉说了，在父母家人面前，在左右邻居如饭店沈老板面前，甚至在相识不相识的路人面前，他都能感觉血液的巨流、话语的巨流在全身上下冲涌，来回激荡。杨大力需要让周围的人知道发生在他身上的根本性变化：这个车铺大概不会维持多久了。他已经与县里一位极为重要的人物取得联系，并得到当面许诺。有许多问题，照我们一般人看来不可想象，难于上青天，而在某些人那里则不过一句话两句话的事。杨大力更需要让别人知道胡国才的为人又有多好，那么随和，那么笨拙，一举手一投足带着些滑稽的小丑意味，起初简直要让他看不上眼了。杨大力还会强调一点，这个世界上确乎存在着一些本性善良的人，像胡国才，原与他一点关系没有，凭什么愿意出面帮忙，不就是对同类的处境有一种发自内心深处、人性深处的同情吗?

杨大力需要让人们知道他心中的感激，对胡国才，对陈青石，对整个亲切而美好的世界的真诚感激。

诉说的欲望不可阻挡，杨大力毕竟阻挡住了，乃至在同陈青石单独相对时，假如对方不提起，他也能成功地做到绝不言及此事。不过那份神情上的不自觉流露却是无法掩盖的，每与人谈起什么，无缘无故他都会莫名其妙亢奋起来，手上，脚上，面容上，会呈现许多夸张之处。夸张到不像话的程度又突然惊醒，于是尴尬着、呆愣着做一番自我检点。过不多久，手脚什么地方重又在那里渐失其态，重现了十足虚妄的模样。

简直是一个小人，杨大力嘲笑自己，小人得志么。

显而易见，目前事情远没达到那种程度，那四处向人诉说的程度。在过去的几年，这一类的话已然讲得太多，太滥。他一次又一次在妻子女儿面前、在父母家人面前下定找人的决心，罗列找人的具体步骤，以及最后获得成功的种种理由。每次似乎都胜券在握，结果却又不了了之。到后来周玉燕根本不在乎他絮叨些什么了。杨大力这么想，有时候也许事情并非不可逆转，只因他话语过于绝对，过于自信，激怒了冥冥中的什么，有意要与他过不去吧。经历过一回又一回失败，杨大力事事处处学会从最坏处着想，学会了以怯懦卑贱的眼光，虔敬地奉仰冥冥中那无所不在者的意思，而不敢有半点的狂妄与自得。无论于自己，于家庭，均无法承受一次半次失望的打击了，尤其那种希望后近乎戏弄的失望。杨大力只愿让周玉燕她们继续维持在眼下的无望状态，不要对他存有丝毫非分的幻想，如此一旦事情办成，便是一份意外的惊喜了。

夜深人静，杨大力顾自在车铺里间的床位上辗转。他一遍遍听着隔壁一架挂钟的当当报时声，听街头路人的偶尔脚步声，听似远似近什么地方传来的人或动物的巨大鼾声。这个时候杨大力往往会翻身而起，两眼炯炯有光。反正睡也无法睡着，为什么不干脆去一趟玉田？随之他又悄然躺倒。看来夜大概真的很深，鸡叫一遍两遍，天都快亮了吧。大脑经过一夜疯狂的运转，思维已极不清晰，如此稀里糊涂出门，说不定会遭遇什么变故的。

秋天的一个晚上，十点来钟，杨大力从祠堂出来，途经一家招待所大门时，忽然让路灯下的一个人叫住。这是早年的一位熟人。熟人名叫世雄，姓什么却忘了，反反复复记忆不起。又不好开口询问，见了面只以世雄相称，倒也显得亲热。世雄在这家招待所搞财务，身材小，面貌清秀，穿一件白色夹克衫，站在灯影中冲这边笑，模样像一个下晚自习回家的中学生。杨大力问他怎么独自一人站在街头，世雄说刚从外面回来，正准备进院门的。世雄邀杨大力进里边坐坐，杨大力说算了，太晚了。

“最近怎样，还在河边修你那个自行车？”世雄问。

世雄也许是无意的，但杨大力却受不了。那种轻慢，那种粗鄙，谁能够受得了。还在河边修你那个自行车。什么叫还在？什么又叫“你”那个自行车？何况杨大力还真的即将离开河沿，不再修那自行车了呢。耳边只听咯咯咯几声脆响，血液的巨流瞬间又一次充满全身。杨大力呼吸急促，人整个迷失于盘旋蒸腾的水雾之中。

“世雄，我想告诉你一件事。”杨大力跨前一步，左右打量一眼，压低声音道。

世雄略略一愣：“什么事？”

“我告诉你一件事，不过你千万不能同别人说。”

世雄道：“放心，我不会同别人说。我哪是那种多话的人？”

杨大力又跨前一步，眼看着对方久久不语。

世雄扑哧一声笑开来。

“有什么话想讲就讲，不讲别为难，不会有人强迫你讲。”

很显然，世雄有些不高兴了。

“事情还没办成，本不好随便乱说，”杨大力心慌气急，词不达意着。“你知道的，我原先在玉田柴油机厂上班，后来厂子不景气，便自己出来修车。近些日子我想，像我们这种性格，顶好还应该回到哪个厂子去上班。你知道的，像我这种性格根本不适合做生意。”

世雄问：“玉田的厂子不是早下马了吗？”

又一阵血流冲上来，耳旁嗡嗡响成一片。

“我不是说玉田，我是想调到县城的柴油机总厂……不过现在还没有很大把握。”杨大力自己也觉得这话大概有些过头，“是这样，我在县里找了个人，一个说话能起点作用的人，他答应帮我办一办的。你知道，我搞了多年的柴油机质检，有一点技术，这边的厂里大概会需要专业一点的人员。”

“你是说，你想调进县城?”

“现在事情没落实，还什么也不好说的。”杨大力往回退。

“能回县城当然求之不得。”世雄说，“依我看你也早该回来了，长年累月两边吊着，两边跑，你自己不累，我们都替你累。”

“办这样的事，靠我个人当然想也不用想。我这次主要靠别人帮忙。你认识胡国才吗，听说是县政府办公室的一个副主任?”

“不认识，”世雄说，“好像听说过。”

杨大力禁不住微微吃惊，他想今夜怎么了，连胡国才胡主任都说出来了？好不容易熬过许多日夜，忽然之间一切又前功尽弃了？何况眼前这人是谁，一个记不起其姓氏、更不存在任何交往的早年熟人！对父母没说，对月季小月没说，对周玉燕对杨斯，他甚至躲着面也不见一次的，偏在没有半点思想准备的情况下，把所有的秘密对一个八竿子也打不着的人倒了个一干二净。

不过这一刻，杨大力已有些不由自主了。

“世雄，我这话你不要同任何人讲起，假如事情到时办不好，讲出去不好意思。”杨大力再次压低声音，将有关陈青石，有关胡国才的故事原原本本从头说开来。

杨大力的叙述过于投入，声音越来越大，语句也越加急促，以至于世雄在灯影里东张西望，露出明显的不耐烦时，他仍没丝毫察觉。后来有几个旅客提着大包小包从院门进来，世雄终于得着机会跨前一步，拦在院门当中。

“做什么做什么?”世雄明显有些虚张声势。

这是一伙外地客人。他们把世雄、杨大力当作夜间值勤人员了。

“我们不做什么，我们在里面住宿的。”客人怯生生道。

世雄问：“住宿登记了吗?”

“早登记过的。”客人们三三两两作答，其中一人还掏出随身带着的房间钥匙牌。

“你先等一下，我进去看看。”世雄同杨大力打过招呼，做出轻手轻脚的样子尾随而去。

杨大力将身体的重心在两腿间来回置换，内心微微不安。他想世雄也许真忙，不好过多打搅的。他暗暗打定主意，待会再见了面，应尽可能简洁地把话说完。

“杨大力，有空的话一定到我家坐坐!”世雄从院子里向这边招了招手。杨大力准备走近几步回答，世雄一个转身，匆匆忙忙消失在黑暗之中。

这人又是去哪里？杨大力有些莫名其妙。

这人就此回家，不再过来听他的故事了？

可他明明让杨大力等一会的。

如此的尴尬，如此的打击是无法言喻的，杨大力感觉，他都走不出那片光影，那家招待所的大门了。且不说他话语中的掏心掏肺，单看在他搁置多年的工作问题终于起死回生有了希望，有了着落，这么大的事，关系他一生一世的事，作为早年的熟人，也应该同样开心，同样为他高兴才是。难道这人连起码的礼貌也不懂了吗？而杨大力，别人明明已不胜其烦，避瘟疫一般避开他，他还傻乎乎在街头等着，这又开的是哪一国玩笑？

“他妈的!”

杨大力顺着树影稀疏的街道往回走，恶狠狠这么骂着自己。

“真他妈的!”

忽然感觉，什么找人，什么落实工作，其实还差得远呢。一个人怎会变得如此幼稚，如此沉不住气呢。

2

夜里九点左右从县城动身，十二点差一刻才到玉田，短短二三十华里路程，骑车走了两三个小时。当然因为天黑，路面不甚清晰，不敢走快了。更主要的，是杨大力有意让自己多耽搁一会。他不停地将车子骑过来，然后掉过头又骑回去，然后再骑过来。有时干脆一脚踏地，站在路中间长时间发呆，犹豫着到底应该骑过来还是骑回去，以至于路旁屋影里有人大声咳嗽着向这边窥视，大约把他当成小偷在提防了。

杨大力考虑的还是前些天偶遇世雄那件事。他想，今夜去玉田，是否又有这个必要呢？周玉燕在他面前永远不阴不阳，无须再说；每次到玉田的滋味，他尝得也深。今夜有必要再尝一次吗？

假若没有路途的耽误，杨大力可能正好来得及赶上发生在缝纫铺的热闹场面。

无论从哪方面说，让杨大力处身人声汹汹的场面中心，事件中心，在众目睽睽之下出演一个作为保护者的丈夫角色，其情形一定可怕而荒唐。于是，他不能不一遍又一遍庆幸不已了。他估猜今夜也许存在着一种叫做预感的东西，路途上所有的心意不定，徘徊反复，其实并非无缘无故。等他扶着自行车一步三摇接近玉田镇时，这边的人群刚刚陆续散去，只把浑浊的空气，零乱的足迹留在街面上。

“出什么事了？”杨大力问。从远远的街口遥望到洞开的铺门，明亮的灯光，灯光下歪斜的木凳，胡乱抛掷的三两根柴棍，他就知道有事情发生了。

周玉燕趴在高高的缝纫台上，双臂朝后屈起，反抱脑袋，十根指头绞拧着头发，过会又平平伸到台面上摊开。她的身后有一老一少两位女人站着，少的是缝纫铺学徒李玉花，若无其事地将一条腿反靠在另一条腿上，低头抠挖两手的指甲。老的已然很老，身材瘦高，双眼布满吓人的白翳。老太婆侧身轻抚周玉燕肩膀，边用高亢尖锐的嗓音有一句没一句地解劝，边吩咐李玉花用心上好铺门，该捡的捡捡，该收的收收。

“就听我一句，哭也不要哭。啊，怎么说呢，就听我一句。”

老太婆姓李，人家称她李家婆，家住街对过的供销社院内，平日与周玉燕来往较多。李家婆说是跟着儿子媳妇过日子，但相互之间处不来，见了面除了争还是吵的，李家婆一气之下把随身衣物收拢了，到院角找了间将拆未拆的旧房住下。李家婆有手艺，年轻时针线功夫好，缝补剪贴，样样拿得起，放得下。白天下地干活，夜间伴一盏油灯做鞋缝衣，硬凭着一双手供一儿两女长成人，读出书。到现在一把年纪，仍犟着不愿吃谁的闲饭，受谁的唠叨。她从街头各缝纫铺收拾些弃置地面、要当垃圾倒掉的布片布头，回家后清洗了，压边，补缀，做成一件又一件五颜六色的童式百衲衣、花肚兜、圆饼帽、虎头鞋，送给街头巷尾新出生的小儿女穿了，图个喜庆，同时多少也能得些报酬。后来李家婆的手工活在玉田一带很有了些名头，上门索要求购的时有其人，李家婆干脆明码标价，公平交易，俨然是那种正经生意人的做法了。

见到杨大力，李家婆、李玉花都觉意外，但也没说什么，只拿眼睛静静看他。

杨大力问李玉花："到底出了什么事？"

李玉花没个好口气，扭身道："还不是那个新塔佬？"

所谓新塔佬，指的是同在周玉燕手下做学徒的新塔姑娘叶云琴，平日爱说爱笑，人也长得不错的。杨大力问："叶云琴，她怎么了？"

"新塔佬说玉燕姐扣了她半年的工资，末了又想贪她的机头。"

"我哪扣了她的工资，她有什么工资！我不找她讨拜师费、伙食费就给了她天大的面子，她倒好意思来要什么工资，这个没脸没皮的婊子婆！"

周玉燕猛然仰起脑袋，对着李玉花嘶喊。大概经过了长久的争吵与哭泣，周玉燕满脸满腮牵扯着濡湿的泪水，五官连带着也有些挪位了，嗓音嘎嘎啦啦的，沙哑得怪异。

"周小芬不在？"杨大力四处环顾。这样的时候，周家铺那边一般会有人在场的。

有关新塔姑娘叶云琴的情况，杨大力多少有所耳闻。去年夏收以后，叶云琴依靠本街的亲戚，在玉田开了一家单铺面的缝纫小店。玉田的缝纫店原本嫌多，明里暗里相互横眉竖眼的，现在又硬邦邦挤进一家，人们不能不各自暗笑失声了。周玉燕挥舞手上的卷尺，点点头道，那个新塔佬哇。周玉燕又说，不出一个月，你往后看吧。果然也就一个月两个月工夫，叶云琴维持不下了。技艺不精是一个原因，街面不熟是一个原因，生性柔弱、幼稚，不懂经营之道，更是原因。

这时候，周玉燕同叶云琴的关系渐渐热火起来，相互出入对方的店铺，聚作一堆嘻嘻哈哈笑谈。没多久叶云琴领着周玉燕的一帮徒弟，将快倒闭的店面搬拆一空，两家合作一家了。墙高头贴有一幅画，原是叶云琴从新塔老家带来的，画面上一盘硕大浑圆的苹果，红彤彤，金光光，水汁淋漓。叶云琴很兴奋，踮起脚一跳一跳，要把画揭下，结果一脚踩中地面的脸盆了，半盆脏水淋淋漓漓全泼到她的脚上腿上，这情景让街上的人记得特别清。

随即争执发生。接连几天叶云琴不高兴。不说话，不吃饭，板着脸提出要领取工资。她说一般的规矩工资应该按月支取，她不好意思开口，过去两三个月了，不得不出面提个醒。周玉燕一听十分惊奇，说什么工资？你问问李玉花、周小芬她们，谁做学徒还可以领工资？有这么好的事你同我说说，我跟你一道做学徒去。周玉燕说李玉花、周小芬她们每人都交足了拜师费，饭菜自己按时从家里带来。对你我够可以的了，照顾你折本赔钱心情不好，照顾你外地人，离家远，不仅不提一句拜师费，反而供米供菜，供吃供喝，到头你倒要找我领什么工资了？叶云琴说，我跟她们又不一样，我带着手艺进门的！李玉花、周小芬不乐意了，七嘴八舌说她跟我们是不一样，连个扣眼也锁不住，还带手艺进门呢。

小姑娘们扑扑哧哧一阵好笑。叶云琴哭了，周玉燕也哭了。周玉燕说我怎么待你，你摸摸胸口问问自己。起初你说你去无去路，来无来路，只顾着对我哭。我忍不下心，好意收留你，你如何千恩万谢的？这才过多久，你把脸一翻就这么糟践我了。叶云琴说千恩万谢归千恩万谢，工资你不能不兑现。你当面说好我们两人合作，你按月给我发工资，红嘴白牙，讲话不作数了吗？周玉燕问，就算我红嘴白牙，就算我答应每月给你发工资，我答应每月给你发多少工资了？

叶云琴回答不上了。

叶云琴不告而别，大约在两三个月之前。由于走得急，手头的诸项用物，煤油炉、电风扇、铁皮桶、热水瓶、棉被垫絮，一齐丢下了。尤其是那台蜜蜂牌缝纫机，听说是叶云琴刚找下的婆家买给未婚媳妇的，新不说，亮不说，用起来当真特别顺手，周玉燕喜欢将针头掩进手心，嘀嘀嗒嗒真像掩了一只欢蹦乱跳的小蜜蜂了。叶云琴长时间不过来露面，周玉燕不由有些心安理得，想那新塔佬粗枝大叶，说不定早把这几件破铜烂铁、鸡零狗碎忘了。要不然，叶云琴会不会果真以为，这么多日子吃人家住人家吵闹人家，还学了手艺，有意留下点什么作个补偿？因此某一天，当叶云琴委托玉田镇的那个亲戚前来搬取物件时，周玉燕大有遭欺骗、遭愚弄、遭人尽情嘲讽的感觉，不禁勃然作色了。她说东西先别动，要动让新塔佬自己来动，把账算算清楚再动。自己拍拍屁股溜掉，面也不敢露一个，倒让别人搬什么东西，世上有那么美的事吗。

叶云琴来了，搬走了衣被等一应杂物及缝纫机的机架，机头仍让周玉燕扣下来。周玉燕说你做得初一我就做得十五，我那么贴心贴肺待你，供你吃供你喝，没得你一句感激，你反倒四处讲我坏话。要机头可以，你照李玉花、周小芬她们一样，把一年的伙食费、食宿费，还有拜师费拿来。

叶云琴的亲戚不止一次上门解释，叶云琴的父亲大老远也专程赶来过一次，都没有丝毫作用。眼看叶云琴下月出嫁了，作为嫁妆的缝纫机却剩一副空架子摆在那里，于是婆家一行几人找上了玉田镇政府，由公家出面勒令周玉燕交出机头。周玉燕说机头不在，让一个徒弟带到福建做生意去了。政府的人火了，说不在也要在，不拿也要拿。直到夜深，周玉燕被逼不过，这才从房后的柴草堆里将机头翻出，大哭着狠狠掼在对方脚前。

新塔的人是上午到达玉田的，当时镇政府具体负责此类事件的公安特派员不在家，一等等到中午。中午吃过饭，又等公安人员休息好了，才一齐拥进缝纫店。从那时直至夜深，七八个钟头，真不知周玉燕如何硬撑过来的。据说公安人员把手铐都吊在裤带上，随着每一步迈动，铁箍铁片在日光下直晃晃。公安人员边走边说，这还了得，真无法无天啦？今天不交出缝纫机，我判你个敲诈勒索，先铐起来再说。这时一定有人飞奔而前，赶着向周玉燕报信："快跑快跑，镇里捉人来了！"报信的人一半出于关切，一半便出于内心深处的幸灾乐祸了，这从那满脸的兴奋与故意夸大了的恐慌神情即可见出。接着有人解劝，有人辱骂，有人怒目相向，嚷嚷着要搬东西作抵押。

"贪东西也不能这么个贪法，嫁妆吧人家要欢欢喜喜带到婆家去，也是你能动得心思的？年纪轻轻，怎么就少长了一块脸皮？"叶云琴的家人一定会这般叫嚷。

对周玉燕而言，类似事件已不是头一次发生了。这人个性太强，心眼不很周到，为着一丁点小钱，甚至一块两块布头，她也能弄出一些花招。去年就有人拿了件刚做好的衣服找上门，说这衣不是她原来的衣服，布料让人调换了。至于这里紧了那里松了，长长短短名名堂堂，更时常不断。杨大力清楚，今天事情一闹，许多人，包括李玉花、周小芬之类，包括这位李家婆，心里面大概都欢喜得很。东西没有贪着，脸却给丢尽了，周玉燕也算作一堆狗屎，让人人嫌恶，人人指戳，臭不可闻了。明天教她如何出门见人，又教她如何在玉田立足呢。

周玉燕必须得到安慰。作为一个丈夫，作为一个男人，眼前最需要的是必须给周玉燕以安慰。而眼前最能安慰周玉燕的，便是当着李家婆、当着李玉花的面，把那件事正式公布出来。杨大力手扶着周玉燕肩头，全身微微抖动着。他无法料想假如没有那件事在心中作底，此时此刻他将如何面对妻子，面对这般凄凉尴尬的处境？

"好了，算了，又没多大了不起的事。"杨大力做出一副大大咧咧模样，在周玉燕额头摸了摸，脸上挂满轻松随意的笑。杨大力愿意显示自己的胸有成竹，以更好地引出话头，同时也借此调剂一下眼前沉重的气氛。他必须让周玉燕明白，今天的一切原不过小事一桩，犯不着过分要死要活，伤心伤怀。说到底，大不了这店开不成，他们收拾家伙关门走人。走了便走了，走了正好，他们可以把店搬到县城去开，以后再不用回来了。

可他的意思还没来得及表达，周玉燕已劈头盖脸对他喊叫起来。

“你说算了，我就知道你会说算了，除了算了，你还能说一句什么？”周玉燕脑袋高高仰起，双臂下意识将李家婆一下一下往外推。“又不是你在这里受人欺负，你当然会说算了。你走，你走，你进房睡觉去，不要站到我身边。你站在这里，我，我难受。”

周玉燕悲恸欲绝。

“不说算了，你说我该当怎样？”杨大力讪讪应答，脸上仍是装出的那份轻松。杨大力想一个人怎会如此蛮不讲理，总不可能让我陪你一道大哭大闹，寻死觅活，闯进人家镇政府胡搅蛮缠吧。

“我没叫你怎样，我知道你不能拿人家怎样，我受人欺负是自讨的，我活该。我不要你管，我不要你站在旁边。你去睡你的觉还不行吗？”

周玉燕头发纷乱，腮帮上泪痕纵横，话语纠缠不清，脑袋仍微微仰起，喉咙里咯咯作响，似乎呼吸不过来了。杨大力忽然感受到一股遏制不住的烦躁与愤怒。

“事情说起原本就是你不对么。”杨大力声音尖锐。他也意识到自己的声音尖锐。“原本就不该扣别人的机子。扣了也算了，别人过来多次，自己来了不说，父亲来了，亲戚来了，赔了不是，讲了软话。差不多也够了，应该适可而止的。你到底还要人家怎样，芝麻绿豆大一点小事，非要闹得人人知晓，人人过来看笑话。原本一个平平安安，屁事没有，你不闹点什么，好像这日子就过不下去的！”

想到周玉燕没事找事，自作自受，如此缺乏正常人的理智，杨大力越说，胸内越发郁闷得厉害。周玉燕吃惊地看着他，李家婆、李玉花也吃惊地看他。

“少说两句，都少说两句。”李家婆忙打圆场，“前边的事情还没平息，你们自家又争起来。七晚八晚，隔壁邻居都要睡觉吧，有话明天再商量就迟了？”

“不是争不争的问题，我说今天这事本来就不应该发生！”

杨大力瞄一眼李家婆和李玉花，陡然感觉今夜他的激愤，他的诸多表现，大半似乎是做给她们看，说给她们听的。他有一种很明显的企图，一种借批评周玉燕而讨好他人、逢迎他人的企图。

“杨大力，你话说完了没有?”周玉燕问，声音沙哑，却异常平静。哭闹了一个晚上，别人劝了多少好话不能见半点效果的，这一刻竟奇迹般安定下来，泪迹擦干了，额头的湿发弄弄整齐，有好一会时间，她静静地把杨大力从头到脚打量。

“说也没什么说的。”杨大力抬起手臂到面门前一晃，仿佛要擦去一点什么，不过中途又放下了。周玉燕的语调与神情都有些异样，让人倍加陌生，也倍加不安。“杨大力，我同你说，今天的事我有错的地方，刚才我说了，我不对，我活该。我自作自受，该让人骂，该让人欺负。别的女人临到这一刻，都有自家男人出头帮着，护着，顶着。我晓得我没有，我也不指望有。不过我今天让人骂也骂够了，欺负也欺负够了。我不希望半夜三更再挨人骂，再受人欺负。就是要骂我、说我，也轮不上你。杨大力，我不骗你，我当真，当真看不起你这种人。”

第十二章

1

从水利局宿舍到河沿车铺，接着折转身又回到水利局大院，小月来来回回走得心焦，总算把陈青石找着了。陈青石独自一人伏在办公桌前翻报纸，看见小月一愣，脱口问：“有事吗？”

“事也没什么事。”

小月要笑不笑着站在走廊深处的暗影里，双手紧插上衣口袋，一下一下用力按。

小月夜间来办公室找人，这还是头一次，陈青石知道有事。越说没事越证明有事。

杨家夏天用来遮蚊挡蝇的薄木纱门，一年到头不拆掉，拉开，合拢，嘎嘎啦啦响声不绝，刺人耳膜。这让陈青石很不习惯，每次伸手抓住门把，总会略略迟疑一下，似乎在下着最后决心。不过这天夜里，他的手尚未伸出，纱门径自嘎啦啦开了，吴翠红、杨竹生用那种刚刚换成的笑脸，礼貌地将他迎进去。

“看看谁来了！”吴翠红回头狠狠瞪一眼坐在电视机前的月季。

月季一动不动，一心一意看她的电视，双手并拢插进两腿之间，背微向下勾，面孔却高高仰起，似乎还带了一些笑意。从侧面看，月季圆圆的鼻头如一只小玻璃球，可笑地搁在眼睛与嘴巴之间。

事情并不如想象的严重。陈青石接过吴翠红递来的热茶，坐下也跟着月季看电视。这样的节目，几个乡下大妈围成一团无休无止讲话，明显没什么可看的，陈青石要求换一个频道，征求月季意见。月季仍一动不动，就似根本没听到。

“小陈哥哥同你说话哪，”吴翠红急了，“聋啦，哑啦？”

见月季没反应，吴翠红冲上前就准备换台。陈青石说算了，月季喜欢这个，我们就看这个。

“我又不喜欢这个！”月季道。

“你怎么不喜欢这个？你喜欢得很！”吴翠红道。“别看这人一副鬼样，又是两三餐没吃饭了。早饭没吃，中饭没吃，晚饭又没吃，就这么痴痴呆呆坐着看她的电视。”

“为什么几餐不吃饭？”陈青石惊讶。

“现世吧！”吴翠红说。吴翠红说，中午她烧好饭菜，左等右等还少一个人。半下午的时候，后边祠堂有人过来说，你找你家月季呀，月季一个人坐在河坝那边的竹林里哭得伤心呢。吴翠红不相信，想这就怪了，好好一个人又跑到河坝里哭什么。匆匆忙忙赶过去一看，可不真是这个现世的，可不真是哭得伤心！鼻涕一把泪一把，伤心得就像死了亲爹亲娘一样。

从话语中可以听出，月季无缘无故跑到河坝里哭，早不是一次两次了。

杨竹生从怀里默默摸出两根烟，递一根给陈青石。陈青石摇头表示不抽。杨竹生伸出的手持续伸着，等陈青石接了，这才把另一根叼到自己嘴头。

那是第二次拜见胡国才后一个星期左右，吴翠红借口想了解一下杨大力调动的进展情况，将陈青石请到祠堂。几句话说过，一瓷钵东西热腾腾端上来，两只粗壮的鸡腿展翅欲飞般高高朝外翘着。

“这做什么？”陈青石惊慌着站起身。其实刚一进门，他便感觉气氛不很对头，一家人的神情鬼鬼鬼祟祟的，时不时还相互眨眨眼睛，做个手势。原来还真是有事。原来是这么回事。

“你们快把东西端回去，不端回去我就走了，以后再不敢来了。”陈青石做出要走的姿势。除了不安，除了尴尬，除了同情杨家的处境，不愿让他们多破费，还有着对眼下这种偷偷摸摸且俗不可耐方式的厌烦。

月季出来了，杨竹生出来了，连小月也慌慌张张从厨房跑来。几双手同时伸出，把他紧紧拽住，一副想说什么又说不出的紧张神情。

“小陈哥哥，你听我说……”好一会吴翠红才咕哝出声。陈青石以为她真有什么要说，可咕哝来咕哝去，反反复复仍旧这么一句话：“小陈哥哥，你听我说。”

吴翠红的声音哽哽咽咽，仿佛带上几分哭腔了。陈青石体内某一根肺管之类东西猛然抽动一下，然后勒紧。他停止推让与挣扎，疑惑着寻找吴翠红面孔。吴翠红双眼一红，脑袋忙向一边偏过去。

“小陈哥哥，我家大力没兄没弟，你们玩得这么好，你就是他的亲兄弟，要多拉扯着他点。若是你不嫌弃，就把这东西吃了吧。”

请陈青石吃一餐饭，看样子不只是杨大力念念不已的一大心愿，更是祠堂里这一家人的最大心愿。他们也只有用吃饭这种方式，来表达自己的心愿。

陈青石的犹豫无疑给这边带来几分希望，杨竹生、月季、小月，一双双眼睛片刻间明亮了许多，连吴翠红也将偏过的面孔再偏回来，试探着看看陈青石，又偏过去，然后又偏回来，一心等待他作出新的决定。置身在高高大大这一家人之间，陈青石却再次有了置身于一伙婴孩之中的感觉。他不由惊异已极，想这杨竹生、吴翠红都老大一把年纪，五十多岁吧，经历不能说不丰富，遭遇不能不坎坷，到如今怎么仍处于如此一种婴孩状态？那过去的几十年日月，他们又是如何挨过来的？

陈青石在政府机关工作，有文化，有水平，有熟人关系，交际能力办事能力也显得很强。别的不说，单说眼前，他只是简简单单出去找了个人，就把杨大力耽搁多年、几乎不见半点希望的工作问题弄出个眉目，这种能量，这种速度，对祠堂里的一家人来说绝对是不可思议的，差不多类似于一种神明了吧。

“能干，而且，有才，有个性，”一次闲聊，于苏苏也曾这么评价他。“还特别低调，或者说，是有些傻吧，”于苏苏笑着补充。

于苏苏说，有关这些看法不是她说的。她是听以前单位上的同事甚至领导们这么议论的。尽管陈青石年龄不大，职称不高，但要讲真才实学，讲肚子里的货，大家还就服他。比如单位上每年搞的那些方案呀规划呀预算呀总结呀，当然还有上面布置下来的一些乱七八糟科研项目，反正都是专业性强的东西吧，别人吭吭哧哧十天半月弄不出个名堂，陈青石拿在手里翻上几翻，扫过几眼，便能提纲挈领抓住实质，谈得个八九不离十。于苏苏说她不止一次读到过陈青石做的预案，那是真的好。她是真佩服。

于苏苏说到刚进单位时的一件事。领导可能是出于栽培之意，特意把他们几个年轻人找拢，鼓励努力工作，积极进取，做个有真才实学的人。“我们局的陈青石就很了不起，”领导说。领导当时用的就是这么个词：了不起。于苏苏说从那刻起，她就记住了陈青石这个名字。

“业务上的事，能算个什么名堂?”陈青石窘迫着。陈青石说：“屁大的意思也没有的。”

“你以为没意思，可在一家单位，业务上的事就是最大的意思。”

按于苏苏所说，陈青石身上最让人钦佩的还不是什么业务能力，而是对自己业务能力所表现出的漫不经心态度。一般的人，某方面略微出色一点，那自我感觉就会好得不行，尾巴翘到了天上。陈青石不。陈青石把业务上的事看得淡而又淡，说没意思，出来进去始终一副心不在焉的模样，看人的眼光飘忽闪烁，迷迷离离，让人感觉他的心思不在这里，目标不在这里。

于苏苏提到一个绰号叫地主的单位同事。地主出身于县城里的那种干部家庭，用书上的话说，就是一个纨绔子弟吧，人长得白净富态，讲话声音洪亮，开会发言时喜欢一套一套讲个没完，很唬人的样子，但听的人清楚，他多半只是些表面文章，并不见得有多少独特看法。地主就凭着自己这点表面文章，自视甚高，根本不把同事们放眼里，也不把领导放眼里。地主多次说过，在这个单位真正了不起的只有两个人，头一个当然是他自己，另外一个，便是陈青石。

地主是在背后闲聊时，向于苏苏透露这个看法的。某段时间，地主曾对于苏苏怀有不同一般的好感，讲的话肯定是内心最深处的声音。

陈青石第一次了解到，在单位同事和领导眼里，在于苏苏眼里，自己原来是这么一个人。怪不得呢，面对祠堂里的这一家人，陈青石一时有些恍然大悟。想想吧，在那么大一个机关单位，他都能赢得上下一致如此评价，人们真心实意敬重他，佩服他，那么在祠堂里的这一家人面前，更不用说了。

陈青石连啃带嚼，毫不客气地将整整一只鸡扫了个精光。一口气吃下这么多东西，自己也无法料着的。

“再添一点饭吧。”吴翠红兴奋。

“不添了，吃得太饱，今天这是……”陈青石略带羞涩地摇摇头。

陈青石与杨家的来往越发密切了，他无形中把某种责任、某种义务自觉地承担起来。杨家的大事小事首先都需要请教他，他也愿意随时随地插插手，提看法，拿主意，或直接出外跑路找人作交涉，从没半句二话的。自己办不了的，便托身边的朋友、同事牵线搭桥，或提供一些有用信息。于苏苏所说没错，无论是朋友，是单位同事，对自己的态度都相当不错的，热情、诚恳、实在。一来二往，与人交道打得多了，陈青石发现自己的为人性格各方面也随着发生明显的，可以说很突兀的变化。他不再像早先那样厌恶周围的人，不再害怕与各色人等接触，接触时的诸多表现，言谈、身姿，也随便得多，从容得多。于是这份随便，这份从容，又反过来刺激着他，鼓励着他。陈青石时时刻刻让一种扩充的欲望支配着。他觉得自己还可以接触更多的人，办成更多的事。这时候回过头仔仔细细看身边的同事、领导、邻居，楼上楼下，院里院外，似乎一切全变了个模样。这都是一些极平常的人，与你与我一般无二的人，没有一丝半毫神秘的地方。陈青石吃惊地打量这一切。他的面前似乎有一个全新的世界展开了。

抽烟的习惯便是这段时间养成的。并不是真抽，只爱好抽烟的姿势中所含有的那份成熟与洒脱。出门进门，他会下意识到口袋中摸索，丢一根给别人，或从别人处接过一根，弹一弹，然后点上，也是一种从容和大方的表现。与此同时，陈青石发现，自己似乎还渐渐学会了吹牛，或者是一种自我炫耀吧。他喜欢用着随意的口气，若无其事的样子，把单位上的一些人和事细细讲给祠堂里的这家人听，上班呀，开会呀，领导讲话呀，下乡到哪里指导工作、对方又是如何接待呀，如此等等。如果见了更高一级什么领导，或到外面出过一次差，见了什么世面，更得详详细细说上一个来回。有时也能意识到自己的浅薄，意识到自己过于兴奋，过于得意扬扬，羞愧之余把话头截住。可过不多久，话头又越扯越长，再次滔滔不绝起来，没办法的。

2

月季在造纸厂的上班已不叫上班，而是真正的三天打鱼两天晒网，高兴了跟在杨竹生后面往河那边跑一跑，不顺心了，感觉没意思了，把编织袋朝竹凳上一丢，躺到床上怄气，流泪，不吃饭。许多日子过去，始终这么干干停停，却不能最后决定到底应该干，或应该停。

在这个问题上，陈青石意见与吴翠红、杨竹生完全一致，要月季好好坚持下去，不能再三心二意。

“我们这些人……”陈青石用手指在房间画过一个大圈，然后重重落到自己身上，“我们这些人其实都一样，千万不要七想八想，以为别人怎样怎样，自己也能怎样。别人再怎样都是别人的，我们最现实的考虑是老老实实找一个工作单位，一个相对稳定点的职业，通过老老实实的劳动在社会上换得一处立足的地方。”

“小陈哥哥的话你听清没有？”吴翠红叫道。

陈青石神态严肃着。近些日子，他已习惯了用这种严肃的方式在祠堂角落说话。他还渐渐表现出一种装扮自己的要求，一举一动便是一举一动，做事尽量把事情做好，做成功，说话也要说得响亮，果断。似乎他当真很能干，很值得别人崇拜了。平日闲坐，他能把一些为人处世过日子混社会的道理讲得一套一套，事后回想才意识到那些话语的庸俗无聊。陈青石能够想象，他的神情一定与村头巷尾那些家长里短的大妈大嫂差不多吧。他羞愧着，难堪着，咧开嘴独自哧哧好笑。可是时候一到，不由自主又会把脸板起，扮那说教者的角色。

陈青石说到生活的艰难，说到做生意赚钱的艰难。街面上多少人整天整年东奔西走，流血流汗，甚至坑蒙拐骗办法用尽，企望哪一天能发上一点小财。可许多年过去，又有多少人发上财了？何况你这样一个小姑娘，说哪里哪里不懂，你想你能干点什么？

吴翠红道："想想你能干点什么！"

月季低垂脑袋，用脚尖踮在地面一下一下画十字。一个十字套着一个十字，横套，竖套，一块地板摩擦得快放出光了。

陈青石同月季说，我的意思也并非让你什么事不管，什么事不想。一个人有各种各样想法其实是好事，特别你年纪这么小，想法正是越多越好。你可以做做小生意，正如你所说，帮人站柜台，守摊位，到公共汽车上卖票，学打字学会计。但这一切有个基本的前提，便是应该谋得一个正式的职业，先把自己落实下来。

"等你单位落实了，成为厂里的正式职工，假如你认为上班的效益不好，待遇太低，你完全可以停薪留职，请假出来干其他的。那时不管做生意做手艺，或者外出做工，一概没关系，干得再不好，你还可以回原单位上班。这叫做有进有退，进得了就进，进不了就退。"

"真是坐着的不知站着的累，说的比唱的还好听！"月季的脚尖在地面猛然一画，小声却又异常清晰地咕哝道。

"月季你作死！"吴翠红伸出巴掌跃跃欲试，就要向前挥出去。

月季说："谁不愿意有一个稳定的职业？我不愿意有一个稳定的职业？造纸厂算什么，我还一心想跟你一样，进县政府大院坐办公室吃轻快饭呢。"

月季把自己也给逗笑了。

"每个人都这样，说起别人不嫌牙疼。"

"怎么跟小陈哥哥说的话？"吴翠红喝叫，"再这么跟小陈哥哥说话，看我打不死你！"

陈青石拉住虚张声势，似乎就要冲上前打人的吴翠红。陈青石同月季说：“你先回造纸厂把班上着，其余的事交给我办。”

杨竹生、吴翠红包括月季，明显没能弄明白他的意思。陈青石清楚他们没明白自己的意思。陈青石解释：“月季你明天回造纸厂继续上班，一切同早先一样，该认真的认真，该下劲的下劲。你那边把工作做好，让人找不到挑剔的地方，我这边另外找找人，看能不能把你转正的事解决了。你是本厂职工子女，在厂里上班多年，表现出色，所有条件都已够上，只要有转正的可能，不给你转给谁转？”

“小陈哥哥是说，你要出面给月季跑转正？”吴翠红不敢相信。

跑转正是什么事？是天大的事。可陈青石却说得如此平平淡淡，漫不经心。

“小陈哥哥……”杨竹生也叫。他跟着也喊小陈哥哥。

陈青石用力点点头。

“我想先试试看。”

“这怎么行！”吴翠红急了。吴翠红涨红了脸，万分狼狈起来。吴翠红说她不是这个意思，她根本没有这个意思。

从吴翠红的一连串唧唧哝哝中，陈青石明白了她的意思。吴翠红今夜找陈青石，根本没想到要谈工作转正之类。她只是为了吓唬吓唬月季，让她赶快把晚饭吃了，明天一早好去上班。月季在家闹了一天，他们劝啊骂啊，也整整一天。至于工作，至于转正，想也没朝那方面想过。为杨大力的事已经够麻烦的了，一家人这里那里都是事，更不知麻烦了多少。再说月季的转正绝不是一般的事，还真的不会有多大指望。可以说，一点指望也没有。造纸厂效益差，厂方正一心算计着怎么裁员减员呢，哪里又能反过来，给你考虑转正？

吴翠红找尽理由，极力要打消陈青石的想法。

“什么可能都是有的，什么事都能办成，就看你愿不愿去办，怎样去办。”陈青石平平静静道。

陈青石告诉吴翠红他们，要想办成月季的事，找厂里是没多大作用的。一个造纸厂长，本身芝麻粒大一个官，找他有个何用？

陈青石一脸神秘，似乎把一切都考虑周到，早已成竹在胸了。

3

陈青石曾经吩咐，让杨大力没事时多到胡国才主任家坐坐。陈青石说在胡主任面前我们尽可随便点，没必要过分拘谨。大家都是熟人，现在又有了这么好的关系，这么好的开端。胡主任事多，事忙，你说你的问题重要，可对他不过小事一桩，说着说着不定忘到哪个角落了。我们时不时上门坐坐，既联络了感情，对他也算一个提醒，一种催促。陈青石缓声道，这种事，说快可以办得很快，说慢也有一个够拖的。不管快慢，我们自己绝对应该抓紧，一时一刻不敢放松。

杨大力认认真真答应着。他比谁都清楚，这事一时一刻不敢放松。

经过周密思考，杨大力把时间定在星期六晚上。星期六叫周末，周末之夜本身就含有了闲坐、闲谈的意思。经过一个星期的公务繁忙，胡主任终于缓过一口气，心安理得地躺到沙发上休息一会。想着两个人边说话，边有一眼没一眼看看电视。即便谈话出现冷场，也会有电视里的人物与故事穿插而进。不指望谈得多么投机，不指望胡主任作出明确答复，好歹只要能坐上一会，完成陈青石交代的任务，这就够了。

星期六的夜晚是突然而至的，突然得让人来不及做一丝一毫准备。杨大力手忙脚乱洗菜，切菜，做饭，同时紧张思考着他到底应该准备点什么。根据原定的计划，这个晚餐应该吃得很早，他仔细把自己收拾整齐了，然后胸有成竹，气闲神定地上路。怎么忙活了一个星期，到头来却弄成这样?

等到稀里哗啦扒了半碗面条进口，将碗筷瓢碟一股脑浸到水里，找了把大锁打算关门时，这才意识到今夜大概算完了。

今夜确实太晚了。

何况又如此手忙脚乱，一点准备也没有。

杨大力想，与其这样匆促上路，真不如再推迟几天。就算推迟一个星期吧。人常说欲速则不达，从容点，沉着点，准备周到点，其实比什么都重要。

谁能说，一个星期的延搁不是好事？杨大力这么提醒自己。前不久他们刚从胡主任家出来的。胡主任愿意帮你的忙，这是人家同情你，怜悯你，给了你多大面子；不帮你的忙，在人家也是本分。假如你硬不知趣，急慌慌上门催促，人家一不高兴从此不管了，你怪了谁去？一个人给别人留下点好的印象无疑很难很难，那需要长期精心的培养，而一旦把这点好印象葬送，却是瞬息之间的事。

下个星期吧，杨大力把时间定在下个星期六夜晚。不可太早，也不可太迟。你去得迟了，人家又以为你漫不经心了。

又一个星期过去，待到周末的夜晚来临，杨大力同样有一种突如其来之感，他同样没有做好准备。不过这次已是箭在弦上，不得不发出了。晚饭早已吃过，门板整整齐齐上好，仅留下一条出入的窄缝。一辆灰白色面包车扬着灰尘从铺门前驶过，然后减速，拐弯，屁股一个歪扭，消失在河沿那边，街头于是一片沉寂。斜对面老张的杂货店里晃动着几个看电视的人影，也都是背街而坐。杨大力缓缓侧身出门，扣上铁闩，插锁。锁与环之间发出咯咯嗒嗒敲击声，虽只一声两声，却分分明明，清脆而响亮。杨大力不由吓一跳。他意识到他的双手在不停颤抖。

杨大力想，我真就这么去了么？

蹚过卵石泥沙杂陈的一段土路，踏上水泥铺就的街面，杨大力双脚轮换着蹬过几下，要弹去鞋面的灰尘。很想找点破布纸头之类将皮鞋揩仔细了，想想又作罢。这般磨磨蹭蹭，倒仿佛他在有意拖延着时间。跃进旅社，馄饨摊，水果摊。忽然想，要不要带点水果？橘子，香蕉，苹果。王其满诊所，医药公司沿江路分店，拐弯。这是一条古老而幽长的街道，基本上横贯了整个县城。街道的尽头是第三百货商场、电影院、家用电器商行，再拐弯。

第一小学出现在前方，两百米，一百米。那里灯光明亮，人影憧憧。杨大力猜想，学校今夜这是举办什么活动，如此热闹？脚下的步子不由越加滞缓。

谁又能肯定，今夜的上门并未显示出他的迫不及待，并不让人产生催逼之感？

灯光与人影昭示的地方根本不是第一小学，这是一小大门侧边的一家缝纫店。缝纫店比周玉燕的铺子大得多，里面男男女女，人来人往。其中一位女青年，看背影竟与周玉燕一模一样，连那件略嫌长大的紫色上衣，也都一模一样。杨大力很费了一番精力，才分辨出那人的不一样来。杨大力笑了，他想都什么时候了，我还有闲心东看西看？

缝纫店的热闹更衬托出第一小学的寂静，里面没有灯光，更没有人影，连门卫老头的房间也黑咕隆咚一片。铁栅门紧紧关起，只留窄窄的耳门任人出入。

杨大力没有在第一小学门前停留多久，他透过铁栅，对着操场背后那片漆黑的树木，及树木笼罩下同样漆黑的或带点微光的楼群遥遥送去一眼，然后一晃而过。他的脚步甚至加快了。他不能让自己的身影在这片区域过多停留，以免让别人看出有什么不正常之处，让别人以为，他与一小真有某种不可告人的关系。

让我再想想，主意真正打定了进去也不迟的，杨大力同自己说。他看了看眼前这条很长很宽的街道，打算走过一段距离然后转身回来。实际上在内心深处他更加清楚，这一步迈出便迈出了，今夜他绝不可能再转身回什么头。

脚下的街道一直按着某个坡度缓缓上升，当升到一定的高度，然后陡然下降，如一座打开的闸门，一泻一两百米。泻势停止，街道随着消失，再往前出现一条曲里拐弯的小巷。小巷极窄，很破，清一色的青石板铺成，一直铺到河沿去。听说这一带很古老，名叫西津渡，古时乃是一个极繁华的商埠或渡口之类。这里有绵延两三华里的长廊，长廊一边靠山，山根下鸽笼那般拥挤着一排人家，另一边临河。河水在栏杆外的深处，在夜黑的深处缓缓翻动，别说无声，却是急而又急的。

杨大力沿着寂静的古道徘徊到深夜，等意识到应该动身返回，山区的夜露早已无边无际而下，他的头发、脸孔、衣服，转瞬之间漉漉湿遍，而县城的灯火也渐趋黯淡，街道上空阒无人了。

有什么这准备那准备，到一个人家坐坐，又不是多么了不起的事，一切的关节之处全由陈青石出面打通，你只不过进去坐坐。长坐，短坐，或者不坐，你站在那里说上两句话便走，皆可。你敲门，他开门，都是熟人，喝一杯茶，聊几句闲天，然后告辞。反正表示个意思，尽个礼数，已经足够了，能在陈青石面前有个交代，就足够了，为什么要做那么多的准备？说白了，事实唯有一个：他不敢。他在害怕。害怕上那个门，甚至害怕第一小学，害怕那个学校周围的一切。杨大力想起，这好长一些日子，每当从第一小学门前经过，从县政府门前经过，他全身的肌肉不由会绷得铁紧，步子加快，生怕随时随地会碰上什么鬼一般。在大街上，在铺子里修车时，任何一个像人不像人的东西都让他疑神疑鬼，猜测着是否与胡主任有点关系，沾着亲带点故之类，担心不经意间将人家得罪下来，人家反映到胡主任那里去。

我当真，当真看不起你这种人！有一个声音，是周玉燕的声音，清晰而生动地在耳边响起。

我也当真，当真看不起你这种人，杨大力低缓地，一个字又一个字地同自己说。

4

在造纸厂高高低低的砖瓦平房之间，陈青石七问八问，终于找到高中读书时的同学吴顺利。吴顺利绰号吴扫帚，这可是一把真正的扫帚，许多年过去，模样神态各方面看不出多大变化，一脚踮地，另一只脚跷起来在地面一扫一扫，张开的右手顺势抬到高处，悬起的手指用力点点戳戳，嘴里大声喊叫着，从通往工厂区的院门转出。吴扫帚显然正声色俱厉地训斥什么人，周围却不见一个人影。顺着敞开的院门看进去，视线所及的范围内，横七竖八布满一堆一堆巨大的松树原木。这应该是刚从汽车上卸下的造纸原料了。

“是你？”多年未见，吴扫帚不作格外表示，淡淡打过一声招呼，右手食指仍长长那么悬着，似乎又要用力点下去。想了一阵，大概并没想起有什么可说的，而且身边真的找不到可以听他训话的人，这才不自然笑开来。

“到我办公室坐坐？”

“早坐过了，坐过好久了。”陈青石说。陈青石说你办公室里那位同事讲一口什么鬼话，我问你到哪去了，几时可回，他叽里咕噜半天，一句也不让人听懂。

“一个外地的客人，浙江佬，帮我们设计新型生产线的。”吴扫帚道。在楼梯转弯处，吴扫帚停住了，猛然想起什么，问：“听说你还没有结婚？”

陈青石笑：“你结婚了？”

“早结婚了，等你生了小孩，该叫我的小孩做叔叔了。”吴扫帚愉快地眨眨眼睛，“大学生，事业为重。”

吴扫帚自幼得病，半边脚残废了，走路时喜欢四肢张开，手臂划动，一条腿像把大扫帚在地面扫过来扫过去。叫他吴扫帚，他没事人一般高高兴兴答应，但你绝对不能提到跛或拐一类字眼，谁提了他二话不说，动手便打人。别看他身体不方便，也许正因此才赋有了一种极端心理，打起架来全然不顾死活，见什么抡什么，没东西抡便又撕又咬，一边开打一边还呼呼喝喝直呐喊，病狼一样凶残异常。再加上他形体动作上的夸张怪异，任何人看了都会心惊肉跳的。从小学到初中到高中，吴顺利打架打出了威风，连老师也不敢逆他半分。

提起吴扫帚吴顺利，陈青石记忆最深的倒不在打架，而是那次捉奸事件，十几年来每次想及，仍会暗暗笑上半天。吴顺利是镇上人，走读。镇上一伙走读生无异于同学中的贵胄子弟，很少与一般人搭理的。那天晚自习后他们相约出去捉奸，顺带把陈青石也叫上了。能让贵胄子弟们接受，参加他们的活动，这可是个极大荣耀，尽管高考在即，陈青石仍然一蹦而起，欢欢喜喜跟着出门。一伙人躲躲藏藏，绕到同班女同学张曼华家窗外的荒草丛中。半开半闭的窗扇内，张曼华与一位男青年说说笑笑，状极亲密。张曼华读书成绩不行，却是全校公认的大美人，也是众多男生暗恋的对象。现在这位大美人竟然有了私情，用街面上流行的话说，就是搞破鞋。自然会引动公愤，更撩起一帮同学的好奇心，大家早商量着要好好捉她一次奸了。

张曼华坐在面窗的木板床沿上，脸部表情清晰生动，男青年则以骑马的姿势倒骑在书桌前的一把木椅上，双臂伏紧椅背，身子一个劲挪来挪去，高兴得活像一只骚公猫。窗外一伙人眼里绿火直冒，每人身前早找拢一堆沙石泥块，跃跃欲试着就要轰出去。

“别动，看精彩的!”吴顺利严厉制止。

有人低声呼应：“精彩的在后头!”

一男一女每一动作，都能引起这伙人心惊肉跳，脖子伸得如一丛向日葵，你高，我比你要更高。

“一二——开始!”有人为窗内的人悄声喊着号令。

“上啊，蠢货，快上啊!”又有人摩拳擦掌，在一旁鼓劲加油，呐喊助威。

“哪有那么性急的，感情是慢慢发展的嘛。”另外有人装出经验丰富的内行模样，一本正经给大家作解释。

他们白白激动了，男的站起身并没向床上扑去，只有惊无险比画几个奇怪动作，双手绕花那般猛劲绕过一阵，一屁股又坐回原处。女的走到桌前，似乎已整个扑到男人身上了。却也不是真扑，她从墙壁上摸出一件东西，手捧着与男青年仔细欣赏。

“头总算挨到一起了。”吴顺利给大家鼓劲。

“亲一口，快亲……”

“亲爱的，我好想你——”另一人憋着嗓子，青蛙那样怪声怪气替窗内的人叫着。

一伙人在张曼华窗前究竟待了多久，他们自己也说不上了，窗内一对男女始终动口不动手，哇啦哇啦只管那么说，让人看了乏味透顶，实在无法忍耐下去。也不知由谁开头，众人从芭茅丛里一跃而起，沙石泥块向着窗户的方向倾泻过去。

等他们一气逃出半里一里地，简直就要跑到大山深处的时候，惊惶未定之中发现少了一个人。吴扫帚吴顺利不见了。这才想起扫帚是一把扫帚，不是一个能正常行动的人。这才意识到，事情有多么严重。众人一句话不说，硬着头皮顺原路往回找。怎么找，也不见个人影。又不敢喊叫，连大气也不敢多出。有时伸手这么一摸，竟然摸到一只让人丢弃的尿桶，一棵大白菜，或一堆稀烂的破布。转过一个屋角，就要重新看到张曼华的窗户了。

"那不是?"

有人发现了目标。

真是扫帚吴顺利。吴顺利倒在三四尺深一个土坎下面，看情形摔得委实过于厉害，尽管手脚并用，仍不能坐起身子。同样更不能呼喊，只独自一声不吭在底下用力，那模样让同伴们笑得蹲到地面，一个个吭吭嗑嗑，差点没闭过气去。

5

吴扫帚吴顺利在造纸厂经营多年，已然很有能力，很有势力。吴扫帚当然不再打架，他搞技术了，分别担任过造纸厂的业务科长、开发科长，是厂里的专业人才，权威，很多方面厂长都得听他的。

没等陈青石把来意说完，吴扫帚一双眼睛意味深长，眨得更厉害了。

"杨月季，就是我们未来的大学生夫人了?"

陈青石一时不能反应过来。吴扫帚得意之余，顾自大笑不止。

"你看你瞎扯些什么，有意思么？人家一个小姑娘……"陈青石显出不可思议的神情，将手一挥。

“小姑娘怎么了。”吴扫帚道，“小姑娘好。老癞痢，嫩颈子，二四八月不出门。狗日的看你这福气!”

那位浙江客人看他们谈私叙旧，找个借口出门溜达去了。窗外一道高高的红色砖墙将阳光挡住，室内有些晦暗，但坐在办公室对面的吴扫帚脸上每一根皱纹，每一条肌肉的振动与牵扯仍能清楚看出。吴扫帚嘿嘿嘿嘿，干巴巴直笑，兴奋中透出赤裸裸的暧昧和猥亵。陈青石将交叠着的双腿挪动一下，忽然感觉一阵深深的厌恶。他有些后悔今天来造纸厂了。

“我受朋友之托，随便向你打听一点情况。”陈青石说，尽量摆出客观冷静，甚至公事公办架势。他简要介绍了托他办事的这位朋友一些情况，说他原先在玉田柴油机厂上班，后来厂子倒了，回到县城开自行车铺。又讲到与这位朋友的关系，两人如何结识，如何交往，朋友的家庭现在面临什么样的困难，他在一旁看不过意，想给点力所能及的帮助。即便帮助不了，至少穿个针引个线吧。如此等等。

陈青石说他这位朋友叫杨大力，杨大力有一个妹妹，就是杨月季。

“不用解释，不用解释，更没必要绕上如此一个大弯，我相信你说的还不行吗?”见陈青石较起真，吴扫帚也把笑容收起来。“我正想着呢，一个大学生，不提门当户对，也应该找个各方面差不多的吧，怎么可能把眼睛转到我们造纸厂，何况还是一个临时工，根本没有生活保障的。实在说，这类小姑娘玩玩可以，至于谈到其他打算，那就傻了。”

吴扫帚眉眼间霎时又带上些狡黠。

“听人说，你原先有过一个女的?”

陈青石太阳穴边有一根青筋突突弹跳了几下。他不由满面戒意。

“有过什么女的?”

“还能有什么女的。”吴扫帚说，“女朋友，对象，是不是?”

“你听谁说的?”

“别管听谁说的，你只说是不是?”

陈青石琢磨着他的意思。不知他指的什么。

“那都是好早以前的事了。”好一会陈青石道，“怎么了？”

吴扫帚说：“听说是蔬菜大队的？”

陈青石问：“蔬菜大队怎么了？”

“别介意，没怎么，你别介意。前几年偶然听人谈起过这事，今天见面了，顺带问问。老同学么，多年不见，关心关心，”吴扫帚轻松地笑。从笑声里，陈青石分明听出了这样的意思：找女人也不是这个找法，一个临时工，一个菜农，乌七八糟都算些什么！

其实还有一个，吴扫帚不知道的。二婚头。

吴扫帚让陈青石把杨月季的情况详细谈谈，陈青石懊丧着不愿再开口，只说算了，不谈了，我不过随便问问。没想吴扫帚倒较起真来，说怎么变成随口问问，你不是说找我有事，让我出出主意帮帮忙吗？

吴扫帚沉着脸咳嗽一下，说我们玩笑归玩笑，玩笑过火了老同学也不会见外。不过谈到正经事毕竟还应该正经，没必要支支吾吾，遮遮掩掩，说了又像没说，没说吧又像确实说过了。

“实在吧，今天你为杨月季的事专程来造纸厂找我，对不对？当然你是受朋友之托，”吴扫帚道。“你对朋友的事这么尽心尽意，那我也受你这位老同学之托，更应该尽心尽意才对。我在造纸厂一待多年，尽管人微言轻，大的忙帮不上，这找找人，从旁边说说话，也就是你讲的穿穿针引引线，还是可以的。总之一句话，办得了的我会全力去办，办不了你也用不着怪我，你说呢？”

吴扫帚话语中再寻不着半点戏谑的意思，而代之以一派真诚与友善。陈青石紧绷的肌肉渐趋松弛，他发现他其实并不了解面前这个人，同学时不了解，现在更不了解。这是属于完全不同的另一类人，尽管脏话连篇，粗俗低下，但为人倒真不坏，要说就说，要干就干。要问的，有什么猜测、感觉好奇的，也干干脆脆问出，率真得可爱。这种人答应帮忙，绝不会有丝毫敷衍的。

陈青石用微笑表示着内心的歉疚与感激。

一些基本的情况，造纸厂效益不好，招工转正困难，与从月季、吴翠红那里听来的没多大区别，不过正如吴扫帚所说，他会尽他一个开发科科长的能力去做。陈青石所要求的，至多不过如此了。

“要不要见见我们厂长，你当面同他们谈谈?”吴扫帚问。

陈青石迟疑着。

“这样可以吗?”

“有什么可以不可以，平时随便惯了的。他们就在走廊那头，我们过去看看吧。”

“顺利，我以为今天先不忙着见面。”陈青石道。“等你找个机会，在他们空闲的时候，心情愉快的时候，私下里先探探口气。有了一定的基础再正式提出，便不显得冒昧了，你以为呢?”

“照你说的办。”吴扫帚点点头。不过吴扫帚又道，“厂里的事其实你不懂，哪有那么小小心心的。”

“顺利，这事还全靠你出面。你们自家人，你又管着厂里的技术，说出去的话作得数的。我也实在说吧，今天找你就是这个意思。”

“今天一见面，我就知道你是这个意思!”

很近的地方，似乎就在办公楼下层，发出一阵滋滋啦啦的断裂声。陈青石走到门外，看见工厂区某一幢高大的砖瓦平房的梁木间窜出一股纯白如棉的蒸汽。蒸汽在滋滋声中迅速弥漫，平房肿胀着，瘫软着，突然溃散开来。随着蒸汽的忽收忽散，忽东忽西，忽上忽下，不断有某一块砖，某一片瓦，某一根梁木，或某一个人体高高低低地忽隐忽现。在墙角屋后暗沟里悄悄流动的咖啡色碱水，片刻之间也响亮得异常。看看时间不早，陈青石起身告辞。吴扫帚似受到提醒，不由吓一跳，说眼下我还真没多少闲工夫陪你胡扯，那位浙江佬正等着我讲话呢。改日吧，改日抽个时间，邀上几位老同学好好坐坐。

两人来到厂门外，陈青石让吴扫帚赶紧留步。吴扫帚把脚步停了，神情却又变得神秘起来，压低声音问：

“既然来厂里了，不到车间看看么?”

陈青石问：“看什么?”

“你真不懂还是假不懂。杨月季正在后面上班，你不去看看她?”

陈青石再一次猝不及防。

“吴扫帚，到现在你还胡说八道！”

吴扫帚再一次哈哈大笑。

“我还是相信，这里面有点小小名堂。”

第十三章

1

第一次将陈青石与月季联系到一起的，就是吴扫帚吴顺利了。

近些日子，陈青石和月季的接触确乎很多，很频繁。下班后，休息日，月季会拉上小月一道到陈青石的住处坐坐，玩玩。小月明显是给强拖过来的，一副心不在焉模样，叫坐不坐，叫喝茶不喝茶，趁人一个不注意，还暗地里与月季搞点小动作，努努嘴，使个眼色，拉扯一下衣袖，用胳膊肘使劲那么一拐之类。那是不耐烦，是提醒，是进门之前某种争执的继续。月季装作没懂得，一般不予理睬。

"你急死!"月季咕哝。

小月在祠堂角落里，在厨房的灶火边待得久了，也待得痴愣了，性格内向，怕羞，到任何人家都不自在的。月季悄悄告诉陈青石，说小月头发、衣服各处，常年有一股洗不脱的鱼腥味，一股猪油菜油味，别人嗅不惯，她自己更怕别人嗅了去。月季看似不说话，可说起了倒有些话多，甚至显出几分傻气。

月季笑着，陈青石也笑着，面容一时有些意味深长。小月警惕地看看这边，看看那边，脑袋一扭走出门去。

小月难叫动，月季也懒得去叫，再加上渐渐习惯了，她独自一人照旧在陈青石这边来来往往。当然每次上门，月季会注意给自己找些正当理由，表明她不能不来。探问一下转正之事的进展，送一包新制的鱼干、一瓶新制的霉豆腐等。实在找不着说法，便借口顺路，顺路进来看看。有一天清晨，月季同着吴翠红一道风风火火跑来敲门，将陈青石几床被单拆下抱走，说拿到敬老院的洗衣机里捎带着洗，傍晚即可晒干送回。

月季的意思相当明显了，要说陈青石不懂，那是假的。陈青石很懂，很敏感，面前这个小姑娘喜欢上自己了，不由自主的那种。有可能，连她本人也未必有清醒的意识吧。陈青石一时有些迷糊，有些晕眩，眼前仿佛有大量云烟，一股股往上升腾。他想这才过去多久，又一个！他暗暗掰动手指，在计算时间。和于苏苏来往的时间，分开的时间，还有，月季在他住处出现的时间。这么两个人，两个女人，基本是一个挨着一个出现在他生活之中的，甚至都有一定的重叠交叉。

“莫不是。”陈青石喃喃，“真像什么人说的，走桃花运了？”

要说陈青石没什么想法，那同样是假的。陈青石有。不只对月季有，对街头任何一位像人不像人的年轻女性都有的。当然陈青石清楚，在他和月季之间，不用说绝无半点可能。月季的年龄太小，当陈青石第一次由吴老头领着到城郊蔬菜大队相亲时，她大概正拖着长鼻涕，蹲在祠堂门前的泥地玩鸡屎吧。第二点，月季是杨大力的妹妹。对不起别人可以，他不能对不起杨大力，不能对不起祠堂角落这一家。还有第三点，就是刚刚经历过的那个于苏苏。

此次和于苏苏的来往，刚一开始，基本上便意味着结束，这点陈青石实在是惊讶不已。许多事情的确有些不可思议。那天夜里相见，明明是他挑起来的。他花了许多时间，精心布置下一个机关，想等于苏苏这个猎物往里钻。见面后几句话说过，不知不觉间两人的位置已颠倒过来，掉进陷阱成为猎物的不是对方，恰恰是他自己。或者说，他同着他布置的陷阱一道，掉进一个更大的陷阱之中。他简直把自己给绕糊涂了。接下来几天，陈青石感觉异常疲累。有意无意间，他在暗暗躲着于苏苏。于苏苏打过电话，又来信，意思是什么时候有空，两人再见见面。其中两次，让陈青石找理由推了，另两次推不了，他按照约定前往于苏苏的住处赴会。没想刚一进门，头一眼看到的不是于苏苏，却是于苏苏的父亲，一位高高大大、白眉毛粗嗓门的退休老头。老头明白陈青石的身份，趁着于苏苏出外买点什么，竟用很严厉的口气盘问起来，内容涉及陈青石家庭、单位一些情况。哪个学校毕业的，父母身体如何，几个兄弟姐妹，兄弟姐妹各自的职业及婚姻状态，如此等等。陈青石完全无所谓，有什么说什么，一无保留，不加斟酌。于苏苏父亲问来问去，最不满意的是陈青石的乡下出身，怕对以后的生活拖累太大。陈青石装出很羞愧很心虚的样子，内心几乎要笑出声来。后来一次相见，是于苏苏来找陈青石，身边还带着一个同伴。说她们一起到哪跳舞，从这路过，顺便进来看看。陈青石同样无所谓。再后来一次，于苏苏是单独一人来的。坐过一阵后，陈青石送她回家，走到一条僻静小巷，前后无人，也无灯光，两人再次有过一次拥吻。陈青石还伸了手，去探摸于苏苏的胸部。印象中，于苏苏尽管身子瘦，胸部却很丰满，吸引人。事实却远非如此，于苏苏的乳房很平，也很小。反正吧，各方面都找不到过多感觉。

一方不冷不淡，另一方自然感觉得到，也跟着不冷不淡起来。并没有谁明确表达什么，两人不再联系，相互从对方的视野消失。陈青石悄悄松过一口气，不知为什么，隐隐又觉到一丝丝遗憾。这么过了一个月左右，于苏苏又来了一封信，问陈青石如何看待两人的关系。陈青石想两人不是早分开了吗，还有什么关系不关系的？回信中他劝告对方，不要再想着过去那点东西，两人分开太久，隔阂也深，不易理解。他委婉提醒，他们的关系可以结束了。没想于苏苏紧接着又来一信，说他们一起多年，还是有很深感情的。情感不是游戏，他们不应该就此断掉，而要好好珍惜。陈青石无话可答，只能不理。你不理，于苏苏便上门。于苏苏好像真是急了，都有些失去理智了。于苏苏上门，陈青石同样不理，只坐在桌前看自己的书，好像面前没有另一个人存在。于苏苏最后一次来，给人的印象特别深。她在外敲门，陈青石清楚是谁，故意大声问："谁！"问几声，外面不应。陈青石把门打开，于苏苏耸着肩，以手掩面侧着身子溜进房，连说："我吓到了。"

"你怎么来了？"陈青石显出讶异神情，一边对未能及时开门表示歉疚，同时也表示对方的到来有些突然，有些没道理。

“你要茶叶吧?”于苏苏问。于苏苏用的是普通话。

两个歌山人，忽然讲起普通话，给人异样的怪异之感。于苏苏可能真是吓到了，糊涂了。陈青石有些难过，但口气一点也没变，冷冷嘟囔着，说要什么茶叶，我从不喝茶的。

于苏苏说她已把茶叶带来了，放在门外。

于苏苏把茶叶拿进来，用一只长方形玻璃罐装的。还有一提袋香蕉，鼓鼓囊囊，大约五六斤。陈青石皱紧眉头，连说不要，说了不要就不要。

于苏苏每次上门，都不空手，总带着一点礼物。从这里既可看出她生活情趣上的细致与精致，也显示她对陈青石的看重。

“这是最后一次，过来看你……以后再不来了。”于苏苏站在房当中，静静道。

“你若是不要，就扔了。”她指的是带来的茶叶和香蕉。

陈青石道：“你扔了吧。”

于苏苏提起东西出门，不久听到楼下一声闷响。一定是她把东西扔了，扔到楼前的阴沟里。这天夜里于苏苏再没进来，此后也没任何消息。

有关二婚头的问题，于苏苏所猜是不错的。陈青石表面说不介意，那只是表面，他是真介意。连于苏苏自己都那么介意，他怎么可能不介意。即便他一开始不介意，让对方一提醒，也就介意起来。他不可能同一个结过婚，并且身边带一个孩子的于苏苏结婚，同样，他更不能在于苏苏之后，又同一个没有生活保障的造纸厂临时工恋爱乃至结婚。陈青石本人倒没什么，主要是怎样向周围的同事，向外界，向自己远在乡下的父母亲人交代，怎样向吴扫帚交代。蔬菜大队尽管是蔬菜大队，说起来难听，但毕竟称得上一家工作单位。于苏苏尽管是二婚，也是自己钟情过多年的人。好不容易摆脱了蔬菜大队的纠缠，摆脱一个二婚头的纠缠，接着又是个临时工，在别人眼里，他将成为何等一个人物呢?

吴扫帚的玩笑，不能说不算一个很好的提醒。吴扫帚说得对，吴扫帚说得对极了，这类小姑娘在一起玩玩可以，至于谈到其他打算，那就傻了。帮忙固然应该，说受人之托也好，说出于一种同情，在力所能及范围内援之以手也好，但也没必要让自己整个陷身进去，没必要引起无端而又无聊的误会吧。

2

下完班，月季没来得及回家收拾一下，穿了件式样老旧的上衣，编织袋里的饭盒、调匙叮叮当当作响，直接找到陈青石这里。

“在家呀。”月季招呼道。

月季脸色不好。每次下班后，月季总见脸色不好，即便那笑，笑出的也是满面倦容。陈青石找条毛巾让月季擦擦脸，月季迟疑着，忽然打开编织袋，自己掏了毛巾往后面厨房跑去。她边把水龙头拧得嘶嘶响，边回头说刚才上班她正好有空，几次溜到办公楼一带探看过。

“我以为你耽搁住了，没去成哪。”

陈青石简要介绍了会见同学吴顺利的经过。

从平日言谈可以见出，月季对所谓的转正并不抱多大希望。月季不时提起出去的事。出去做工，到沿海一带。这个出去了，那个也出去了，说来说去她自己也想出去。说有伴，好几个玩得熟的朋友特意邀过她。陈青石问，厂子这边怎办，正不转了？月季道，哪转得了？陈青石说别急在一时，慢慢来。陈青石知道小姑娘的，容易丧失信心。月季说，再说转成了又能怎样，每月那几十块大钱工资，还不够糊住自己一张嘴。不死不活吊着，真不如没那个工作呢。没那个工作没那个烦恼。

陈青石耐下心好一番开导，道理一讲又是一大堆，直到月季连连点头。月季说她自己也正在担心着，从来没出过远门，这出去的事还真让人揪心得很。

刚过去几天，月季这又提到出外的事了。月季靠住身后的木料堆，双手端了毛巾贴住额头，往这边擦一下，往那边擦一下，咕咕叨叨讲到一个朋友，出外几年。这回陈青石真正有些发急，口气不由严厉起来。月季将毛巾揉成团，睁大一双茫然的眼睛看他。这月季，脑子真有些不够灵醒，明摆着的道理，怎就如此听不进去。

“那么，我不能出去了？”月季终于懂得了什么，认真问。

“当然不能出去。”陈青石道。

“那我就不出去。”月季道。

月季很高兴，轻轻松松笑了。陈青石愣过一下，感觉意犹未尽。

“若是你认为能出去，执意要出去，你就出去吧。”

“我不出去。”月季有些羞涩，拿起木板上的一盒火柴，伸一根指头翻来拨去。

“这事你不要同我家里讲。”过一会月季又道。

“什么事？”陈青石没懂，“什么事不同你家里讲？”

月季说：“我想出去做工的事。他们知道了保险啰唆个没完。”

“这个自然。”

陈青石住的是那种老式楼房，内部布置竟与祠堂里的杨家相差无几。也是一前一后两小间，前间略宽，后间略窄。后间是卧室，靠窗放一张书桌，其余的空间让一张木床占据了。卧室外面是由阳台改装而成的半截厨房。前间算客厅，依墙摆几只尚未蒙上面布的自制沙发，另一边则堆了半人高的木头，多年前由乡下运来，预备结婚打家具的。婚事一年年拖着，木头也一年年这么堆着，中午或者傍晚，陈青石常听见从木堆深处传出的沙沙啦啦声响，可能是什么小动物，如老鼠或蛀虫之类东西弄出的。月季将头发整理好，毛巾收起，靠沙发另一头坐下。陈青石不愿两人齐摆摆坐成一条线，装作到走廊收取晾晒的衣物，不动声色将窗户推开，门也尽可能敞到最大的程度，然后抓过一把木椅，坐到小饭桌前。这样两人距离远了，讲话的声音也会随着提高。陈青石不时还发出几声爽朗的笑，好让走廊外面的人听去。他要让隔壁邻居们明白，这室内的一切都光明正大，没有丝毫秘密可言。不用说，陈青石一举一动已含有招式的意味，舞台上演戏一般，他的每一句讲给月季听的话，其实不只讲给了月季，更讲给戏台之外的更多人听了。

“到劳动局弄一个招工指标，会很困难吗？”

送走月季，陈青石手捧一杯开水站在走廊栏杆边，与邻居的男人相遇了。两人闲扯过几句，陈青石想起什么似的，忽然这么问。

“什么招工指标？”

“我一位关系极好的朋友，叫杨大力，就是在河边开修车铺的那人，经常过来找我玩的，你肯定见过。杨大力有一个妹妹在造纸厂做临时工，想弄个转正指标，托我了解一下这方面情况，”陈青石端杯的手往身后房间指了指。“你看见的，她刚刚还过来找我。”

男人与陈青石同一个单位上班，却不同科室，不同楼层。年纪不是很大，五十多点吧，头发已白了大半，初初一看，说他六十七十绝不过分的。听说这人早年犯过错误，受到迫害之类，恢复公职后，从乡下找了个年轻女人做老婆。女人没文化，鼻孔长年给东西堵住了似的，讲话瓮声瓮气，很难听清讲了些什么。偏偏这女人又喜欢说话，声音还大，不停地对着一个五六岁的小女孩喊喊叫叫。女孩与其母称得上一个模具里铸出的，声音同样大，同样瓮声瓮气。两人便成天塞住鼻孔，用那种半人半兽的声音你对我叫，我对你叫。

月季的频繁出现，加上前不久于苏苏也来过几次，无疑早引起上下邻居的侧目。当这边室内有人谈话，邻居母女俩会霎时沉寂下来，大约正静心窃听。有时凭空大叫一声，吓人一跳，这又是有意的干扰了。今天月季来坐时，白头发男人恰好下班在家，身影在走廊上晃来晃去几次。陈青石想上前同他搭讪几句，解释点什么，走廊上却已空无一人。陈青石坐下不久，男人又在窗扇外出现，同样那么一晃，然后迅即进了屋子。

陈青石讲述月季故事时，用的是那种无奈，甚至不胜其烦的腔调。朋友所托，天天来找，毫无办法，推不行不推更不行等等。他明白他绝对没有权利将月季的私事讲给无关的人听，某种程度可以说，他这一番话已经对月季构成了可鄙的出卖和伤害。但他不得不如此。

他早该有同谁作一番说明的必要了。

“不是说，只要舍得花上几千块钱，就可以到劳动局买一个指标吗?”

陈青石问：“指标可以买?”

“大约吧，我也是什么时候听别人说起过的，具体情况你到劳动局问问。”

“几千块钱，对他们来说可能很难。”陈青石摇摇头。该说明的已经说明，他恰到好处地扯到其他话题。

3

月季告诉陈青石，她在街头遇见表姐了。

表姐大月季两岁，读书时也高月季两个年级，上学放学，逛街遛店，相互都是手牵着手，形影不离的。遇到表姐无意中将手抽出，或者到学校了，到家了，不得不分开了，月季总要难过好久，眼泪霎时扑簌簌滴落。这个时候，月季不经意间会给自己弄出点小毛病，比如蹲到地面装肚子痛，比如头晕。有次为了装得真切，她抬脚向路边一块石头踢去。时值夏日，脚穿白塑料凉鞋，大脚趾踢破了，鲜血直流。月季攀住表姐肩膀痛极而哭，眼珠却在泪水后面幸灾乐祸转动着。她要的就是这种效果，要的就是表姐的惊吓、同情和抚慰，她要表姐围着她转。

陈青石问，我在你家来来往往，怎么从没见过这位表姐？月季说早没来往了。原来表姐根本谈不上是什么表姐，只是母亲胡乱让她这么叫的。

“她不是你表姐，你就不跟她来往了?”

月季摇头。

“那为什么?”

“不晓得。不为什么啊!”月季反倒为陈青石的惊奇而惊奇了。

月季说，如今在大街上，她与表姐时常还能遇到的，但两人好像完全不认识了，看都懒得看一眼。这时，谁如果说几年前她们曾有过那么亲密的关系，那表姐与表妹的关系，她们打死也不会相信了。

小姑娘毕竟是一个小姑娘，总有许多惹人发笑也惹人爱怜之处，即便月季，素养不高，许多时候表现得懵懵懂懂，傻不棱登的，交往多了，你也会有各种新奇的发现。傻不棱登算一个方面，从另一方面看，这恰恰是纯洁，是天真无邪了。

在这个家庭，月季不喜欢杨大力，也不喜欢父亲杨竹生。她最讨厌杨竹生有事没事坐到她和小月的床上，好像这不是人家睡觉的地方，这是一把公用的沙发了。又不好上前明说，一个人只烦得在床前转来转去。等杨竹生一起身，她赶忙跑到坐过的地方用劲拍打。杨竹生当然有所觉察，偏却改不掉养成的恶习，有事没事，一个侧身又坐上床去。有时来客人了，杨竹生不仅不下来，反而双腿一提，盘手盘脚坐到床中心。然后抽烟，然后谈话，那副模样说多无耻有多无耻。

有一天杨竹生下班回来，一句话不说，习惯性往床上一倒，两脚大张着，裤腰前的纽扣也没扣拢，红红的内裤直露到外面。月季当时正吃饭，一口没吞进，爆炸那般给呕出来。

月季认真问陈青石："看你每次与杨大力一起，总有谈不完的话。你们哪有那么多话可谈的？"

陈青石说可谈的多着呢，天上地下，街头巷尾，你的我的。

"可谈个鬼！"

不等陈青石讲完，月季淡淡打断道。

月季从内心里看不上她的那位哥哥，认为他与父亲一样，过于老实，没用，受人欺负，这些陈青石知道。但陈青石仍让她冷漠的口吻与神态弄了个愣怔。

"大力不是你哥哥吗？"

月季说："正因为是我哥哥，我才为他难过的，换了别人，关我屁事！"

显而易见，杨大力一定有什么地方让月季伤心了，伤心到极点，才会有如此激烈的表现。

照月季看来，陈青石应该属于完全不同的另一种人。这样一种人与那样一种人怎会走到一起，成为无话不谈的朋友，一直让她无法理解。陈青石道，你一个小姑娘，能理解什么？但在内心，却很为月季的不解而振奋。陈青石暗自设想，假如有一天他像杨竹生那样，无意间到月季的床沿坐一坐，她一定不会厌恶，不会产生那种受侵犯的感觉的。她只怕高兴还来不及呢。她同样会在床前转来转去，不过绝非因为心烦，而是出于压抑不住的激动与荣耀了。

陈青石的手心无端沁出湿腻腻的汗。

4

傍晚，杨大力蹲在铺门前用心用意对付一只补胎用的铁皮桶。铁桶使用过久，桶底烂了，一边高一边低，装起水泼泼洒洒，杨大力试图作一些必要的修正。他将桶身按在凳头上，交替使用老虎钳、铁锤、扳手等工具，力气用到酣畅处，一根红红的舌头从嘴角顶出，脸上隐约浮起几丝得意的笑。

吴翠红曾说过，这是一种蠢，蠢笑。

吴翠红几次描述过杨大力这种蠢笑，这力气用到酣畅处不由自主噘嘴翘舌的神态，每当此时，她说她看得都有些呆了。吴翠红小心给杨大力作过提醒，说大力啊，你那舌头哪里不好顶，偏要顶到嘴巴外面呢？

陈青石扶住桶身，要给杨大力帮一把。杨大力死活不让，说这就好，这已经好了。

从车铺出来，陈青石决定再到祠堂看看。月季连着几天不见露面，起初还猜想着有点什么事，不过从杨大力这里，并没看出有事的迹象。那么月季是否真出远门打工了，走得很急，没来得及同他打声招呼？

杨家木门大开，室内却没有一个人。转到厨房，小月独自坐在灯下翻一本小人书，见到陈青石，只把架在木凳上的脚抽下，然后又低头继续翻书，眼皮也不给你多眨一下。陈青石使劲叩了叩门框，问："这家里人呢？"

小月说："不晓得。"

陈青石问："他们去哪了，你不晓得？"

小月说："不晓得。"

小月性格古怪，与人相处忽冷忽热，陈青石本已习以为常，但像今天这么一问三不知，半点礼貌不讲，却也是从没有过的。陈青石进不好退也不好，正自为难，幸而大门外传来人声，月季、杨竹生、吴翠红一齐走进来。杨竹生说下班后厂里开会，开完会接着加餐，故此回来得迟。到街口，又遇到送一个亲戚出门的吴翠红。

厂里加餐，已是许多年来头一次，杨竹生情绪不错，给陈青石谈了谈厂会的内容。据说目前市场上纸张价格有所回升，行情渐渐看好，可惜设备陈旧，否则厂子能借此机会翻一翻身的。吴翠红和月季大约忙着整理房间，收拾衣物，在一旁出出进进。吴翠红不时捡着话头插一句什么，月季却始终不言不语，低眉锁眼，神情大异于往日，遇到陈青石不解的目光，能回避的也尽量回避过去。陈青石告辞出门，她也仅仅侧着身子淡然一笑。

陈青石内心丧气，琢磨着什么时候他一定把月季两姐妹得罪了。

这边刚刚到家，没承想月季后脚也跟来了。

"以后我怕不能再到你这里玩了。"月季道。

"怎么了？"陈青石略略一愣。

"小月那个蠢货，一张臭嘴嚼蛆嚼脓嚼屎渣子，成天不干不净！"

从月季的神情，陈青石已猜着一二。陈青石问："她说了你什么？"

"无缘无故她开口骂人，骂我不要脸，想男人，白天黑夜净往人家男的房里钻！"

有些细碎的泪水忽然溅在月季眼睫上。

"这小月！"陈青石咕哝着，他发现他胸头有一口气突兀地堵住。

过了好一阵，陈青石劝道，我们没必要同这种人计较。这小月，整个一个古董人，一天到晚阴阴阳阳，怪里怪气。

月季道："她不止说我，她还说了你的！"

"说我什么？"

"她说，她说你家在乡下。"

陈青石笑起来。

"我家不是在乡下吗？"

"她说你是一个乡巴佬！说你长相不好，生得瘦，生得矮，脸像一个猴屁股。她说一个人哪有那么瘦的。她说……"

月季脸憋得通红，眼泪扑簌簌从两腮滚落。

"她说，你瘦得像一只小麻雀，站不住自己的脚丫子！"

陈青石惊讶小月背后对他的恶意攻击，更惊讶此时此刻，月季伤心与激愤到极点的神情。

"算了月季，我们不谈这个。我们没必要同她计较的。"

"我偏不算了，我偏要同她计较！要是她再讲你一句什么，看我不捏了两只腮帮，撕烂那一张关不拢的臭嘴！"

月季咬牙切齿嘶喊着。

第十四章

1

迟到的冬天尽管到得迟，却到得突然，到得劲厉，犹如一把锋利的刀子，遥遥从高天划下来，哧啦一声，直扎进人的骨缝深处。

这一个夜晚，杨大力无数次从梦中冻醒。每次醒后，他都能大吃一惊，一股又一股冷风像水流那样在房屋，在被窝里肆意穿行，仿佛他不是睡在室内，他是赤身裸体睡在荒旷的冰河之上。尽管双腿双脚紧抱怀中，身体蜷缩成一团，四肢各处仍一个劲簌簌发抖。睁开眼睛四处搜寻，门、窗都应该关得严实，那么，冷风到底从哪里钻进来。断断续续这么寻思着，人却在逐渐迷糊过去，直到一个激灵，又一次从睡梦中冻醒。杨大力不得不勾紧身子披衣下床，将所有可以找到的御寒之物，如折叠在床头木箱中的秋衣冬衣、被单、草席，甚至破报纸等一一收拢，乱草般缠裹着压到胸前脚后。等他又一次冻醒，感觉自己仍如给冰水浸泡着的时候，他不能不骇然出声了。这样一无遮挡，任冷风在体内长驱直入，他会很快给冻成一块冰坨的。

杨大力瞥一眼窗外的颜色，一心要熬完夜晚剩下的时光。为保持意识的清醒，他摸索着将电灯拉着。

天终于亮了，杨大力迷迷糊糊听着街面上的动静，想象门外是怎样一片冰天雪地。惨白的雪光透过厚厚的报纸和窗帘映入房内。人声。人的说话声，人的脚步声。脚步声固然是踩在雪地里的那种嘎吱嘎吱，嘎嘎吱吱，而说话声也一律含混不清，支离破碎。

喔，有人说。

呀，又有人说。

这样的雪天早晨，人的所有情感，所有交流，仅需这简简单单的只言片语即可表达得很充分了。

当杨大力穿好衣服，打开铺门，禁不住也呀地叫了一声。

屋上屋下，巷口街角，四处流溢着那种耀人眼目的灿烂阳光，间杂一些谁人随意抛掷的同样耀人眼目的灿亮冰溜冰碴。

“这么说，昨晚没有下雪了？”杨大力问。

从河沿倒垃圾回来的沈老板笑。

“你一心指望着这天下雪？”

杨大力说：“我以为下了好大一场雪呢。”

小月喷吐着满嘴的热气，给杨大力送来一床疙疙瘩瘩的棉絮。太阳和暖，冰冻满地，偶见一两个居民扛着锄头、挑着粪担往河滩上去。沙土路面让冰凌整个抬高了一层，仿佛平地拱出无数的蘑菇，人们一步一个脚印而过，脚底始终是清脆的咔嚓咔嚓不绝。

干冻冻死人呢，有人这么小声嘀咕。

铁桶里的水冻结实了，杨大力手拿一根粗柴棍，横敲竖敲硬是敲它不碎。

“别动！”

小月叫一声，三步两步到里间放下棉絮，双手将铁桶接过，底朝天到门槛上使劲一磕。咔嚓！大半桶清水就以桶的形式，结成完整的一块，巨石一般滚将出来。小月将冰块搂定了，一个转身冲到街头。

“嘿呀！”

小月抱冰在手，雄赳赳、娇憨憨到阳光底下走来走去，夸耀着她的发现，引来老老少少一群人围观。

这一刻，杨大力的双眼似乎给什么狠狠刺了一下。他以为是给阳光，给碎冰碴刺的，好一会才明白，他是给内心的一个念头刺中了。他想到积压在箱底的那盒咖啡。他担心咖啡是不是也会结成冰，冻成坨，他更担心在热胀冷缩过程中，装咖啡的玻璃瓶会不会给崩裂成碎片？

待到围观的人三三两两散去，杨大力不声不响掩身进门。玻璃瓶幸而没破，瓶中的咖啡也没有凝成冻坨，依然颗是颗，粒是粒，粉末是粉末。缓缓摇动，上下，左右，颗粒和粉末发出细微却又巨大的声响。

当初买这瓶咖啡，杨大力是经过一番慎重考虑的。县城时兴咖啡，才不过是近几年的事，主意打定的时候，他很激动了一阵子。总以为自己迟迟不敢上胡主任家门，是因为上门的理由不充足。什么事情没有，莫名其妙说要进来坐坐，人家不会把你当作一个怪物看待吗？理由不充足，胆气就显得不够，胆气不够，也就越发思前想后，畏首畏尾了。尽管陈青石一再声称，到胡主任家坐坐只是坐坐，绝不要带什么东西，带东西就见外了，弄不好胡主任会生气的。但杨大力暗下认定，带了东西比不带东西仍然要好。人们不是常说么，伸手不打笑面人。不说看望，不说感谢，至少表达个内心的善意与诚意吧。

付过款，手拎咖啡走出批发商店大门，杨大力已意识到情况比想象的要复杂得多。咖啡盒体积过于庞大，巍巍然简直能吓人一跳。

“有东西给我包一下吗？”

在店老板帮助下，杨大力找到几只红黑各不相同的塑料纸袋，里里外外将咖啡兜紧，挂到车龙头上。站在店门前他犹豫一会，然后掉转方向，隐入一条僻静小巷。这么七弯八拐，可以绕到河沿，再从那里悄悄潜回车铺，以免到大街上招摇，让什么人看见。

在一幢高大的建筑物后面，杨大力不得不把车子停住。塑料袋虽有几层，但给重物这么一坠，唰啦一下绷直，绷紧了，咖啡盒的边边角角齐崭崭突露到袋子之外，明眼人随意溜一眼，便能猜得个八九不离十。让人尤为心惊肉跳的是，当杨大力动手整理那些倔强的边角时，他发现包装盒上的几行广告词透过半透明的塑料阻隔，火红火红在那里闪耀：雀巢咖啡，送礼佳品，时髦，潇洒，大方！

见鬼了，杨大力呻吟一声，到路边捡了些肮脏的废纸、破布，及谁家做木工时清理出来的刨花之类，一齐塞进袋中，总算将那些嘶喊着的可怕声音遮住。

如何送出这盒咖啡，成了最令人焦心的问题。独自一人在房，杨大力常常关紧铺门，拉好窗帘，再从木箱中取出那盒要命的东西，提在手上走来走去，从床这头到床那头，从内房，到外房。他一遍遍模拟着将怎样提了东西出门，穿过大街。没遇见熟人固然是好，遇见熟人也不怕，他会从容不迫打招呼，说说笑笑几句，然后再见。第一小学到了，穿过操场，转弯，上楼，按铃。

在风雨交加的车铺，在更深人静的车铺，杨大力就这样一包在手，面目平静地投向远方，不停地点头，微笑，口里叽里咕噜，空闲的那只手同时做出各种各样动作。一会热情地向前伸出，抖动，那是同人握手。一会向前向后招上几招，那是再见。一会又将拎的东西随意晃荡一下，那是万一，万一别人问起这包，他将如何解释。他还拿过窗台上一面摔成两半的小圆镜，一边点头，笑，叽里咕噜，一边偷窥自己如何点头，笑，叽里咕噜，自演自练自我欣赏。正有声有色，他会对着镜中的自己猛瞪一眼，脸部做一个极其痛苦而嫌恶的表情，骂一声："操你妈！"收起镜子，提着包，无目的地继续走来走去。

这么件东西遮着藏着，是不是已经太久了？杨大力透过半开的门扇，看阳光下四散着冰碴的街面，及街面上来来去去的人群和车辆。

记得到北门批发市场买咖啡那天，他还穿着一件薄薄的毛衣，转眼间已经冰冻满地，年底的日子快过完了。

说起来，陈青石的态度也不能不令人疑惑。同往常的日子一样，隔不几天两个人便要相互寻找着凑到一起，也谈话，也玩笑，陈青石偏没有再问起到胡国才主任家坐一坐的事。不问起，固然可以免却当面的难堪，不过杨大力却因此更加惶惶不安了。在陈青石那边，大约以为这到人家坐坐的事根本就不成为一件事，杨大力早照吩咐坐过了，并且经常去坐，用不着再费一次口舌吧。

小月手抱冰桶，身后跟定一群惊惊乍乍的小孩，又一次从河沿那头出现。小月受不住冻，轮番抽出一只手到脸前哈气。旁边的小男孩艳羡已极，装作给她帮忙的模样，试试探探伸出手要将冰桶接过。

“找死吧你。”小月喝叫。

男孩讪讪笑着避开了。

来来回回走过几趟，小月大约有些腻烦，并且也累了，冻得受不住了，当身边的小孩试探着再一次伸过手来，她屈起双肘略一迟疑，大方地将冰块搡在他怀中。男孩接稳，嗷地大喊一声撒腿跑开。可没等跑出几步，只听哗啦啦响过，一股冰水淋淋漓漓浇在他的胸前。那冰原来并未冻牢冻透，加上长时间颠动，桶底脆弱的部分破裂了。

男孩呆呆站立着，用尽气力将冰桶远远抛出，在众人的笑声里张开大嘴哇哇哭开来。

“看你好意思哭。”小月扑扑扫落他胸前的水珠，“我还没找你赔我的冰桶呢！”

2

半上午时分，河滨酒家沈老板正在收拾角柜里的一堆碗碟。碗碟一摞一摞冻成一体，非得用开水冲泡了方能让它们相互分离。隔着客堂的茶色玻璃门，沈老板看到朝街的那头，丢脸公司一伙人正三三两两迤逦而来。沈老板的头一个念头是躲开。他冷笑道，狗日的倒懂得抓紧时间，到得越来越早了。这是伙奇特的客人，男男女女都有，一律年轻而漂亮，声音圆润洪亮，穿着时髦。只有沈老板清楚，年轻与漂亮的外表下，遮着些怎样的货色。在这个店门内，来的都是客，对任何人，沈老板皆能笑脸相迎，热情有加，唯独对眼前这伙，他真的认为不必过于客气。

“老板，老板。”隔老远，打头的姑娘已一声接一声叫起，似在宣告着他们的驾临。姑娘大约相当于公关、外交之类人物，身穿肥大的鸭绒棉袄，脑后拖一根同样肥大的独辫，一只女式小包却像男孩子那般横挎在胸前，走起路来东一脚西一脚，踢踢踏踏，从没个稳当的时候。

“来啦？来了就坐。”客人们进门的瞬间，沈老板改变主意，满脸带笑将门拉开。假如他不出面，那个犟脾气的老太婆及小余、小吴她们，更不会有好颜色给人了。尽管草包，尽管无脸无皮，但毕竟常来常往，毕竟算得客人中的一户大头了。

“大冷的天，怎么还没装个暖气？”

客人们进了里间包厢，噼噼啪啪拖开椅子落座。有人拆了小余小吴刚刚折好，蝴蝶展翅那般插在杯盏里的餐巾纸，吭吭哧哧拧起通红的鼻头。

小余小吴斜靠包厢门口，一动不动看着他们，又看看沈老板，然后一动不动继续看客人。小余小吴有话在内心挤着胀着要说出，但沈老板不点头，她们也不好作何表示。其实沈老板也想说的，包厢只有这么最好的几间，尽管天气冷，天气再冷也不能说就没有一拨几拨正经的客人来吧。

“老板，赚起那钱眼睛不眨一眨，到头怎么连个暖气也不舍得装？”坐在门边的一个精瘦男子忽然转过身，嬉皮笑脸再次重复刚才的话题。

小余小吴受不住了。小余冷冷道：“怕冷不会到外面晒太阳？”

什么叫给脸不要脸，狗屎不臭自己挑起来臭？这就是！

小吴接口说：“暖气要付暖气费呢。”

“小姐，你这话怎么个说？”客人中一位男人问。男人在这伙人里地位最高，平头，戴一副宽大的黑框眼镜，眼珠从镜框后翻出一大片白来。

“小孩子不会说话，李经理别误会！”

沈老板不愿在自家店里与人闹僵，嬉笑着在男人肩头拍了拍，转过身用劲挥挥手，说别再傻站着，快给大伙倒茶，大冷的天，喝杯热茶先暖暖身子。

所谓丢脸公司，是小余小吴她们叫出的，正确的称呼应为某某文化发展公司，就是搞点电脑打字、买卖文具用品，当然有时也卖健美裤、T恤衫、三角短裤、卫生巾之类的那种，成员来自文化局所属各个系统。前一年搞了次机构改革，将吃闲饭的这一伙给革了出来，于是拨一处沿街的铺面，象征性收点管理费：你们自谋职业，自找生路去吧。据说这其中还有县剧团的几位前演员或学员，怪不得一个个这般仪表堂堂，讲起话来一句一句字正腔圆。“老板——!”“小——姐!”始终像唱戏时的叫板。他们大概将河滨酒家当作戏台了。

“文化发展公司，文化发展公司，”那天上菜的时候，小余小吴口中念念有词。“还不如叫文化丢脸公司呢!”

“文化丢脸公司，好!”掌厨的王建设喝叫一声，将菜料猛推进吱吱响着的油锅。锅里腾地蹿出一股金黄的大火。

丢脸公司自成立后，一直处于亏损状态，这一点沈老板比较清楚。每次他上门讨账，那位长得高大威武，神情举止像个男人的女会计一边叽里咕噜咒骂着谁，一边翻开账本让他看。账面上当真空空如也。女会计年纪大，是从外面聘请来的退休职工，以前也做会计工作，于是养成一副会计的眼光，会计的脾性，这也看不惯，那也看不惯，一天到晚处于骂骂咧咧状态。当然，这与她的聘用工资过少也有关系。沈老板有次问她，这么少的工资你干个什么。女会计冒火了，啪地一掌击在桌面上：“谁愿意在这干！我天天要辞工，这伙吊颈鬼缠上你，你以为你走得脱?”过一会，女会计又补充道，“我工资少是少，他们自己每月还一分钱工资没有的。”

“他们家里就没有个老老小小?”沈老板惊奇了。

“过一天算一天，还要个什么老老小小!”女会计道，“家里人饿死了，死光了，他们正合意不过呢。”

沈老板问：“看起来他们成天到晚忙个不停，真就没赚到一点钱?”

“这要问你，你最清楚。”会计瞪着眼。

“我怎么清楚?”

“你怎么不清楚，他们辛辛苦苦赚几个钱，吃了吧，送到你河滨酒家去了吧。”

沈老板大声叫屈了。

工资可以不发，吃总归要吃的，河滨酒家不过是他们众多吃所中的一处。

“你以为他们只欠你这一点小账?”女会计道。

“老板老板，别小气，你这点小钱算什么，几万几十万的我们手上过得多了。”怪不得那伙人经常这般嬉皮笑脸。

女会计说，何止一点工资，连许多客户的货款都让他们一并送到饭店酒家去了。

女会计从不参加这一伙人的吃喝，无论怎样死拖活磨，她说她决不同流合污。她清白了整整一辈子，犯不着退休后为了两百三百块小钱脏了自己的好名声。

“你看这账，这哪里叫账！今天左一个名堂，明天右一个名堂，这伙吊颈鬼总有一天会抓起来枪毙的。”她恶狠狠咒骂着。别看这些人能言善辩，从没一处正经，可到了女会计面前，又一个个装成灰孙子模样，说不出是怕还是嫌。不过他们又偏是少不了她，他们说你走了，叫我们到哪里谋这么一位好管家呢?

“老头子你放心，钱么他们还真不会少你的。这伙吊颈鬼流是流，痞是痞，不过呢只要进了一点钱，可比任何人都大方。好不容易抓住一个大方的机会，他们能放过?到时候你把嘴张得大大的，狠狠啃狗日的一口吧。”

沈老板歪着嘴角笑了。沈老板嘴里好像含了一颗枣核。

“都拖了一年两年了，让我如何周转，如何周转?”

“这般等不及，当初谁让你给他们赊的账?老头子不是我说你，你不折不扣是活该!”女会计抓过算盘，将沈老板胳膊往外一推，“要等回家等去，站在这里没用，别干扰我办公。”

站在这里当真没用，沈老板四处看看，能管事的两三个人，包括那位戴黑框眼镜的头，一个个早借故开溜了。沈老板自己给自己讪笑了一下，夹了人造革黑皮包退出门。

“老板，热茶都结了一层冰了。”包厢里的客人又开始嚷叫。

“来了，菜来了。”沈老板答应着，亲自到厨房督促。掌厨的王建设请了一天假回了乡下，老太婆只好自己抄起锅铲。屙脓屙血，屙脓屙血！老太婆双手在灶火上忙乱，却丝毫不影响口中的咒骂。

“都把手脚放快点。”沈老板低声吩咐。

“要快你自己来，我没那个耐心。”老太婆到瓦钵里勺了一撮盐，并不放入锅中，只拿勺子朝锅沿猛敲一下。盐粒四散着飞溅出去。

“屙脓屙血！”

“老板，老板！”前间又叫。

沈老板心里发急，伸了手真要接过勺子。老太婆并不理睬，猛漱了一口痰，呸的一下吐在了哧啦作响的锅中。

“叫，让你们再叫！”

“做什么，这是做什么！”沈老板想阻止，却已根本来不及。

“呸！”站在旁边的小余毫不犹豫也朝锅里吐了一口。

“呸！”小吴同样吐了一口。

送走丢脸公司的一伙，看着他们如来时一样，三三两两，酒足饭饱，于是更加牛逼哄哄迤逦而去，在略有坡度的街道那头消失，一口痰翻涌而上，沈老板忍不住也狠狠朝他们的背影吐了一口。

我操！

算我又倒了一次血霉，沈老板给自己说着。随着床头柜上那沓用讲义夹工工整整夹好的账单每增加一笔，沈老板的心便沉重一分。只见出不见进，总是一件让人揪心的事。

“老板，账单！”一刻钟前，沈老板正准备讲讲账单的问题，那伙人却毫不羞愧地叫起来。

“小余，小吴，账单，账单。”沈老板招招手。他真想声嘶力竭大喝一声：“账单，账单都让你们记完了！”

沈老板清楚，这个时候自己万万不可回店。老太婆的火气正大着，这个时候回店，等待他的必是苦瓜样两条长脸，和那无尽的唠叨，甚至有一场好吵。他见惯了，听惯了，也忍受惯了。当他缓步跨进杨大力的车铺时，尽管极力要做出一副笑模样，可那笑仍是僵硬的，张皇的。

3

祠堂一侧的小巷原本就深，就窄，近些年巷两边的人家你比我争地大兴土木，这里加一块砖，那里支一片瓦，厨房，杂物间，简易厕所，及结婚的新房，一齐送到行人的眼皮底下。深的地方于是更深，窄的地方于是更窄。月季高中同学邱小丽家的三层楼房，正矗立在巷道深处某一个幽僻所在。

邱小丽家境较好，在父母面前是独女，自己早两年又参加了工作，穿着打扮方面总能胜人一筹，说话时便不自觉地流露出许许多多优越。邱小丽说，她很同情月季。邱小丽说，月季好可怜的，这么大一个人，穿没穿的，吃没吃的。邱小丽每次这样说的时候，月季浑身极不自在。她听不惯这种话，半真半假，半甜半酸，怪里怪气，谁也说不好算一种什么味道。但月季又不得不听。她没有不听别人说话的习惯。这天邱小丽休息，又来月季家串门，七七八八谈了好久，眼镜片对着人一闪一闪，大半碗鱼干吃了个精光，然后拍拍手说她要回去了。她让月季一同到她家去一下。

月季玩笑道："这还有事啊?"

邱小丽说："有事。"

邱小丽说得神秘。

到了邱小丽家，她让月季在客厅坐好，自个径直进了内房，不一会翻出一件红不红紫不紫的衣服，递在月季手中。月季明白了她的意思，却装作不明白的样子，吃惊道："做什么?"

邱小丽说，这是我前两年穿过的一件滑雪衫，送给你的。

月季不愿接受，连连摆手说这怎么行，这不行的。邱小丽说旧衣服，压到箱底也是压着，还占地方。试试吧，合适的话你穿着，不合适脱下来。

月季一试，还真脱不下了。滑雪衫很旧，很薄，式样也过时，穿在月季身上却显出特别的爽利，轻捷。

为了表示交换的意思，也防止对方一时反悔，月季送了不少吃的玩的小东西过去，同时咬咬牙，将一双心爱的蓝花手套赠给了对方。邱小丽果然有了些酸酸的味道，几次当月季的面说："这么件衣服，我一穿几年，又在箱底一压几年，没想到了月季身上，倒似新的一般。"

月季暗自得意，没想另外一个人已把她盯上了，要求换衣穿。这人是小月。月季和小月交换着穿衣原属常事。两人都没什么穿的，一件衣服上身，往往要从秋穿到冬，又从冬穿到春天去，相互换换，也算个变化。但小月不是那种自觉的人，略好点的着装，上身容易下身难，月季为此不知怄过多少气。当上得多了，再不好那么轻易上当了。

月季穿上滑雪衫一进家门，立时感觉小月目光不对头。那几天小月就如一条养驯了的狗，围着月季摇尾乞怜，好吃的送上吃，好玩的送上玩，甚至连月季的名字也不叫了，改叫姐了。月季来者不拒，该吃的吃，该玩的玩，谈到换衣便一口拒绝。

后来的中计也不算真正中计。那天小月再次诚恳地过来请教，说她几位同学相邀着到城郊酒厂另一位同学家里玩，问她去不去，她拿不定主意，现在想问问月季她应不应该去。月季一个劲冷笑，这点小把戏岂能骗得了谁。不过她仍然有所触动：小小年纪，一年到头守住个灶台，将来怎么得了。好不容易有了出去走走的想法，应该给予鼓励才是。

尽管小月一再保证，只借一天，回家就还，不还是畜生，可从酒厂回来后，小月根本没想到有还衣服之事。月季先压着不说，见了面只一个劲冷笑。她要看看这人没脸没皮没廉耻到底到了何等程度。小月管不了那么多，你不主动提起，于是她更不作声，就同没事人一般。有时月季会出其不意点到此事，以为小月会脸红，会发抖，可小月不。小月装作一个根本没听到。

小月可能认定，晚上睡觉时最为危险，每天她一定要等到月季上床了，睡着了，这才悄悄熄灯，大气不敢出一声，猫一般溜到床里侧，窸窸窣窣将滑雪衫脱下，折好，塞到枕头底下。早上，她同样要赶在月季之前起床。一个成天昏昏欲睡的懒虫，眨眼变作另一副模样，不只家里人，连邻居也有些奇怪了，问小月大清早一个人站在天井里干什么。吴翠红不说话，隐约猜到了这是干什么。月季坚持着冷笑。

这天纯粹为一件鸡毛蒜皮的小事，把月季惹火了。月季一声不吭上前，伸手就剥小月衣服。小月拼力反抗，但同样一声不吭。两人静悄悄却激烈地揪扯着，较量着。月季想打开滑雪衫的拉链，小月紧攥住链端不放。月季担心链齿会扯坏，掉过手从衣襟底下狠劲往上掀，把小月的肚皮都掀了开来。这时月季颤抖了一下。在滑雪衫与肚皮之间，长长短短填塞了些杂七杂八的东西。当然那是衣服，都旧了，破了，有杨大力脱下的洗得发白的篮球衫，有杨竹生的黑线衣，吴翠红的红绒衣，甚至有敬老院一位老人送的不知属于哪个年头的丝绸短袄。可以想象，假如小月脱下外面这件滑雪衫，那就成为一只拔光毛的小母鸡了。

月季心里发凉，呆愣着站在那里看小月。小月狗一般紧缩在墙角，头发上沾满灰尘，脸腮给抓出血了，但仍然一声不吭，双手死死护住滑雪衫的拉链，眼睛惊恐而又坚决地盯住月季，预防再一次遭到袭击。月季狠狠抽了她一个耳光，独自到一边哭去了。

这些事，月季是带笑说的。她在给陈青石说她们家，说她们姐妹俩之间的趣闻。说到后来便当了真，眼睛发红，声音干硬，僵涩，脑袋紧低着，泪水扑簌簌擦过衣襟，打在桌面上。月季伸出手掌按住桌上的泪，然后用力抹去。陈青石稍稍挪开身子，第一次认真观察起月季的衣着。一件长长的淡黄色开司米罩衫，质地极差，并且旧了，脏了，稀了，胸前和手袖各处粘了几块明显的污迹。这种衣服纯然是一种形式，渔网一般，寒风凛冽中半点保暖效果也谈不上的。联想起月季平日惯有的那种姿势：脑袋微缩，双臂耷拉开，走路时脚跟高高踮起，一跳一跳好像踩在炭火上，每次进门，牙齿不停抽动，发出细微的嗞嗞声。陈青石问过，冷吗？月季说，不，不冷。陈青石于是相信了，他把这当做了小姑娘有意表现出来的娇憨与活泼。直到此刻他才意识到，原来月季一直在默默地受冻。

陈青石有一个清晰的要求，他想把月季揽到怀里，一颗一颗舔去她脸上的泪，小心抚慰她，用自己的身体覆盖她，温暖她。他清楚这样做的后果。月季就站在一步开外的地方，他闻得到她身上的气息，感觉得到她因流泪因寒冷而发出的战栗，他伸开的膝盖，几乎触碰到她的腿弯了。开司米衫长长地罩着，下面的腿便显得很短，脚穿一双白色运动鞋，半旧的，估猜着也是什么人穿着不穿后送的。

恋爱、结婚既然绝无可能，剩下的便只能是一种短暂的游戏，说穿了是可鄙的玩弄。谁能够对这样一位衣不蔽体的小姑娘下手，并且在她伤心流泪、感情上最为脆弱的时候?

第二天，陈青石上街给月季买了一件流行的滑雪衫，双面的，一面鲜红，一面墨绿，头上还戴一顶宽大的风帽。价格较贵，但质量肯定不错，比小月占去的那件不知强到哪去了。月季一旦知道，如此漂亮的一件衣服即将归自己所有，她会多么惊喜。她会自豪地穿到厂里，穿到小伙伴面前。月季正处在爱美爱虚荣的年纪，哪怕就是一时半刻的满足吧，也算灰暗、沉重生活中的一道亮光。

当陈青石将衣服递过去，要让月季穿上试试时，月季在经过短暂的兴奋后，忽然脑袋一低，面色通红，侧身那么站着一动不动了。

“穿么?”陈青石道。

陈青石道：“穿上试试。”

月季一手抱衣，一手插进开司米外套的口袋，脚尖习惯地到地面一点一点，陈青石越催，她的脑袋勾得越紧，似乎羞怯得受不了了。

月季误会了陈青石的意思，她大约把这件滑雪衫当作什么定情的信物了。

这一刻，陈青石感觉到心脏一阵狂跳，咚咚，好像给人猛踹了两脚。但他很快镇定下来。眼前的结果似乎一点也没有出乎意料。只是讲话时舌头仍颤抖得厉害，那么一种陌生的声音，完全不是自己所能发出的。

“穿上，穿上给我看看。”陈青石说。

陈青石说完，猛吸了一口气。正要再说点什么，月季一个转身，手抱衣服就向前房跑去。等他明白过来，跟到外间察看，通向走廊的门大开，月季早已走得无影无踪了。

陈青石立在外房的黑暗中，许久以后略略回过神，装作有事的样子来到走廊，又扶住廊外的铁栏杆向下张望。走廊里没装路灯，几户人家的大门关得紧紧的，只有电视机的荧光偶尔透过玻璃，在窗外一闪一闪。陈青石不放心，带了门下楼。小巷中，大街上，角角落落，都没见那熟悉的身影。

4

月季穿上崭新的滑雪衫，就如一棵成长的树给修了枝，一夜之间挺拔起来，原本嫌黑嫌红的一张面孔衬在高高竖起的大红衣领中间，仿佛让一道明艳的光芒照彻了，顿时具有某种透明的效果，显得极其娇嫩。当月季双手斜插衣兜，亭亭玉立站到陈青石面前，脑袋略略侧转在那里微笑时，陈青石不由有一种很强的心虚之感。他觉得很陌生，无法相信眼前柔美动人的姑娘就是自己所熟稔的月季。

“好看吗?”月季问。

陈青石的喉头凭空做了个吞咽的动作，发出很响的一声咕咚。

“好看。”陈青石说。

陈青石的一些日常琐事，比如洗衣洗被，收拾房间等，基本让月季包揽下来，门框，窗扇，窗玻璃，都用蘸过水的毛巾擦干净了，厨房里的锅碗灶具一齐泡到池里给清过一遍水，木料上乌七八糟的杂物，该归置的归置，该刷洗的刷洗。看月季忙忙碌碌，一双手让冰水冻得通红，散落额前的头发打湿了也顾不上撩开，陈青石心里不忍，想上前阻拦，或插手帮帮忙。月季说别在这里碍手碍脚，马上就完。把他推到一边去。事情忙完了，或者没事可干的时候，月季会随身取出一团开司米线，坐到陈青石面前静静编织，有时让陈青石帮着绕个线团，晚上总要坐到夜深人静了，才起身匆匆离去。

开司米线是月季给自己新买的，她说，人说怪就这么怪，什么衣服没有的时候，也不觉得，有了一件好衣服了，便认为原先的衣根本不叫了衣，你必须给自己再打一件能替换的衣服。

月季唧唧哝哝，有一声没一声说着，陈青石侧转身子，将面孔藏到灯罩的阴影后面，目光凶狠地打量着她。她也清楚他的打量，不过仍坐得一动不动，只从那跳动的睫毛，杂乱的手指，及一起一伏幅度很大很深的呼吸中看出内心的紧张。这个女人，这个可怜的小姑娘已经陷入深深的情感之中，她把自己整个交托了出来，交到他的面前，现在，他只用向前伸伸手了。

含在口中的一块肥肉，陈青石想起这样一句话。这是杨大力什么时候说过的一句话。

黑户对丑女，陈青石又想起一句话。这同样是杨大力说过的一句话。

沉落其中是容易的，咯噔一下，就这么一下。但再想从其中摆脱，恐怕就不很简单了。

“喝水吗?”陈青石问。他感到喉头焦灼得厉害，舌面发苦，嘴角不知不觉分泌出干硬的白沫。

陈青石到厨房倒了杯开水，给月季递过去。

“我不喝，你喝。”月季说。月季看了眼庞然大物般站在面前的陈青石，又低下头去，一心一意专注于手中的织物。

“那我就喝。”陈青石说。

陈青石喝了一杯又一杯开水。水很烫，但他舌头已觉察不出其烫，只偶尔一次两次不正确的吞咽让他呛住了，于是爆发一阵猛烈的咳嗽。

第十五章

1

在没有见到胡国才时，日夜想着将怎样相见，等真正见到面了，又全然手足无措，避之唯恐不及了。

杨大力万没料到会以那样的方式相见。

腊月二十三，杨大力来到玉田，准备过完小年后，接了周玉燕和杨斯到县城过大年。周玉燕不愿意。周玉燕说不去，今年过年哪也不去。杨大力说，年年不都一个样，在这里过完小年，再到那边过大年么？周玉燕说，今年不去。杨大力问，今年为什么不去？周玉燕说，今年不去。

话无法说通，杨大力留了些钱，独自一人回到县城。他正愁着怎么同父母解释，当天下午，周玉燕带着杨斯也随后赶到了。杨大力自是欢喜不止。周玉燕好久没来，在祠堂里成了稀客，杨斯扎一对羊角辫，辫梢用大红绸带连起，举手投足间宛如一个大姑娘。一家人接着，围在大门前嬉闹，隔壁邻居也跟着过来观看，这倒把杨斯吓愣了，半边脸蛋骤然间通红，也不知是冻的，或给羞的。不过，便是她的愣怔，她的害羞都显出一副大姑娘模样，楚楚动人的。

月季说，这杨斯，怎么越看越像一个人来着？

吴翠红问像哪个人，月季说："像我！"

吴翠红笑着侧过脸，看看月季，又看看杨斯，点点头道："外甥多像舅，侄女像姑姑，老话说得不会有错。"

“说杨斯像月季，那是瞎扯。”小月说，“依我看，杨斯倒真正像另外一个人。”

吴翠红问：“像谁？莫非像你？”

小月说：“像我！”

月季叫道：“你一只长颈鹿，丑都丑死了，杨斯怎么会像你？杨斯你说，你像大姑姑，是不是？”

小月也叫：“杨斯别上当，她是一只黑板擦，千万不要像她。”

黑板擦是月季读书时同学给取的绰号，许久没人提到了。现在当众喊出，并且还是当着下辈，月季不禁有些恼恨，立即反唇相讥称小月为吊桶把。

月季伏下身比画：“杨斯你看看，她一只颈子那么长，像不像井边打水的那种吊桶把？”

杨斯顺着月季的指引，看了小月好久，忽然扑哧一笑，大声说：“像！”

小月不急，也不恼，跟着蹲下身用手臂搂紧她，循循善诱：“杨斯你再看看，月季那么黑，像不像幼儿园老师上课时用的黑板擦？”

小月同样比画几下擦黑板的姿势。杨斯看看月季，又诡秘地笑起来。月季预感不妙，威胁道：“不许胡说，杨斯看我不打你！”杨斯却以更加洪亮的嗓门大叫一声：“像！”

围观的人群哄然大笑。小月抱起杨斯又吻又亲，一溜烟进门去了。

周玉燕这次来县，实际上纯粹出自一种礼节，两天后，腊月二十八，她不顾一家人的苦劝苦留，仍坚持回了玉田，为此吴翠红还流了好久的眼泪。杨大力懂得周玉燕的脾气，劝也是个白劝，干脆没开那口。打算生气，想想也没必要。要说她们走了倒好，走了清静。她们受不得屈，杨大力也不愿让她们跟着自己受屈。新春佳节，轰轰烈烈，车棚那样的地方再不好住人的。一个人待待无所谓，有家有口，开门关门的，便几近于玩笑了。

拜年的人一个接着一个，一批接着一批，父亲单位的，母亲单位的，月季小月玩得好的同学小姐妹等，更不说街坊邻居，七亲八朋了。每到得一人，便放一回鞭炮，每放一回鞭炮，杨大力都能跟着惊出一个抖颤。

吴翠红虽做的是临时工，但她人缘好，上门拜年的也特别多，同事上级，还有敬老院的老头老太们，走得动的走不动的，一个个扁起嘴巴，提包袱拿火炉，你扶我搀络绎不绝而来。有的走着忽然就不走了，站在人家的屋檐下东张西望，也不知是等人，或要干点其他什么，弄得路人个个侧目，奇怪这街头巷尾怎么片刻之间布满清一色的老头老太。

老人们礼数多，每人用手帕包些零碎吃食，争先恐后往吴翠红手上塞，眼睛还一个劲直眨，作出各种各样暗示，似乎包里装着一个重大的秘密，让吴翠红不要出声，赶快收起来，以免其他人知道了去。吴翠红清楚不收下是不可能的，只好回报以同样暧昧却尴尬的笑，表示已心领神会，他们的阴谋得逞了。

“受之不起，受之不起呀。”吴翠红感激道。

“该的。”老人们说。

“该的嘛。”

“女儿，你别憨，该得的东西你就得着。”老人们伸出颤颤抖抖的手，一下一下给吴翠红指点着，表情严肃，庄重。

月季小月搬出椅凳，安排老人们坐下。老人们并不坐，没完没了拉住吴翠红的手说好话，把月季、小月、杨竹生从头到尾逐个夸了一遍。

夸月季，夸小月，夸杨竹生，目的都为着夸吴翠红。命好。命好啊。女儿，你多好的命。

只要一个人说了句什么，其他的便一齐跟着抿嘴，点头，重复那句话，把第一个人的语气与神态模仿了一遍又一遍，直到滑稽怪诞的程度，好像成心要出那人的丑。月季与小月几次哈哈大笑出声。

“找死。”趁无人注意，吴翠红狠扯一下小月辫根。

月季和小月抬来一盆旺旺的炭火，然后给小方桌套上一张大圆的桌面，准备开饭。可这开饭的过程拖了足足大半个时辰。老人们先帮着吴翠红舍不得桌下那盆火。他们不说舍不得，他们说那火烧得过旺，受不了。

“这有，这有。”老人们一个跟着一个举举怀中的火炉。

“乖，你搬走。”

“你搬走，乖。”

他们哄着月季和小月。月季小月笑笑不搭理，忙着摆碗摆筷，邀老人们入席。老人们更乱了，那么多的人一齐谦让着，你拉我先坐，我拉你先坐，结果谁也没坐，好像谁先坐了，谁就犯下不可饶恕的罪过。月季、小月上前调解，她们于是把目标对准了月季和小月。

“乖，乖，乖。”老人们乱七八糟叫着。月季、小月抱了胳膊东避西让，打算用劲摆脱，又怕将老人们带倒了，说却没个理由能够说通，只急得面目通红。

“弟兄，弟兄呢?”忽然有一个老人问。这指的是杨竹生。一家之主都给忘了，老人们意识到祸事惹大了，于是你牵我扯拥到厨房。

“弟兄呀。”

厨房是公用厨房，四个角落分别搭建了四座土灶，灶上的火烧得噼噼啪啪，烟焰巨大而有力，直冲屋顶。老人们片刻间把厨房挤满了，齐来与吴翠红、杨竹生拉扯。有的老人大概头脑真有些糊涂，或弄不清一间厨房里可以有几家同时搭火做饭，以为这都是一家人了，竟至于同其他几座灶上的邻居也拉扯起来。

杨大力的出现让老人们始料不及，一个个呆愣着不知作何反应。实际上他们知道吴翠红有一个儿子的，做客这么久，竟忘了给人家儿子打招呼，这又如何是好。吴翠红说，我这儿子是一个蠢儿子，蠢得吃屎啦，年纪一大把，不懂一点礼数，不懂人情世故，年节边没事，天天裹着被子在楼上睡觉。

“儿子，儿子。”老人们纷纷离座，挤过来拉杨大力的手。

“好儿子啊。”

老人们把杨大力称做儿子，把杨竹生称做弟兄，吴翠红则又是女儿，月季和小月都叫乖。

2

春节前后，是杨大力为自己定下的最后期限。

春节前没办成。不知为什么没办成，也许是想到还有一个春节后吧。

正月初二，杨大力又到了玉田，到了周家湾，初三匆匆赶回，将铺盖从祠堂重搬进修车铺。他觉得几天没在车铺生活了，需要提前熟悉一下环境，以免关键时刻出什么差错。于是那件事，杨大力殚精竭虑谋划的与胡主任相见，便以绝对意外的方式发生了。

杨大力需要打一点酱油。这是正月初四上午，九点钟左右吧，根本没到做饭炒菜时间的，可杨大力忽然需要打一点酱油。打酱油是件小得不能再小的事，当然用不着多想，他随手摸了酱油瓶出去，铺门也没顾得带拢一下。

平日买点生活上的鸡零狗碎，杨大力一般到斜对面的老张店里，开年以后老张的店门一直关着，不见一个人影。街面上的灰尘与纸屑随风随雨刮来刮去，门上门下粘了一层，让人一眼看去以为这房子几百年没人住过了。杨大力从老张的店前走过，往二榔头那里去。可二榔头的小店也没开门，刘莉的店也没开门。周围几家个体商店跑遍了，一家家全是大门紧闭，铁锁高挂。新年尚未过去，谁愿意这么早开门营业呢。

杨大力没有就此回头，他想已经跑得很远了，干脆再跑一跑吧。小街走完了，再上大街。顺大街没走出几步，便看见一百米，一百五十米开外，胡国才胡主任正依着街角踽踽而来。

雨是从腊月三十的半下午开始飘洒的，三十的晚上下了一夜。正月初一人们出外拜年，雨正好停了，初二的半下午又飘洒一阵，到初四，街面上湿淋淋一片，人们已弄不清这天到底是阴还是雨了。为稳妥，不少人脚穿胶靴，手里抓一把欲撑未撑的伞。大街这边果然热闹，摊位摊点一个挤着一个，吃的用的玩的，红红绿绿，花花哨哨。胡国才主任身穿一件庞大的羽绒上衣，大半个面孔让脖颈里那条银灰色围巾裹住了，头上还戴一顶鸭舌帽。尽管如此，杨大力仍一眼认出了他。那身形，那气质，应该说，那气息，哪怕隔了一两百米距离和街头众多行人，杨大力也能一眼分辨出来的。

此时此刻，杨大力就似给扔到水底深处，四周浑浑浊浊一片。有一个意念，虽模糊却又异常清晰，水泡一般从脚底泛起，渐渐上升。他知道在这样的时候，这样的地方见到胡主任，实在是过于糟糕、过于可怕的一件事。

后退是不可能的，躲避更不可能。遇上了假如没看见，那也没什么。遇上了，看见了，一切便规定好了。

杨大力应该惊喜交集地跑上前，给胡国才主任真真诚诚、恭恭敬敬拜个年，道一声新年好。

都是基本的礼貌，起码的常识，任何相识不相识的人，新年过后第一次见面，都会道一声新年好的。

可这又算怎么回事，人家给你帮那么大忙，对你有那么大恩情，过去的许多日子你哪里去了？年前年后这么多日子，你又哪里去了。也不是要你有多大表示，一句两句感谢的话总应该有吧。现在倒好，偶然在街头遇上了，你想躲也躲不掉了，这才装出一副亲热模样，跑上前来问一句新年好？你不尊重别人倒也罢了，对自己的切身大事也如此一百个无所谓，别人真的就那么下贱，要央着求着替你奔忙吗？

什么新年好，新年不好！

就在杨大力满脸堆笑，做出刚刚认出的模样，惊喜地朝胡主任奔去时，他的脚步猛然迟缓下来。他发现胡主任根本就没有认出他，没有意识到有一个人正迎面朝自己疾步而来，要向他问一声新年好。胡主任大半个面孔埋在衣领深处，目光始终如一微微下垂，看紧地面，捡那行人较为稀少的街沿部分稳步而行。

像胡主任这种身份的人上街，大约都不会用眼光正面看人的，杨大力想。这街巷，这县城，有多少人认识他，又有多少人需要求他，如果每个人都看上一眼，打声招呼，那么招呼来招呼去，他还能够脱身吗？

胡主任身穿那么宽大的羽绒衣，裹上那么高的围巾，头上还戴顶鸭舌帽，估计就为着避免看人，更避免让人看的。

略一迟疑的瞬间，杨大力已与胡国才主任交错而过。

“呃……”

杨大力驻足，转过身子对着胡主任的背影招呼一声。只要胡主任的步子略有停顿，或者面孔向这边倾斜一点，那就表示已有所觉察，杨大力应立即上前问好。可是胡主任丝毫反应也没见，继续以一种僵硬的姿势向前走着，杨大力便将那声招呼卡在喉头，咔嚓一响然后吞了下去。

实际上，当与胡主任交错而过的那一刻，杨大力已清楚地意识到自己所铸成的终身大错，他的驻足，转身想打招呼，应该说正是在这种心理的震慑下，有意无意间采取的补救措施。随着胡主任渐走渐远，杨大力后悔，或者说害怕得身子都僵硬了。

假若胡主任认出了，却故意装作没有认出呢？

指望胡国才主任没有认出，那是绝不可能的，这点杨大力异常清楚。胡主任久处官场，久经世事，有多么精明练达，他把面孔缩在衣领深处，正是为了能很好地看人而不让别人看见。再说你隔老远面带笑容，目不斜视地迎他而去，怎能不引起他的注意？他目光下垂，神情淡漠，正说明他已经看见了你。不过这段日子你的行为实在让人过于伤心，他私下早把你当成一个忘恩负义的小人，眼皮都懒得给你抬一抬。此刻假如你能及时上前问候，打个招呼，做一句两句解释，虽说于大局仍无可挽回，但毕竟尽了你的努力，你问心无愧。胡主任也不是那种不体谅别人的人，兴许一个心软，就把所有的不快搁到一边去了呢。也兴许他的不理不睬，神情淡漠，是故意装出来给你看的，一心等你上前打招呼，表示亲热呢。难道说，他那种身份的人倒要早早把笑脸替你装上，主动用目光迎视你，向你问好吗。

可杨大力竟然同样也来个不理不睬，视而不见。胡国才主任自作多情，白白等候了一场。

胡国才主任越走越远，身影在人群中消失，过一会又浮现出来，然后又消失，然后又浮现出来。不过这次浮出的只是那顶麻褐色的鸭舌帽和银灰色巨型围巾。随着街道于无意中的微微弯曲，同时悄悄抬起又悄悄下垂，围巾和鸭舌帽颤动着，飘浮着，终于在一个小贩系在摊位上的那串红黄绿各色气球和另一个小贩臃肿的屁股后头一晃，不见了。杨大力回头走过几步，随即站住，朝小贩的那串红绿气球和另一个小贩的臃肿屁股看一会，终于撒开两腿，不顾一切朝前狂奔起来。

不过片刻的工夫，胡国才主任已经踪影全无。杨大力站在十字路口。往前，街道在延伸一百米左右后，连接一条曲里拐弯的石板小街。往右，可以直插县政府大院，还可以通向第一小学的后门。杨大力没有犹豫，朝右边奔去。可是越往前，便越有些信心不足。这么短的时间，胡主任不可能走出太远的距离，除非他钻进某一个巷套了。难道说胡主任并非往右，他是往正前方去了？

杨大力重新掉头，以加倍的速度返回十字路口，然后朝石板小街奔去。小街上同样不见踪影。杨大力忽然产生一个奇特念头，想这胡主任也许并非往右，也并非往前，而是往了左。往左边的那条街是杨大力刚才手提酱油瓶四处寻找商店的地方，也就是通往河沿、通往他的修车铺的方向。那么可不可以说，胡主任今天出门，目标就是到修车铺去找他杨大力？

这绝不可能！杨大力同自己说。

在杨大力自认为绝不可能的时候，他已经再次奔过十字路口，奔过刘莉的商店，二榔头的商店，老张的商店。

胡主任绝不可能来他的修车铺。这念头不只荒唐，简直近似于疯狂了。不过尽管如此，杨大力仍把车铺的前前后后搜遍了。几分钟后，他又出现在十字路口。不过他不再奔跑，只来来回回徘徊着，朝角角落落反复搜寻。他的手中，竟一直紧握着那只脏不拉叽的酱油瓶。

3

手刚一伸出，陈青石就知道完了。

没有一句多余的解释，也不愿作什么解释，一切都是赤裸裸的，解释了反而显得虚伪。陈青石全身颤抖着，呼吸急促，目光狂乱迷离，平顺的头发在剧烈的动作中弄乱了，一丛一丛爆炸般竖起，面容凶狠异常。也许正因为其急其乱，动作便不很准确，明明一下可以解决问题的，他非得两下，三下，乃至五下六下。此时月季就如鹰爪中的一只小鸡，给揪了个七零八落，毛羽纷飞，本来默默顺应着的她，也不禁让身体高处那副狰狞的嘴脸吓住，身子下意识缩紧，双肩偏过来让过去，一下一下作着抵挡。陈青石显然误解并且夸大了她的用意，大祸临头般露出恐怖绝望之色，整个身体如倒塌的墙壁，死命倾压而下，一只手臂仓皇中没有放好，竟狠狠戳在月季光溜溜的肋骨上。月季疼痛难忍。

“有人来了。”月季缓过一口气，低声叫。

压力果然为之一减。陈青石抬起脑袋，向左向右仔细倾听。

“哪有什么人?”

月季说：“我哥会来。”

“这么晚了，不会。”陈青石自语。

陈青石衣服穿得多，在这样的时候，让他一件一件从容脱去，已是不可能的了，他将几件毛衣连着贴身的内衫一并揭起，想作一次剥了去。谁知毛衣们相互纠结缠杂，形成一股强劲的合力，绳索一般捆在颈项之间，怎么拉扯也无济于事。他双耳轰鸣，脑袋始终处于层层衣物的包裹之中。陈青石知道自己的模样是极其狼狈的，也是极其丑恶的，月季看了大约快要笑死，或者恶心死。他必须尽快摆脱眼下糟糕的局面。这时他略微清醒一些，静心喘过几口气，将全部的力气集结到双臂，上身挣起狠劲一扯，想把几层领口作一次扯裂。他又一次失败了，虽说毛衣给拉得极松极长，可缠在颈下的那一圈却是越结越死，直往喉咙深处勒去，以至于呼吸都给憋住了，好几次要闭过气去。

陈青石一阵绝望，虚汗哗哗从周身的毛孔爆裂开来。等到他彻底服了输，重新将衣服拉下，再一件一件循序渐进地脱去时，所有的力气都已用尽，他早已全身瘫软，双臂虚脱，什么事情也干不成了。

几天以后的一个中午，月季站在床前，用自己的内衣仔细将身子擦净了，然后哆哆嗦嗦开始穿衣。陈青石看也不看她一眼，只一动不动伏身在床，对着那摊零乱暗黑的血迹发呆，思考着应怎样收拾眼前的局面。

我完了，陈青石同自己说。

咯噔一下，瞬息之间的事，就这么完了。

体内一阵翻涌，陈青石嘴大张着，就要呕吐出来，月季几时离开的，他丝毫也没觉察。许多时间过去，他嘴巴仍大张着，可是除了嘴角挂出的几线清亮亮涎水，什么也呕它不出。

4

陈青石住处的门和窗户敞开着，灯光明亮地映到走廊上，看样子人刚刚回来。杨大力踩着自行车，在楼下的巷道骑过来，骑到巷底，由另外一条小巷拐上大街，转一个弯，然后再骑过来，每次都不能鼓起上楼的勇气。现在不只是怎样面见胡国才的问题，现在他连陈青石的面也不敢见了。而局面糟糕到如此程度，又根本不是躲避，不是一个怕字所能了结的。

谁知等杨大力小小心心、半吞半吐着把事情讲了个大概，陈青石不仅没有责怪，反而轻轻安慰道：“没关系的，我们现在去还来得及。”

陈青石搬过自行车，匆匆拍去座垫上的灰尘，一句话不说，随杨大力出门。车胎在梯级上发出扑扑的拍击声。出了巷道，杨大力紧蹬几步赶上前，说修车铺里有他买的一盒咖啡，要不要带上。

陈青石问："什么样的咖啡，可以送礼吗？"

杨大力说正是送礼的那种，他专为送胡主任买的。

陈青石掉转车头。

"新年边上不比平日，倒真用得上这种东西。"

两人回车铺拿了咖啡，片刻工夫已到了第一小学，谁也没有注意到车龙头上挂的是什么，顺利得令人吃惊。

非常不巧，胡国才主任不在家，晚饭后让几个同事邀出去串门了。陈青石问什么时候能回来，胡主任妻子说具体时间也不清楚，几个人一同出门，一般情况回来得会晚些。

胡主任妻子问，两位有事吧。

陈青石说没事，年后从乡下回来上班，特意过来看看胡主任。他自我介绍一番，又把杨大力介绍了。

陈青石与杨大力站在门外的楼道里，胡主任爱人一再让他们进屋坐坐，他们说算了，明天晚上等胡主任在家，再过来玩。他们这是第一次当面看到胡主任的爱人，平平常常家庭妇女那种，人看来很贤惠，年纪比胡主任要小一截。趁他们说话的工夫，杨大力从提袋里将咖啡拿出，顺手放在门后的鞋柜边。等胡主任妻子觉察，这边两人回身便走，三步两步跑下了楼。

第二天晚上他们到得很早，算准胡主任一家刚放下饭碗，他们即可进门。不过此时情况比头天晚上更糟，楼道里黑灯瞎火，一个人也没有，任你把门铃按了一遍又一遍，铁铸的防盗门坚持着纹丝不动。陈青石嘀咕，不会跑错了楼层吧。上上下下一看，三层，靠右的一家，没错。

杨大力说大约我们来得过早，胡主任他们上哪吃饭去了。陈青石一想也是，两人踢踢踏踏下楼，坐到操场尽头小学生们用的双杠上，一边闲散地谈着话，一边居高临下注视大门的方向。不一会又踢踢踏踏到楼道里看看，按按门铃，悄声议论几句。他们的行动终于引起邻居的注意，有人隔着防盗门的铁网大声问干什么，找谁。

"我们找县政府办公室的胡主任。"陈青石获救般迎着声音走过去，“请问你知道胡主任去了哪里吗?”

“什么胡主任？不清楚。”

“县政府办公室的胡国才主任，我们约好今晚过来找他的。”陈青石急道。可他的话尚未说完，砰的一声，门已关上了。

“这人竟不知道胡主任?”杨大力奇怪。

十点半左右，看看不再有任何指望，两人怏怏离开第一小学，内心都有一种不祥的预感，杨大力更为又一次白跑而深感不安，一再向陈青石致歉。陈青石发狠道，今天晚上不行，我们明天晚上再来，明天晚上不行后天晚上来。我们一天跑他一次，看看能不能见到这个胡主任。杨大力说，明晚他一个人先过来看好，确定这边有人，确定胡主任在家了，他再回去叫陈青石。陈青石说那又何必，一个人来两个人来还不一回事?

陈青石以为明天晚上再不能这么傻等，应该想办法同胡主任约好一个具体的时间。第二天上午杨大力正在车铺呆坐，忽然听到一阵哗哗的自行车响，接着陈青石喊叫：“大力，大力!”陈青石通知说，下午三点他们准时到第一小学。他刚刚给胡主任打通电话，约好了的。

“你把电话打到胡主任办公室了?”杨大力问。

陈青石说，胡主任正忙，匆匆约了个时间，说下午见面谈。

下午三点，当陈青石和杨大力按约定直奔第一小学的时候，杨大力有些紧张，半是担心半开玩笑道：“不会又不在家吧?”陈青石道：“怎么可能，又不是没约好。”上到二楼，再上，转弯，隔几步看去，门关着。陈青石道：“可能真的不在。”这么说时，他们并不相信，想世上哪有这么巧的事。于是面前的现实不由不让他们大吃一惊了：胡国才主任家依然一个人也没有，任他们怎样反反复复按铃，门只那么铁铸着，没有丝毫反应。这中间，另有一伙找胡主任的人，边议论边上楼而来，脚步声把楼梯踩出一片繁杂。看到陈青石他们，这伙人在楼梯转角处停住。一个年轻些的跨前一步，问：“屋里没人?”

杨大力说：“我们按了好久的铃了。”

杨大力希望他们也来帮着按铃。年轻人对这里显然熟门熟路，说："肯定没人在家，有人早开门了。"毫不犹豫转身而去。不一会楼底传来马达发动的声音。这伙人竟是坐了小车来的。

再往下等确已毫无意义，陈青石和杨大力如两只老鼠，灰头土脑从楼道里钻出，都不敢正面看人了，更没有兴趣相互看一眼。事实毫无疑问明摆在这里，胡国才主任正极力回避着他们。

这天星期日，月季约好到陈青石住处玩的。月季刚到不久，杨大力接着走进门。杨大力神色颓丧，一副欲言又止模样。陈青石问，怎么了？杨大力说那事可能真没了指望，他已见过胡主任，胡主任说事情难度的确很大。早先怪他不了解情况，以为不过给换个单位，办起来容易。后来具体一了解，这根本不是换单位的问题，也不是进县城的问题，这是既进县城又要重新安排就业的问题，好比下面集镇上一个无业人员，平白无故安排到县城上班一样。

"你什么时候见到胡主任了?"陈青石问。

杨大力说那天他们分手后，当天夜里他一个人又去了胡主任家。

陈青石问："你见到胡主任，怎么不早同我说一声?"

"事情到了这一步，早说晚说还不一个样?"杨大力道。"再说我来找过你的，来过几次，你里面房里有灯，人却不在。"

月季猛然低下头，陈青石也感觉浑身躁热得厉害，脸上有些挂不住。杨大力敲门的几次，他应该都在房里。不过他是与月季一起待在房里，当然无法开门的。

"胡主任他，还好吗?"陈青石问。

杨大力愣着，不知他问的什么。

"我是说，你们见面时，他对人是不是很冷淡，很不耐烦?"

杨大力摇头，说胡主任还是原先的样子，对人热心，反复关照让他们经常过去坐坐。

杨大力说，胡主任一再提到那天下午的事，说实在对不起了。那天他刚与陈青石约好见面时间，随即下来一个紧急任务，乡下哪个地方一家私人鞭炮厂爆炸起火，他连家里也没来得及打个招呼，就带人匆匆赶往出事地点了。

“我们上次送的那咖啡，胡主任让我带了回来。”杨大力说。

“为什么？”

杨大力用舌尖舔舔嘴唇，不吱声。

“他让你拿回来你就拿回来？”

“不管我怎么推，他不让的……说事情没办成功，不拿回来不行。”

陈青石看看表，又看看月季，然后站起身。

“现在还有时间，我们一起过去看看。”

杨大力却懒洋洋不愿动身。杨大力说事情都这样了，过去这么久了，还有什么可看的。杨大力说胡主任也很为难。胡主任把该说的话都已说完，我们没必要再过去麻烦他的。

“去看看就去看看么！”月季这么久一直没说话，说起了语气便有些犯冲。“别人为你的事主动要过去看看，你自己倒不愿意过去看看了？就说没有再去的必要，大不了多跑点冤枉路，这又有什么了不起的？”

第十六章

1

那样的日子早已一去不返。那时候，陈青石、杨大力凑到一起，最喜欢吹嘘各自在人前曾怎样出丑，怎样紧张、不自在，为了奉承别人，一个劲拼命点头，笑，用幅度很大的形体动作表示惊讶，结果弄得别人莫名其妙，等等。吹完以后两人便笑，便骄傲，并从中演绎出许多只通用于两人之间的精彩典故和特殊用语。现在想来，那样的日子其实有多么轻松，又有多么奢侈，甚至都含有某种矫情的成分了。陈青石实在看不出，出丑卖乖到底有何妙处，有何值得骄傲，值得一吹再吹并且乐此不疲的地方。出丑的场面无疑是十分残酷的场面，经常出丑的人是令人同情也令人厌恶的，因此是生趣无多的人。陈青石更不明白许多时间过去，要说没见人没经事吧，也见过一些人，经历过不少的世事，杨大力怎么就没想到要试着改一改出丑的习惯？相反，这个人的表现却越来越突出，越到关键时刻，越需要镇定以对的，他便越发原形毕露，只把一副卑贱猥琐的嘴脸展现得淋漓尽致。许多大好的机会，就这么让他活活糟蹋了。

这种事情说起来早不止一次两次。通过隔壁河滨酒家沈老板的介绍，他们认识了县管道厂的厂长赵益文。管道厂在城郊。这是一家刚创办不久的企业，正着手机器组装及招工事宜，听说前景可观。原则上说招工有一定的条件限制，比如年龄、户籍、身体状况等，杨大力的年龄早已超标，户口也没落个实处，但他可算一位具有多年实践经验，有一定机械操作技能且年富力强的熟练工人，进厂后无须培训即可直接上岗，比那些小青年自然强多了。加上赵厂长与沈老板又有一定的亲戚关系，沈老板一说合，那边满口应承，定好时间，说当面看看。

谁知这一看就看出了问题。

那次拜访由沈老板亲自陪同。赵厂长不在家，赵厂长的老爹，一位又高又壮却面容粗糙呆痴的老头用很大的声音，同沈老板一问一答着。赵厂长进门时，这边三人一齐站直身。

赵厂长清楚沈老板来意，目光在陈青石与杨大力脸上来回扫过一遍。沈老板手搭杨大力肩头，不失时机作了一番介绍。

“小伙子很优秀，我们做邻居好几年了，他的为人我清楚不过。”

“坐吧，坐。”赵厂长点点头。

陈青石、沈老板找了个地方各自坐下。杨大力也做出坐的姿势，坐到半途，却又惊慌着站起。他的意思很明显，赵厂长不坐，他是不敢坐的。为了表示内心的恭敬和感激，他愿意这么站着。赵厂长刚从外面回来，显然还有事情待落实，手提一只鼓鼓囊囊的塑料袋，站在客厅先同大家应酬。

问题并不在于你是坐或是站，问题在你坐不像坐，站不像站，只把屁股长长地翘出，腰弯着，腿也弯着，脸上要笑不笑带上十足的蠢相，眼睛一动不动看定赵厂长。

“你坐么。”赵厂长大约过意不去，指指他身后的沙发。

厂长的额外关心，使得杨大力感激不尽，同时也越加不安，越加不敢坐下了。他一边连声应道：“坐，坐。”一边哈哈腰，表示领了赵厂长的情，然后继续半站半坐，似站似坐着。

赵厂长眼中，忽然闪过一道意味深长的光，他略带诧异地将杨大力打量好久。

陈青石隐隐感到不妙。杨大力见人时那副嘴脸他早已习惯了，本不在意，这时换作另一个人的目光，换了赵厂长的目光看过去，不由便有些大惊失色。这个杨大力委实过分，什么模样不好用，非得做出这么一副倒霉的鬼相？

“你不要总站着，大家坐，你也坐下来。”趁着赵厂长进厨房的机会，陈青石拉拉杨大力衣袖，悄声却又严肃地劝告。

“坐下来，大家都是熟人，用不着过多客气。”沈老板道。

“坐，坐。”杨大力习惯性地将腰弯弯，看看陈青石和沈老板，又看看厨房那边，这才小心落座。

赵厂长的兴趣明显丧失已尽，他东一句西一句与沈老板扯些亲戚朋友什么。沈老板好不容易将话头拉回，赵厂长便收敛起脸上的光彩，沉默下来，手端一杯热茶，一边用力吹气，响亮地喝水，一边入神想着其他问题，沈老板的话他一句也没听进，只有口无心地哼哼哈哈。沈老板不明就里，不由十分着急，将那说过的话一遍又一遍反复地说，期望某一遍或某一句能吸引对方的注意。

“修车不错的么。”

“胡主任是主任，有他开口，还不就一句话？”

赵厂长语调不阴不阳，含讥带讽着。

沈老板确乎说得过多，过于啰唆了，并且话语之间多少带上强人所难的味道，赵厂长甚不耐烦，摸摸衣领，拍拍肩膀上的灰尘，嘴张得很大地打呵欠，撩起窗帘向室外张望。陈青石知道，不论沈老板如何好意，如何努力，事态至此，已然无可挽回，再没有多说的必要。

事情真的无可挽回，赵厂长口气很坚决，说不是他不给面子，不愿帮这个忙，实在招工的条件过硬，限制死了，他不好为哪一个人破例。白纸黑字写在墙上的条文，你一次破了例，下次就无法交代了。厂子没有正式上马，各项事务多如牛毛，假如又要给这个迁户口，给那个找房子，安排家属，他这不叫从事生产的工厂了，他变成人事局了。

“户口的问题，家属的问题，他又不是不了解，都说好了的，这一刻怎么又变了卦？”回来的路上，沈老板再三表示歉意，说搁在别的什么人，还以为他一大把年纪做事有多么不稳重呢。

沈老板表示，过几天他还会找一找赵厂长的，自己不行，他托另外的亲戚去找。

2

歌山县拖拉机站半是为了完成上级下达的支农任务，半是出于赢利目的，举办了几期农用机械培训班，主要面向落后乡村招收学员。培训班办过一两期后，规模扩大，需要聘请一两名理论与实践经验丰富的专职教员，杨大力在陈青石的怂恿及一手操纵下应了聘。所谓教员，无非就是将一些机器拆开给学员们看看，讲解各个部件的作用，然后拼拢。然后让学员们照葫芦画瓢，拆开，拼拢，再拆开，再并拢。拖拉机、粉碎机、大小农用车之类，其原理大同小异，区别不到哪里去，都属于杨大力的老本行。哪里有一根细小的油管，哪里有一颗螺钉，闭着眼睛都可摸得出的。虽属临时性质，毕竟算走出修车铺的第一步，人家将他当技术人员看待，工资虽低，但干得愉快。站方对他也甚为满意，以为他人诚实，吃得了苦。

在小小的歌山县城，如果有时间说起，大家差不多都算熟人。拖拉机站的站长张桂强与陈青石同乡，两个村庄相挨，中间隔着一道并不很高的山梁，一个家在山这边，一个家在山那边。原先相互只是个听说，上次过春节，偶然的机会两人又坐到一起，不由大吃一惊。这个张桂强张站长是谁呀，原来不就是某年某月在山谷酒店吃饭时同过桌的张股长么。张桂强同样吃惊，两人谈起那次酒桌上的情形，谈起那个让人逼得没奈何的杨大力，张桂强一再感叹，说那实在算得上一个好人。当得知这个好人正失业在家，四处奔走无门时，张桂强责怪道："你们怎么不早同我说一声？"那神情那口气过于随意，陈青石笑笑，并没多往心里去。

没想张桂强说到做到，并且敢说敢做，很讲一点江湖义气，没过多久即向陈青石通报了拖拉机站招聘教员的消息，问杨大力适不适合。他同陈青石说："你让杨大力明天上午过来见我。"

这一次见面，他们充分吸取以往的教训，谈话的事由陈青石出面，杨大力在一旁做个配合，坐就是坐，站就是站，力争给人以稳重可靠印象。张桂强对杨大力的印象原本不错，这次见面只是过个套，一杯茶喝下，张桂强当即点头拍板，让杨大力第二天来上班。张桂强说培训班尽管不定期，但办是一直会办下去的。培训班存在一天，你就在这里干一天。培训班有一定的收益，当然少不了你一份。他说他乐意在别人处境艰难的时候帮这个忙，他自己就全靠了别人帮忙，才一步一步走过来的。他是一个十足的山里孩子，在一所胡乱拼凑起来的乡村中学读书，不瞒各位说，读书的成绩也不好。毕业时他卷起铺盖准备回乡种田了，恰巧学校买了一台蚱蜢般翘着两只翅膀的手扶拖拉机。有了拖拉机便需要一名驾驶员，当时竞争那么激烈，多少有权有势有脚力的没选上，却偏偏选上一个他。从此他由开小拖拉机，到开大拖拉机，到开汽车，由农业粮，到定销粮，到商品粮，慢慢混到今天这个模样。

一番肺腑之言，陈青石和杨大力看到了热情，也看到了希望，两人在街头走来走去，决定买下一点礼物给张桂强送去。陈青石说，拖拉机站与早先的玉田柴油机厂同属县机械系统，假如你能干得好，一直干下去，尽管目前不好提过多过分的要求，站里的编制也满着，但总有缺员的时候，比如有人调出、有人退休等。一旦有缺，兴许可以将编制正式调过来呢。系统内部调动不叫调动，叫调剂，办起来会简单得多。拖拉机站不可能撤销，是不是？作为一级单位，总得有几个具体干活的人，是不是？拖拉机站这样的单位，说是企业吧它不从事直接的生产，说是事业单位吧又不像事业单位，一般的人还看不上眼，而对于我们，却是求之不得的了。

当杨大力用报纸包了一条烟夹在腋下，由陈青石陪同敲开张桂强家门时，却被他拉进屋，狠狠骂了一顿。张桂强骂得真诚，也骂得恳切，他说不瞒两位小兄弟，我在外面混了一辈子，当这小小的站长也有些年头了，还真没见人给我送过什么东西。假如你经济上宽裕，这一条烟我也抽了，至少过一过不花钱白抽烟的瘾。现在你这是什么烟？厂子倒闭，自己几年没工作，日晒雨淋地修车补胎赚几块钱，却给我买这么贵的烟来抽，你说这烟我抽得安心吗？你们别让我为难，快回去把它退了。

陈青石说："买都买了，又到哪里去退？"

"你们从哪买来就到哪去退，这才多久，有什么退不掉的。"

推推搡搡好一番，杨大力、陈青石很感动，一时也都无话可说，再说便真显得见外了，杨大力只重复一些感谢的话，及不知怎样表达自己感谢之情的话。陈青石见他出语艰难，接过话头补充道："张站长，难得有你这么热心的人，我代表杨大力，也代表我自己谢谢你。"

时间已经不早，张桂强的家人陆陆续续下班回家了，两人这才起身告辞。

"谢谢你了，张站长，谢谢你！"杨大力再一次表达内心的激动，话语急促而模糊。陈青石拉拉他衣袖，让他适可而止，不要多说。杨大力也意识到自己的失态，但不管怎样，别人对你如此看重，你总不可能干干脆脆掉转屁股，连个招呼也不打就走掉吧。

"还是那句话，过来了就给我好好干，干好了，你好我也好。干得不好，你不好，我同样没什么好。"

张家住在廊道的顶里面。正是饭前最忙乱的时间，家家户户厨房里传出一片滋啦滋啦的爆响。杨大力一边随陈青石从弥漫的饭香油香中穿过，一边回了头要同张桂强再说点什么。张桂强挥挥手："好说，好说，你自己走好。"一句话没完，张桂强猛然立住。陈青石也意识到什么，伸手斜着一捞，已然晚了，杨大力一脚踩在巷道边那只浸满衣物的塑料盆上。塑料盆翻了，脏水连带着脏衣淋淋漓漓泼上他双脚双腿。幸亏摔倒的过程中他一只手撑住墙壁，不至于整个身子跌到水洼里去。杨大力半仰着脑袋，看遍地流溢的水流发呆。旁边门洞里出现一位圆头圆脑的小男孩，目睹他的惨样，叽叽嘎嘎响亮地大笑起来。

"叫你小心一点，小心一点。走路哪还有那么多客气的！"张桂强涉过水流，过来检查杨大力的衣服。陈青石从就近的一家厨房里找出笤帚，清扫地面的污水，同时小心同水盆的主人作着解释。水盆的主人并不计较，上前围住杨大力问长问短，半似歉疚半似嘲讽地劝他将湿透的衣服脱了，到张站长家另换一件。有一位年轻妇女还递上毛巾，让杨大力揩揩衣襟上的水珠。

“没关系，你看，你看，没关系的！”杨大力避开众人的扶持，装出若无其事模样，轻松地笑着，将明明湿透了的裤管拎起，一下一下抖给众人看，硬说没有关系。

总在关键时刻，便出一场这样的洋相，陈青石料定，今天的事想必又泡汤了，一切到此为止了。谁知第二天，杨大力仍准时到拖拉机站报了到，几天后或十几天后的一个傍晚，陈青石在街头偶遇张桂强站长，张桂强还一连声夸杨大力不错，他选人算选对了。

3

据杨大力介绍，他第一次与张桂强发生冲突，纯粹由一件微不足道的小事引起。培训班上届学员使用过一份油印讲义，张站长吩咐杨大力上街将讲义照原样打印一次，让每个新学员人手一册。陈青石及杨竹生、吴翠红一再交代，在拖拉机站待着，大事小事要多问着张站长，腿勤点，嘴勤点，想法改掉那副呆板模样。再说打印讲义还真算平生头一遭，心里没个谱的，看看也许简单，做起来并没那么容易，如字号的大小，字体的安排，标题及正文排列的格式等，都得请张站长拿主意。每出一遍清样，校对完毕也要立即送张站长过目。在杨大力看来，问，请教，其本身就表明了恭谨，表明尊敬的意思，他也可借此显示自己对待工作的细致与认真。他没想到，勤学多问固然是好，但次数一多，也会令人不胜其烦。何况杨大力的问是怎样一种问：神情严肃而惊恐，似乎有什么重大的事情向你报告，你让他一开口，才知又是那说不尽的狗屁讲义。

等一切准备得差不多，恰巧张桂强到外面出了一次远差，杨大力不敢擅自决定付印，要等他回来最后再过一遍目。张桂强在外一待十来天，回站后，打字店里的机器又坏了，排好校好的内容给弄了个一塌糊涂。于是又得从头开始，从头打字，从头排版，从头校对。这天中午三点左右，杨大力又一次敲开张桂强站长的家门，郑重告知讲义已正式付印，明后天即可拿到。

张桂强问："讲义呢?"

"讲义马上印好，他们让我明后天去拿。"杨大力不明就里，还有些得意或邀功的味道。

"到底是明天，还是后天?"

杨大力支吾道："后天吧。"

杨大力说，张站长发那么大的火，绝对是出人意料的，进站这么多日子，张站长态度一直极其友好，当着别的领导面常常夸他，说他不容易。怎么突然之间，一点前奏一点预兆没有的，整个就撕破脸皮呢？杨大力说他就如兜头挨了一闷棍，人当然蒙了，不过仍坚持给张桂强赔着笑。他还试试探探作出合理的解释："张站长，我打搅你睡觉了吧?"杨大力想一般人习惯中午休息的，张站长大概工作过于繁忙，午饭后一直在办公室加班，回家刚刚躺下，打算迷糊一会，你不迟不早跑过来敲门，难怪他要生这么大气了。

"我睡不睡觉你少管，要管你管好自己的本职工作!"张桂强说。

张桂强说："根本就是屁大个事，你早也来找，晚也来找。你那脑子干什么去了，莫非是木头做的吗?"

张桂强越说越气，手指着杨大力鼻尖，用劲一点一点。

"你说说，印这讲义用了多少时间，有这工夫，人家孩子都生出来了。那么多学员，一个个眼睁睁等你的讲义上课，你知道吗？人家辛辛苦苦从大山里跑来，吃舍不得吃，穿舍不得穿，省下钱到你这里学点知识，学门技术，你给人家一耽误十天半月，你负得起这个责任吗?"

张桂强发火骂人，杨大力说他并不生气，张桂强站长对他恩重如山，再凶再狠也不为过的。杨大力只感觉有那么点委屈，感觉许多方面张站长错怪了他。更让人难以接受的是，这份讲义明明为着下一轮上课预备的，再晚个十天半月也无大碍，对此张站长清楚不过，为什么偏偏说成眼下急需的？这么有身份有地位的人，也会因图一时痛快而信口雌黄，不惜冤枉别人吗？

星期三下午驾驶班学生上第一节室外操作课，由杨大力带领到邻近一所小学的操场练习开车。杨大力有点紧张，生怕再出什么差错，稀里糊涂扒下一碗饭，骑车匆匆赶回站里做准备。时间尚早，车库门还锁着，钥匙在张桂强手上。杨大力找把锄头，独自到操场收拾了一番，石块、泥土一一捡干净，地面该平整的地方平整了。不远处有几个人诧异地向这边张望。杨大力本想扛了锄头走开，想想自己根本无处可去。好在有学员陆陆续续聚拢过来。一点多钟，杨大力到张桂强家看了看，门关着，不见半点动静。他悄声悄气上楼，悄声悄气站立一会，又悄声悄气退下来。也想到干脆派个学员过来催一声的，怕只怕学员不明就里，过于莽撞。更怕这样一来会给张站长造成不必要的疑虑：明明该你来的你不来，是不是有意躲避我？这些日子你是不是一直怀恨在心，见都不愿见我一面？

两点上课，两点差十分了，仍没见张桂强踪影。犹豫着过去察看，门一如既往关着。无论如何，钥匙必须拿出来，没有钥匙，就无法用车。并且张桂强交代好的，上课前他要给学员们讲几句话。说不定这人是睡觉睡过头了。该叫的时候不叫，耽误了正事，张站长只会更生气，更会骂人的。杨大力屈起一根指头，选择门的下半部叩了一下。咯，声音太轻，敲了等于没敲。第二次他用了点劲，却又敲得过重，咚的一声，自己也给吓出一个哆嗦。原来这门不响就不响，一响便给你响个狠的。他赶忙后退一步，拉一拉衣袖，脸上早早堆上歉疚的笑，右手用力摩挲着额顶的头发，激动而困窘地等待张站长开门。

过了好久，门却是没开。杨大力又敲了一下，咯，轻了。再敲，咚！重了。随着身体哪处地方一个哆嗦，这回分明听见室内的声音，移动桌椅声，一个人的走动声。杨大力再次急促地退往一边，拉衣袖，笑，摩挲头发，激动而不安，目光盯紧那即将开启的缝隙。

门仍然不开，室内的声音也归于沉寂。难道自己听错了？难道人不在家？杨大力奇怪地咦了一声，贴了耳朵到门上听。就这时，无声无息之中久敲不开的门开了，一张脸，张桂强张站长饱满硕大的脸猛然出现在面前。

“这么鬼鬼祟祟，想干点什么?”张桂强问。

杨大力如一个小偷给当场抓住，脸色苍白得可怕，好一会才嗫嗫嚅嚅道：“我，我拿钥匙。”

“拿钥匙，拿什么钥匙?”

“我想拿一下车库的钥匙，今天下午驾驶班上操作课。”

“拿钥匙就拿钥匙，怎么摆出这副鬼鬼祟祟模样，跑到我家门前听壁根来了?”

“张站长，我。”杨大力说，“我怕你在睡觉。”

“什么意思，我在睡觉你就过来听壁根吗?”

听壁根是一句歌山方言，意思指以不光彩的方式偷听人家隐私，尤其是指男女性事方面的东西。杨大力受不住了，张口结舌呆在那里，一句话也回答不出。直感告诉他，面前的张站长正有意给人栽赃。他明知杨大力根本不会，也没有胆量听别人的壁根。杨大力怎么会听别人壁根，并且是张站长的壁根?但这个张站长却硬把自己打扮成受到侵害，受到侮辱的样子，以求一时的痛快。

“进来!”

张站长让开一步，猛然将门敞开。他的意思，是要让杨大力进来检查一下，看到底有没有什么不可告人的秘密。杨大力吓得双手直摇，脚步踉跄着朝后退去。

原来室内并非寂静无人，张站长的妻子高高的，胖胖的，正在厨房与卫生间那边忙碌着。与厨房相对的另一房间，堆了满地的木头刨花，一个农村木匠模样的青年小伙子弯腰低头，一点一点把刨花扒开，手脚并用认真寻觅着什么。

“进来就进来，出去你也干干脆脆出去，别这么进来不像个进来，出去又不像个出去!”张站长毫不客气，竟然砰的一声关上门，将杨大力撇在外头。正当杨大力目瞪口呆，半天回不过神来的时候，门又打开一条缝，张站长伸出半个脸面：“你先到车库边等着，我换件衣服就下来!”

4

张桂强张站长大抵属于这么一种人，当他对你友好时，正如俗话所说，你叫他把脑袋割下来给你当夜壶，他也没得二话可说。可一旦得罪了他，给他造成不好的印象，那你就别见怪，他丝毫不想掩饰对你的恶感，事事处处吹毛求疵，略不如意便疾言厉色加以训斥。明明一点细枝末节，他会像老太婆那样给你挂在嘴头，反反复复讲上无数遍。尽管你百般努力，想作一点挽回，结果都白费工夫，他不会吃你这一套的。

为了真实掌握杨大力的工作情况，同时对他与张桂强站长的关系作一点调解，陈青石抽时间专程到了一次拖拉机站。半上午时分，张站长以及拖拉机站其他几位领导恰巧都在。办公室简陋而肮脏，连照在地面的阳光，连阳光映射下的几个人，也都显得灰不溜秋。一位副站长面目瘦削，头发花白，讲话讲到兴头上，他会跷起手指用力抠挖鼻孔。另一位副站长年轻，红脸膛，满面粉刺，一件不错的西服让他歪歪斜斜披在肩头，不时抬直两个膀子一晃一晃。有了他们的衬托，张桂强倒显得格外富态，似乎天生一副做站长的材料。说起杨大力的诸多怪异之处，不管富态的不富态的，一个个不由眉飞色舞，你一句来我一句去，乐得哈哈大笑。杨大力起初还做出羞涩模样，不停地跟着他们笑一笑，以表示内心的愧疚与难堪。但在这样一种气氛中，笑显然是笑不下去的，他看看这个，看看那个，很快明白什么，双唇随着微微张开，目光呆直注视说笑的人，双手扣住衣襟，指甲在衣角的折叠处使劲刮动着。

在歌山拖拉机站，杨大力真的无法继续待下去，经过短暂接触，陈青石不能不得出这样一个结论。在这里，这地方，无论杨大力站着坐着，一举一动，一言一行，照张桂强他们看来，横竖都是个不顺眼。

张桂强他们的目光，可以说已达到刻毒、恶意，且肆无忌惮的程度了。

其实说来说去，都是日常生活中的一些小节，在别人的形容中，怎就显得如此耸人听闻。这伙人说，杨大力从来不敢正眼看人，你有什么话找到他说，他会一个劲东张西望，神色仓皇，半天听不懂你的意思，只将一张嘴巴张开老大，白痴那般反问你："啊？"

"啊？"张桂强他们也将嘴巴张大，目光瞪直，颈项伸得长长的，做出那种白痴模样，同时用嘴角和眼睛相互示意，让赶快去看杨大力。这时的杨大力仍无半点觉察，目光呆直地看面前学他呆直的人，手指在掀起的衣襟上一遍遍急剧刮擦。

张桂强他们说，最让人见不得的是杨大力那笑。杨大力不笑就不笑，笑起来能吓你一跳，那么一种巴结、讨好、可怜兮兮模样，实在让人受不了。我们又没做到好大的官，何必摆出那么一副下作模样。张桂强他们说，倘若你让杨大力就某个问题给学生正儿八经作点讲解，你等于将他绑赴刑场了，他的身子会不由自主发抖，话语嗯嗯啊啊，用的不是嘴巴，他是用鼻孔说话，那话尚且一半在鼻内，一半在鼻外，你实在弄不清他到底要表达什么，有时好好一节课，都在学员们的哄笑热闹中度过的。

张桂强说对这个杨大力，他原本够同情，也够尊敬的。相处一久，发现远不是那回事。张桂强问杨大力："你那衣服怎么了，一遍一遍刮个什么名堂？"

杨大力终于从痴愣中惊醒，惶恐地看看张桂强，又看看手上的衣襟。

杨大力说："没有，我没刮什么。"

他怕别人不信，还把衣襟翻转给大家看。头发花白的副站长和年轻的副站长失声笑了。

"我明明看你一下一下刮个不停，偏又说没刮什么！"

杨大力的双手如遭火炙，飞快从衣襟上弹起。

"这真正叫剥无皮，杀无血。"张桂强说，"我们费尽心机帮你指出缺点，指出你行为动作上的不当之处，你非要吊儿郎当，一百个无所谓，一千个无所谓，手上还悠闲地玩起衣服。一个人怎么就麻木不仁到这种程度？”

张桂强指着杨大力，问：“知道在背后，学员们怎么称呼你吗？”

杨大力茫然摇摇头。

“他们叫你哆嗦，他们都把你叫作哆嗦老师了。”

杨大力再一次双唇微张，目光呆直而涣散，机械地把张桂强看看，把头发花白的副站长看看，把年轻的副站长看看，忽然怪笑一下，鼻翼的肌肉急剧抽动起来，双手抓住座椅的边缘，又用指头一心一意使劲抠挖。

头发花白的副站长叹过一口气，说，你别看这杨大力，我发现他还特别见不得女人的。每当一个女学员走到面前向他请教问题，他会弄得个面红脖子粗，耳朵一扇一扇的，那么一种忸怩作态，让人看了觉得大是有趣。

张桂强对陈青石说，有一件事他死想活想硬是想它不通，杨大力每次见了他的面，总要一本正经提到这样一个问题：张站长，你在家里睡觉吗？

“他到底根据了什么，死死认定我时刻在家关门睡大觉？”张桂强无奈地摊开双手，自我解嘲着哈哈大笑。“想不通的地方就在这里，他什么不好关心，偏偏要关心我是不是在家睡觉？”

头发花白的副站长打趣道：“俗话说无风不起浪，杨大力关心你睡觉，总有他关心的道理。是不是最近交上什么桃花运，在家里金屋藏娇了？你要老老实实给我们交代清楚！”

年轻的副站长说：“要不然，是你哪一天在家睡懒觉，不小心让他逮住了？”

“要不然，”花白头发的副站长说，“是不是杨大力以为，你这做站长的官高权重，应该什么事也用不着做，可以天天在家睡大觉，享享清福？”

张桂强说：“不可思议，真正叫不可思议！”

第十七章

1

接连下过几天的雨。雨时大时小，时断时续。日日夜夜的雨声弄得人昏昏欲睡，你只要闭上眼睛，把头一歪，便见无数大水的影子乱云一般从面前，从县城上空浸漫而过，一绺一绺类似水藻、淤泥及软体动物的东西于水底四处停滞。雨天不好出门，各单位一派清闲，而敬老院却愈加繁忙了，大门边，走廊上，密密麻麻晾满水淋淋的衣物。几位卫生员经过商量，决定在饭堂当中烧起三五盆炭火，集中给老人们烘衣烤被。院子里流溢着一股浓烈的尿臊味水腥味。每天上午、下午，吴翠红匆匆忙完家务，拎着布伞准时走出祠堂大门，沿着无论在睡梦里在现实中都很黏糊的街道，步行到西门外的敬老院去。河中的水流很急，浑黄中时而发出咯咯的闷响，那是旋涡与旋涡之间正在相互吞吸。

这一天天放晴了，黄火火的太阳当头照着，街头巷尾，城里城外，四处是一片白亮的水光。吃过早饭，吴翠红与小月相约，两人做伴去一次玉田。临出门了，吴翠红手拿钥匙又犹豫起来，说她还要到敬老院看看。

小月说，你去敬老院，我干什么？

吴翠红变戏法般从门后提出一双大皮靴，哐咚扔到小月脚边：“拿到井台洗洗干净！”

皮靴是造纸厂退下来的，杨竹生夜里穿着抓鱼，那泥那水，那塞了进去做鞋垫的破布、烂纸头，糊里糊涂一片，脏得不成个样子。小月夸张地往起一跳，嚷道："这是一对什么脏东西，你扔到我面前？"

吴翠红说，什么脏东西，洗干净了你就知道了。

井台边几个忙碌的女人插嘴道："小月呀，那是一对海大的猪蹄髈，快洗干净放到锅里炖了孝敬你妈。"

吴翠红打水将皮靴浸好，吩咐小月抓紧时间，自己转身出门去了。小月半笑半恼靠着廊柱站半天，终于禁不住邻居们的玩笑，上前捞过皮靴，一下一下动手洗刷。

皮靴那脏可真叫脏，小月将靴面靴底刷干净了，伸开手指到靴筒深处抓泥垢。泥垢抓了一把又一把，一齐堆在井台的高处，大约能装满满的两大碗。邻居女人敏华起先没在意，这时大惊失色道："小月，你在这里堆了些什么？"

敏华的口气甚为严厉，小月扯开嘴巴朝她笑着，不知是应该惊慌或是应该羞愧。

敏华指点井台上的两堆东西，笑得喘不过气来："这小月，你们看看这小月。"

那东西灰灰的，黑黑的，犹如两只摔烂的紫色蜂窝。小月感到一阵恶心，倾过木盆里的水，哗的一下冲掉了。

小月知道她洗不完这双靴子，但是小月更忍受不了不把这双靴子洗完。一想到泥垢未能清除，靴子便给晾起，晒干了，而里面仍积有黑黑的一层，青苔那般，小月便浑身难受。

吴翠红回到祠堂，小月坐在井台边仍专心专意摆弄那双破靴。吴翠红说这个浑人，又蹲这里玩上了。今天你有没有个完？

"完了。"小月欣慰地缓过一口气，站直身伸了个长长的懒腰。靴筒里的水没沥净，忽然顺着她的手臂倒灌下来，小月夸张地大叫一声。

整整等了半上午，小月以为总算能动身出门了，可吴翠红又在厨房那边忙碌开来，刷锅，淘米，清灰，下炭，然后让小月帮着照看一下灶台。

小月问："这又要去哪？"

“不去哪。”吴翠红支吾道，“我打个转身就回来。”

“妈，我们今天不去玉田看杨斯了？”

“谁说不去了？”

吴翠红说，年初进院的那位郭瞎子公公病了，咳嗽发烧，咳起来脸色发白，整个人两头缩作了一头。她赶到医院请医生，医生一时脱不开身，她趁这机会回家先把米下好，免得下班的人到时抓瞎。

敬老院里饭早，吴翠红带着医生给郭瞎子老人看过病，开饭的铜板已在廊道那头敲响。吴翠红帮助炊事员抬开饭甑，分饭，分菜，一一送到各个房间。其中一位刘三兰老人，半身不遂瘫在床上好几年了，餐餐吃饭要人喂。老人的身体大约格外虚弱，精神不济，吃饭时眼睛半睁半闭，时睡时醒，喂饭的人必须不停地叫唤，不停地摇晃。有时她睡得深沉，你再叫再摇都没用的，这时行之有效的办法唯有一条：学鸡叫。

喔喔——

随着公鸡长鸣，老人浑身打个抖颤，从睡梦深处醒转，睁大眼睛东看看，西望望，似乎奇怪着这天什么时候已经大亮了。

今天一大早，刘三兰老人犯了那三天两头常犯的毛病，把屎把尿拉在床上了。床上有了东西偏偏不说，反倒用被子没头没脑捂个结实，到半上午大概实在忍受不住，这才发出沉闷的哼哼声。吴翠红同另一位卫生员一起，抹澡换衣，洗洗刷刷，出出进进。

“这人该死，这人就是该死。”老人随着忙乱的几双手在床上翻来翻去。

后来吴翠红累了，老人大约更累了，这一餐中饭也就吃得格外艰难，你这里一口刚刚喂进，她那边脑袋一垂，人已经沉沉睡去。吴翠红只好憋足气，万般无奈一再作那喔喔之声。

“小月!”

看见小月的身影在房门前出现，吴翠红无异于看到救星那般。小月对自己所要承担的重任同样振奋不已，二话不说，略略将双臂摆放到身后，一声响亮而悠长的鸡鸣从刘三兰老人的房中传出。

小月一声接一声不停歇叫着，院子里许多老人围过来观看。刘三兰老人的睡意也顿时消去，一边瘪着双腮抿饭，一边拉锯一般咯咯咯笑着。

“小月，小月呀。”刘三兰老人说，“你不是小月，你是一只大公鸡呀。”

“行了，好了，这里没你的事，先回家等我。”

小月身材颀长，手臂圆润，皮肤细腻白皙，尤其那条细细小小的水蛇腰，走起路来袅袅娜娜，不经意间已具备成熟女性的风韵。这么漂漂亮亮、标标致致一个大姑娘，却像哪里跑出的傻蛋一般站在房中学鸡叫，让老头老太们围观，吴翠红不知哪来一股火气，猛然把她推开了。

小月终于未能去成玉田。从敬老院回来，吴翠红改变主意了，吴翠红说，今天已耽搁太久，到了玉田，分明已赶不回县城。呼啦啦一家伙去两个人，那地方只怕连个住处也找不到。再说两个人去也是去，一个人去也是去，还不如省下那路费呢。

小月也不分辩，双脚往起一跳，手已伸进吴翠红裤袋。吴翠红身子歪斜着避开，喝道：“做什么？”

“钱。”小月道，“我要钱！”

小月的意思是，白白逗人一场可没那么容易，你拿出那份省下的路费，这事算了结。

“乖乖把手松开！你这丑样子……抢能抢到钱吗？”

吴翠红当真数出几张零票，额外又添上五角，一齐交到小月手中。吴翠红说，我也不求你到那边怎么服侍，怎么照顾。送饭喂药，换衣抹澡，这些都不与你相干。今天晚上、明天早上，这两餐饭你准时到刘三兰婆婆床前，再给我加劲学几声鸡叫。

2

中午，不少日子没有露面的三姨父来了。三姨父这次来得奇特，身边不见大包小捆的货物，他的身后跟着一位歪嘴翘舌、名叫细石的年轻人。细石是吴翠红娘家的远房侄子，近半年在祠堂进出几次，也算得上老相识。月季刚把饭菜摆到方桌上，身子不由往后一退，同小月挤挤眼睛：“不好了，两个稀罕物凑作一对了。”

细石见面不怎么说话，三姨父尽管东扯西拉，但也显得言不由衷，杨竹生把两个人仔细打量了，一时不知这葫芦里要卖什么药。细石沉不住气，拉住杨竹生的衣袖到一边，悄声问：“大姑父，你手边留有那种玉吧？”

杨竹生问：“那种玉，哪种玉？”

“就是，就是那种玉啊！”

细石说他们这次出门，专为做一项大生意来的，专为收购玉器来的，西河县那边许多人发了，正靠着这个。杨竹生见他赤手空拳，不由暗自一笑，想说你不是做生意来了，你是上山打老虎来了。月季在旁边接过话头，大声说细石，听说收购玉器算走私，走私可是犯法，抓起来要坐牢的。细石脸一白一红，急道：“你听谁说的，哪有这回事！”

细石与吴翠红同堂同宗，按理说应该姓个吴字。可有次听月季说，细石姓江，叫江谢吴，月季从他的身份证上看来的。吴翠红点点头道，这是跟着他后来的老子姓。细石活该命苦，两岁头上死了父亲，母亲抱着他下堂，嫁到几百里外的邻县西河去了。十四岁他回过一次老家，村里人这才恍然记起，吴家是有这么一位人物。二十三岁细石再次回来时，他的母亲已经去世了。此后细石便在歌山与西河两县跑来跑去，西河那边把他当外地人，当作个野种。歌山这边呢，嫌他说话弯嘴翘舌脱不了异地的怪调，就如狗改不了吃屎一样，同样把他当外地人，叫他西河佬。这么混完今天混明天，转眼二十七八的人了，依然无根无业，赤膊罗汉一大条。

饭只有两三个人的饭，杨竹生招呼三姨父和细石先吃着，另让月季到厨房下点面条，再加一道菜。月季听后没反应，端了饭碗顾自低头吃起来。杨竹生说这倒稀罕了，月季，叫你到厨房下点面条，再炒一个菜给三姨父他们下饭，没听到吗？月季让一口饭把嘴巴塞住，含含糊糊道，你让小月帮着弄一下吧，我吃过饭还有事的。

“就她有事，别人都没事？”小月也端过饭碗，“说得怎那么好笑！”

月季有事不假，下班回来一直在房里匆匆忙忙做准备。小月知道她有什么事，正是这一点令她气愤难平，她想这个不要脸皮的，越来越放肆了，每次出门进门，不仅不感到羞耻，她反而理直气壮，不躲不避，直把一扇纱门打得噼啪脆响，倒似干下一桩了不得的壮举，似给这个家庭带来多大荣耀一般。而旁边两个做大人的也一味装聋作哑，丝毫不打算出面加以盘问，加以干涉。这不是明明白白纵容是什么？现在月季竟至发展到此种地步，竟当着家人的面，当着外人的面，大言不惭声称她有事了。

“根本就不知世上还有廉耻二字。”小月嘟囔一句。这说的不只是月季，她同时也说着她们的好母亲，好父亲。

杨竹生见叫人不动，推开椅子自己要进厨房。月季站起身紧扒几口，把碗筷朝桌面一拍。

“小月给我烧火！”

小月并非真心愿意帮忙烧火，她只是看不惯对面那两位在桌上吃饭夹菜，鼓嘴胀腮狼吞虎咽的模样。

月季越急，越忙，手上偏偏容易出错，吴翠红早上摘来的那条丝瓜太老，皮面上结了一层硬壳，刨刀刮在上面哧的一声滑出老远，或干脆一刀挖到瓜肉里去，粗粗壮壮一条丝瓜硬给刨了个疙疙瘩瘩，断断续续。有次用力过猛，一家伙削在绷直的手指上。月季一声惊叫，关节外侧已划出长长一条血痕。小月则坐在灶后的阴影里，嘿嘿冷笑，“这火算怎么个烧法。你这是打算炒菜吗，你分明在这里把我当腊肉在熏么！”

月季将菜料推进锅中，侧身闪避着灶口的烟雾。柴是前不久从河滩掘出的柳树根桩，又朽又湿，有的地方还沾满泥巴。小月好不容易弄出些火苗，听到月季的埋怨，干脆住手一动不动了。

“今天你成心不想烧这火是不是？”月季道，“不烧你起来，我不指望你烧！”

“不烧就不烧！”

小月将火钳朝灰堆里一搅，烟雾柴灰裹成一团喷出，灶膛变成一只黑乎乎的窟窿了。月季气愤已极，作着势就要扑上来厮打。小月看也不屑看她一眼，牵起衣襟抖了抖，站到一边悠悠闲闲剔起指甲。每剔完一只，便呼地吹过一口气，把剔出的末屑朝月季那个方向吹去。

剩下的时间已然不多，月季端起未吃完的半碗残饭，顺手倒了些面汤搅了，呼哧呼哧塞进口中。三姨父看着吓一跳，说，咦，月季你是想把自己哽死吧，什么事情大不了，就要急成个这样？

杨竹生问：“不是讲下午休息，不用到厂里加班吗？”

小月淡淡解释道：“月季吃完饭想去找一找原先的两块玉石。”

细石问：“月季到哪里找两块玉石？”

三姨父问：“月季还留着两块玉石？”

月季也让这话闹愣了，她瞪了眼小月，说你那嘴里有屎吧，大白天讲什么臭话，我几时说过要找什么玉石？

小月说：“你刚刚不是同我说楼上木箱中放了两块玉石，要找出来卖给三姨父他们吗？其中一块是你很小时，妈给你玩的，另一块是前几年在祠堂后壁的阴沟里捡的。”

三姨父、细石连饭也不吃了，用带笑的目光一齐望定月季，小心翼翼求她把玉石拿出来看看，至于价钱，大家都是亲戚，自己人，没什么不好开口的。

“莫非担心我们骗了你不成？”三姨父说。

三姨父说：“我们只是看看，愿卖不愿卖都在你自己，我们看完好歹一定还给你。”

细石说："当着你爸你妹面，我们就是想骗你也没这个机会，没这个胆量啊。"

"小月吃屎。"月季说，"这个不要脸的东西吃屎吃昏头了！"

"你才吃屎吃昏头了，前些日子你还把两块玉石拿给我看过的，一块刻了个人，扁圆脸，长长的头发，顶上长两只尖角，是不是？"

细石道："那叫半人半兽！"

"另一块是只猫，两根粗粗的胡须，盘手盘脚坐着。"

细石道："那是猫儿石！"

三姨父让小月说说玉的颜色，小月说了一只是什么颜色，另一只是什么颜色。三姨父点点头，说一只乳白，一只青嫩。

月季有口难辩，她知道分辩了也没人相信的。小月说的两只玉石，月季倒真见过，但那是在邱小丽家见的，不知小月为什么硬要栽到她头上，且编排得如此滴水不漏。她有些吃惊地打量面前这个妹妹，她想这个浑人，什么时候变得如此诡秘，如此令人捉摸不透了。

"月季有玉石，就拿出来让三姨父他们看看么。"杨竹生也跟着劝道，"看又不会看丢什么。"

"我不同你们讲话。"月季咕哝一句，进房捡了几样东西，抽身就想出门。小月大叫："快，别让她跑了！"三姨父、细石仓促站起，真的就要上前拦截。月季见势不妙，撒开双腿撞出门去。

小月忍不住，对着月季狼狈的身影，嘁嘁嚓嚓大笑起来。

3

夜里吴翠红睡得早。吴翠红原本不准备睡那么早，整理竹凉凳上的那堆杂物时，她发现其中几件衣服不少地方已经绽缝开裂了，有杨斯的，也有周玉燕自己的。吴翠红说，讲起来家里开了个裁缝铺，机子一踩好几台，自己的衣服还会破成这样！吴翠红好不容易从抽屉里抽出针线，想就着灯光补几针，无奈杨斯一个劲在旁边干扰。杨斯拉过枕巾要她折一只老鼠，折一只汪汪叫的黄狗那么大的老鼠。老鼠折成了，杨斯却说折得不好，拉开了让她重折。

周玉燕进房的时候，吴翠红已一觉睡醒，这才看出自己的衣服未脱，杨斯的衣服也未脱，两人半伏半趴着拥在被内，怎么睡着的自己也说不好了。

“杨斯屙尿，屙过尿再睡，”周玉燕抱了杨斯到便桶边，试图将她弄醒。杨斯一颗脑袋扭过来摆过去，硬不能醒。周玉燕抬起巴掌，啪啪两下打在她屁股上。

“屙不出尿就是没有尿，睡着了的人能这么打吗?”吴翠红说。

灯熄过，吴翠红反而睡不着了，她悄悄伸胳膊舒腿，翻来覆去蠕动着，尽量让身体弄得落实些。床那头的周玉燕也没睡着，却是一动不动屏声静气，极力让自己入睡，或作出入睡的样子。房间里并非很暗，不知打哪来的一线亮光斜斜投在帐顶上，照出一块七扭八歪的图案，很像一位宽袍大袖的什么古人拱身而立，眼睛要闭不闭地静心看你。有一只老鼠悄悄从床脚边爬过。还有山里的那种风，一股一股，一束一束的，也像老鼠那样顺着屋顶屋角爬。这里那里不时传来嗒的一响，不清楚具体是老鼠弄出的或风弄出的。

门不会没关拢吧，吴翠红独自想。

那一对小骚货，可真不是个东西，吴翠红又想。

下午刚到玉田时，周玉燕不在，吴翠红一等再等，仍不见回来。问周小芬和李玉花，回答还是那句话：刚刚看见的，大概出去办点事了吧。到街左街右打听，也都说不晓得，没注意。周小芬和李玉花年纪都小，为人却一律粗俗而势利，半点待人接物的礼节也不懂。不晓得，我说了不晓得就是不晓得！那副模样，似乎你是哪来的一堆臭大粪了。

吴翠红皱皱眉，忍不住问：“小小年纪，怎么就学会说这种话?”

吴翠红想说，这好像仗着一个什么势吧。但她没有说出来，人家毕竟是小孩，说出她们也听不懂的。

周小芬低头咕哝道：“我不这样说话，你让我应该怎样说话?”

李玉花道："我们又不是她肚里的蛔虫，你不晓得她去了哪，我们又怎么晓得她去了哪？你问我们，我们问谁去？"

李玉花说这番话时，朝着周小芬眨了眨眼，两人默默相视一笑，其语调，其神情甚为暧昧。吴翠红不由一愣。

"你们老实告诉我，我家玉燕到底去了哪里？"

周小芬说："她回周家湾了。"

"你们不是说她刚刚还在铺里，临时出去办点事吗？"

"也可能有事，也可能去了周家湾。"

吴翠红在缝纫机前站过一会，转身悄悄出了铺门。她知道有缘故。她早应该知道有缘故。李家婆家住供销社，吴翠红沿着一圈高高的土墙东寻西看，却怎么也找不到进出的院门。她来到供销社所属的国营商店，透过货架与货架之间的窄门向内窥看。营业员以为她在挑选货物，热心地过来问想买点什么。吴翠红说不买什么，我想找一个人，找后面院子里住的李家婆。营业员把脸上的表情收拾了，淡淡问找李家婆有事吗，吴翠红说我想看看对面裁缝铺的周玉燕在不在她家。营业员说："周玉燕？不在。"

营业员明显胡扯，你没有亲眼看见，如何知道周玉燕不在？吴翠红不好再问，透过货架间的窄门又朝院中看过一眼，快快着出来。

吴翠红尽量让自己沉住气，装作闲逛模样，将街道两旁的人家和店铺看遍了，没有发现任何行踪。回头她走得很快，以为这段时间周玉燕一定早回了。她看看机前的周小芬、李玉花，周小芬、李玉花看看她。

"小周她，还没有回来？"

周小芬、李玉花拖声拖调："没有哦。"

吴翠红打算还问一句什么，舌头打过几个转，终不愿再开那口。她踱到斜对面一处僻静的石阶蹲下，一面看街头行人，一面专心观察缝纫铺的动静。

吴翠红说，你总有钻出来的时候。

过一会吴翠红又说，莫非这人，真不出来了？

周玉燕出来了。周玉燕是带着杨斯一同出来的。大约经过较长时间的奔波，周玉燕额头沁满汗珠，自行车下盘溅上了斑斑驳驳的泥点。吴翠红很高兴，当然更惭愧，提高声音招呼道："这两人从哪来，是从周家湾回来吗？"周玉燕从车龙头上取下一只蛇皮袋，淡淡道："怎么不进铺子里坐？"

吴翠红说："我正说是不是到周家湾接一下杨斯呢，没想杨斯这就接回了。杨斯，你是提前猜到我会过来看你吗？"

杨斯坐在车后架上，双手抱紧身前的坐垫，目光涣散地盯着吴翠红，不笑，不说话，宛若一位骑在高头大马上的将军。

夜深了，吴翠红无声地打过一个呵欠，又打过一个呵欠。眼泪鼻涕出来了，凉凉地积在鼻咽部。吴翠红犹豫着，很想能吐口痰，又不知如何吐这痰。她怕周玉燕说她随地乱吐，说她脏。她还怕仰身抬头的过程中，会不小心触着床外侧周玉燕的身体。

后来吴翠红仍然吐了。吴翠红也真的触着了周玉燕的身体。吴翠红不由一惊，为着这意外的一触，更为着一触之下的异样感觉：周玉燕面朝床外侧身而睡，腿肚上的肌肉绷得紧紧的，硬硬的，仿佛积聚了全身力量在暗暗用劲。吴翠红不信，好久之后，她装作睡梦中翻身，口中发出意义不明的咀嚼之声，舒腿，伸胳膊，手肘顺着床面滑过，轻轻触及周玉燕的腿弯、腿肚。于是不由又吃一惊。

唯有那种意识清醒，微支起脑袋倾听，同时又要装作睡熟睡深了的样子，不让人觉察她在倾听的人，才会具有一身绷得如此之紧的肌肉。

吴翠红大气不敢出一声。这一刻她果真捕捉到了什么，捕捉到来自外界的动静。是前间的大门在让人悄悄推动，嘎，嘎嘎。不注意你还以为是街头那种吹来吹去的风呢。也许嘎嘎声响过好一会，都让她当作吹来吹去的风了。

"咦？"

门推了一阵没开，外面的人奇怪地嘟囔一句，意思是说，今夜这门怎么推不开呢？

“燕子。”

一个男人的声音。一个年轻的男人，真真切切的，用着玉田一带惯用的怪怪腔调。

在玉田，在周家湾，熟识的人都把周玉燕称做燕子。

周玉燕仍那么微侧起身子，静静而躺，身上的肌肉紧紧绷住，对门外的动静没有半点反应。你甚至听不到她一丝呼吸。

门外的人用一根小指在门板上轻轻叩击。

吴翠红寻思，这到底是谁。周玉燕的几个兄弟她不止一次见过，应该没有这种嗓音的。再说自家人深夜叫门，肯定有急事在身，绝不会如此小小心心，鬼头鬼脑，周玉燕也不会半天不起身应答的。吴翠红叹息着对自己说，巧了巧了，今夜可真碰得巧了，外面的不知屋内已另有人在，依旧照原先的习惯来推门，且奇怪着门里的人为何突然变卦，不让他进来，门内的人又不好解释。真正叫哑巴吃黄连，苦只苦在心里，唯一的办法只好来一个装睡了。

此时此刻，吴翠红在惶惑中又透进深深的恐惧，她担心假如，万一，屋内的人眼见隐情暴露无遗，羞愤之余会不会同外面的人一起，将她杀了灭口呢？黑暗中吴翠红也微微屈起身子，作好危急关头如何躲避，如何反抗及如何呼叫的准备。

“燕子，燕子！”

可以肯定，屋外的人误会了，他把她的不理当作了使小性子，当作生他的气。前门敲不开，他转来转去已转到屋后，将窗户纸扒得嘎啦啦响，语气中早已带上哄，带上哀求了。

“燕子，你开下门，开了门我有话同你说。”

窗户离床头不远，那动，那响，那压抑的叫，每一声都能让人心惊肉跳，吴翠红实在有点受不了。她奇怪一个人怎就如此捺得下性子，是不是应该说，周玉燕真的早已睡熟了，睡死了，她属于那种你在耳边炸响雷也炸她不醒的憨女人？吴翠红几次伸出脚，打算到身旁搡几下。吴翠红想说，不管真睡假睡，也不管这事那事，好歹给别人一句明白话吧。

窗外的人叫一会，等一会。有时一等几分钟十几分钟，简直不知道等了多久，让人以为他早走了。吴翠红暗暗笑过几声，她说我今夜倒要看看，看这个女人到底有多大的耐性，看这个男人又有多大的耐性，看今夜之事究竟用个什么法子收场。

窗外那人什么时候离开的，吴翠红终于没能弄清。也许那人真的早走了，也许那人一直没走，一直等到了天大亮。吴翠红只感觉自己极度疲倦，极度厌倦。她整个人快麻木了。恍惚中似乎迷糊过一会，又迷糊一会，吴翠红想，这个人，这个人还没走吗?

第十八章

1

有关杨大力的工作问题，歌山县劳动局曾有过明确答复，说你这种情况，关键是应该找到一家接收单位。只要有地方愿意接收，那么劳动编制还是可以恢复的。听到这个消息，陈青石、杨大力大为高兴，说假如早到劳动局问清楚，也不至于盲目耗掉许多时日。他们到处托亲朋，找熟人，县城周围大大小小工矿企业，一家一家挨着询问，县管道厂、拖拉机站就是这么联系上的。磕磕碰碰一圈转下来，忽然明白，事情的关键倒并不在于找什么接收单位，并非来自外界，而在杨大力自身了。杨大力一天不改变那种怪异的举止神态，所谓工作问题只能算一句空话。即便有哪家单位答应接收，即便编制及户口关系一齐解决了，他也无法与人很好相处，无法长久待下去的。

为了帮助杨大力对自身的形象作一些必要的调整，陈青石下过很大决心，付出一系列相应的努力。他抽出专门时间，一遍一遍给杨大力讲解与人交往过程中某些动作的基本要领。坐应该怎么坐，站应该怎么站，笑又应该怎么笑。不该坐的时候不能坐，不该站的时候也不要那么站着，不该笑的时候更不要乱笑。不要强作笑颜。笑是好的，但笑多了，笑滥了，那就变成傻笑，假笑，变成谄媚的笑。当别人同你说话，你认真倾听就是。倾听足以表示对别人的尊重，用不着附加过多语言及动作来进行呼应。即便你作呼应，略一点头，说一声“对”，或“不错”即可。陈青石很欣赏“对”这一表示赞同的词，而不提倡说“是”。说“对”，你自然而然显现一种平等而平静的态度，而说“是”，则难免带上听命于人、带上讨好巴结的意味了。

“轻松，随意，顺其自然。”陈青石说。

陈青石将动作要点讲过，让杨大力记牢了，以便随时随地对照着改正。杨大力点头，表示懂了。可一见别人的面，又不行。他把动作弄错了，甚至整个颠倒了过来，站弄成了坐，坐弄成了站，该笑的时候不笑，不该笑的时候又傻笑。陈青石捺住性子，回到住处再加纠正，让杨大力重新演练。如此几次反复，杨大力不但不见好转，反倒更加紧张，眼睛鼻子嘴巴还有手脚等，一时秩序大乱。一举一动，一言一行，都不知道对不对，不知道合不合别人的意思，每到一处地方，眼睛只顾呆呆傻傻往陈青石这边瞄。有些动作他明明做对了，当着别人的面，陈青石只微微一笑，表示内心的赞许。杨大力却看不出赞许的意思，他还以为这是在嘲笑呢，赶忙身子一抖，换作另一个姿势。陈青石发急，重重看他一眼。杨大力同样误会了，急忙又换过一个动作。陈青石火气直往上蹿。对方明显有所察觉，惊诧莫名地看他们，就像看两个怪物。陈青石一时很有些自卑。

“这猪。”陈青石内心道。他很想骂出声来。

“简直是——”陈青石再次想骂出声，“猪么。”

杨大力手足无措，不止一次用商量的口气叫着陈青石，说我们还是算了吧，就不找什么人，不管那什么工作了。我不行的，我不会。

陈青石不理。

对方讲得多了，他便有些急。

陈青石说，你试也没多试一次，怎就知道不行，不会？

杨大力说：“我知道的，我真的不会。”

陈青石问：“随便试试也不行？”

杨大力说：“不是不行……我不会。”

杨大力一连声说他不行，不会。为增强说服力，他还举了不少例子。说在此之前，厂子倒闭之前，自己就明白应该出去找人。周玉燕也多次劝他要出去找人，可自己就是无法找人。为此两人吵得不行，夫妻关系也是在那时吵坏的。杨大力说一个人的性格天生注定，想改，那是很难，基本不可能。尤其现在这么大年纪了，完全定型了，还能改个什么。要改以前就改了，也轮不到现在来改。以前没改，就是改不了了。

话说到后来，口气里已满是乞求。仔细想想倒也果真如此，杨大力可能是真不行，真改不了。何况这么高高大大一个人，一辈子混过去大半了，到头却落得个坐不会坐，站不会站，笑不会笑，要跟在别人后面像婴儿那样牙牙学语，蹒跚学步，这到底又该让人如何接受？

更何况，即便杨大力能把性格改变了，事情就能办得成？陈青石琢磨着，也许，趁眼前机会，趁杨大力推托的机会，早点收手，也不失为一个很好的选择。

他同样用着惶恐的眼神看看杨大力，尽管一声未吭，却表示着某种默认。当然这只是一时的念头，他想这点小问题也解决不了？因为一点阻力，就把此前所做的一切放弃？未免太可笑了点。事情既然已经做下，就得继续做下去。否则他无法同自己解释，更无法同吴翠红、杨竹生解释。他不是轻易认输的人，也不是没有能力的人。他有能力，完全可以把该办的事情办好，只是目前还没搞到位而已。方法不对，时机不对，或者说，该找的人没找对。

陈青石吸取教训，不再贸然带杨大力出去找人。他决定循序渐进，由浅入深，先易后难。两人相邀着上街看看电影，参加一些户外活动，尽可能多接触到一些陌生人。他又拉杨大力到自己上班的办公室玩，到其他办公室找一些熟悉或不熟悉的朋友聊天。接触人多了，适应性就会增强，性格也自然而然发生改变。可他的设想同样以失败告终。杨大力不愿。不愿出外见人，更不敢见那些陌生人。杨大力吓得像个什么，满面惶恐，说不行，他不行的。他甚至开始有意无意躲着陈青石，每见到面，就像见到什么恶鬼和阎王。

“我们现在并不是出去找人，我们只是出外玩玩，随意这么走走，为什么也不行？走也不愿走了？”陈青石不解之余，一时之间不由恼火至极。

“别人为你的事主动要过去看看，你自己倒不愿意过去看看了？”他想起某次月季说过的话。

别人为你的事东奔西走，费尽心力，四处找人，原本已累死累活，结果呢，这个奔走的人一边找人，还得一边做你的工作，求你同意让他为你找人，为你奔走。事情的荒唐，荒诞，难道能发展到如此程度吗？

2

近些日子，陈青石一直暗下里嘀咕，想这个杨大力是不是神经方面出了问题？记得那回，有位朋友约好过来坐坐。朋友是县城一家单位的负责人，活动能量挺大，为人也豪爽大方，陈青石对他的到来看得很重。出于慎重起见，他提前做了点准备，又让杨大力上街买点水果点心之类，到时招待客人。杨大力接了钱干干脆脆走了，然后又干干脆脆回来，进门时手却是空的。陈青石问买了些什么，东西放哪了？杨大力大梦初醒般呀地一叫。他说他没买，忘了。他说回来的路上一直感觉有件事没完成的，一边走一边想，却死也没能想起来。他将右手伸出，摊开，那张十元的钞票完完好好仍握在掌心。他用发现奇迹那样的目光看着手心的钞票。

明明出去买东西的，怎么会忘了？

“那么，这半天你在街上干什么了？”陈青石疑疑惑惑问。

杨大力一语未发，双肩歪斜一下，回身重向门外走去。

杨大力有一个习惯，喜欢随手关灯、关电视。有时两人闲坐，他会习惯性起身，把旁边房间多余的灯关掉。关灯是出于省电的考虑，这点当然能理解。但有时候只是短暂离开，很快又要进去的，完全没必要关灯。可杨大力偏偏迫不及待，上前把灯关掉，过会又得重新打开。什么书上提到过，这么开开关关，不但不能节约用电，反而会耗电更多的，同时也不方便么。陈青石把道理讲了，让杨大力注意一下。杨大力点头表示同意，可一个没防备，他依然故我，把不该关的灯关掉。陈青石有时都给弄得紧张兮兮，没有重要的事，一般不敢随意从房中离开。

“出毛病了吧。”陈青石嘀咕，“讲了这么多，为什么偏偏不听？”

陈青石的担心一点也不多余，那次他从里房走出，想到走廊外面收几件衣服，特意嘱咐杨大力灯不要关，他马上进来。他前脚出门，便看见杨大力直奔里房的电灯开关而去。杨大力也有所犹豫，手举起又放下。略一愣神，还是不顾一切，啪地把灯关了。

工作的事能不能办成倒在其次，要是把人逼坏了，逼出问题，那就完蛋了。陈青石站在走廊的暗处，身上就像有水浇过，一片冰凉。

要说杨大力对自己的事麻木不仁，完全不负责，不在意，也不对的。有时候他在意得很，其急迫的程度，大大超出一般人想象。那样子就似一个人睡着睡着，突然醒转。又似从杨大力身上，冒出另外一个完全陌生的杨大力来。杨大力可能真受不了了，想早点把事情弄好，免得再受无尽的磨折。有那么几天，他无缘无故凭空消失了，不再有丝毫音信。陈青石到车铺找，也不见人影，铺门紧紧关着。他找吴翠红，这才得知消息，原来杨大力出外了。杨大力独自一人到省城找人去了。

找人，并且到省城？陈青石不由大奇，想怎么可能？平日押犯人似的押他出去找人，甚至带他到朋友、熟人家随意坐坐，他都恐惧成那样，平白无故谁借给他如此胆量，敢一人到遥远的省城找人？

吴翠红说也只是个猜测。杨大力去了省城不假，却并不能最后肯定他是不是找人。吴翠红娘家那边的亲戚中间早年出了个有名的人，在省城做很大的官。亲戚是个远房亲戚，相互并无来往，因此吴翠红也从没把那人当回事。杨大力当然更不当回事了。可是前些天，也不知发什么神经，他突然心血来潮缠住吴翠红，反复询问那个大官亲戚的一些情况，比如两家的历史渊源，上辈的具体来往，以及现在的来往。

“人家同我们，能有什么来往？”吴翠红把能说的都说了，为表示看重，她又找到城里的另一亲戚作了些了解。于是第二天，杨大力简单同她打了个招呼，说到省城玩玩，人便不见了。

杨大力所谓找人，自然不会有结果。他根本找不到人。八竿子打不着的亲戚，让他到哪里找得到人。在省城游游荡荡两三天，好不容易问到相关机关，门卫相告，那位亲戚出差了。门卫让他把材料留下，说到时一定转交。杨大力清楚，材料不能轻易交给门卫。材料交到门卫手上，跟丢进街头的垃圾桶没有多少差别。但他没有别的办法，只能交了。至于亲戚是不是真的出差，材料最后转到了哪里，只能天知道。接下来杨大力又有过一次单独行动，找的是以前玉田柴油机厂某位同事。同事和杨大力一道从厂里出来，直接去了南方做生意。同事的生意做得很大，同县里的一些头面人物，县长、副县长什么都有来往。听到杨大力遭遇，同事不由激起心中的怒气与豪气，专门托了人传话过来，要求出面给杨大力帮忙，让杨大力去找他。杨大力当真找去了，前前后后一共找了三次。第一次去，那人在牌桌上紧张地打麻将，忙里偷闲回头吩咐家里人倒了杯茶，让客人略微坐坐，他马上就好。杨大力在沙发上坐过一会，又端着茶杯，到牌桌前观战一会，接着再到沙发上坐一会。三等四等，那人也没有过来。实在没办法了，杨大力打了个招呼，说自己先走，回头再来。那人如获大赦，感激地连连点头，同意杨大力回头再来。第二次去，那人仍在打麻将，仍让杨大力在旁边坐一会。第三次去，还在打麻将。

“你坐一下，先坐一下，我马上就好。”那人道。那人说来说去，自始至终就同一句话。

当然最后一次杨大力起身离去时，那人也满脸歉意放下手中的牌，搂着客人的肩送出大门，并详细问清对方的住址及车铺地址。他让杨大力不用担心，老朋友的事就是他自己的事，会时刻记在心上，哪天有空，他会到车铺来，老兄弟多年不见，定要在一起好好坐坐，叙叙旧。

在杨大力大脑中，时有一些奇思怪想产生。假如是一般人，这些想法也许不无道理，不无可行之处，可放在杨大力身上，便给人一种思维紊乱、精神亢奋的反常之感。有那么几天，他把自己关在车铺里，呼啦啦写出一篇很长的申诉书，且一式多份誊抄得工工整整，准备往外投寄。申诉，信访，一定是从哪个报纸电视电影里看来的，或者从什么古代小说书上得到的启发。可以想象，此时此刻的杨大力内心有多绝望，又有多焦虑。陈青石再次不安着，忐忑着，不知如何回答。可是下一天，当杨大力再次征求他的意见，准备把材料从邮局寄走，陈青石受不了了，片刻之间有无名之火腾腾往外直蹿。陈青石红着脸，高声说写信，申诉？到哪申诉，申诉什么？我们这事明明只有求人的份，而没有半点告人的理由。没听胡主任说吗，工厂倒闭，工人下岗，这种事太多了，外面无数的国家大企业都束手无策，你芝麻粒般的玉田柴油机厂算什么？屁都算不上一个。快回去把这东西烧了，我们还是老老实实出去找人。

杨大力当场找了火柴，把状纸烧了。一张一张纸烧了好久，烧出那么庞大的一堆纸灰，这让他不由有些紧张。似乎那些字纸变成灰也在地上挣扎，硬撑着不愿消失。他仔仔细细用脚踩踏，踞压，然后浇上水，搅成黑泥。可是没过几天，又有一个新鲜主意冒出来，他说他要到县政府门口拦轿喊冤。

“什么拦轿喊冤？”陈青石更不懂。

拦轿喊冤几字应是仓促之间顺口冒出的，现在给陈青石一重复，发现竟是如此刺耳，如此别扭。杨大力窘迫好一阵，一瞬间信心尽失，支支吾吾不知如何作答。

“你是说，你要像古书古戏里的人物那样，在大街上，在县政府门口拦住县里头头的车子，用类似于拦轿喊冤这样一种方式，表达自己的诉求，以更好地引起他们的重视和关注？”

陈青石仔细选择着词句，背书那般把自己的意思背出来。

杨大力点点头，随着又摇起头来。

“你是说，你拦轿喊冤并不是真喊冤，不是告谁的状。你只是向最高领导陈述一下自己的真实处境，以求得他们的同情和怜悯，必要的时候你甚至可以学古人的样，也给他们下跪？”

这些话一句一句分明讲到了心坎里，杨大力不再摇头，眼睛一眨不眨，紧张地看着陈青石。

陈青石继续道："你是说，这样做你并不是有意的惊世骇俗、哗众取宠，你完全出于被逼无奈。该求的差不多都求过了，再求下去也看不出有多大指望，于是只好出此下策，说不定还能绝处逢生的，是不是这样？"

"不行吗？"杨大力吞吞吐吐问。他从陈青石面容上似乎看出了赞许的意思。

什么乱七八糟！陈青石差点大笑出声了，这瘟猪亏他能想，拦轿喊冤，说得可真妙。得有多么疯狂的脑子，才能冒出这个。他清楚此刻不能笑，否则太残酷了，也太可怕了。但就是无法压抑某种想笑的冲动，某种充溢全身的恶意。他装出被对方的大胆而新奇设想打动的样子，兴趣盎然追问着。他需要弄清这杨大力是从什么时候开始，在怎样一种心境下滋生如此乖谬的念头？其实在内心深处，陈青石还真的有些被这一想法打动，他又一次承认，要是换在一般人身上，或许真的不妨一试。可现在这是谁？这是杨大力。假若一个像杨大力这样的人也去拦轿喊冤，除了表明其精神的极度错乱，闹出一场荒唐的滑稽戏以供人谈笑之外，还能有点什么呢？

"怎么不行？行！"

陈青石严肃地点点头。

陈青石发现，他有些不行了。他当真无法管住自己。他让体内一股新奇而强烈的东西裹挟着，决心把游戏一直玩下去，看看今天这个杨大力到底能荒唐到何等程度。为了尽量把戏演逼真，他顺着对方的思路好好发挥了一通，详细阐明这样做的必要性与可行性，说得杨大力兴奋不止，自己也因为杨大力的兴奋而愈加兴奋，愈觉妙不可言。他们就拦车的具体步骤，可能出现的意外情况及应对措施进行了认真商讨。县里几位主要领导，陈青石说他差不多都能认清，领导的大致行踪，以及所乘车辆的车型、牌号，也归陈青石打听清楚。两人分工合作，相互响应，只等行动的那一天到来，只等目标一出现，杨大力就不顾一切远远扑上前去，完成几项机械的动作：下跪，喊冤，呈交申诉信。

杨大力一一点头认可，表示谨记在心了。

“我们趁热打铁，说干就干，现在就上街买纸写状子，怎么样？”陈青石提议。

杨大力略一迟疑，也答应了。两人都有些按捺不住了。

猪啊，陈青石感叹着。

游戏是转眼之间结束的。陈青石与杨大力在街头的几家商店窜来窜去，一本正经询问有没有那种大张的红纸卖，挑剔着纸的颜色太淡，毫不容情地揭穿店方以次充优的小小阴谋，惹得人家营业员拉长一张脸要同他们较真。此时此刻陈青石发现，他让一口气堵住了，眼看快要憋死。他知道他再也无法很好地表演下去，他坚持不住了。

“你看那是谁！”

在一个岔路口，陈青石忽然满面涨红，手指一位刚刚与他们擦肩而过的中年人，失声叫起来。

“不认识吗，那就是县长，你要找的，快，快跟上！”

杨大力略一愣怔，朝前探望的时候，陈青石已双肩缩紧，猫了腰，转身溜进侧边一条小巷。陈青石保持缩肩猫腰的姿势，一边昏头昏脑、跌跌撞撞跑动，一边捏紧嘴巴，吭吭咳咳，狗啃骨头那般笑着。

此后不算短的一段时间，陈青石都无法控制想笑的欲望。尤其看到杨大力在他面前所表现出的那种惧怕，那极力的躲避，那全然不顾一切的失态，每次见面，就像人们说的老鼠见到猫一般，浑身能清清楚楚地抖出一个很大的抖颤，陈青石喉头什么地方便沙沙地有些发痒。他不停咳嗽着，话语之间要笑不笑，或真或假，怎么也不能正经起来。直到有一天，他似乎无意中抬起头，发现了杨大力的变化。杨大力消瘦，脸色与头发一片枯黄，行动滞缓乏力，陈青石这才意识到，这人身体不好，这人大约真的病了。

3

在石岭办完事，时间尚早，本可以顺原路经枫林镇返回县城的，但在一个小站等车时，陈青石又遇见了一位高中同学。同学依然保持着昔日的顽皮，毕业多年，见面了也不干干脆脆打个招呼，只背转身子倒退着，后裤裆直往陈青石的脑袋压过来。陈青石、杨大力走过几里山路，正蹲在公路旁休息。等车的人群三三两两，或聚或散，目光瞄准车来的方向。起初陈青石未加注意，稍稍将身子偏过，可面前这堆硕大的裤裆硬是不依不饶，以更加结实的劲头直抵面门。他又偏过身子，裤裆又抵过来。旁边几个人，或年轻的或年老的，朝着他发出诡秘的微笑。陈青石身子一紧，正待抬头去看，裤裆的主人已在那边蹬腿甩脚哈哈大笑了。

“毛头，怎么是你？”陈青石与其说是见着老同学高兴，不如说是恐慌消去后的轻松。

“吓着你了吧？”毛头得意非凡，双腿仍用力一抖一抖。毛头叫毛建民，读书时年纪最小，圆头圆脑圆身子，多年不见，除一双粗而短的小腿肚，其他地方早见不着多少圆的感觉了，尤其那只阔大的嘴巴，一笑起来无边无际的。

“毛头，你怎么在这里？”

“我怎么在这里，我倒要问问你怎么在这里？”

旁边几个笑的人笑得更开心了。

陈青石说他们到石岭乡有点事，找个人，从这里路过。毛头问有什么事，找个谁。陈青石不愿多解释，只说为一位朋友的事，反过来又问毛头怎么来了这里。毛头说我也不知道我怎么来了这里，这你要去问我爷我娘。我爷我娘把我生在这里，我又在这里长大，长大了想出去又出不去，这样呢，我只好再待在这里了。

啰唆半天，陈青石弄懂了他的意思：“你家住这里？”

"我家不住这里，我家住石岭。"毛头一本正经纠正道。

陈青石说："我们刚刚从石岭来。你认识石岭的叶春球吗？"

毛头说："叶春球，那是我大舅。"

陈青石道："那我们今天是从你大舅家出来了。"

陈青石把杨大力给毛头介绍了，并简略说了说这次来找叶春球的原因。叶春球是玉田柴油机厂最后一任厂长，现在杨大力因工作落实问题，需要叶厂长出具一个书面证明，问来问去，于是他们问到了石岭。

毛头问："证明打好了吗？"

陈青石说叶厂长很客气，见了我们二话不说，提笔就写。我们怎么说，他怎么写。

"叶春球，叶厂长，这个。"毛头伸伸一根小指，"好没用的一个人。"

毛头说他大舅是让人坑了。

"换了我，换了谁都不会轻易放过人家的。"

毛头问："这位，是不是哪里不舒服？"杨大力脸色不好，尽管站在一旁欢喜地看着这对老同学久别重逢，但越是这样，越显出神情上压抑不住的倦息。陈青石也担心地看了看他。此刻的杨大力分明给人这样的印象，似乎他连欢喜，连笑的力气也没有了，换句话说，具备此种面容的人，原本就不应该欢喜，不应该笑的。

毛头死拖活拉，要带陈青石他们重回石岭聚一聚，上十年没见面的老同学，开玩笑啊。陈青石找出各种理由，好不容易推托了。毛头又说他有一位极好的朋友，就在旁边的竹木检查站工作，我们进去坐坐，喝杯茶。陈青石怕错过车子，毛头说："你在我这里还担心什么车子？"他说从这里到县城有两条公路，经过枫林镇的那条弯得太远，另外还有一条更直的公路，毛头指指小街另一边。路没修好，班车不敢走，只通一些货车。等会我随便拦上一辆，直接送你们到县城。

竹木检查站的朋友不在，门却开着，毛头大模大样四处找吃的，找喝的，热心招待客人。随后又找来几只木凳，三人在检查站门口坐了，边等车，边听毛头吹牛。毛头说从学校出来十来年，除了杀人放火，其他什么事都干过，除了老鼠药没吃，其他什么东西也都吃过。离过一次婚，结过两次婚，有过五个小孩。其中一个小孩，计划生育超标，让乡里抓去引了产，另外一个也是计划生育超标，也给抓去引了产。还有一个，同样是计划生育超标，乡里又要抓去引产，这次他动了刀子，把那些人吓退，结果罚了八百块钱的款，孩子算是生下来了。到目前为止，他有三个后代，两男一女，比较满足。玩过一个女人，就是自己老婆，这里不能不存一点小小的遗憾。

毛头让陈青石猜猜，他这一生只与一个女人，也就是他老婆发生过男女关系，可他又明明离过一次婚，结过两次婚，这话应该怎么说。

陈青石道，你其中一次结婚只是形式上的，并没有真正的夫妻生活？

毛头说错了，我两次结婚都货真价实，都有过夫妻生活。

陈青石摇头，说猜不出。

毛头又一次得意地哈哈大笑："我和我老婆结婚了，然后离婚，然后又复婚了。"

陈青石、杨大力跟着他一齐笑起来。

陈青石与毛头谈到早年的一些同学和熟人，谈到苏国河，又谈到吴扫帚吴顺利，毛头忽然暧昧地笑个不停："吴扫帚，真是一把破扫帚！"毛头说，吴扫帚那年来石岭一带为造纸厂收购木材，三五天工夫就把一个女人勾到了手。人家是有夫之妇，一伙人撞开门时，他吓瘫在床连裤子也不记得穿。那次若不是毛头出面，三四车木材就整个搭赔进去了。毛头说，吴扫帚一条残腿可真叫残，又细又长像根竹棍，还抵不得他那根鸡巴粗。

看样子毛头在地方上确实混出了名堂，他一边咧开大嘴唾沫四溅说话，一边漫不经心连连挥手，拦住一辆又一辆大大小小车子。每辆车子的司机似乎都熟，有的根本用不着挥手，隔老远就嘎嘎吱吱给他减速，司机摇下窗玻璃，歪着脑袋打招呼。车子停住的刹那，毛头下意识往后退开两步，随即一个蹦跳上了踏板，手扒车门与人谈上半天，时不时你骂我一声，我打你一拳。陈青石、杨大力十分紧张，早早堆上兴奋的笑脸，动作急促地挤在车门边，只等谈话者略一示意即可登车。可每次他们都失望了，毛头一个蹦跳又从车上下来，当他拍去手上的灰尘时，车子长鸣一声已从身边擦过。有时毛头并不急着下来，在车轮的快速转动中，他没事人一样继续伏紧车窗与司机闲聊，直到快要拐过前方的街角，才用一侧的手脚勾住车体，另一侧手脚肆意向外伸展，大鸟一般落到地面。

“不是。”毛头说。

毛头再次用力拍去手上的灰尘，说：“不是去县城的。”

等来等去竟没有一辆车子去县城，而另一边，原先那伙等车的人早走了，随着又来一批，随着又走了。都是坐那种噼噼啪啪脆响的乡间农用车走的，都是去的枫林镇。陈青石他们渐渐有些不安，说假如也坐农用车走，这一刻怕早到了枫林，然后换上回县城的班车了。毛头说别急。他叫人家别急，自己倒愈加坐不是站不是。这时对面一家商店里正好有几个人叫他，毛头快步迎过去，不一会又紧张地跑回来，习惯性地拍拍手。

“今天见到鬼了，平日不去县城时，去县城的车子一开一大帮。”

陈青石说，毛头，你要有事的话尽管去忙，我们接着再等一等，用不着你陪。

毛头道：“我有什么事？我有个鬼事。”

毛头还真的有事，今天他从石岭出来，正正经经在为生计忙活着。这一带的山是这样的山，一场春雨下来，漫山遍野的毛竹笋就如爆炸了一般朝空中直蹿，山里人一个个提筐背篓，成群结队拥向山窝山坳，将竹笋采了，剥皮去壳，提到石岭、枫林这样的镇街上卖出。毛头脑子灵活，每年这个季节都会约上几个要好的伙伴，在四乡八邻设立收购点。近几天天气晴和，温度大升，笋季已趋向尾声，笋贩子都想趁最后的机会再捞点什么，相互之间的竞争反而更加激烈。刚刚有人带信过来，说毛头的伙伴与另一伙收笋的，为屁眼大一桩小事闹起来了。对方有些眼红他们的热火劲，似在有意找碴。

听过原委，陈青石当然不干了，连杨大力也板起面容，一心一意把毛头向街那头推，让他尽快回去处理纠纷。这么推来推去，毛头已有些生气，说别推我，你们把我当成什么人了？今天不找好回县城的车子，你们以为我会顾自离开，把你们丢在这鬼都不识一个的地方？毛头说，那伙烂小子能有什么事可闹，大不了打上一架。打架算个什么，打架算个屁！你们在这前后一带问问，说起打架我毛建民怕过谁。

这边正争得起劲，旁边一辆白白的面包车悄无声息朝他们滑来。“杀人啦！”毛头夸张地一声大叫，双手紧抱住脑袋，做出逃命的姿势。车子开进检查站院里停住，从里面下来好几个人，其中一个手臂上搭了件衣服，盯着毛头嘿嘿直笑。毛头双手交替抚弄着胸口，似乎一口气硬是喘不过来，趔趔趄趄朝笑的人走去。“老子今天捡了条小命！”毛头连声说。

笑的人就是毛头所说的检查站里那位好朋友。

随着好朋友的到来，找车子的问题也随之得到解决：刚刚进院的那辆面包车就是回县城的。几天前，歌山林业局所属的石岭林场因为一块山林的归属，与当地老百姓发生纠纷，打伤了两三个人。今天一早县林业局一位领导专程前来处理此事，毛头的朋友跟着跑了整整一天，人给累得半死。毛头的朋友说，他同面包车司机熟，让顺带着捎两个人大概困难不大。毛头的朋友同那司机一说，司机略略打量陈青石、杨大力一眼，不声不响点了点头，好歹算答应了。陈青石、杨大力自是欢喜不止。

毛头将一切安排妥当，对检查站的朋友托付了又托付，这才匆匆跳上一辆手扶拖拉机，在一股浓黑的油烟中，哐哐当当走远了。

4

车子定于晚饭后回县城，林业局的几个人在站里安排的房子里挤着躺下，想抓紧饭前的工夫休息一会。毛头的朋友让陈青石、杨大力也到他那边坐坐，陈青石他们不好过多打扰，只说想到外面走走。走又不敢走远，担心车子会提前发动。杨大力明显强打精神在说话，语声一停，他的眼睛不知不觉便闭上，脑袋低伏着，西斜的阳光中，脸皮和头发一片枯黄，好似刚刚给烟火炙烤过一般。

“大力，是不是真有点不舒服?”陈青石犹豫一阵，终于问。

杨大力故作轻松地扭过头笑笑，说昨夜没睡好，他只是感觉有点疲倦。

陈青石搬过木凳，说你不妨趴在这里略微睡一睡，时间可能还早着呢。

杨大力并没有睡着，陈青石刚一走动，他也随着起身，问去哪里，陈青石说不去哪里。陈青石到对面小商店买了两包蛋糕，递一包给杨大力。杨大力不接，说不饿。陈青石说不饿也得吃，等那些人用完饭，谁知会到几时，何况车子在路上还要经过一两个钟头的颠簸，肚里不填点东西怎么行。

杨大力用心将蛋糕掰开，一下一下塞进口中，塞得很是勉强。中午在石岭，他就没吃下多少东西。陈青石想，这么高高大大一个人，怎就吃不下多少东西呢。

等林业局一伙人在检查站站长的陪同下，到街头小店吃过饭，即将上车了，陈青石和杨大力才被告知，前面的路况不好，局长不同意带人。陈青石慌了，找到局长再三解释，说我们等了整整一个下午，等到这时候，退不好进不好，人生地不熟的，晚上连个住处也找不着。毛头的朋友不失时机在旁边帮着说话，连检查站那位站长也为陈青石的神情打动，笑着给局长点头，表示陈青石所说都是实情，但局长仍没有半点多余的表示。这位局长长得很像一位局长，高身材，宽肩膀，头发一丝不苟朝上梳着，手捏一支白色的牙签，在另一只手的掩护下小心剔着牙齿，由于用力，也由于避免正面看人或正面让人看，脑袋微微朝一边偏斜。

“不能带人，也早该同我们说一声的!”陈青石道。

在车子发动的最后一瞬间，陈青石紧紧拉住车门，似乎不让关上，似乎要把道理讲清楚了，才能把车门关上。

面包车开走了，场面一下空旷许多。众目睽睽之下遭此羞辱，两人一时都不知如何是好。幸而毛头的朋友尽心帮助，他们适时坐上一辆乡间农用车，一路噼噼啪啪赶到枫林镇，不用说，此刻早没有了回县城的班车。从枫林到县城，有六七十华里的山间公路，陈青石和杨大力想也没想，作出了一致的决定：走，走回县城去。

这一刻杨大力反倒焕发出一些生气，头抬起了，脚步也迈得很大。西下的夕阳将山影拉得长而又长，路面上顿时冒出一股飕飕的凉意。傍晚其实是行路的好时候，所有能动的东西都显得匆忙，来往的车子也特别多。一路上陈青石有过拦车的念头，有过扒车的念头，当然都没能实现的，那些车子见了他们不但没有停留的表示，反而一个蹦跳，轰地加速而去。只有一次机会较好，正逢一辆手扶拖拉机在他们面前爬坡，陈青石来不及商量，伸手捞住后挡板，紧跑几步跳跃着翻跌进车斗。他慢慢稳住身子，回头招呼杨大力，杨大力却一脸漠然，傻了似的愣在路旁。陈青石无奈地骂一声，趁拖拉机爬坡换挡的工夫，一翻身又跳了下来。

到达县城已是凌晨两三点钟，两人又饿又累，连个招呼也没打，相互干巴巴笑过一下便分开了。两三点的县城并不如想象中的冷寂，街头仍有三三两两行人和车辆，某一个做夜宵的摊位忽然哧啦啦一声，黄灿灿的炉火给拉出一两尺长。陈青石犹豫着是否先吃点东西，结果发现他连考虑这简单的是与否的能力也没有了，意识整个支离破碎，大脑里一片空白，整个人只想早点躺倒下来。走进巷口，他感觉清醒了一些，习惯性地抬头望望三楼属于自己的那扇窗户，窗户里隐隐透出一丝灯光。这么晚了，窗户里怎会有灯光？难道说是月季还在房里等着？陈青石想看清楚些，灯光似乎又消失了。那么也许不是灯光了，是窗玻璃反射出的街面上的光。

窗户上的光果然就是灯光。果然就是月季在等着。门窗封闭得太紧，室内弥漫一股浓烈的香水味，呛得人直想打喷嚏。灯光映照的桌面上摆放着一些女孩子的东西，镜子，梳子，小提袋，发夹，还有一只瓷质小对吻，以前没见过，大约是刚刚放上的。月季面朝里蜷缩在床，被子斜搭住腰身，暗红色的臂膀和腿弯露在外面。陈青石知道月季没有睡着，她正等着他走近前，然后嬉笑着一个翻身坐起，突然之间给你一个惊喜。陈青石还知道，被中的月季一定浑身上下赤裸裸，宛如一头刮了毛的乳猪。这是月季惯常的等待方式。陈青石胸头忽然哧啦啦蹿出一股怒火，就像夜宵摊子上蹿出的火苗一样，霎时睡意全无。他想这个女人怎么回事，到底还有没有个完结的时候，别人明明不在家，为什么莫名其妙硬在这干等？她应该想到，这么一夜不回来，这么两三点钟摸回来，路途上一定有事情耽搁了。好不容易挨到家，也一定又累又乏又困，需要尽早休息的。现在你整个体能消耗殆尽，她大概还指望你过去亲热亲热吧。亲热完了，你还须打起精神重新出门，穿过一条条街道送她回家。假若你不及时送出，她正好找到理由明目张胆在这里过上一夜，向邻居，向她的家人表明，他们已经正式同居了。

陈青石冷笑一声。女人最喜欢犯的毛病，说好听点叫操之过急，不好听地说，就是欺人太甚。刘春香是这样，面前这个杨月季，同样是这样。

“月季，是你？”陈青石做出刚刚发现的样子，不动声色走上前。“什么时候了，怎么还没回家？”

月季的脸颊微微颤动一下。她想抬起头，但听出陈青石话语的异样，于是又停住。

陈青石道：“快起来么！”

5

粗粗看来，月季算得上一个实心眼的姑娘，她大约以为给了你身子，就明明白白、正正经经成了你的人，没有什么可质疑，可遮掩之处。一般女性所惯用的小小手段，比如欲说还休、欲擒故纵等等，她一概不会。每次来了便来了，手提那只红白相间的编织袋，神态安详，笑容可掬，见到邻居也没有半点闪避的意思，反而主动点头，伸手在扛枪舞棒疯闹的小孩头顶抚摸一下。进门放下手中的东西，紧接着操起另外的东西，主妇那般开始了属于她的忙碌。来客人了，或隔壁邻居过来坐坐，她到水池边冲了手，三下两下甩落水珠，过来给客人泡茶。客人一杯，陈青石一杯，然后继续忙自己的。遇到客人开玩笑，或说一句语意双关的话，陈青石会窘得脸红半天，月季却没事。有时还顺着别人的暗示，也暗示地扫陈青石一眼，似乎说这有什么好脸红的，事实如此么。打开月季的编织袋，你时常能看到一些日用小物品，如一块肥皂，半袋洗衣粉，几粒感冒药，一只白底金边的小菜碗，甚至零零碎碎的针头线脑什么，都是她从自己家里拿来的。拿来了她总要暗暗高兴好久，仿佛占了多大的便宜。月季已渐渐习惯把祠堂里的家称为那边，而把陈青石的住处叫做我们屋里。那边不过是暂时的寄居之地，唯有我们屋里，才是真正的家了。这么一副死心塌地，要死要活跟定你过日子的架势，是很让人吃惊的。

更多时候，陈青石和月季关起门来，在房中，在床上度过。月季不知从什么地方看到这样一句格言，说一个合格的妻子应符合三条标准，月季记住了其中的两条，叫做客厅里的主妇，床上的荡妇。月季深信不疑，时时刻刻以此要求自己。月季年纪不大，身体的发育也不均衡，除了眉和发，全身上下光光溜溜，连根像样的毛也没长起，到了床上却活跃得很，噼噼啪啪恰似一条扔在浅水中的鲫鱼，畅快时还能长长短短、粗粗细细地叫唤有声。也不知这叫唤是真是假，是自发的率性而为，或同样是什么时候，从什么地方学来的，声音那么响亮，那么肆无忌惮，以至于陈青石不得不腾出工夫去将她的嘴巴使劲堵住。

对于月季，陈青石一刻也没放松警戒之心。矛盾的地方在于，假若你说月季实心眼吧，有许多地方，许多细节又无法解释得过去。月季根本不像如此简单的一个人。可是反过来，你说月季有机心，这机心未免就过于高深莫测，似乎又不是这种年纪所能为。难道说她的沉着、从容都是假的吗，她自始至终的忙碌，她从家里夹带一点小物品时的兴奋都是假的吗？她在床上的活跃，长长短短的叫唤，都是有意制造出的声响，以使隔壁邻居听去吗？还有，她一点手段不讲，一点诡计不讲，本身就是她的手段、就是她的诡计吗？

后来有那么一天，陈青石忽然领悟了其中的奥秘，这奥秘说复杂也复杂，说简单就简单得可笑。月季的实心眼是真实的，但实心眼中所存的机心，大概作为一种女性的本能与生俱来吧，同样是真实的。因为实心眼，因为心中无愧，她的行动就更无顾忌，更具有一种咄咄逼人的气势，而由于机心，她的实心眼也增加了某种目的性，行为也就越发自信，准确，既对你百般调弄，视若无物，自身又现出一派真诚的憨痴模样，让你感觉虚虚实实，无可捉摸了。

面对月季的凌厉攻势，陈青石一无反抗，也没想到反抗。他感觉自己并不具备任何反抗的能力和理由，事情既已无可挽回地犯下，他只能在惶惑中，或者说在麻木中独自承受，静待局面的自由发展。尽管如此，在陈青石内心深处，却自始至终存有这样一种隐隐的预感，这样一种信念：他和月季的关系是不会长久，不会有什么结果的，别看月季占尽主动，长驱直入进入了他的生活，可月季决不会成为他的人。他的所有顺应，所有的一无反抗，不过是时候未到而已，不过是没有面临真正的绝境而已。

一切都是暂时的，转瞬即逝的，一切便都是珍贵的，不可轻易放弃的。如此一来，反而产生出某种紧迫感，让陈青石一味沉醉在当下的混沌状态中。他们的性生活频繁而又狂乱，那都不像一般的性行为，而类似于徒然而绝望的挣扎了，每次略一停歇，两人便如昏迷一般在片刻之间双双睡去。到一定的时候，陈青石又会遭棒喝那样突然醒来，迷迷糊糊拉扯着月季起床。月季口中应答，身子仍一动不动，陈青石只得一件一件给她穿衣，扶她出门，一前一后穿过街道，送到祠堂门前。直到月季掏出钥匙打开家门，拉亮电灯，然后砰的一声将门关上，陈青石才步履匆匆地独自赶回。这样迷糊中的夜送异常艰难，同时却又不可质疑。这不只是又一次成功地送回了月季，这似乎已变成某种象征，表明在他与月季之间保持了应有的距离，他坚守住了最后一道防线。这时的陈青石欢快而又轻松。现在，月季连这道最后的防线也要攻破，难怪陈青石会在转眼之间勃然大怒了。

陈青石一叫再叫，见叫不出名堂，心中越加不耐烦，咕哝一句：“怎么回事！”顺手唰的一下掀了被子。月季四肢缩紧，打算重新缩到那种遮盖中去。陈青石不管不顾，连拉带拖地扶起，另一手扯过散落在床头的大衣小衣，七七八八往她身上套去。

今天穿衣当然不是往日的穿衣，陈青石动作仓促，粗重，故此也盲目。不用说，月季从不曾经受过这个，也经受不起这个，陈青石费了半天劲，衣服未能穿好完整的一件，手底下已经感觉不对劲，略一回头的工夫，他发现怀中这个身体早抽搐成一团了。

月季哭得那么厉害，双唇颤抖着向两边拉开，拉到水瓢那么大，还是坚持着继续往两边拉，同时颈项鼓起，项间的青筋暴突出来，活像两条蠕动的长虫叮在皮肤上。也不知是有意的压抑，或伤心到那个程度，伤心到发不出声音的程度，尽管月季的模样吓人，可只见闪电不见打雷，开始还呜呜的，随着嘴巴一拉再拉，颈项的一鼓再鼓，胸腔中只剩下嘎啦嘎啦的粗钝摩擦了。直到摩擦声消失，终于换过一口气的时候，这才噢的一下发出巨大声响，脑袋猛往前伸，嘴巴、颈项一齐跌回。这每一次的吐气与吸气的过程都拉得长而又长，也就显得尤为可怕，你担心那一口气随时会给什么塞住，再也吐它不出了。

“这一晚，这一晚还哭个鬼呀！”陈青石低吼。

陈青石神情粗暴而狂躁，威胁着让月季尽快闭口。一个女人怎么到了这种地步，什么时间了不但不回家，反而赖在这里哭成这样。你到底需要什么结果？这样下去是不行的，这样下去谁受得了，这样下去任何人也受不了。陈青石说来说去不起作用，转而改为规劝，改为小心的哀求。后来实在不行，陈青石伸出手掌，试图强行将月季的口掩住。

可无论是激怒，是规劝，是强行的制止，其结果只让月季越发伤心，越发肆无忌惮，嘴巴越扯越大，颈项越鼓越粗。陈青石吓住了，长久地保持弓腰曲背的姿势，将月季半扶半抱着，傻了一般呆看。

陈青石想，这月季，今天大概伤透心了。

月季胖手胖脚，浑身溜光，四肢某个部位不时抽动着躺在陈青石怀中，全然一副小娃娃模样。陈青石想月季真的没有错，月季能有什么错。一切都是天真，一切都是赤裸裸的坦诚，一切都已托付，没有一丝半点保留。可是陈青石更加清楚，月季的命运注定是凄惨的。月季必遭遗弃，他不可能真正同这样一个女人结合。这是什么样的一个女人，这样的父亲，这样的母亲，这样的兄长，他绝对无法忍受如此乌七八糟一堆的。

说到底不过是个时间迟早问题。陈青石想，遇到我，月季这一生算完蛋了，杨大力也完蛋了，祠堂角落里的这个家庭，全他妈完蛋。

陈青石是怀着真诚的同情之心，以救助者的面目出现的，他想尽自己的全部能力给这个家庭带来帮助，这个家庭也以同样的热情接纳了他，怎么忽然之间，事情给闹成这样？

月季扳住陈青石肩头，一下一下往外推拒，同时双脚在地面试探着，想找到一个着力的地点，把身子从陈青石怀里挣脱。陈青石不明就里，只是不放。

“让我起来。”月季说。

“不。”陈青石说。

月季忙着哭泣和抽搐，身子全无力气，尽管一再连推带扳，却是没起到半点作用。这时陈青石明白过来，月季的意思是想挣开他的束缚，自己起床穿好衣服，然后回家。陈青石当然不能答应，手上用足劲越箍越紧，脑袋深深埋入月季颈窝之中，一遍一遍固执地说：“不，不！”月季没法，一边左右避让，一边动手整理刚刚给陈青石穿了一半的内衣。谁知陈青石连这也不让，月季拉上一点，他紧跟着拉下一点。拉上时难上加难，费尽心力，拉下却是哧的一下。

月季明显清醒了许多，心疼起反复纠扯中的衣物，说：“拉破了。”陈青石说：“拉破了就拉破了。”于是在这样的拉上拉下中，月季又在那里赤裸裸一丝不挂了。

这次做爱两人都很投入，很忘情，感觉也特别不同往日，紧要关头，月季顾自伸出双手，推起一扇石磨那样推动陈青石的身体，呜呜叫唤着旋转起来。小小身体里爆发出如此之大的能量，如此之自然而又夸张的虎虎生气，陈青石硬是给震住了。事后两人死去一般瘫作一堆，月季连抬抬手，到床头拿件衣服的力气也失去了。

“裤子。”月季说。

月季从裤子口袋摸出一张折叠得整整齐齐的白纸，让陈青石帮她看上面写的字。月季说，今夜她等到半夜，是特意送这张纸给陈青石看的。陈青石横看竖看，却是看不懂那字。后来月季告诉了他，说她今天下午到县人民医院做了检查，医生说她怀孕了，怀孕两个月了。

陈青石翻身下来，重新接过那纸。

“月季，你不要骗我！”

月季道：“你怕了？”

陈青石说你骗人，我怕什么。

这一刻，陈青石心静如水，心死如水。他知道一切都是真的，一切也都是意料之中的。陈青石早在等着这一刻到来，这一刻终于来了，没有半点侥幸可存的。

陈青石问月季：“这事你家里知道？”

月季闭上眼睛，轻轻点点头。

“我们的事你家里都知道了？”

月季说，今天下午就是她母亲陪她到医院做的检查。

第十九章

1

那几天，陈青石表现出超乎寻常的耐心，他从河沿菜场将小母鸡买回，宰杀，烫毛，开膛，一个人一双手，不声不响，忙而有序。肉炖烂了，香味四溢，他用双手小心捧定，颤巍巍给月季端过去。

“鲜!”月季一个翻身从床头坐起，接过了，首先送到鼻孔边深吸一口气，朝陈青石嫣然一笑。

陈青石给月季披好衣服，以免着凉，月季已叽叽呀呀吃起来。这鸡小，瘦，还没来得及长膘，故此汤也清淡。月季三口两口，不一会吃了个干干净净，零碎的一堆骨头搁在小碗碟中，由陈青石端着。

陈青石问：“那锅里还有一点汤，一只鸡脑袋，要不要我给你再盛过来?”

“要!”

月季咂吧着双唇，用力点点头。

陈青石颇为吃惊，平常的日子，月季从不见有如此良好食欲的。

祠堂里很静，陈青石进门后，吴翠红、杨竹生各自找个借口，先后避出了，连小月也从内房撤走，溜得不知去向，只从后厢传来邻居两个小孩玩耍时意义不明的叫喊。月季吃饱喝足，夸张地打过几个嗝，身子猫一般蜷到陈青石怀中。陈青石一遍一遍抚摸着她的头发，肩膀，陈青石想，月季长这么大，大概还没有如此痛快地享受过一只完整的鸡吧。

要让月季像模像样静静躺上一会，那是很难的，你略一转身，她已从床上爬起，到大柜中找件衣服，或去内房抽屉里拿只木梳、橡皮筋之类，为此她常常受到来自父母的责骂。那天陈青石因事离开祠堂，回到自己的住处刚坐定，忽见门外一个熟悉的身影一闪。他不能相信，赶忙跟出，走廊里已不见踪影。疑疑惑惑赶到楼梯口，正看到月季踮起脚跟，小偷般一步三跳逃开去。陈青石吓住了，情急中叫一声："月季!"

月季以手掩面，双肩缩起站在楼梯的最后一级，半天不敢回过头来。陈青石压低声音道："你不要命啦?"赶上前将她搀上楼。月季说我好好的，没一点问题。陈青石说要有问题那就迟了。陈青石真的有些生气，没想这人如此糊涂，半点不知道照顾自己，不知其中的利害，这样的时刻竟然跑上街头东奔西走，并且还要在楼梯上攀上攀下。

月季意识到自己过分了，神色张皇，双手紧抓住竖起的衣领，讨好着要给陈青石笑。陈青石只沉着脸不理不睬。当他弯下腰给月季脱鞋，让她上床躺下时，月季忽然一个纵身，抱住他的脖颈就是不放。月季说："我不要你离开我!"陈青石好不容易挣脱束缚，扳起月季的面孔来看，那里已是涕泪交横了。

夜里，敬老院的大婆在吴翠红陪同下，抖抖索索摸上楼来看月季。大婆是吴翠红在敬老院里认下的干亲，两人性格相投，话能说到一处，相互走往得也亲密，就如真正的母女一般。陈青石迎上前准备搀扶，大婆将他拨开，一个劲问："月呢，月过来了是吧?"陈青石说过来了，下午刚过来的。大婆说，月身子没好，你怎么就让她走这么远的路，真懵懂啊。见到月季，大婆又说，月，你好懵懂，身子没好，怎么就敢走上这么远的路。月季缩在毯子里，一味笑着。

大婆从怀里摸出一只罐头瓶，悄悄递给陈青石。陈青石伸手欲接，她掉了个方向，又递到吴翠红那边了。大婆吩咐道："小心，别碰伤了。"

罐头瓶里贮满清水，水面浮了层灰灰白白，绵绵软软，橡皮圈那样的东西。大婆说那叫水母，用开水烫了，浇上红糖，专给女人补血补亏的。

月季的身子一直很干净，全不像一般人描绘中应有的那样可怖。待到没了外人，月季不时伸了手摸出厚厚一沓纸让陈青石看。纸上仍不见一丝一毫的异样。两人都惴惴着，不知应该喜，或者应该忧才好。

敬老院地势较高，自来水不易送上，总是等你洗衣洗菜刷锅淘米时，伸手一拧水龙头，龙头里发出干涩的咯咯声，水停了。水一停，得凭人力到院中枇杷树下那口古井去担。好在路不远，吴翠红有的是力气，一趟一趟下去，贮水池渐渐见满了。到她把最后一桶水提起，倾入池中，她发现眼皮猛然跳动了几下。她以为是过于用力所致，坐下来喘几口气就没事的。可是坐过好久，眼皮仍一阵阵跳。左跳财，右跳灾，吴翠红心慌意乱，向同伴交代过了，走下石阶，直接往陈青石的住处去。

陈青石不在，月季大约尚未起床，吴翠红站在走廊上一等再等，室内才响起踢踢踏踏脚步声。脚步轻而快，不像有事的样子。月季着一件淡黄色宽大衬衣，下穿同样宽大的花花搭搭睡裤，尽管不伦不类，人整个还精神，脸色也好。

吴翠红问："吃过早饭了？"

月季漫不经心道："没。"

月季身子歪斜着，一头来不及梳理的长发握在手中，用橡皮筋扎好。

"到现在还没吃早饭？"吴翠红眼睛瞪圆了。

月季一看不妙，扑哧一声笑开来："骗你的，骗你的！"

月季说，吃过早饭陈青石去上班，她烧好开水洗了头，倒在床上昏昏沉沉又睡了一觉。

看来月季住到这边，比在祠堂还好，吴翠红搭讪过几句，转身出门。月季追在后面问："妈，有事吗？"吴翠红说："没事。"

月季知道有事，她趴着栏杆张望过一会，反身回房换衣服。

月季猜得不错，在河沿修车铺前，她一眼发现了母亲吴翠红。铺门紧闭，吴翠红手拉门上的铁闩，一下一下叩击着。联想到母亲一刻钟前等候自己开门的情形，月季不由就想笑出声。但此刻显然不是笑的时候，半上午的阳光挟带着热浪倾泻在母亲身上，母亲嘴巴微张，沁满细密汗珠的面部艰难皱缩着，下眼睑有些浮肿，拖出两条半弧形暗影。

吴翠红看见月季，斥责道："谁请你过来了？"月季问："大力，他有事吗？"吴翠红说事也没什么事，我只是过来看看。这么青天白日的，他怎么就连铺门也没开。

月季问："你晓得他在里面？"

吴翠红指指手下的铁门闩。门是从里面闩住的。吴翠红说，她刚刚还听到有人答应。

月季帮着母亲敲门叫门，左叫右叫硬不见个反应。月季灵机一动，转到铺侧的窗台前，想揭了护窗的塑料雨布以观察室内动静。塑料雨布经过长期风吹雨淋，已然发硬发脆，扪在手中一跳一跳，发出扑扑的声响。窗内人受到威胁，声嘶力竭叫起来：

"哇啦哇啦，号丧吧！"

是杨大力，声音尖锐而战栗。月季不由退开一步，愣怔着不敢出声。吴翠红朝她做个手势，靠近窗子低声道："大力，你怎么把自己一个人关在里面？听我的话快开门，我有事找你。"

月季道："没看到妈站在太阳底下，都晒出一身大汗了？"

窗子里声息皆无。月季道："再不答应，别怪我又来揭你的塑料布哪。"

月季咕哝一句："看我把这东西戳了去。"说完真的前后左右寻找，想找到一根竹竿树枝之类做工具。吴翠红悄悄拉住她。

吴翠红说："不开门算了，我们回去。"

月季问："这人不是出什么事了吧？"

吴翠红不语，脸上更见濡湿了。看得出，在她心里，正是担心着这人是不是出了什么事。

"妈，我们应该想办法到铺子里看看的。"月季止住脚步。月季说："假如有什么事的话……"

“什么有事有事，他能有什么事!”也不知是怪月季啰唆，或者怪她的话语不吉利，吴翠红气恼了，勾起手指往额头一刮，恶狠狠将刮出的汗滴甩到一边去。

“他整夜在外乱跑，白天躺在铺子里睡大觉!”

2

杨大力的彻夜不归，起初并未引起吴翠红重视，知道他是去玉田了。一年一年，杨大力就这样凭着一辆破车，在玉田和歌山县城之间来来往往，飘忽不定。引起吴翠红不安的是，修车铺里明明整夜大门紧锁，可到天亮时分，锁已摘下，人又到了屋里。当然这仍能勉强解释得过去，以往杨大力也有过夜晚出门，天明即返的先例。让人解释不通的只在那回铺后的睡，从清晨到昼午再到夜晚的关门大睡，并且不是偶然的一次，是两次三次四次。每当夜晚出门，接下来必定有一天的好睡。也不知那一天他关在铺里吃过饭没有，什么时候，以什么方式吃的饭。这些每每想起，都让人心惊肉跳。

吴翠红清楚急也无益，问也无益，不动声色中以自己的方式开始周密的守望。她终于看到了她的儿子。天将亮未亮，街头的景物看似模糊实是清晰，看似清晰又实是模糊的时候，杨大力在河沿的土路上出现了。土路坑坑洼洼，杨大力远远下了车，半扶半趴在车把上趔趔趄趄过来，由于露水，由于汗水，浑身上下早已湿透，衣服紧贴着胸腔，脑顶的头发以一种奇异的姿势一半倒伏，一半高耸，狼一般兀立在吴翠红面前。

吴翠红隐身在车铺斜对面一间破旧厕所里，透过木板的缝隙，她看到了与汗水露水混合在一起的，粘连在儿子鞋上、裤管上，甚至头发肩膀上的泥土和草屑，闻着某种只有兽类身上才能具有的腥膻气息。儿子开门，搬车，关门。有一天连门也不记得关，就那么裹住一身湿衣倒在了床上。吴翠红试图轻轻将他唤醒，再一次希望能问出一点什么，至少帮他换了那湿衣，让他吃点东西接着睡。但是她没能成功。

在杨大力面前，吴翠红永远是无奈的。她的一切努力，从来没有成功过。她准备把自己的观察所得悄悄告诉一个人，告诉陈青石。偏这时月季又出了问题，许多急于说出的话反不容易开口了。而在杨大力那边，持续了多日的昼伏夜出也忽然间停止下来，以至于十几天的工夫，她几乎把这件大事给忘了。

有一点无须质疑，杨大力的行动与玉田有关，与不久前吴翠红听到的那奇异敲门声有关。吃过晚饭杨大力从县城出发，骑一个多小时自行车，七八点钟到达玉田。凌晨四点左右，再从玉田动身，天亮正好赶回县城。

这里存在着一个小小的推理过程。杨大力身上的汗水，表明他刚刚经过一场长时间的奔波，露水表明在野外的奔波，泥土草屑表明在草丛中，在土山上的奔波。连起来即是，过去这整整一个夜晚，杨大力绝不是在周玉燕的缝纫铺里度过的，杨大力一直待在野外，待在玉田镇某一座长有树丛草丛的土山之上。杨大力身上的强烈气味，正是长久的奔波中汗水、露水、泥水，掺和着草汁树汁湿了又干，干了又湿酿合而成。

傍晚，月季把饭菜弄好，摆到桌上，可是谁也没心思动一动筷子。室内光线已经很暗，空气闷热，头顶的风扇不时发出咔咔脆响。楼下有谁站在梯级边冲澡，水声哗啦哗啦，然后滴滴答答，余音半天不绝。吴翠红、陈青石和月季三人围桌而坐，不时你看看我，我看看你，没人想得出一个好点的对策。

“那天夜里你听到敲门的时候，人是不是很清醒？”有那么一会，陈青石对吴翠红陈述的事实表示怀疑，试试探探问。

吴翠红说：“怎么不清醒，我还吐过一口痰的。”

月季说：“你吐过痰后，会不会随即就睡着了，后来都是做的一场梦？”

“是不是做梦我自己还不知道？”吴翠红坚决地摇摇脑袋。

吴翠红说，对那天夜里的经历，她自己也一百个不愿相信，不敢相信的，这么多日子过去，一直独自藏在心底，同谁也不敢提及。她不愿引起别人不必要的担心，不愿在家里闹得人心惶惶。她更怕杨大力捕捉到只言片语，将不知会闹成怎样。她一再试图说服自己，说也许那是梦，那真的是梦。那天下午她在玉田街头四处寻找过周玉燕，找的过程中当然有各种各样猜测，各种各样担忧，担忧得过了头，不知不觉就带到睡梦的深处。吴翠红说即便不是梦吧，即便半夜三更果然有人敲过缝纫铺的门吧，也不见得一定能说明什么，不见得就可以大惊小怪。或许另有原因。或许偶然的一次，能马虎尽可马虎，事情过去便过去了的。

陈青石道："我们是不是到哪里找个熟人，到玉田街上找个熟人，背地里帮着打听打听。或者……"陈青石迟疑，"请他注意一下缝纫铺那边的动静？"

找人，打听，那是一定的。若要人不知，除非己莫为。做了，不可能没人知道的。也许在玉田街上许多人早已知道了。也许所有人都知道了，瞒住的不过就是杨大力自己，及杨大力家里这几个傻瓜而已。吴翠红若有所思："我们找谁呢？"

"要找，当然得找个十分稳妥的人才好。"

陈青石微皱眉头，说以前他到玉田出差的时候，认识了镇政府的一位秘书，还有一位办事员，人都很诚实，绝对牢靠的。

月季说："玉田那一带，我也有好几个同学的，只平日没太有联系。"

吴翠红思虑再三，终是没敢同意，她说这事不是别样的事，不怕一万就怕万一。万一有人不小心说漏了嘴，传出去结果不是好玩的。

"还是由我出面，直接找大力谈一次。"陈青石似是下定最后的决心。

陈青石已经第四次说这句话，下这种决心了。

接连几日，吴翠红早早晚晚要抽时间到陈青石这里盘桓一阵，传递着有关修车铺里的消息。杨大力的活动似乎遵守着某种规律，出外一天，然后休息两三天。休息的日子他照常开门，照常修车。

陈青石把自己考虑的一个设想悄悄同吴翠红讲了。这设想陈青石其实同样讲过多次的，吴翠红一直未置可否，没想这回一提，她竟默默地颔首同意。

吴翠红说，其实她内心里也总在琢磨这件事。吴翠红说，看来我们只能如此了。

这天吃过晚饭，陈青石送吴翠红出门。陈青石和月季本打算留吴翠红一同用完饭再走，吴翠红不愿，说她在家把饭烧好了，回去即可吃上的。陈青石清楚她的性格，也不多劝。两人在街口分手，吴翠红急急往前回家了，陈青石朝右拐，准备到办公室取一封信。信是苏国河写的，收到已有些时候，总不记得回复。陈青石拉开办公桌抽屉左翻右找，一时却不能找着，猜想什么时候可能把信带回家了。这么迟疑着关好门出来，经过院外那段林荫道，走到一家水果店前，他忽然让小月拦住了。

“小月，”他意外着，“你怎么在这？是过来找你妈妈吗？她刚从我这里回去，路上没碰到？”

“碰到了。”小月道。

看起来小月并不像在找她母亲，她是专门找他，找陈青石的。待要再问点什么，小月却一句话不说，扭头便走。

陈青石脚步有些踉跄，他想这又能有什么事，明明刚与吴翠红一起的。他紧走几步赶上来。

“小月告诉我，到底出什么事了？”

小月说：“没事就不能找你？”

小月把下巴翘向一边，看也不看他一眼。

无论是月季，还是陈青石，暗地里对小月都存有不同程度的畏怯。他把语调收敛了，从侧面小小心心问：“你妈妈什么时候到的家？赶上晚饭了吗？”

小月说：“我怎么知道她什么时候到的家？”

陈青石愣道：“你刚刚不是说，在路上遇到她了吗？”

陈青石道：“那是谁让你过来叫我？”

小月说：“我自己叫你！”

小月哧的一下笑出声。

“怎么，不行吗？”

在这个小月面前，你永远别想正经问出一句什么，别想正经说上一句什么的，陈青石不再作声，两人的步子越发急促了。

小月引着陈青石穿街走巷，走的明显不是到祠堂的路，也不是到修车铺的路。小月走的路一直朝下，曲曲折折往河沿而去。歌山县城一面靠山三面环水，你通过一条时而宽阔平坦、时而坎坷逼仄的沙土大道，可以由一处河沿到达其他任何一处河沿的。陈青石琢磨，照规律今天正值杨大力在家休息的日子，吴翠红也明明看到他一天在家的，那么突然之间，祠堂里到底又能闹出多大名堂？

到了河沿，小月并不如陈青石以为的往右，相反，她往左行过一阵，然后转过身依然朝下，走上直通河滩的一条幽深岔道。

“小月，我们这是去哪？”陈青石问。

陈青石一再在路头站住，要问清他们去哪。小月一声不吭，低头只管急走。他们经过一处小山般堆积的垃圾场，一处水泥砖制作场，又经过一畦又一畦菜地，还跳过一条漫流而过的小水沟，于是眼前出现了那片荒旷的沙滩，沙滩尽头是黑乎乎却又白茫茫的浩大河水。小月没有止步的意思，她一路踢踏着咯咯作响的石砾，跌跌撞撞往河水的上头而去。

“这小月疯了。”陈青石自语，抄直路急步上前，攥住小月手肘就向后拉。这时他发觉小月在抽泣。小月抽泣得厉害。

“小月，小月怎么啦，怎么回事？”

小月说：“我……”

陈青石问：“你到底怎么了？”

小月说：“我……”

小月一手掩面，一手上下挥舞，想挣脱陈青石的拖拽，脚底的石砾给踢腾得哗啦啦四溅。陈青石真的有些慌了。这样一个寂静的夜晚，这空无一人的可怕荒滩上，假如小月疯疯癫癫弄出个什么意外，有个好歹，那他真正是叫天天不应，叫地地不灵了，到时如何向吴翠红他们交代，向众人交代？于是手下不由越发用力。小月这么挣了几次没见效果，忽然身子一个歪斜，整个扑入陈青石怀中，哇哇大哭起来。

“我，我好难过。”

“难过什么，小月？为什么难过？谁怎么你了……欺负你了？”陈青石一个劲连连后退。可他退到哪里，小月就似一个软体动物，像一颗半融化的奶糖，跟着粘到哪里。假如他一松手，她就会直接跌落到地面去。

“我，难过，难过……”

陈青石渐渐弄明白，今夜他遇到的究竟是什么。不过这怎么可能，真的不可能。在陈青石印象中，就像在所有的人印象中一样，小月是个真正的糊涂人，古董人，或者说，是个什么也不懂，只知躲在厨房玩那些坛坛罐罐的毛孩。陈青石的惊骇是无法形容的。谁也没有想到，小月会有这种心思，小月竟然会这样。此前小月身上所表现出的种种怪异举动，这一刻都得到了很好的解释。他想这个小月到底怎么了，祠堂里的这家人到底怎么了，一个个神魂颠倒，乖张怪僻，让你想不胜想，防不胜防。有一刻，陈青石相信自己简直被吓住了，他又一次想到陷阱这个词。他怀疑眼前所遇到的是不是一个新陷阱。这个小月，还有月季，还有整个这一家人，是不是从一开始就布置了一个巨大的陷阱，等着他钻进去？

“疯了，这小月疯了，这家人都疯了，整个疯了！”陈青石四肢僵硬，舌根震颤，双腿零乱着又后退几步，极力想让小月抬起头来。无奈小月又攀又绕，泪水鼻水热乎乎湿乎乎，弄得他满项满肩都是。

小月呜呜哇哇，哭得全身发抖、发哽，陈青石有些紧张地偏过脑袋，朝左朝右四下里张望。好在这里离县城已远。他们的身后，一片高大的芭茅丛，和芭茅丛后面更高大的柳树、白杨树隔开了那边闹哄哄的灯火与人声，他们身前，河水一如既往以浩阔的姿势咯咯吱吱汹涌而过。陈青石半是惶恐半是窘迫，同时又带几分怜爱地环拥着小月，另一只手在她肩背各处轻轻抚触，静待她早点平息下来。

“小月，到底，怎么回事……”陈青石继续独自喃喃，声音滞涩而机械，听着完全不知从哪里发出的。

不知不觉间哭声停止了，小月如一只虫子，用牙齿在陈青石颈项间悄悄啃啮。陈青石唤了一声，再次要移开她的面孔，没想小月双臂越绕越紧，嘴大张着，云一把雾一把呼哧呼哧急速摸索过来。

3

从走出家门头一刻起，吴翠红便感觉周身很不踏实。明知杨大力正忙着修车，天黑之前不会外出的，可一个人偏要顾忌成那般，似乎一不留心，某种可怕的身影就有可能从哪个角落钻出。吴翠红一边左顾右盼，顺着祠堂侧边的小巷曲里拐弯向前，一边又得装出镇定自若，全无顾盼的模样。在预先约定的地方，吴翠红与先一步到达的陈青石会合了，两人一前一后来到汽车站，买票，等车，上车。终于把自己安置在车座深处，另一种困难又适时产生。车子是开往玉田的，车厢里所坐当然都是玉田一带的人，讲着满口玉田土话。吴翠红不住琢磨着，前座的那人，后座的那人，还有那人，和那人，是否与周玉燕存在着什么瓜葛？邻居，熟人，同学，亲戚？自己不认识他们，他们却暗暗把自己看在眼里？某一刻吴翠红有了这样的念头，说不定她偶一回首，便能看到周玉燕或者杨大力坐在后面哪一排座位上，正不动声色对着自己嘿嘿冷笑呢。

在距离玉田两三华里的地方，吴翠红和陈青石悄悄下车，钻进一条僻静的田垄。等到他们翻越几座山岭，相信已进入预想的位置，脚下零零落落散布的青砖黑瓦白墙即是玉田镇街时，他们坐在树丛中的一块风化岩石上，再没有胆量也没有力气尝试着站起身子，跨出一步半步。

由于经常出差办事，陈青石对玉田镇比较熟悉，去年他还专程与杨大力到这里玩过一次，夜间两人就睡在周玉燕做衣的工作台上。他们谈话到夜深，人有些兴奋，睡眠不很完整，黑暗中一再醒来。醒来了便可以听到一种近在耳际的水流声，或者说是树木随风发出的呼啸声，哗哗啦啦，彻夜不息。故此在他的记忆里，玉田有许多人，许多树，当然更有许多的风。水，树，风，还都是黑黝黝的颜色。铺子后面的土山他也留有印象，矮矮的，秃秃的。这种山区小镇一般来说不外乎背山面河，格局基本上大同小异。不过今天换过一个角度，站在山顶朝下看，其感觉又大为不同，山体忽然间高大起来，陡峭起来，街面上的房子随着低伏下去。吴翠红指点半天，陈青石终于相信，周玉燕的缝纫铺原来在那里。

不知是气温较高，抑或精神上紧张所致，两人在树丛中坐不多久，不由感到闷热异常，又饥又渴。这才醒悟今天走得过于匆忙，过于慌乱，丝毫没想到应该做些必要的准备，如带点吃的喝的之类。陈青石说时间尚早，在这里坐着也是坐着，我们不如到山下走走，找个偏僻地方吃点东西填饱肚子再说，到了夜里，更没时间顾及这个了。吴翠红犹豫着，不愿起身。

陈青石说，那我们不下山，我们往那边走走吧。

他指了指相反的方向。

吴翠红又一次犹豫着。吴翠红说小陈你到那里走走吧，随便找个商店买点吃的，我就在这里等你。

陈青石说："那何必。"

陈青石知道，吴翠红不愿再把自己暴露到光天化日之下。陈青石也不愿把自己暴露到光天化日之下，但比较起来，陈青石更不愿把自己暴露在吴翠红面前。他不愿就这样长时间与吴翠红面面相对。尽管在内心深处陈青石十分清楚，小月不可能把那天晚上的事告诉任何人。即便小月告诉谁了，告诉吴翠红了，也与他没有多大关系。但他仍不敢与吴翠红面面相对。何况这是一个什么地方，周围没有任何外人，也没有任何可以转移注意力的事情，两个人只能你看着我，我看着你，看着看着便不由有些尴尬，有些心慌了。

地气在树丛中，在周围看不清的地方发生悄悄变化，头上的太阳似乎也陡然暗淡了许多。吴翠红和陈青石终于从藏身的地方走出来，朝后山一条小路走去。山的后面还是山，山和山之间半断半续，却是越走越高。两人来到一定的高度，看看也没什么好走的，便掉转身顺原路返回。刚拐过一处山角，看到山路的左前方，隔着一道半人高的土棱，及土棱上生长的树木草丛，有一个人弓腰屈膝，半伏半蹲在一片低地上独自忙得正欢。吴翠红、陈青石没有在意。谁都会以为这是附近村庄的农民，也可能是玉田街上哪位闲不住的居民跑到荒山野岭打柴砍草、垦地种菜来了。吴翠红甚至很想同陈青石交换点看法，说这人勤劳固然不错，但把菜种到这兔子不拉屎的地方，未必不是得不偿失，故此她还踮起脚跟，往前凑了凑，陈青石也往前凑了凑。

吴翠红和陈青石宛如给枪弹击中了，不约而同倒退一步，然后僵立在路途。

在地上忙碌的那人，是杨大力。

但是，他们打死也不能相信，面前这人真是一天来他们急于接近又急于逃避的杨大力。在县城动身前，吴翠红亲自往河沿探视过，证实杨大力确在铺中，一时半刻不会动身的，怎么平白无故，又在这样的地方出现了？

吴翠红由最初的震惊转为疑惑，她看着陈青石。她从陈青石眼中看出了同样的疑惑。陈青石伏身，借着树木的遮掩再次轻手轻脚凑上去。他的头刚一抬起，又给枪弹击中了般一个战栗，飞快退回来。

从杨大力所置身的洼地到这里，直线距离三四丈左右，假如不是那道土棱及土棱上的树木草丛，假如不是杨大力正好蹲伏着，双方大约就要面对面撞个正着了。

杨大力大约过分沉浸于自己的工作之中，尚未来得及认出他们。杨大力甚至根本没有觉察到树木这边有人。这是到目前为止唯一值得肯定，也是唯一值得庆幸的一点。吴翠红身子愈加缩紧，开始离开小路，朝山坎下树丛茂密的地方退去。陈青石明白过来，也作出相应的动作，跟在她的后面退。退到一定的路程之外，两人忽然掉了头，不顾一切奔跑起来。越往下，树丛草丛越加密集，有一会他们落进几人深的荆棘中，缠缠裹裹，下不能下上不能上。

“用不着这么跑，他根本没有发现我们的。”陈青石说。陈青石一次一次试图阻止住吴翠红。

十几分钟之后，吴翠红、陈青石坐在河谷深处一座古旧石桥上，刚刚喘过一口气。河是经过玉田镇外的那条河，河道很宽，水流却窄。夜幕降临，四周的山影挤挤挨挨涣散成一片，河中的水花忽然间却异样耀眼，给人似真似幻之感。一下午所经所历，于是也跟着似真似幻了。仔细想想，这一路上无缘无故的惧怕和躲避其实有些荒唐，刚才奔逃，不用说更加荒唐。他们是为了杨大力而来，绝没有见着杨大力反而一逃了之之理。他们至少需要弄清，杨大力独自一人待在那荒山，到底要干个什么？根据种种迹象分析，杨大力并非如他们愿意以为的那样没有发现。杨大力发现了他们。而且杨大力的发现绝对在他们的发现之前。杨大力半蹲半伏，低头寻觅，正是猝不及防相遇时的一种应急措施，是意识到有人在近旁窥探时，煞有介事的一种表演了。

借着朦胧的月色，吴翠红、陈青石再一次朝玉田镇后的土山攀爬，他们找到了遭遇杨大力的那处洼地，找着了洼地上散落的一小抱半干的茅草。当然不见有人。他们散开了，上下左右搜寻过一遍，仍不见有人。

“大力，大力。”吴翠红压抑着嗓门叫了两声。声音空旷而阴森，倒把自己吓出一个哆嗦。

真实的情形应该是这样：就在吴翠红、陈青石转身奔逃的同一时刻，杨大力以同样的姿势，同样的速度，朝相反的方向奔逃而去了。

4

谈及杨大力近期所为，吴翠红用一句话来概括：让鬼寻着了。

吴翠红坚持认为，假如没有杨大力鬼打着般的胡闹，周玉燕也许不会这么快翻脸，不会如此绝情的。两个人一起多少年过来了，骂也骂过，吵也吵过，眼看着小孩都要长大成人，突然之间何至于闹成这样？

周玉燕说得没错，那是一些多么不可思议的夜晚，一个稍具正常头脑的人绝不会那么做的，别的不说，他从哪来那么好的精力，那么大的胆量，又哪有如此荒唐的念头呢？更深人静，玉田人几乎一闭上眼睛，便能听到沙沙的脚步声从河滩，从后山，从街头巷尾传来。杨大力长时间站在粮站附近某一根电杆柱旁一动不动，只让上半边身影随着月光长长地拖到人家的院门口去。杨大力在周玉燕铺前撒沙子，撒锯屑，恍惚间让人以为下了一层白霜。杨大力一声不吭敲周玉燕的门，静心观察铺内的反应。他似乎企望着铺门能同样一声不吭打开，以使他的预感得到证实。

“谁？”周玉燕问。

“谁！”周玉燕又问。

周玉燕一问再问得不到回答，直到恐怖得大叫出声，杨大力才阴影一般溜开。

杨大力把某一幢未完工的三层楼房当作落脚点，从泥迹斑驳的窗口爬进爬出，钻在刨花堆里睡大觉，呼噜打得跟猪一样响。杨大力跑到几里路外荒无人迹的密林里烧火取暖驱蚊虫，被护林员当场抓住了，还若无其事赖在火堆边不愿起身。

提起这一切，周玉燕不住冷笑。周玉燕说，那样的事她没干，并不说明她不敢干。她只是太忙，没那个闲工夫，也没那个好心情。吴翠红仔细理顺胸前的衣襟，从内心里表示了赞同。没错，没错的，别说周玉燕没明显的把柄好抓，即便她有了把柄，你这么无头苍蝇般瞎撞，又能抓到点什么？再退一步说，你抓住了她的把柄，人证物证稳稳抓在手中了，凭你这么副模样，除了激化矛盾，自讨没趣，自取其辱之外，又能拿她怎么办呢？

吴翠红说，让鬼寻着了，当真让鬼寻着了。

在紧接而来的日子里，吴翠红、陈青石等人几进几出玉田镇，试图对急转直下的事态作一点挽救，但所有的努力均以失败告终。周玉燕留着下梢微微卷起的短发，短袖衫，直筒裤，面孔和身子瘦弱而干枯，性格却极是坚韧，泼辣。她手挥一只大剪刀，一边嘎嘎剪裁着衣料，一边声泪俱下，说她考虑几年了，气了几年，哭了几年。气也气饱了，哭也哭够了，再不想哭了，不想受气了。而今主意既已打定，就没有了回头的余地，任何人来劝都没用，天王老子来劝都没用。这不能怪她，她也给逼得没了法子，狗屎不臭非要自己挑起来臭，叫她有什么法子。

吴翠红说："小周不是我说你，这么大年纪的人了，动不动还耍小孩脾气。离婚，你知道什么叫离婚吗？你以为离婚就是上嘴唇与下嘴唇吧嗒一下的事？小周你千万不要开这样的玩笑！"

周玉燕说："谁开玩笑了？我开玩笑了？我看开玩笑的正好是你！到这种时候，人家要死要活，死不死活不活，你还有心思在这里嘻嘻哈哈，假腔假调，阴一句阳一句。话没个准话，笑没个笑样，一大把年纪没个正经，什么意思！"

没料到周玉燕如此出言不逊。俗话说伸手还不打笑面人呢，今天为来玉田，吴翠红费下很大的心思，作了充足的准备。她给周玉燕、杨斯带了吃的穿的，前不久从敬老院分得的三斤上好花生油，自己家舍不得一滴半滴下锅，整个拎过来要孝敬儿媳妇。临出门，左思右想总觉少了点什么，又特意拐到大街上的食品店，为周玉燕母亲买了一包点心。谁知一番热心肠换来的却是这么个结果，世上有如此霸道的人吗？吴翠红将面色一沉，冷冷道："你们怎么吵怎么闹我管不着，分也好离也好反正是你们自己的事。这就好比两条狗，不叫不咬它们那爪子就闲不住。但不管怎么狗咬狗，你们不能不为杨斯想想。你们不要过日子，杨斯要过日子。"

周玉燕叫道："这是什么日子？这也叫日子？这是猪日子狗日子，连猪狗过的日子也不如。亏得你还好意思说这是过日子！"

吴翠红道："你们的日子是你们自己过的，这跟我一点关系也没有。都是三十岁的人了，半辈子的人了，莫非还要我管着你们过日子，这到哪里也讲不过去。要叫我说，你们日子过得不好，当然要怪我生的这东西没用。但日子是两个人过的，日子是两个人的日子，真正理论起来，也不好单怪哪一方。要怪两人一起怪，两个人都有责任。”

周玉燕点点头：“我有责任，我有责任，而今我不想过这日子了，行不行？我惹不起你们。我偷人养汉，水性杨花。我是农村户口，吃农业粮，我配不上，我有自知之明。我只求你们放了我，行不行？”

这边的动静早惊动了左邻右舍及街头一帮闲人，铺门前围观者越聚越多，其中几个小孩挤挤挨挨就要跨进门了，只因杨大力正好当头坐在门槛上，多少挡住了跃跃欲试的脚步。周玉燕全然不顾这些，鼻涕是鼻涕，眼泪是眼泪地又哭又叫。奇怪的是她的喊叫略一停歇，双手一如既往又在工作台上来回奔忙，一把大剪刀横一下，竖一下，前一下，后一下，一个劲嘎嘎直响。人们很难弄清她这是正常工作呢，或者歇斯底里大发作，将整块整幅的布料胡乱剪个稀巴烂？工作台对面踩机子的周小芬、李玉花大约受到某种感染和暗示，也是目不斜视，手脚并用，专心忙碌着。周玉燕声音越大，她们脚下的缝纫机也越加踩得欢快，周围的一切似与她们全无干系。

陈青石走到周玉燕面前，悄声提醒道：“我们是不是找个地方，”他向里面房间瞥了一眼，“坐下来讲讲话？”

周玉燕道：“陈青石，我们算不上好朋友，至少也算得一个熟人吧。你为人热心，愿意帮助人，背地里我尊敬你，也感谢你。但今天我要说，这个时候你真不该来玉田。我知道你的意思，知道你想同我说什么。我劝你不要说了，说了等于没说，一点作用不起的。这些年我过的什么日子，你没亲眼看见，大概听也听到过一些，这里我不想提起，提起了只会让人伤心。你这次来我招待不周，只希望你下次不要来了，来了我会更招待不周的。到时可不要怪我不理人，不要说我周玉燕翻脸不认人！”

陈青石说：“小周，这里人多，我们就到里面房里坐坐。”

陈青石话未说完，周玉燕嘶声叫道：“有什么话就在这里说，没必要躲躲闪闪，鬼里鬼气！反正我们的事谁都知道，好事不出门，丑事传千里，这么多年我在这玉田街上丢丑丢惯了，现在不要脸了，没有脸了，要脸也没有脸了！你到门口大街上问问，我们的事哪个不知谁人不晓？”

周玉燕将一把剪刀在工作台上拍得咚咚直响，泪水一股一股肆意涌出，看模样已是伤心、绝望至极。

陈青石、吴翠红骇然以对，讪讪站立着不知如何是好。

第二十章

1

初抵广州，陈青石很过了一段迷糊而恍惚的日子。每天吃过早饭，苏国河出去上班，他也匆匆忙忙一同下楼，骑着自行车上街溜达。说是急着为自己找一份工作，可放眼街头，找工的人群就如凌空飞卷的海水，汹涌过来，汹涌过去，所有的角角落落早给荡涤过无数遍了。三五天后陈青石彻底明白，他上街不过是做做样子给自己看，也给苏国河看，让对方放心他不会在这里打扰多久，一有机会就能搬出去的。

陈青石有些无法弄清，自己是如何来到南方的。此前想也没想过，他会置身于这样一个全然陌生的地方。也就是个临时冒出的念头，走。于是他便走了。

那天的经过，从头到尾记得极清。接连多日，他在琢磨着如何到县司法局找一位姓江的朋友。江姓朋友任司法局办公室主任，这是自己讲话时无意透露出去的。同样是出于某种可笑的炫耀心理，表示他认得的人多，门路广。至多图个嘴头子痛快吧，讲了便讲了，本人并没当回事，没想吴翠红、杨竹生却记住了。当吴翠红把司法局及江某某的名字吞吞吐吐道出，陈青石惊讶已极。随口讲出的一句话，一个人名，吴翠红他们如何就给记得如此之牢，又如此之准？那么，他早先在吴翠红面前到底讲出过多少话，吹下过多少牛，是不是全让他们一字不漏记下来了？

吴翠红、杨竹生的用意很清楚，司法局是一级官府，姓江的朋友是官府里的官员，官员的手上有权，有权就能让人畏惧，能压人。吴翠红、杨竹生想借助官员和官府的势力，来吓住周玉燕，阻止她的离婚企图。司法局，顾名思义就是管法的。他们固执地以为，只要官府出面，就能让人害怕。

婚姻纯属个人私事，与任何外人无关，更与官府和权力无关。即便你想进行干涉，阻止他们离婚，也只能找居委会、找镇政府或民政局什么作些调解，至多要求法院进行判决，而牵扯不到司法局头上。吴翠红、杨竹生无法明白这个道理，陈青石也不愿过多解释。在祠堂里，他早已养成的习惯便是有求必应。何况这个时候，形势已经相当严峻，周玉燕心意坚决，步步逼近，没有回旋余地。要离婚。婚一离，杨大力便什么也没有了，鸡飞蛋打，人财两空，衣食无着，什么可怕的词语用到他身上都不过分，下半辈子，只能赤条条打光棍了。作为父母，吴翠红绝不能眼睁睁看着他们的儿子落得如此下场。他们想不出其他办法。吴翠红所能想出的唯一办法，就是找陈青石，希望他再次出面找关系。当陈青石面露茫然之色，表示不知从何下手时，吴翠红适时提到了司法局，提到那个江姓朋友。

捡下班前的空闲时段，陈青石到司法局江姓朋友的办公室坐过一会。不可能要求朋友帮什么忙，那样也太荒唐了。江姓朋友一定会笑死，会把他看作一个怪物，以为他发了疯。更荒唐的是，他明知事情过于荒唐，却又不能不找到江姓朋友那里坐坐。找了，坐了，谈了话，就能算是个交代。至于谈的什么，只能另当别论。当然，为着尽可能让自己心安一点，陈青石也把有关情况作了点核实。他同样用的是讲故事方式，说自己哪个地方的亲戚，夫妻感情不好，面临离婚，想找有关部门作些调解。江姓朋友果然内行，也热情，滔滔不绝给他介绍了许多。居委会、镇政府、民政局及法院，如此如此，这般这般。江姓朋友接着又费下更多工夫，给他普及婚姻及法律方面的知识。

从司法局出来，陈青石发现身上的衣服都有些汗湿了。气温并不很高，短短时间怎会出了这么多汗。出汗可能是一种不小的消耗吧，此刻他感觉到很累，很无力。本该早点赶到祠堂，把情况向吴翠红、杨竹生作个报告。他们正眼巴巴在那等呢。很可能又备下了不少菜，要留他吃饭。可陈青石打心眼里不想去见他们，他不敢见他们，没有脸面见他们。又想照江姓朋友指点的，到居委会、镇民政所等地方问点什么。不过同样不愿。他真的觉得累，觉得无力，无奈。他在街头一家商店傻站过一会，面朝货架，似乎在找寻一种难找的物品。老板上前，问找什么。他答不出找什么，敷衍一下转身离开。然后又到了另一家商店，面朝货架上的商品继续发呆。这次不等多问，他拿了一包香烟和一只打火机。将烟点着，深深吸过一口，从商店走出。

找人与不找人，其实完全一样，没什么用的。杨大力的婚事如此，杨大力的工作安排问题，同样如此。在祠堂这个角落的所有事情上，莫不如此。陈青石把所有的关系用尽了，也把所有的精力耗尽了，结果什么忙也没帮上。也许他越找人，越帮忙，反而越害了这一家人。这一家人，也许恰好葬送在他的手上。仔细想想吧，起初他没出现的时候，祠堂一角平平静静，安安稳稳，每个人过着属于自己的那份日子。杨大力躲在河边修他的车，杨竹生每天夜里捕他的鱼，吴翠红制她的虾酱，月季到造纸厂上她的班，小月缩在厨房没完没了摆弄她的油盐酱醋。陈青石一掺和进来，面前的一切便乱了。不可思议之处在于，祠堂里这一家直到现在，仍不能认清陈青石是怎样一种人。不知他什么能力也没有，什么本事也没有，什么忙也帮不上，不知他把他们害了。他们反倒进一步，一个个表现出更为疯狂的劲头，继续把他视为无所不能的人，视为生活中的唯一希望，唯一指靠。他们不顾一切抓紧他，像一条条什么蚂蟥，牢牢吸附在他身上。妈的还真是疯了。他把他们弄疯了。

在一个僻静街角，陈青石坐过好久，一根接一根吸那烟，几乎把刚买的一包烟吸完了。等他把最后一根烟蒂扔掉，某个决定也就适时作出了。

近两年，身边也不时有朋友、同事通过种种关系从歌山调出，到市里，到省里，更多的是调到南方沿海地区。也有人探过陈青石的意思，都让他毫不犹豫拒绝了。不愿出外的理由有很多，其中最重要的一条他没能说出。因为那理由原本就无法说出口，说出了一般人也无法理解：他觉得自己放不下祠堂里的这一家人，他们离不开他。直到现在，此时此刻，他仍然坚持以为，这一家离不开他。吴翠红、杨竹生正在祠堂里等着他。杨大力的事闹得正凶，需要他出面找人解决。他们正一心聚在那里等着，想听他出外找人的好消息呢。假如自己撒手不管，甚至干脆一走了之，祠堂里的人怎么办？他们如何接受得了？

接受不了也得接受。正因为走不了，他才更得走。他得尽快走，越早越好，越快越好。再这么下去，很可能会出事的，会出大事，到那时，想走也走不了了。

单位上的请假手续很快办好。到医院找个熟悉医生开张病休证明，附一份请假条交在领导手上，就行了。让人费心的是如何通过祠堂这一关。事情非常明白，最起码他得给一个基本的解释，基本的借口。可他更加明白，所有的借口都是站不住脚的，所有一切不攻自破。他唯一可做的便是不解释，不找借口，也不见他们的面，甚至连月季的面他也不见。该安排的事务安排好，又回乡下老家去了下。直到上车前一刻才赶到祠堂，说他要临时出外一段时间。他要走，马上走。早上七点半的车子，现在七点快到了。在吴翠红他们的错愕目光之下，他匆匆忙忙转身离去，直接背着包去了车站。

2

高中一伙老同学每每谈起苏国河，脸上一边现着戏谑的笑，一边却更显几分崇敬和景仰。苏国河是传奇，也是荣耀，大家乐于谈他的过去，又谈他的现在，谈他在外面的大城市如何发达，如何体面。可是等有一天陈青石也赶到那传说中的大城市，两人见着面，发现现实中的苏国河原来不过如此。简直可以说，苏国河的处境实在有些不尴不尬。别的不说，单说住房吧。苏国河的居住条件非常不好，三户人家合住着一套三室一厅的单元，客厅、厨房、卫生间公用，相互之间常为些难以启齿的小事闹得红头涨脸。幸亏苏国河仍单身，夜深了，陈青石在床前地板上清理出一块地方，几张报纸一铺，被盖展开，稀里糊涂便算混过一夜。

苏国河不只住得不好，人似乎也有些不对头。苏国河喜欢谈论别人，尤其喜欢谈论他的两位邻居。在苏国河眼里，对面两家是真正的小市民。苏国河习惯撮拢双唇，模仿着小市民的口气说话；又踮起脚跟在房间里绕来绕去，边讲些零零碎碎故事，边做着滑稽的小动作，然后张开嘴巴无声大笑。一遍说过了，又说第二遍，每次讲起，那情绪都很激动。星期天到了，苏国河会早早起床，梳洗打扮一番出门，乘车赶往女朋友那里。苏国河的女朋友在几十里外远郊的一所高校教书，人长得比苏国河还要高大，健壮，巴掌伸出也比苏国河的宽广。看苏国河在她面前一副谨小慎微、低声下气模样，陈青石不解，同时暗暗又有些幸灾乐祸。他想苏国河风流潇洒半世，到头却找下这么个女人，多少也算遭了报应吧。

电话里苏国河的意思，是让陈青石晚点出来的。说等他先联系好接收单位，有了具体的目标，就有了一定的把握，再让陈青石过来。陈青石当然等不了那么久，坚持先出来，再找接收的地方。苏国河只能随他。联系一份工作不是容易的事，本人不亲自出面，旁边的人毕竟无法替代。可等陈青石本人过来，接收的地方同样难找。苏国河出面牵过好几条线，陈青石本人也从报纸上从相关熟人那里得到不少信息，几番周折都无结果。

苏国河有一个朋友，也可能不是朋友，只属于那种有点工作联系的客户吧，人称张天师，在什么地方的一个建筑队做负责人。张天师生就一副老农民的苦大仇深模样，一张小脸黄皮寡瘦，似打过一层蜡，牙齿大且稀，耳朵上长年夹一根烟卷，却从不见他吸。有次张天师站在苏国河住处那扇半开的门边，陈青石经过时无意挨着了他的臂膀，不由一惊。张天师全身的肌肉稀松疲软，仿佛某只皮囊里装了大半袋温不拉叽直晃荡的水。

来来往往见得多了，也就熟悉起来。这天张天师又来，与苏国河一起到外面的餐馆吃饭，顺便把陈青石拉上了。陈青石不愿，张天师客气得不行。席间聊及找工诸事，张天师撇开大嘴嘻嘻直笑，说我讲句不该讲的话，小陈要是不嫌弃，就到我那里帮帮忙吧。脏是脏点，说出去也不好听，但我可以给你下个保证，工资绝不会少了你的。

“到你那帮什么忙？你那又有什么忙可帮？”苏国河不屑一顾，“莫非到你的工地上做小工？”

“帮我搞搞技术管理呀，正说少一个这方面的人手呢，”张天师道，“别嫌我们这伙民工，要是去了，工资真还少不了你的。”

“这么在家坐着，真不如到我那里看看。不行的话，你在我那边做着，边另找其他更好的地方么，我还会拦着不让走？”张天师似乎还真黏上了，酒喝到一半，又再次提起。

陈青石真没想过民工不民工，工地不工地的问题，更没想过什么脏不脏，好听不好听。有个地方待下就行，有点活做就行。按他眼下的心境，也许越脏，越不好听，还越高兴呢。放下饭碗，根本没做多余停留，他直接跟着张天师走了。苏国河不放心，第二天特意抽出时间，同他到工地看过一回。“就这？也是你能待的？”苏国河连连摇头。陈青石不理他。陈青石头戴安全帽，很快消失在楼道深处。

到建筑队上班后，陈青石急不可耐从苏国河住处搬出了。气温越加升高。砖头，瓦刀，脚手架，民工们的破衣烂袜，带沙粒的米饭，水泥切割机的嘶哑呐喊，鬼一般在建筑楼道里旋来旋去的冷热气流，所有这些陈青石很快适应了。民工们分别来自内地好几个省份，口音乱七八糟，但相互之间尚能听懂。有人想讨便宜，一面亲亲热热嬉笑，一面试着用生僻而肮脏的方言土语骂人。被骂的一方起初还连连点头称是，不过很快明白过来，同样一面亲亲热热嬉笑，一面用生僻而肮脏的方言土语回骂，双方都其乐融融。

陈青石在工地上做的管理员，相当于监工职务。说起来如何重要，实际上什么事也没。张天师约莫什么地方求着苏国河，自己正是作为交换条件之一给安排下来的。陈青石能吃苦，为人小心有分寸，不愿招来周围的白眼，工地上样样事情带头，搅灰，掩沙，抛砖，抬水泥预制板，推那种翻斗车在楼层间上下，没有一刻停歇。别人吃饭了，休息了，他还在脚手架上钻来钻去，收收捡捡。早晚风大，顶楼上刚刚砌成的半堵墙体如几片羽毛晃晃悠悠，陈青石看着心里发毛，生怕哪块砖飞落下来砸着街头行人，连问怎办怎办，逗得大伙一个个捧肚子乐。

不知不觉间，陈青石成了张天师身边不可或缺的得力帮手，成了建筑队一位小小的红人，尤其那帮南腔北调民工，还真心实意服他。等到工程告一段落，建筑队将分批迁往百余里之外的另一城市，张天师需要留下做一些善后工作，吩咐陈青石带队先行。陈青石找到苏国河商量一下，暂时算答应了。

整理好行装准备动身，陈青石又接电话，苏国河让他赶快再回一趟。陈青石不解，说不刚从你那出来吗？苏国河说，刚出来也要回，有急事。

苏国河口气不容置疑。陈青石坐了车赶回，门推开，靠墙的沙发上突兀站起一个人，面容僵直，欲笑不笑欲哭未哭看着他。

是吴翠红。吴翠红从歌山找过来了。

吴翠红说，原本她想同月季一道来的，考虑来考虑去，还是节约点花费为好。月季很少出外，怕不方便，最后决定她独自一人出门。

"小陈哥哥……小陈哥哥，你，还没下班吧？"

3

正值盛夏，杨大力躺在床上，不叫吃，也不叫喝，一个人没完没了面朝墙壁沉睡，或睁大空茫的眼睛犯呆。吴翠红把家里人召集好，反复作了布置：一，修车铺里昼夜不能脱人，大家轮流值班，你走了我来，我走了你来，认认真真招呼着。二，任何人不准在杨大力面前提到玉田，提到周玉燕等等。该送水的时候我们送水，该送饭的时候我们送饭，不该我们说的话我们就不多说。我们不要劝他，更不能有埋怨。遇到这种人，埋怨了也没用。劝也没用，这不是一个听劝的人，听劝就不会有今日。这是一个糊涂的人，劝了反会勾起不必要的联想，让他在牛角尖里越钻越深。我们只能耐下心思，等他自己慢慢恢复，慢慢把一切忘掉。

吴翠红安慰大家道，也就是几天时间吧，过上几天，他会自动起床的。不是一次两次了，他自小养成这么个习惯，稍不顺心，便给你一声不吭躺到床上，要不然怎么会跟狗屎一样让人讨嫌呢？

车铺的外间让杨竹生仔细收拾了，零零碎碎的东西归置到一边，靠墙放一张竹凉凳，夜间他睡在这里给杨大力做伴，天亮以后，再由月季、小月过来接替。或许由于家庭的气氛过于紧张，或许人长大了，小月一改平日的懒散，不停穿梭来往于祠堂和车铺之间。事情忙完，小月双脚比齐了靠住欲开未开的铺门，面朝街头长时间不动。

杨大力躺在床上的姿势缺少必要的变化，显得甚为蹊跷。你这个时候进房去看，他在那里弓腰曲背睡着，过一会进去看，他还是弓腰曲背地睡。吴翠红为了安慰自己，特意到街头、河沿什么地方转上一圈，尽量将时间拉长，以增加其变化的可能性。回到铺中一看，杨大力仍是一副弓腰曲背模样，并不见丝毫改变。小月觉察到吴翠红神情的怪异，也跟着对床上的人左看右看。于是母女俩一齐发现，床上这人连身体的正常起伏也消失了。

没有呼吸了？吴翠红与小月同时伸出手去试杨大力的鼻息。鼻息微弱，但是没有断绝。再到手肘上探摸，脉搏也一抽一抽跳得有力。就在她们准备抽手回来时，杨大力身子动弹一下，呼的一声将蓄得满满的一口长气吐出。原来这人睡梦中正独自屏声静息练闭功呢。

吴翠红轻声却是焦灼地呼唤：“大力！”

杨大力迷迷糊糊答应一句，然后睁开眼睛。

“怎么了？”杨大力问，“做什么？”

吴翠红说：“你也要翻个身吧，睡觉哪有这么种睡法，连身子也不翻的？”

杨大力皱皱眉，满脸不高兴地开始伸腿，提脚。在床板嘎啦嘎啦响动中，他将身子翻过来，面朝帐顶。吴翠红怕待久了惹人厌烦，拉住小月轻轻退到铺外。

一家人心血没有白费，杨大力懂得起身吃点东西了。杨大力的食量一餐看着一餐地增加。到第四天早晨，他一口气连吃下两大碗面条。几天下来这人肯定饿急了，他是连汤带面，带面上的肉片、空心菜叶，带碗底沉淀的辣椒粉末，一概刮了个干干净净，把个小月兴奋加紧张，来来去去跑出一身大汗。吴翠红将第二碗面条煮好，盛起，打发小月送到河沿，自己匆匆收拾一下灶台，紧跑慢跑跟了过来。这时候，杨大力经过一顿饱餐，居然又呼呼睡了过去。

“能吃能睡，这是好事。”杨竹生说。

“就指望他有一天像这样能吃能睡。”

吴翠红说话时，声音都有些颤抖了。

这天吃过中饭，吴翠红去找陈青石。月季从厨房迎出，说陈青石刚刚出去了。半小时后，等陈青石从街头赶回，吴翠红和月季仍在屋子里相对而坐，低着头默不作声摸膝盖。

陈青石问：“大力他，好些了吗？”

吴翠红叹口气，说他能有个什么好，吃饱了睡，睡醒了吃，还不跟养了一头猪一样？猪吃饱了，高兴起来了，说不定还能给你哼几声的。

吴翠红说这些日子在那头忙，总没时间过来看看，过来了也不记得问起，你们自己的事准备得怎样了？

月季见问，重低下头去。

陈青石有些惊慌，说我们的事，还正准备着。他好险没脱口而出：我们的事，我们什么事？

从南方回来后，吴翠红开始谈论“你们自己的事”。

大约上楼走得快了，前胸后背汗水直冒，陈青石拎起衣襟当扇子那么扇动着。他知道这个时候必须说点什么，越具体越好。不可能对方问起了，自己支支吾吾一句也回答不出。吴翠红见他窘迫模样，忍不住笑开来。

“一个年轻人，还是机关干部，平日也要懂点整洁。头发不理，胡子不刮，每天你真就那么忙吗?”

月季想起什么，起身到房里拿了件东西递给陈青石：“你的!”

陈青石清楚有缘故，迟迟不肯伸手接下。月季说：“妈妈特意买给你的东西，还不快接着?”

这是一把电动剃须刀，很豪华很精美的那种，街面上还很少有人使用，价钱肯定不会低的。陈青石左右不安，说怎么能让你买这么贵的东西，我要用不会自己去买?

吴翠红笑道：“你自己会去买就好了。”

月季装作生气的样子，酸溜溜重接过剃须刀左看右看。

“妈，找个时间你也大方一次，买件好点的东西送送我?心里只装着个小陈小陈，把这边做女儿的早不知忘哪去了。”

说着话，月季伸过手臂勾住陈青石脖子，忽然身子一歪，整个人坐到他怀中，撒起娇来。

当着自己母亲的面如此放肆，陈青石吃惊的同时，更是尴尬。他避让着，试图给月季一个暗示，让她起身离开。但月季全不在意，吴翠红也不在意。于是陈青石想，也许这对母女与一般人大是不同，相互之间随便惯了吧。

从敬老院到陈青石住的水利局宿舍原是顺路，上班下班方便了，吴翠红喜欢进来坐坐，站站，顺带捎上点东西，帮月季料理些家务之类。坐过，站过，明显可看出，吴翠红内心很轻松，很愉快，进门时阴沉沉一张脸很快烟消云散，变得有说有笑了。

吴翠红说，男子汉大多粗心，事务一忙，许多地方不容易顾及，这时便需要女人出来提醒，催促，不然怎么说没个女人的家不成个家呢?

“妈，这些话你不知说过多少遍了，我听已听饱，哽在这里快喘不过气来了。”月季仰头做打嗝状，“我懂。我又不是不懂。”

吴翠红把笑容收起，又提起刚才的话题，说近几天她与月季爸爸躺在床上左思右想，总觉他们过于疏忽大意，忘了一件要紧事。他们应该把陈青石的父亲母亲请到家里吃餐饭，双方家长见个面的。原先还讲究个媒人，讲究个订婚，现在一概不提了，但婚姻毕竟是大事，关系一生一世的事，说随意也不好过于随意到哪去的。双方父母约个时间见见面，吃餐饭，把该定的事定下，无论如何不算多余。

陈青石表示同意，说是这样，是这样的。

“再说，父亲母亲养你这么大，让你读书上大学，而今你要结婚了，这么大的事，假如不同他们早早通个气，各方面筹划筹划，他们真不知会有多伤心。那时候不光怪你，更会怨我们的！”

经过商议，三人定好了陈青石回家及邀请陈青石父母来县城的具体时间。

4

陈青石、月季匆匆收拾了一下，带上门随吴翠红下楼。陈青石脚下快，三步两步跨到前面，让吴翠红、月季或左或右跟着。陈青石的意思，原以为可多过些时日，等月季的转正有了明确结果，然后再做其他打算。哪知吴翠红提也不提转正的事，似乎早忘光了，完全不当一回事了。

街道上蠕动的阳光、喧闹的人声充满热力，爆炸一般震荡开来，一股股往你的面门上撞。一辆装满木柴的小型农用车在街头打横调头，挡住了随坡度下泻的车流和人流。几个男人围着车身高声吆喝，却是干着急没得办法。街面过窄，街中心又安上一道栅栏，将窄窄的街道一分为二，农用车尽管小，也不能让尾部很好地运动过来。陈青石挤在人堆里耐心等候，他想他大约真没必要走那么快的，到了车铺又能怎样。这些日子，陈青石哪天不是抽时间到车铺走上一二趟，或夜晚，或上班的间隙，或代替月季、小月送饭送水。他悄悄进门，悄悄找来一把椅子靠墙而坐，坐完了，然后悄悄离去。在杨大力面前，陈青石早已到了说不出话，也无话可说的程度。杨大力怕他，暗暗躲避他，这点陈青石懂。每当他就某个问题说句什么，严肃的或轻松的，杨大力总颤抖着移过脑袋，呆呆傻傻朝他看，目光中尽是惊恐，尴尬，甚至蕴含着某种隐隐的敌意。于是陈青石也随着惊恐、尴尬起来，满脸是羞愧之色。

在杨大力面前，他同样在隐隐地怕着，躲避着。

街对面的杂货店前有几个女人闲坐，小月夹在其中，嬉笑着趴在一位红衫姑娘的肩头左右摇晃，也不知什么事值得如此高兴。旁边的人提醒她，直到有一个人在她屁股上狠拍一巴掌，她这才转过脑袋，连奔带跑赶过来。吴翠红不高兴，说让你好好守铺子，你东游西荡个什么？

小月不答话。吴翠红问："大力醒过了吗？"

小月说："醒过了吧？"

吴翠红问："他到底醒没醒过？"

小月说："醒过了，他还起来解手的。"

走进铺门，果然闻得一股浓浓的异味。吴翠红从里间将便桶拎出，用清水冲了，要提到河沿厕所洗刷。陈青石接过桶把，说让他去。吴翠红不干，两人认真争夺着。吴翠红勉强放了手，只让月季帮着抬一下。月季正收拾房间，将杨大力的几件脏衣装进布袋，准备带回家清洗。小月说："我抬。"

对面那伙女人在小月离开后，也起身各自散去了，杂货店门前只剩几把木椅木凳照原样摆着。小月似把吃奶的力气一齐用上来，双手握住桶把，嘴唇紧抿，两条腿螃蟹那般踢踢踏踏横移。陈青石要她让到一边，说我一个人提。小月不松劲，说："我要抬。"

陈青石说："看你等会弄脏衣服。"

小月用心把裙摆拎开，两只脚踢踏得更厉害了。

桶里的尿液很黄，还带着属于人的暖暖体温。许是刚刚给水流冲激的缘故，液面结着一层厚厚的泡沫。随着桶壁荡动，泡沫一个跟着一个破裂，发出清脆的啪啪声响。

这是杨大力的液体，杨大力的泡沫。有一种冰冰凉凉的东西从很深的地方爬出，爬遍了陈青石全身。陈青石看那桶底，忽然看呆了。

“我们，回吧？”小月靠过来，轻轻牵住他的手。

陈青石和小月刚从厕所退出，月季气喘吁吁奔到面前：“大力，大力！”

陈青石问：“大力怎么……”

月季说，大力怕是昏过去了。吴翠红准备换下他床上垫单，要把他叫醒，叫来叫去叫不醒。吴翠红摇他，后来一慌把他的身子翻转来。人是翻过来了，却仍然没醒，脑袋软塌塌在枕头上晃过来晃过去。

陈青石一边奔跑，一边听月季断断续续叙说。隔老远，已能听见吴翠红带哭腔的声音。可等他三步两步赶到，铺里一时又很安静。原来杨大力终于醒了，正勾起手指使劲揉眼睛，揉得眼皮吱咕吱咕直响。

吴翠红躬身站着，小小心心问：“你要给我说实话，是不是哪里不舒服，病了？我到街上找位医生给你看看，要得吗？”

杨大力摇摇头，手搁在眼眉上不放下来。杨大力说：“这人就是想睡，睡一会就好的。”

吴翠红说：“晓得这些天你睡过多久了吧？照这个样子睡下去，没病也会睡出病的。”

陈青石说：“大力，我们扶你起来坐坐，怎么样？”

吴翠红说：“坐一阵你再睡。”

杨大力不动，眼睛半开半合着，看样子又要睡过去。吴翠红抓住他汗湿油滑的肩膀头，捏了捏站直身，说她这就去找一位好点的医生过来。脚步没动，杨大力忽然把眼睁开，大叫一声：“找医生找个鬼医生！”他厌恶地瞪吴翠红一眼，身子一倒继续睡他的觉了。

5

月季随杨竹生一道去了桥头赶厂车，陈青石和吴翠红打过招呼，也离开车铺准备回单位上班。小月背转双手靠住半开的铺门，在他经过时忽然红起脸来，低下眼睛看自己比齐的脚尖。陈青石心里咯噔一下，知道这人什么时候又搞下了名堂。他迟迟疑疑往前走，同时到衣服各处摸索。摸到制服短裤的口袋，他的手果然一顿。陈青石回头，见小月仍双脚比齐了背手而立，眼睛一眨不眨出神地看他。陈青石给她招招手，小月身子一闪，倏忽隐进铺门。

这是小月的杰作。巴掌大一张纸片上歪歪扭扭画着青蛙般两个人形。一男一女，男的脸方，女的脸圆。男的长得胖，长得大，女的长得瘦，长得小，脑后却拖一条玉米棒那么结结巴巴的长辫。男的脑袋旁边写了一个字：你。女的脑袋旁边也写着一个字：我。“我”和“你”同一副笑模笑样，相互牵住的那只手夸张得又粗又长。纸片的背后，另有一行细细的文字说明：夜八点。早些来。

隔不了三天两天，陈青石便能收到这样一张小纸片。小月变着花样在他身上做手脚，实在不能靠近了，她把纸片捻成条条，塞在离陈青石住处不远的某段石墙墙缝里，或干脆塞到修车铺门槛下边，你装成无意的样子蹲下身，随手一摸即可触着的。这两个地方是小月设下的秘密信箱，除了她和陈青石，整个世界上没有第三人知道。小月通过纸片发出约会的信号，有时也报告一些有关家庭方面的情况，及自己一天来的所经所历。还有些话语无头无尾，无可捉摸，大约纯粹属于零碎的思绪、片断的感受了。有一次陈青石从墙缝里掏出一只火柴盒，里面装满五颜六色的豌豆糖。

小月把见面的时间定好，自己却不能遵守，她每次总要提前十几分钟甚至半小时到河沿岔路上等候，为此陈青石经常弄得心惊胆战。

“刚才那边一个男人，好让人害怕。”小月窸窸窣窣告诉陈青石。

陈青石很紧张：“哪边？”

“那边，”小月指指几十米开外的路口，“他一动不动对着我看。起初还以为是你来了。”

“他对你怎么了？”

“怎么也没怎么，他就是一动不动看我。”

陈青石揽住小月好一阵抚慰，又好一阵责怪，让她以后千万注意看准时间，不能一个人跑出来傻等。这里荒郊野外，地僻人稀，万一碰上个歹人怎么了得？小月表面上满口答应，可到下一次，她又把一切忘在脑后，依然提前，依然傻等。

小月说，吃过晚饭她反正没事的，提前一点无所谓。小月说她家那座台钟不准时，时快时慢。快点倒没什么，她怕到得晚了，会惹得陈青石生气不理人。

近几天很凑巧，单位上领导出差的出差，生病的生病，家里无人管事，手下人也乐得逍遥，稀稀拉拉过来点个卯，然后又一个个找到借口往外溜。上班不多久，左左右右已走得个干净。陈青石坐过一会，也收拾好桌面急忙出门。正是半下午时分，街上行人极少，他顺着小月第一次带他走过的路线，避开大街，由一条小巷转入另一条小巷，很快来到河沿，然后转身往车铺去。

小月手拿一根冰棒从刘莉的商店走出，望见陈青石一愣。陈青石不好久停，抽身便回，小月会意，轻手轻脚跟过来。

“你吃。”小月把冰棒举到陈青石面前。陈青石避开了，问：“小月，车铺里好离人吗?”

小月说：“有什么不好离人，成天光坐着，又没事的。我们干什么?”

“我们找个地方出去走走。”

小月问：“我们到河滩吗?”

“随便到哪。我们去爬山。”陈青石吩咐，“你把铺子收拾一下，门带上。我在化肥仓库围墙外面等你。”

几分钟后，陈青石和小月一前一后，走在化肥仓库外的水泥道上。这是陈青石头一次主动相约，小月神情兴奋，脚下连奔带跑，不一会便赶上来，要同陈青石说话。陈青石目光锐利，皱皱眉，她这才讪讪地停在路旁。可是过不一会，她又连奔带跑赶上来，无话找话同陈青石笑。

县城后面这山是真正的山，山峰很高很陡，屏风那般一挂挨着一挂。山涧很深，涧底的树木很粗很黑，溪水在看不见的地底悄悄流淌，只把声音传上来，铮铮的。阳光一般是难以见到的，阳光只在山顶与树梢闪亮。阳光一旦落到身上，也经过了密林一次次筛选，变得又软又淡。偶有一下两下的叮叮脆响在谷地上空回荡，你实难分辨那是砍柴人的刀声斧声，或是某种鸟类在剥啄着哪一段枯木。陈青石和小月在山林深处钻来钻去，一会向上，一会向下，来来回回把可走的地方走遍了，这才寻到一块理想的空地坐下来。

小月腿长腰长，人倚在陈青石膝上，身子斜斜地从前面绕过，能一直绕到他的肩后。她把脸搁在陈青石后颈窝，一面轻轻摇动身子，一面径自哧哧咕咕暗笑。

陈青石将小月的乳头衔了，一点一点往大处吸。等到口腔里塞满，塞结实了，然后一点一点缓缓吐出来。吐完又接着吸，接着吐。小月问："下午不用上班了?"

陈青石道："上班我们还能出来爬山吗?"

小月问："你喜欢和我一起爬山吗?"

陈青石说："当然。"

过一阵，小月问："你喜欢我吗?"

"别讲话。"陈青石说。

小月说："我要你说你喜欢我!"

陈青石不作声，继续吸她的耳廓，颈脖，又吸她的肩胛，腰眼，膝盖。小月感觉身上各处湿漉漉的，她用手去摸，手也随之濡湿了。

"你哭了?"小月问。

小月说："我看你，怎么哭了?"

"别讲话。"陈青石说。

小月抱紧陈青石脑袋，双手用力向下按。

"小月你知道吗，我和月季，马上要结婚了。"

"什么时候?"小月缓缓把眼睛睁开。

"具体日子还没定，大约过几个月吧，今天中午你妈在我那里，还专门催起这事。"陈青石把目光避开了，朝左朝右四下察看。

“你妈让我下星期回一趟黄田，把我父亲母亲接来，双方长辈见个面，好把各方面的事情最后落实一下。”

“你们不是还要打家具吗?”小月问。

“当然打家具，”陈青石说，“不过打起来那很容易的。”

“家具打好了还要油漆!”

陈青石不知所以，愣愣地看她。

小月问：“那么我们以后不能出来玩了?”

陈青石说：“不能了。”

“夜里我们还可以到河滩去吗?”

“小月。”陈青石说。陈青石双唇嚅动，试图让小月明白些什么。

大颗大颗晶亮的眼泪顺着小月的面颊往下滴落。

“小月，怎么了?”陈青石问。

“我要你要我!”小月说。

“瞎说。”好一会陈青石说。

前天夜里在河滩，小月已说过一次这种话了。

小月说：“今天我就要你要我！我要和你结婚，我要给你怀孕，我要给你生小孩!”

“别瞎说，小月。”陈青石悄声阻止着。这时他发现小月将他越抱越紧，身子颤动着，一节一节有力地贴上来。陈青石将脊背一弓，面孔猛然抬起。他开始给小月整理衣裙。

“小月，时候不早了，我们起来，我们回家。”

小月不起来。小月双眼紧闭，脸色苍白，臂和腿依然枯藤一般缠裹着，脸埋在他颈项深处，你挣一下，她随之埋下去，你再挣一下，她接着再埋。陈青石挣了几次无法挣开，坐在一旁静静喘气。近些日子他们确实太放肆，陷入太深。他们把事情闹得太大，这已经完全无可收拾了。小月原本不是一个理智的人，不是懂事的人，这点他早应该清楚的。

“快起来，小月，再不回家，他们会发现，会不知怎么找我们的。”

“我要和你结婚!”小月说。

“快别这么瞎说。你有多大。那根本不可能的。”

“我就要和你结婚，我要给你怀小孩，我要给你打胎！”

陈青石用劲把双臂挣出，一根一根捡拾肩头的草屑，让小月半个身子滑离在地面。

“小月你再不听我，我一个人先回去了。”

“我不我不——我不回去！”小月声嘶力竭大叫一声，双腿双脚在地面乱踢乱打起来。

“小月，你怎么这样？”陈青石惶恐着，尴尬着，这一刻他的目光忽然变得异常陌生。

6

敬老院里发现了臭虫。臭虫躲在高高的帐顶角落，黑乎乎做成一个窝。帐上的捉完了，老人们把垫床的草席揭起，铺到水泥走廊上，用铁锤锤那边沿和四角。席片里不时发出啪啪的脆响，接着流出红殷殷的血。老人们如一群受惊的小鸟，缩着身子挤在一起啾啾鸣叫。院领导决定搞一次彻底的大扫除，从院外雇请了几个临时帮手，由吴翠红等人带领着，喷药，洗刷，搬出来，搬进去，忙活一天，中餐连饭也没仔细吃。

半下午时分，吴翠红抽空回了一趟修车铺。吴翠红幸亏回了一趟修车铺。小月坐在门外荫凉处打毛线，里面的床铺空空荡荡，人不见了。小月还不知道床上没人，奇怪道刚刚还看见的，这会大概上厕所了吧。吴翠红感觉不对头，她想怎么是大概？于是问道：“大力几时上的厕所？”小月睁大眼睛，说不出一句话。吴翠红问：“你几时看见他还在床上？”小月仍不说话。吴翠红喝叫：“快说你下午到哪里玩了！”小月结结巴巴承认，她看录像去了，一位同学家里开录像厅，不收钱的。

顾不得骂出要骂的话，吴翠红跑到厕所察看。河沿零零落落的几处简易厕所找遍了，没见那人踪影。吴翠红让小月继续守住铺子，自己到敬老院请了假，然后找到月季。月季找到陈青石，找到杨竹生。一家人在车铺聚齐了，你看看我，我看看你，再到河沿那几处破旧的厕所看看，各自分头出去寻找。沈老板的生意做不下去，上个月已经搬离，饭馆的门窗封死，不可能躲进人的。老张的商店，刘莉的商店，二榔头的商店，一路问过去。电影院、录像厅，街巷、广场，还有厕所；还有河滩，河滩上的垃圾堆、白杨林一路找过去。吴翠红从地头残存的篱笆上拆了根长长的竹竿，顺河而下，又顺河而上，不时到那水深处这里探一下，那里试一下。

二榔头的母亲提供了一条线索：她说她看到杨大力了。中午她到商店来换儿子回家吃饭，刚从巷套里转出，就见杨大力踩着自行车与她擦肩而过，往大桥那边去了。杨大力头发乱乱的，车后架上还驮了一只鼓鼓囊囊的包。

“一只什么样的包?”吴翠红问。

“没看清什么样，黑黑的，这么大吧。”二榔头母亲随手比画一下。

吴翠红问：“那是什么时候，是中午吗?”

二榔头母亲说：“中午，我还没吃过饭么。”

吴翠红看小月。小月急道：“中午我送了饭过来，看着他吃的!”

二榔头的母亲大约七八十岁高龄了，头小，脚小，身子枯瘦，背驼得紧，这种人说的话不能当多少真的。二榔头也不当真，喝叫着让母亲少插嘴。二榔头母亲满肚子委屈，说：“信不信，回家看自行车还在不在么。”

吴翠红哆嗦一下，拉着小月跑回车铺。自行车果然不在。进进出出无数遍，居然没发现自行车不在。地面留有两道歪歪扭扭的车迹，门角落土面松动的地方，车迹分明，崭新，好似一分钟前刚轧上的。

吴翠红同着陈青石、杨竹生，一行几人在汽车站与汽运公司停车场之间奔来奔去，四处寻找最后一班开往玉田的汽车。车子没找着，恰好接到刚从玉田赶来的周玉燕。周玉燕由徒弟李玉花陪着，在站前路的灯光树影里走得慌张，见到迎面而来的这伙人，两只干巴巴的瘦手往前一伸，抓住吴翠红的衣袖再不放开。她要吴翠红他们快点，快去玉田。她专门来县城接他们去玉田的，杨大力闹事，闹着要死，要杀人，要杀她们全家。

一句话说出，周玉燕眼泪流下来了。

“你们都在这里，你们要保证，你们要对我们全家人的性命负责，对我女儿的性命负责。我们一个都跑不掉，你们也别想跑掉一个。你是做母亲的，你是做父亲的，这事只有你们管。你们要做出保证！”

吴翠红凝视着周玉燕，等她的喊叫停下来，这才颤颤抖抖问：“你这是在说大力吗？”

陈青石道：“小周别慌，你尽管慢慢说。”

周玉燕喘过一口气，说：“杨大力他说他要死，死前先杀几个人垫底。先杀我，杀杨斯，杀周家湾的人，他再自己杀自己。他说要死一齐去死，一个也跑不掉。”

吴翠红问：“这是几时的事啊？”

吴翠红一瞬间也是涕泪双流。

“怎么得了，这事怎么得了？”

一伙人继续沿着街边的人行道，叽叽喳喳、有哭有啼地往车站赶。车站里当然找不到开出的车，整个候车室空无一人。于是他们又急急反身赶回，引得路人纷纷侧目。陈青石、杨竹生紧随着周玉燕，很想问清此刻玉田那边的具体情况，可周玉燕反复挂在嘴头的仍是那几句残缺不全的话：他闹着要死，要杀人，杀我，杀杨斯，杀周家湾的人，然后自己杀自己。

杨竹生问：“他杀了谁了吗？”

杨竹生嗓门很大，周玉燕有些吃惊地看他。

“他说了他要杀人。他说到会做到的。李家婆他们说不叫的狗咬人，他的样子看不得，好怕人！”

这么盲目地在街头找下去，肯定不会有什么结果，陈青石建议大家先回祠堂休息，另外再想办法找车。到了祠堂，小月说她一位同学的哥哥正好是开车的，就不知今夜有没有空，她可以马上找这个同学问问。得到允许，小月飞奔出门，在巷口却让陈青石跟上喊住了。陈青石说小月你等会，我同你说一句话。随后他们找来杨竹生商量，杨竹生又悄悄拉出了吴翠红。

陈青石说："我们就说小月找车没找到，等会我一个人骑自行车去玉田，你们把周玉燕留下来，让她在县城住上一夜。"

陈青石说，解铃还需系铃人，这是一个机会。就这么一个机会了。

吴翠红不愿让他独自一人走这么远的夜路，说让杨竹生陪着一起去玉田。陈青石摆摆手拒绝了，说走点夜路算什么。他到住处推了车子，又赶到祠堂跟周玉燕打了个招呼。

"小周，我先一步到玉田看看，你别急。你尽管放心，大力不会有事的，大力不是那种人。这点我们清楚不过。"

杨大力果然没事，陈青石夜深赶到时，发现缝纫铺的门半开半合，工作间空无一人，却也不见多少混乱的痕迹，里面房里，杨大力直挺挺躺在床上睡得正酣。而在县城，吴翠红、杨竹生也把周玉燕留住了。他们让月季、小月陪李玉花上街看电影，李玉花兴奋得很，不多久已跟两姊妹热络成一团，电影看完，三人又一同到陈青石的住处睡觉。吴翠红、周玉燕、杨竹生却是一夜未睡，周玉燕边哭边诉说，吴翠红陪着，边哭，边劝，边赔着小心。周玉燕第一次在吴翠红面前说了这么多话，流下这么多眼泪。天亮时分，原说好一早去赶玉田的头班车的，周玉燕却是困倦已极，靠着身后的大木柜不知不觉睡着了。

吴翠红推推她臂膀，问："小周，你还是到床上睡吧。"

周玉燕闭着眼睛答应。答应了好几次才站起身，在吴翠红的帮助下揭了蚊帐上床。等她一翻身醒来，已是上午八九点钟，太阳明晃晃照在窗对面的石墙头，杨竹生到厂里请好假回来，吴翠红也把饭菜热腾腾摆在桌上等着了。

第二十一章

1

陈青石上午到家，没想半下午时分，小月也跟着赶到了山深处这个叫大源里的村庄。

陈青石的大哥不停地在家进进出出，也不知忙些什么，一对赤脚板踩在天井的条石地面咚咚直响。父亲大清早担着两只鼓鼓囊囊的蛇皮袋，翻山越岭，走乡串村叫卖日用小百货去了。当顶的太阳异常炽烈，四周的沙地给烤得吱吱呀呀叫唤，陈青石头戴一顶破草帽，同妹妹金姑一道蹲在后山上翻薯藤，除草，锄地，要赶在天黑前把翻过的地块点上水粪。

家事不堪。母亲年高体弱，三天两头犯病，大哥成天东奔西窜，全没个过日子模样，大事不会做，小事不愿做，身上的债务越积越多。还真亏有个金姑，里里外外独自一人极力撑持。金姑脸红颈圆，身板扎实，臂上有力，动作快速，田里地里，干起活来一阵风。随着腰身的起伏，满地散乱疯长的藤叶在她的手上一根根理顺，然后掉头摆向另一边，平平整整，熨熨帖帖，恰似给一只木梳梳理过，不大的工夫已把陈青石落下老大一截。

“又没人拿鞭子催你赶你，要这么急慌慌做什么？”陈青石手牵一根扯断的藤叶，直起腰招呼。

金姑笑道：“太阳毒着，二哥你还是早点回屋吧，没人稀罕你插这一手半手的。”

就这时，山脚下屋场那边传来隐隐的人声。

“叔，叔。”随着一阵踢踏的脚步，大哥的三个小孩一个个蓬头垢面，衣衫不整，野人那般从树棵里钻出。陈青石正自疑惑，树棵里又是人影一闪，身材矮胖的母亲满脸兴奋，跌跌撞撞向这边跑来，说姑娘、姑娘从县里来了。

陈青石问：“什么姑娘？”

母亲厉声道：“你说还有什么姑娘！”

金姑弃了锄头，边弯腰放下裤管边向山下飞奔。陈青石也跟着跑过几步，脚下却是没深没浅，腾云驾雾一般。此刻他已意识到什么。母亲站在前面坡口招手，让他快点。母亲说，从县里到乡里有多远，从乡里到我们大源里又有多远，一个人七问八问，怎么就能问到了？母亲说，真是一个好姑娘，要长相有长相，要嘴巴有嘴巴，得人疼不过。

陈青石所猜不错，刚转过邻居家的屋角，他看到隔过一块地坪，小月身着一条白底黄花的半长连衣裙，双手背转，微侧着脑袋，正红头涨脑冲他憨笑。

陈青石的耳廓咯嗒一响，如一张发黄发硬的塑料纸给人扪动着。他用脚尖在地面拖了一下，二话没说，回过身便走。

“青石，你做什么？”母亲问，“这是去哪？”

陈青石重新来到后山上的地畦，一根一根将匍匐的藤蔓提起，掉头，然后翻向另一边去。藤节上的根须脱离地面发出扑扑声响。陈青石一丝不苟翻得认真。他知道母亲来了，金姑来了，大嫂和她的三个孩子来了，小月也来了，一齐站在地头惊诧莫名地看他。但他坚持着没有抬一抬眼睛。

“家里这有多少事做不完，要专等你回来做？”金姑愠怒着喝叫。

大嫂笑道：“怕不是有意做给人家小月看，也说你在家有多么勤快吧。”

“青石，别把你当人你就往人家头顶上爬。”母亲双手挥舞，要将藤叶从他手上揪下。“我不管你们私下是不是闹过意见，人家小月这平生头一次……人家大老远从县城找到我们家，是看得起你，看得起我。是把我们放在心上，把我们看得多大！我们为人不好太过分吧？”

陈青石一把一把抓扯着藤叶间的杂草，仔细磕去根部的沙土，集拢了用力向地埂扔去。

“要回你们先回么。”陈青石道。

母亲道：“我们先回你不回？”

陈青石说：“我把这块地翻完再回。”

母亲道：“看样子我真要打人了！”

小月一直挽住金姑的手臂静静而立，这时忽然问：“我们家养了好多猪吗？”

金姑摆摆头，说哪能养好多猪，大嫂家一头，我们这边养了两头。

小月欢喜着：“那我们出去扯猪菜回来喂猪，好不？”

金姑急了。

“这又说哪里的胡话，大热的天我们扯什么猪菜？”

大嫂咯咯叽叽笑开来。

“今天这一对真有意思，一个回到家便上山埋头翻薯藤，另一个这又要出去扯猪菜了。”

母亲大声阻止，但小月不由分说，推搡着金姑就向山下走。小月说她从小帮舅舅家扯过猪菜，前几年她家在祠堂后面养过一头猪，每天放学她都得到野外扯猪菜的。金姑左躲右闪，终抵不住小月执拗。大嫂的三个小孩欢呼着冲回家拿竹篓，一伙人在树棵间渐行渐远了。母亲绝望地挥挥手，最后瞪陈青石一眼，也跌跌撞撞赶过去。

一块地薯藤翻完，陈青石横过锄柄一屁股坐到地头，实在弄不清自己应该干点什么。一切如此令人不可思议，猝不及防。太阳继续白亮亮地四面八方照射，一只红红的蚱蜢大张翅膀，鸡冠花一般从一处草丛无声地飞向另一处草丛。山脊那边，有一头肮脏的白羊低头啃草，忽然抬起脑袋，庄重地将四周打量一番。

“咩咩！”白羊叫过两声，低了头依旧啃草。

陈青石拖着锄头回家。前前后后的门敞开着，人大约都到外面看小月扯猪菜去了。陈青石找过脸盆到井边冲过一个澡，倒在床上不一会沉沉睡去。等到一觉醒来，房内的光线已经很暗，小月紧挨他坐在床沿，正弓腰埋脸兀自抽泣不止。

“呵——”

小月不时呼出一口长气，鼻涕眼泪嘶嘶咕咕夹杂而出。小月手忙脚乱掏出手帕，用劲拧鼻头，揉眼睛。谁知那水挤了又有，越擦越多，眼泡，鼻尖，脸腮，一齐给弄得通红水肿，乱糟糟一片。

小月腰侧，正朝向陈青石面孔那边，裙腰上有一块明显的泥迹，肯定是扯猪菜时沾上的。随着身体的起伏，泥迹一明一暗，缓慢却又是幅度很大地弹跳着。

“我今天出来，家里根本不知道的，这点你尽可放心。”小月瓮声瓮气道。小月显然觉察到陈青石已经醒来。“家里以为我去了酒厂的同学家。我说酒厂的同学让我到她那里玩两天的。”

陈青石伸一根手指按住小月腰侧那块泥迹，然后顺边缘缓缓画上一圈。

小月迟疑道：“要是我说我现在回家，让你送我到乡政府坐车，你不会生气吧？”

无数的蚊虫吟唱着难听的曲子上下翻飞。几只鸡挤在门边对房里探头探脑，偶尔有只胆大的咚的一声跳上门槛，看了看小月又咚地跳出去，动作很是轻捷。陈青石翻身坐起来。

“中午你在哪里吃的饭？”陈青石问。

小月鼻孔深处又是嘶嘶咕咕一阵响，脑袋猛然埋到两膝之间。

“这么说你还没吃中饭？”

“没有。”小月的声音异常重浊。

陈青石问：“我妈他们没问你吃没吃过中饭？”

“她们问过，”小月说，“我说我吃过了。”

“明明没吃中饭，为什么说自己吃过了？”

小月的到来在山村引起不小的轰动，晚上家里来坐的人很多，都是上下左右邻居，都说有事，其实都为了看看小月。大哥代替陈青石挨个给男人们散烟，母亲满脸放光，一遍遍介绍着小月怎样由一个村庄问到另一个村庄，一直问到我们大源里。母亲还将小月下午扯来的猪菜提给众人观看。众人不断啧啧称赞，夸小月长得漂亮，夸小月懂事。众人说没见过没见过，哪见过这样的好姑娘，第一次进门就冒着毒太阳出外扯猪菜的。

众人七嘴八舌，说说笑笑。小月大约让这阵势吓住了，双手紧拽住陈青石肩膀，睁大一双空茫的眼睛看看这个，看看那个，面孔在灯影里躲来躲去。直到众人散开，母亲、金姑及大哥大嫂他们也分头回房休息，小月仍那么呆呆愣愣，魂不守舍似的。

陈青石略略将地面收拾了，关好房门，手执一把破蒲扇，驱赶着帐内的蚊虫。

“小月，今夜我们正式在一起了，你高兴吗?”

陈青石从后面将小月搂定，让她坐到自己身上。

老式的蚊帐很厚很密，纵横交错的网状阴影落在小月脸上，小月的目光更见空荡。许久以后，她的双肩不为人觉察地微微摆动一下，又过一会，她用劲摇了摇头。

“你不愿意?”

小月说：“我不知道。”

小月的声音如蚊虫一般细小。

“你原先说要我要你，还记得吗?”

小月目光空茫着又摇了摇头。

“你说要给我怀孕，给我生小孩，还记得吗?”

小月摇头。

“你不记得?”

小月说：“我不知道。”

陈青石问：“为什么会不知道?”

“我，我不知道。”

“不知道为什么要这样?”

陈青石失声锐叫，双手揪住小月肩头搡过几下，将她搡到床里。

“快把衣服脱了。”陈青石说。陈青石脸色发青发白。

小月窸窸窣窣脱衣服。领口的拉链在辫根处挂住了，她的脑袋偏来偏去，很费了一番工夫才解开。小月将衣服折好，犹犹豫豫不知该往哪放，陈青石接过，顺手撂到床尾。

“还有这个!”陈青石说。

小月说：“你把灯熄了。”

陈青石说：“灯不熄!”

小月双臂斜挡在胸前，怕冷那般左看右看。陈青石勾住她内衣，两边着力往下一拽，小月上身仰倒，脑袋重重地磕在床板上。

“喔!”小月轻轻惊呼一声。

陈青石半坐在小月身上，双手抓住她的胸部反复挤捏。小月再用双手握住他的双手，想掰开，却并不用力，只小小心心护持着，嘴巴微张，满脸满目是惊惧痛苦之色。

陈青石说：“小月，我走，我出去。我让金姑来这边陪你，好不好?”

“好。”小月不假思索点了点头。

陈青石穿好衣服，撩开帐门到地面找鞋。

“我愿意，你不要出去，我愿意!”在陈青石起身迈步的刹那，小月双臂大张扑到他后背上，随之是没头没脑的哀哀痛哭。陈青石没有迟疑，双手一挥将她掀开，几步过去拉开门闩。

“快把衣服穿好，我这就叫金姑过来。”

几分钟后，陈青石敲开母亲的房门。这边的动静早已惊动全家，母亲和金姑应声出现了。

“又为了什么，这么一晚，又为了什么?”母亲问。

陈青石将母亲床面前的竹凉椅捡好，擦净，双腿提起躺上去，然后一动不动。

陈青石说：“小月不是我原先说的那姑娘。我说的那叫月季，小月是月季的妹妹。”

2

此次在玉田，杨大力连头带尾共住了两个月零九天。家里不时有人过去看望，回来谈起都很高兴。那对冤家虽然相处得一直不冷不热，却也不见明显矛盾。杨大力在镇街后面找了间废弃旧房，修修补补，粉粉刷刷，重新开起了修车铺。生意谈不上生意，暂时算找到点事情可做。杨大力把女儿从周家湾接到身边，教她识字，做算术，平常的日子做饭，洗碗，洗衣，承担了三个人的一应家务，让周玉燕抽出身子，一心一意忙她的铺面。杨大力听李家婆的话，还喂养了一群小母鸡，又到前街、后山各处垦出几块荒地，种上些瓜果蔬菜。吴翠红、杨竹生来一次便告诫一次，不管在家在外，多注意点自己的外表，不说穿好，穿干净点，爽朗点是必要的，人靠衣裳马靠鞍吧。对周玉燕、对杨斯，要从各处细心照顾。周家湾来了人，千万不能有怠慢。杨大力一一点头，表示谨记在心。

大热的天，杨大力家里家外忙，汗一身水一身，精神却是不错。月季找条毛巾一下一下给他揩拭肩膀。等月季带了杨斯离开，杨大力问陈青石："你们那家具，请好打的人了吗？"

杨大力说："你们结婚我没什么好送的，这打家具的事算包给我了。"

见陈青石惊异，杨大力解释他早年曾学过一些木工活，手艺似乎不错，玉田镇政府那成套的办公用品，桌、椅、沙发、组合柜等等，都是他当办事员时利用业余时间做成的，十几年过去，至今还在用着。

有关陈青石和月季的关系，杨大力从没心思过问一次的，有时陈青石主动接近这方面的话题，他也似听非听，全然一副心不在焉、云里雾里模样。此刻陈青石头一次感觉，面前这人总算真真确确回到了正常人的生活之中。陈青石羞愧着，不安着，好半天忽道："大力，那件事我们没办成功，当真没料到的。"

杨大力怔了怔，随之咧嘴一笑。

“其实也没什么。”

杨大力说，这句话他一直想同陈青石讲的，又一直不知如何开口。事实上好早以前他已经明白，所谓的工作落实根本就是不可能的，他们那么没日没夜奔跑，除了浪费时间，浪费精力，从而自寻烦恼外，再无其他意义。假如说起初多少还抱有一点指望，有一点盼头，那是起初。正因为没日没夜地找人，跑过那么多地方，出过那么多丑，他发现他真的不行了。

“而今好了，”杨大力一再重复道，同时两手抬起，轻微做几个姿势，似在强调着什么，“而今好了。”

杨大力的意思很明白。他是在高兴，在侥幸，也有些心有余悸。幸亏而今好了，再用不着为那种傻事空费心力了。

陈青石和月季是利用假日，专程来玉田玩玩的，天黑前要乘最后一班客车返回县城。杨大力兴致犹浓，临了还拉着陈青石到河滩、到后山各处转过一圈，参观他垦出的那些菜地。初秋的天气，太阳正好，地头上一片蓊蓊郁郁。杨大力说在玉田一待多年，直到现在才明白这原是一处不错的地方，修修车，种种菜，帮老婆做做家务，教育教育小孩，心里实在比较安定，美好，也满足。杨大力谈起眼下的生活。杨大力谈得最多的是女儿杨斯。通过一段时间相处，他发现女儿很聪明，很懂事，很善良，小小年纪竟很懂得心疼人，对他这做父亲的有感情，平日有什么好吃的，不管时间早晚她总记得给父亲留一份。有次她认真地同周玉燕说，妈，家里的事为什么要爸爸一个人做，你不做？又有一次杨大力从外面回来淋了雨，女儿非要他烧了热水洗头洗澡，女儿说妈妈讲了，在外面淋了生雨，不用热水洗头会得病的。

两个人七弯八绕，边走边谈，不知不觉来到山坳里一片荒草杂树之间。据杨大力介绍，这里本是玉田乡政府所属一家垦殖场的果园，栽的都是上好的橘树、梨树、板栗树，从这边，到那边，大片大片。可是垦殖场解散，果园改由私人承包，说不清是管理不善，或因山高路远，一轮一轮的承包者花下血本，费尽心力，结果均大亏特亏。几年下来这里干脆无人问津，成了一处废园，好不容易长大成林的果木让人偷的偷，砍的砍。杨大力说而今只要谁愿意出面，完全可以用极低的价格将整个山洼拿到手，然后略加整理，该补的补，该修的修，一两年工夫即可见到不错的收成。

不用说，杨大力正着手从事这方面的准备。

杨大力指指点点，比比画画，不时从一片地畦跨到另一片地畦，从这边山窝转到那片山窝。每谈出一点想法，他会用征询的目光看陈青石。陈青石不由连连称好。

3

玉田派人来县城，大约在中秋节的前十天。中秋节团圆，吴翠红早准备到玉田去一趟的，但想到横竖要去，去就作一次去吧，这事反而拖下了。没想恰是这拖的工夫，便闹出如此大的变故。玉田带信的人说，周玉燕将铺子里的东西搬空了，整个搬到了周家湾去。杨大力一个人躺在床上，几天几夜不吃不喝。周围的人看不过意，好心给他送水送饭，他看也懒得看一眼。前些天有人从他床前的五屉柜中翻出一包粉末状的东西，大家怀疑是老鼠药，给投到灶膛里烧了。接着又有人在他房里找到一瓶呋喃丹农药。这可是千真万确的农药，瓶子揭开，臭味直往人的脑心里钻。左邻右舍都害怕，说谁做做好事，到他家里报个信，让快点来人把他弄回去吧。说已经说过几天，也托了一批又一批人，结果不是忘了，便说是没找到。

尽管有充足的时间来做思想准备，到了玉田，一行几人仍愣在缝纫铺门外，无法走进一步。空荡荡房子里四处是家具搬去后弃置的断砖碎瓦，和缝纫机底轮留下的深刻凹槽。墙头的铁钉木楔因失去悬挂物的衬托，而突兀地横刺而出。一只装盐的瓦钵摔成两半，四仰八叉躺在厨房地面。灶台上两只锅，一只锅里泡着未洗的碗筷，积水因长久的锈蚀早已发黑发臭，另一只锅揭去了，仅留下一个黑乎乎的大洞。苍蝇和蚊虫如一股一股粉雾，随着空气，随着走动的脚步里里外外腾起，流溢。在拆去蚊帐的床深处，杨大力赤裸着干瘦的上身，下面却穿一件脏而厚的长裤，螳螂那般蜷缩着。日常换洗的几件衣服揉成一团，耷拉在床栏一侧，仔细看，腰间襟前什么地方还留有隐约的泥脚印，显然是丢在地面让人践踏过然后又让谁捡起的。

杨大力似乎刚睡过一会，他用双肘撑住床面，做出一个要爬起的姿势，却让吴翠红按住了。

“怎么就这般狠心，这般对待我儿子，一点情义也不讲了？”吴翠红拖长声音，有腔有调嘤嘤哭起来。

“这才叫造孽！”同行的三姨父独自摇了摇头。

陈青石有几个熟人在玉田镇政府上班。不是很熟，出差时见过几次面，认识而已。陈青石掂量好久，终于选中那位姓王的办事员。王办事员听后二话没说，转身出门找人，不一会带来一个瘦瘦的老头。陈青石一看，这老头有些眼熟，王干事介绍说是镇里的某某主任。

陈青石带着某某主任和王干事，到缝纫铺把场面看了。此时杨竹生已将厨房大略收拾干净，又从外面买来几只鸡蛋，敲在锅里要煮给杨大力吃。吴翠红坐在床头，手拿蒲扇给儿子扇风。三姨父墙上墙下、屋前屋后察看，然后从后院拾了块木板进来。见到某某主任，吴翠红未干的泪水又顺着旧痕迹往外一冒。

在别人的地头上，在这种时候，不会有多少道理轮到你来讲的，这点吴翠红他们十分清楚。一切都是迫不得已。别人把事情做到这份田地，把屎拉到你脑门上了，你总不可能屁也不放一个，不声不响乖乖领了人回去。无论如何，话要说一说清楚的，即便离婚，离婚也有离婚的规矩。就不怕闹出人命来吗？好歹这也算一条性命，也是人生父母养的，何至于就如此狠心，下得了如此毒手？吴翠红一个一个给人哭诉着。吴翠红说，我们辛辛苦苦一生，就留下这么个儿子，逼死了，这些人再怎么无用，再怎么好讲话，也不至于死了就死了吧。就算我们容你，奈何不了你，天也不会容你，天奈何得了你的。

在玉田镇政府一间积满灰尘的办公室里，各方的人该到的都到了，有周家湾的村组干部，有周玉燕本家长辈及父母兄妹等，众人或坐或站，都不讲话，只让烟雾与灰尘搅成一团。周玉燕来得迟，背靠着门边的一张办公桌，头紧紧低下，谁也不看，原本就瘦就小的一个人，更瘦，更小了，也更见其黑了。吴翠红等人都感到意外，感到隐隐紧张。周玉燕的母亲，一位同样黑同样瘦的老太婆，用着很大的劲在给怀中一个小女孩擤鼻涕，两片又厚又长的肥大嘴唇不停地伸缩嚅动，看样子正一心一意咒骂着什么。

周玉燕简简单单一句话，把吴翠红问住了。周玉燕看准吴翠红的眼睛，平心静气地问："你说我不该搬走铺子里的东西，就算我不该搬走铺子里的东西，那么你说说看，我铺子里的东西有哪几件是杨大力置办的，可以算得上他的东西？"

吴翠红说："东西是你们一起共同置下的，叫我一时半刻怎说得清你的他的？"

周玉燕说："我可以说得清哪些东西是我置办的，我一个人置下的。"

周玉燕扳起指头，从柜子、箱子、桌子，到缝纫机、电视机、电饭煲，到锅碗瓢勺，时间，地点，起因，资金来源，购置时的具体见证人，一件件，一项项，有条不紊历数而出。当然，房里的几件木器家具是杨大力亲手做成的，床、大衣柜、五屉柜、转角柜等，但木料仍是周玉燕花钱买来的。

周玉燕说："我平日省吃省穿，自己置的东西自己搬走，难道说不行么？"

周玉燕说："俗话讲惹不起还躲得起呢，杨大力会闹死，会杀人，我怕他，不敢惹他。我把铺子关了，徒弟辞退了，生意不做了，回周家湾吃老娘的住老娘的，把房子留给他，整个由着他横仰竖卧，只求自己能躲开他，这在哪点上说不过去？"

吴翠红说："照你这么说，我家杨大力结婚上十年什么事没干，天天吃你的干饭啦？"

“不要脸！”

吴翠红话音未落，一个人猛不丁骂出声来。这是周玉燕的母亲。众人诧异地看她，她却什么事也没发生一般，手捏一只不知从哪摸出的玉米棒，让怀中的小女孩一口一口啃着吃。

“不要脸！”

周玉燕母亲又骂一声，无头无尾，无起因无结果。等小女孩把玉米棒仔细啃干净，找个地方丢了棒芯，她这才把目光转向众人。

“世上真有这种没脸没皮的人，自己生下这么个宝贝儿子，还好意思问别人她儿子干了些什么。你好意思问，我们还不好意思回答呢！”

4

这天剩下的时间，基本都在周玉燕与她母亲的谩骂声中过去。有老一代不要脸的，就有小一代不要脸的。丢自己的脸不够，在县城丢脸不够，还要丢别人的脸，要跑到别人的地界上来丢脸。我们周家湾的脸都让你们丢光了。老太婆的手指遥遥对准吴翠红脸孔，骂一句，用力点动一下，身子随着一步步往前挪。若不是众人及时劝阻与拉扯，她大概要将手指点到吴翠红鼻头上了。吴翠红起初还能不失时机回骂几句，嗓音却是干枯无力。吴翠红脸色苍白，木头一般呆坐着，眼睛直勾勾看准点向自己面门的手指。陈青石知道如此下去绝不是个办法，好汉不吃眼前亏吧，他小声说了句：“我们走，不值得同她计较。”想拉了吴翠红起身离去。杨竹生、三姨父响应着站起来，吴翠红却用劲坐着一动不动。吴翠红说：“不走。我们为什么走，看这个老鳖能不能吞下我去！”

陈青石转向众人道：“那边还有一个人躺在床上，这么闹下去也不怕闹出什么事来？”

陈青石上前用身体挡住周玉燕母亲的视线，百般解劝。没想这反而助长了对方的气势，老太婆左躲右闪，双脚一跳一跳，要把脑袋从陈青石的肩头和身侧伸出，把声音更响地骂向前。

“这么闹下去，真的会闹出事来的！”

“闹出事来就闹出事来，闹出事来不怕！”周玉燕母亲说，“就知道你们会闹事，会喝药，会拼死。死了不要紧，死了就当一条狗拖出去，拖到山上埋了。”

“你们把他埋了，你们去把他埋了！”

一语未发的杨竹生猛然站起，两眼睁圆，恶狠狠瞪瞪这个，瞪瞪那个，伸手抓过吴翠红的衣袖往身边一拉。吴翠红一个踉跄，人整个扑倒过来。

“我们走，看他们有多大本事，能把一个人当死狗拖到山上埋了！”

杨竹生拉扯着吴翠红，三姨父和陈青石在后面跟着，分开桌凳和人群朝门口走去。在众人的拥挤中，杨竹生回过头继续睁圆两眼。

“我们把人交出来了，交给你们了，你们去把他埋了，你们不把他埋了就不算人卵操的！”

一行人气冲冲来到街头，说是要坐车回县城，可看到一辆中巴启动待发，售票员大开车门催促时，他们又不由自主退缩开去。

“日他老娘，没见过这么欺负人的。”三姨父咕哝着。

镇政府院里，周家湾的人三三两两而立，似乎也没料着会有这样的结果。两位村组干部同着族里的长辈来到周玉燕面前，问她尚有什么具体想法和打算，周玉燕嘴唇闭拢，一语不发。干部们又找周玉燕的母亲，老太婆一张脸仍板得铁青，疾言厉色道：“这还有什么想法，而今还有什么想法！离婚，不离婚就把他拖到山上去，看我能不能说到做到！”

周玉燕的二嫂手牵两个小孩，顺道回镇东山脚下的娘家去了。众人都忙，来一次镇街不容易，各有各的事务在身，上前打过招呼也陆陆续续离去。周玉燕母亲犹自骂骂咧咧，带领一家人从街头走过。途经缝纫铺，周玉燕下意识朝门里扫过一眼，又扫一眼。那是她的铺子，是她生活了五六年之久的地方，那里的一砖一瓦都与她有着不可分割的联系。路过自己的住处居然不打算进去，这感觉在她还十分陌生，十分不适应。她悄悄打着主意，至少上前看一看吧，看一眼再离开。

周玉燕脚步没迈出，随即又停住。她发现她有些紧张。她完全能够想象此刻铺中的具体情形，想象躺在床上的那个人。这一刻她看到母亲及兄妹们也同样迟疑了一下，似乎都在考虑应不应该进去看看。周玉燕还有另一种担心，她怕家人会产生什么误解，把她的迟疑当作对过去生活，对铺子里那个人的留恋与懊悔。于是她放开步子，目不斜视朝前走了。

街道两旁，不时有人给他们打招呼，都是熟人，都是一起开铺摆小摊的。从脸上红红的气色，从掩饰不住的兴奋神情，看得出今天的生意不错。生意不错，固然不错，不过也没什么了不得，用不着那么得意，把一切往脸上摆。要是周玉燕的铺子不关，生意同样会很不错的。夏日过去，秋凉接着来到，换季换衣，各色的布匹在柜台上翻滚，铺子里最为忙乱的日子即将来临了。上十个小时的紧赶慢赶，量，裁，缝，锁边，开扣，每日这个时辰，所有的活计都已见出眉目，机轮、机头也跳动得格外欢快，仿佛那并非人工在操作，反倒是它们推动着人体在起伏奔驰。周玉燕想，现在她悠悠荡荡在这里干个什么？她给从机轮上抛了出来，抛到这不尴不尬的街头，四处看别人的忙乱和兴奋。

周玉燕开始怀疑自己一气之下搬离缝纫铺的行为是否正确，至少，她不该在这样的季节停工的。

从一条小巷穿过，又走完一道渠坝，然后过桥，踏上通向周家湾的土路。一辆小型货车飞快地从对面驶来，尘雾中，周玉燕的母亲使劲眨动着眼皮。到路旁一家熟人的屋门前，周玉燕站住不走了。她让母亲他们先回，说自己还有一点事，需要到铺里看看。

周玉燕一点也不想掩饰难看的脸色。

自己的铺子，为什么进都不能进去？她这么同自己说。

重重推开铺门，站到杨大力床前，周玉燕的身子抖动得厉害。为不影响表达的流畅，她不得不将双手捏紧。

“杨大力，我同你说一句话，你快点起来，跟你父母一同回家去，不要死皮赖脸再躺着。我的铺子耽误这么久，实在耽误不起了，我和杨斯，还要指靠着它过日子。”

周玉燕刚进门，杨大力曾侧过脸来看了一看的，这会却是屏声静息，手肘压在眼眉上，给你一个死猪不怕开水烫架势，肮脏而焦黄的腋毛沾满汗滴，如一只尾巴直直地翘起。

“就算我求你，求求你，行不行？”周玉燕说，话语很轻，用力却很重。嗓眼里一阵刺痛，迫使她半途咽住，泪水随着出来了。周玉燕用舌头在上腭下腭之间四处搅动，想吞口唾液以作滋润。但是口内焦干，一星半点的水分也不见了。

“这么躺着是没用的，一点用也没有。不光没用，你这种样子，只让人更加恶心。我不说假话杨大力，见了你我没有其他感觉，我恶心，恶心得想吐。你还是走了吧，别这么摊手摊脚摆在我面前。”

杨大力压在眼眉上的手猛然抬起，抬到一定的时候顿住，同样愤怒而厌恶地给她一个横眼，然后翻转身面向床里，弓腰曲背稳稳而睡，再不准备理睬任何人。

“你走不走！”

周玉燕歇斯底里大喝一声，双手握住杨大力某一块身子就往外拖。没想杨大力反手挥过，周玉燕脚下一滑，噔噔噔倒退着向后仰去，直仰到对面墙壁上，这才勉强站稳。她背靠后墙静息一会，然后呀呀大叫着扑上前，抡开十指挥打起来。

“你打我，你打我，你打我！老子，老子操你妈呀！”

在身子落地那瞬间，杨大力还来得及看了她一眼，目光诧异、迷惑而绝望。周玉燕如遭电击，浑身颤抖着惊醒过来，弄不懂自己到底有多大力气，能在举手之间将杨大力整个身躯掀离床面，掀到了地上。这一刻她清清楚楚看见了面前的一切，看见了他们，她，和他。杨大力大约摔得不轻，面朝上四仰八叉躺着，身子不能动弹，手及手上的十指却似死而未僵的百脚之虫，兀自在地面探摸抠挖，竭力要攀住点什么。周玉燕站在他头前，屈膝，弓腿，臀部后扬，双手紧握杨大力杂乱的头发，摆出一副拔河的姿势，要将他向门口拖去。周玉燕同样诧异而绝望。面前这具让人拖拽着的躯体，就是与自己共同生活过多年，肌肤相亲过多年的那个人？

大力。大力。

周玉燕以手掩面，哇哇大哭出声了。哭过一阵，她把声音顿住，重新伸了双手，撩过那丛零乱的头发，龇牙咧嘴，疯了一般拖扯。

“你滚，你滚，你滚，你滚哪！”

在周玉燕的母亲、弟弟们进门时，杨大力已从周玉燕手下挣脱出来，歪歪扭扭要站直身子。周玉燕上抓下抓，后来捞住他的裤腰，一边拉扯一边用眼神向家里人求援。周玉燕的弟弟不明所以，照准杨大力肩头顺势一推，杨大力就似一段枯木翻跌出去。门前逐渐聚拢的人群受到惊吓，慌张地叫一声向两旁跳开。周玉燕的弟弟疾步上前，牵住杨大力耷拉在地面的手，颤颤悠悠往前拖。拖了几步，然后拖不动。回头一看，杨大力剩下的另一只手已经攀住屋檐下某块巨石，赤裸的双脚也如钩子那样扣紧身底的木门槛。周玉燕用力踢他脚，一下两下踢不开，于是又上前踩他的手。指头上都踩出血了，杨大力的手仍不见半点松弛。

第二十二章

1

冬天里的这个早晨，月季躺在祠堂楼上，说睡未睡，说醒未醒。这原是杨大力睡的那张床，月季从水利局宿舍搬回祠堂以后，不愿意再和小月搅在一起，独自上楼移移挪挪，清清扫扫，整理一番后把自己安顿下来。后来小月给送到乡下，跟在一位亲戚身边学理发，前间的床位空出了，月季仍不愿从楼上下来，只说这都习惯了，懒得再费神搬来搬去。

迷迷糊糊中感觉楼梯边有动静。等到楼梯上的动静再一次传来，月季惊醒了。

“谁?”月季细声问。

“谁呀?”月季接着问。

看头顶瓦缝中透进的阳光，现在大约上午八九点钟，吴翠红、杨竹生不用说早已出门上班了。月季套了衣服下床，楼梯边没人。她干脆顺梯级而下，中门半开半合，前门关得很紧，似乎已从外面扣住了。月季轻吸一口气，脚步迟缓着重新上楼。陈青石在外的时间共有半月，今天才不过第六天头上，当然不会这么快回来的。

陈青石此次出门算学习，算进修。进修班由市里组织，分到县水利局三个名额，一般还很难争取得到。临行的头天晚上，陈青石和月季一起待了很久，月季约好第二天早上到车站送送。陈青石笑道，这又不是出什么远门，过个十天半月即回的。月季说，我偏要送。第二天天刚蒙蒙亮，外面的木纱门已给叩响了。月季同样这么似睡未睡，似醒未醒，听着母亲起来开门，听到楼梯上沙沙啦啦响动。她正准备把眼睁开，一双冰凉的手已悄悄伸进被窝，铁片般贴在她赤裸的腿胫上。

“冰的！”月季叫。

暗黑中传来陈青石哧哧咕咕的笑。

昨天陈青石寄来一封信，信中除了简要介绍几天来在外的生活、学习，除了对几件必要事项的交代，剩下的全是些稀奇古怪隐语，是对男女生活的赤裸裸暗示了。

月季身体上的许多部位都是编过号的，哪是一，哪是二，哪是三。

“我是幺幺幺！”

“小的们乖吗？”

“小一，小二，小三，排队集合！报数——”

月季披衣在床，手捏那封信也哧哧咕咕笑开来。

吴翠红出门前把早餐热在锅里。又是那种煮米粉，放置过久，面上结起一层厚厚的硬壳。水汽凝结成珠，沿锅盖四周流泻，骤雨一般啪啪嗒嗒摔落在灶面上。月季漫不经心划拉下几口米粉，转身锁好门，到祠堂后面去找邱小丽。

“驾！”

这是陈青石在模仿上马出征的姿势。

“你，还会回吗？”那天，月季这么笑着问。

“这说的什么，怎么可能不回？就是个出外进修，来去半个月，不回能到哪里去？”陈青石有些急。

“好，那你回，”月季玩着他的手指头，“那么，是什么时候回？”

“不是说了吗，半个月。刚说了的，来去半个月。”

“哦。”月季重重点点头，表示懂了，记住了。

“要不，”陈青石迟疑，“进修我就不去了？”

“好不容易争得的机会，怎么不去？”月季继续笑。“天天守在我面前，晃来晃去，晃来晃去，烦不烦人哪你？”

许长一段时间，陈青石在月季面前的确加倍细腻、小心，人也活泼了许多，开朗了许多，相处时的气氛不由为之一变。月季知道，这人在着意迎合她，趋奉她。月季表面装作无所谓，暗地里也在百般欢喜着。唯独小月，依然一副无血无肉的混沌模样。在过去的那些日子里，隔壁邻居们不止一次诧异着，说咦，小月身上那颗心大概不是肉长的吧？邻居们说任何一个谁，只要不是铁石心肠，面对家里的一切都不会无动于衷。那些日子家里成了什么模样？家里真正闹翻了天。月季失踪了。月季跑到东门城外跳河了。月季终于给救起来，湿淋淋扶进祠堂大门了。吴翠红哭，杨大力叫，杨竹生手拎一根扁担嚷嚷着要打人，陈青石忙进忙出，奔上奔下，听说无人的时候还给月季下了跪。可小月无所谓，小月坐在厨房一角，低着头用下巴一遍遍摩擦胸前的衣领，对身边的种种，甚至对头顶的那根扁担就似没看到一样。吴翠红和杨竹生无法，几人经过一番商议，决定把小月送到乡下老家，跟在一个远房的表姐身边学理发。去乡下就去乡下，小月同样无所谓，甚至连人影都难得见上一个了。即便有时回县城，也一律云来雾去，进是一阵风，出又是一阵风，对上对下全来个不理不睬，倒似这班人前世欠下她多少一般。

看着小月的背影在纱门外消失，吴翠红发过一阵呆，牵起衣角使劲揉眼睛。

“这又为着什么？”杨竹生问，不引人注意地舔舔嘴角的胡楂。

阳光大面积铺天盖地而下，灿亮亮停注在城市的上空，照耀着楼层，街道，树木，以及墙头，瓦楞，石板道。巷子里人来人往，仿佛一伙冬眠的动物给暖风一吹，一齐从门洞里蠕动着钻了出来。几个老头脚抵火炉，围聚在公共厕所前的空场上玩牌。姑娘大嫂紧贴房檐扯开尼龙绳，或架起竹竿晒衣晒被。推自行车的青年一手推车，一手拎一根丈余长的纤细钢管，自行车上另外还驭了一根更长的角片式钢条，直不隆咚从巷口过来。谁知石板道上停着辆收破烂的板车，板车主人穿一身肮脏的棉衣棉裤，站在高处一家商店前，把几张纸箱压扁，然后搁到地面用脚踩踏。推自行车的青年一面猛劲揿铃，一面大声吆喝着让赶快把板车拉开。巷侧那处刚拆去建筑的瓦砾堆上，一个男子挥舞着学校教学用的木柄手榴弹，将一截倾侧的水泥柱击打得火星四溅，为的要取出其中的几根钢筋。

转过前面那道石墙，便可见邱小丽家的院门了，月季忽然想起什么，掉过身子匆匆而返。堆满纸盒的板车依然挡在路中，晒开的衣被水汽蒸腾，房檐下水滴错错综综落地有声。她到祠堂换了一双轻便鞋，搬过自行车不一会已骑出巷口，骑上了大街。到了街上月季发觉，这当真是季节里少有的一个好天，空气清澈，透明，顺手朝上抓一把，敲一敲仿佛能听到脆亮的铜音。车流，人流，声音之流，以及街面上的阳光和灰尘，好像给某种无形的棍棒一经搅动，各自按照特定的曲线、弧线、直线，或升或降，或来或往，兀自旋转不止。

“装吧你！”月季忽然冲着街道喊了一声，那么响，那么清晰，让她自己吓一大跳，人行道上也有几个人惊讶地转过头来张望。

“演戏给谁看呢？”为作点掩饰，她继续这么轻轻咕哝着。

十分钟后，月季站在城外公路边某一幢灰扑扑的三层楼房前。河上的风很冷，公路上的风更冷，经过一段时间骑行，两只手早已冻红了，冻僵了。月季将穿有红绒球的车钥匙勾到小指端，棉手套夹进胳肢窝里，手指交替贴住脸孔轻轻摩擦。公路上人来车往。身后的房子原本与路基齐平的，后来路基拓宽填高了许多，又铺上厚厚一层水泥，每辆车子驶过，就如同从人的脖颈上驶过了。

隔壁杂货店的男人实在称得上一个饶舌的男人，双肘半伏在玻璃柜台上，嬉皮笑脸一心要逗月季说话。月季问：“你知道这边一个打家具的木匠师傅去了哪吗？”男人问：“打家具的木匠师傅，什么打家具的木匠师傅？”男人说，“有事你找我，我姓朱，这里没听说还有打家具的木匠师傅。”男人说，“怎么你就要找一个打家具的木匠师傅？”月季轻轻问一声，他那边能啰唆上一串。月季说：“一个死人是吧，天天趴在这里晒太阳，隔壁有没有个做木匠的不晓得？”男人的颧骨如两只角一样鼓突，腮帮子又急剧凹陷下去。月季心烦，偏过脑袋继续摩擦脸孔，懒得再同他歪缠。可男人根本看不出你心烦，他以为你躲到旁边去害羞呢，禁不住得意地哈哈大笑。

“漂漂亮亮的大姑娘，为何偏偏看上一个打家具的木匠师傅!”

房子那头另有一间铺面开着。这是一家面条作坊，店门外摆着成摞的椭圆形木盆，房侧朝向溪流的空场上，一架一架悬挂的面条或干或湿，高高低低，层层叠叠，瀑布一般流泻着。一位身系白围裙，头戴灰黄色圆帽的中年妇女双手各拎住一根刚从架上撤下的竹扦，并拢，交错着一划，扦杆上残留的面头便如波浪那样翻卷下来。女人与杂货铺的男人恰好相反，话语极少，声音有气无力。

女人说，知道有一个木匠在这边做活，至于是哪里的木匠，今天去了哪，她也没法说清楚。她指指公路前边的缓坡，让月季到那问问。

月季问：“昨天你看到那木匠在这吗?”

“昨天吧，”女人想了想，“看到的，木匠和他的徒弟。”

月季推着车子缓缓上坡，杂货店的男人大声问：“想知道打家具的木匠师傅去了哪吗?”月季不理。缓坡那边照样是坡，坡上是一些零零落落的建筑。楼房，平房，还有那种临时工棚，一间间无声无息的，叫人到哪问一个打家具的木匠师傅。

行过一阵回头，木匠铺的门依然关着，杂货店的男人颈项伸得老长，正一心一意向这边张望呢。月季没停歇，放开车子直冲而过。没料心中慌乱，车龙头未能握好，快到坡底车子一个蹿跳，月季几乎给整个颠出去。月季满面通红，手忙脚乱。完全可以设想那男人看到此般情形，又该怎样得意着哈哈大笑了。

“看你家老娘吧，丑八怪!”

在邱小丽家的阳台上，月季坐了好久。太阳近在咫尺，宛若悬挂在屋檐下的一只白色灯笼。两人歪歪斜斜背靠着铁栏，都有些昏昏欲睡，一只绛红色毛线团从谁的怀中往下一跳，拖着尾巴猫一般滚出老远。邱小丽上半年结的婚，丈夫大半时间在外出差跑生意，半个月一个月才回家一趟，邱小丽仍吃着父母的饭，住着做姑娘时住的房间，上的也是原先的班。邱小丽喜欢摆出过来人的架势，给月季说一些有关婚姻的话题。她不厌其烦地将衣柜一格一格拉开，变魔术般取出花花绿绿的衣物打开，叠起，叠起，又打开，仔细展现给月季观看。

“上次说的痰盂你买好了吗?”邱小丽问。

“还没有。”月季摇头。

月季双唇抿紧，手遮住鼻翼偷偷一笑。

“该买的东西还是早点买下好，放家里又不碍事的。”

月季又笑。月季咯的一下笑出声。

邱小丽道：“一个人这叫发傻吧，无缘无故笑什么?”

“我笑，”月季说，“笑你一次次问我买没买痰盂。”

邱小丽急道：“痰盂是要买的啊。”

月季笑得更厉害了。

“痰盂当然要买，但要买的东西也多，你怎么偏偏替我挂心着那只痰盂?”

“我又没有偏偏挂心着那只痰盂!”邱小丽也忍不住失声笑了。

月季推着车子回家吃过中饭，考虑着是否应该再到河对面找一找那位木匠，是趁中午的时候去，或者略略休息一会，下午再去？犹豫不决间，人已躺在床上悄悄进入睡梦中，接连做下几个梦。先梦见第一次见到木匠时的情形：陈青石一手扶着车把，一手斜兜住她的肩膀，两人慢腾腾从那道尘土飞扬的缓坡下来，站在忙碌着的木匠面前。不过背景中的房子已不是城郊公路边灰扑扑的楼房，木匠也不像原先那位木匠。月季很想看清这人的面孔，但他就是紧低脑袋，手攥一根长长的竹扦，将雪白的刨花划开，悬挂到层层叠叠的面架上去。

头一个梦尚未结束，第二个梦似乎又开始了，月季看见吴翠红蹲在祠堂某一处角落抠抠挖挖。原来那里发现了一窝白蚁。白蚁水流一般从洞穴里向外汩汩漫溢，月季颤抖着。吴翠红说：“快拿药来!”月季赶忙拿了药过来。吴翠红接过，说，这是什么药，这不是一桶水吗？上次领来杀白蚁的农药没用完，就放在楼上装棕绳的破柜里。

月季转过身，没命地爬上楼拿药。

月季醒过来一会，她以为时间好晚了。四下里看看，时间应该并不晚。于是在眼睛的半开半合中又开始做梦。月季梦见自己骑着自行车从城外回来。公路在山峡和房群间蜿蜒而行，上坡，下坡，不一会到了歌山大桥。桥窄，人多，车多。车子呜呜呜响喇叭，都催着月季让开。月季紧贴人行道让过一辆，又让过一辆，大车，小车，自行车，还有大衣柜那样的车，转角柜那样的车，梳妆台那样的车，皮沙发那样的车，一律由或方或圆的木头做成，吱吱叫着在桥面上移来移去。月季小小心心，左避右让，忽然看到一个熟悉的身影从侧边一晃而过。大力？月季想。等她好不容易让过一辆纸盒糊成的空荡荡车子时，转身已只能看到一个模糊的身影。还真是杨大力，长而乱的头发，窄小的夹克衫，锈迹斑斑的自行车挡泥板。月季想，咦，这人不是早离过婚了吗，急急忙忙这又是去哪，莫非还是去玉田？

2

凌晨四点多钟，家人觉察到头顶传来的异常响动，嘶嘶的，叽叽的，似塑料脸盆在楼板上轻轻拖来拖去，似大颗的泡沫从水底冒出。随着啪嗒一声沉闷的钝响，那是胳膊或手掌击打在砖墙上。吴翠红静心倾听，过一会刚把脑袋放平，砖墙又给啪嗒拍响，且伴有隐隐的呻吟。

“呀。”楼上的声音。月季的声音。细弱，却清晰。杨竹生什么时候也醒了，用膝盖来推吴翠红。

吴翠红仰面叫：“是月季吗？”

楼上的声音再一次消失。

吴翠红问：“月季，这一晚还没睡觉？”

“妈……”月季又叫。这次听得真切，是叫妈。不过声音刚发出即骤然而止，像给一个东西堵住了，继而是呼哧呼哧的急剧喘息。吴翠红、杨竹生腾身而起，拉亮电灯。

等他们跌跌倒倒蹿上楼，月季早不在楼角的床上，月季已爬到楼梯口了，身子狗一般紧紧蜷缩着，颈项伸直，嘴巴大张，眼泪汪汪地一小口一小口朝楼板上呕饭。床脚边，破柜前，四处抛撒着一些稻草秆，那是从床垫下抽出的。草秆的旁边，也分别吐有那种白白的饭粒，都是一小口一小口，零零落落。还有一只白白圆圆的农药瓶，是前不久领来杀白蚁的农药瓶。吴翠红拿起瓶子看看，剩下的多半瓶农药，看样子让月季喝光了。

一声凄厉的嘶喊从夜间的暗黑中传出，接着祠堂前厢房的木纱门砰咚撞开，杨竹生如一件高大的什物给抛掷而出，双手抱紧檐前的廊柱，面朝天井大叫："谁做做好事，做做好事来个人哪——"

经过一两个小时抢救，早晨七点多钟，月季躺在县人民医院住院部二楼一间窄小暗黑的病房里，张开焦裂的双唇缓缓吞咽着杨大力喂的开水。杨竹生赶早到造纸厂找领导签字借钱去了，吴翠红伏身在床侧仍嘤嘤哭泣，敬老院的大婆及祠堂里的几位邻居各自或坐或站，目光始终不离床头的输液架，及那一颗一颗迅速凝结然后下滴的液体。

"月，不是这个时候还讲你，姑娘，你糊涂，一个人当真好糊涂！"大婆一句一句给月季悄悄说着。

月季抬抬空出的右手，推开伸到面前的汤匙。

"不要了，不喝了？"杨大力问。

"妈，叫你别哭你还哭，也不管人家心里烦不烦。"月季皱了皱眉，无声地把脑袋偏到一边去。

往市里的电话整整打了一天。先说陈青石没来上课，陈青石请假外出了。又说培训班今天放假，没一个人在家。后来才听说，培训班的学员由市局组织，集体前往位于北部三县的鹰嘴山水库枢纽工程参观去了。电话打到鹰嘴山水库，鹰嘴山说根本没见过有这么一帮参观的人。电话又打市里，市里这次答应帮着联系试试看。十分钟后打，说再等半个小时。半个小时后打，回答让直接同鹰嘴山联系，他们已同那边打过招呼了。于是电话第二次打到鹰嘴山，一个模糊的男声嘟囔道，库区这么大，上下横跨几个县的，让我们帮找一个人不真正叫做大海捞针？

电话这么拨来拨去，不见半点结果。等陈青石傍晚得到消息，第二天上午坐了四五百里的汽车赶回县城，祠堂门前的空场上已是人头汹涌，月季的照片，陈青石不知看过多少遍的月季那张含笑的照片，给放大到一尺见方，高高悬挂在蓝色布幔的上方。陈青石把手中的旅行包小心搁到一只木凳上，仰起头重新盯视一会照片，还伸手摸摸略有些翘起的边角，这才呜哇一声长号着扑倒在布幔之下。

3

许多年中，吴翠红、杨竹生在县城周边陆陆续续种了一些菜地。多半是村里人家荒废闲置，让他暂时种一种的，也有是他们打过招呼后，捡田头地角一锄一锄挖出来的。东一块西一块，零零碎碎，不成样子。距离又远。吴翠红不嫌弃，早早晚晚荷锄挑担，精心莳弄，收获了四季蔬菜，也与当地农家多了些人情往来，甚至还结下了不少干亲戚，过年过节，婚嫁娶丧什么，会张罗着前去送个礼，吃餐饭。有时哪块地实在太远，吴翠红还能托人牵线搭桥，以地换地另挪过一个地方。对门山上的这块，就是吴翠红数易其手，东换西换换过来的。地同样不大，长十来步，宽六七步的样子，东边靠着一块突起的麻石，北边有一些突起的乱坟堆。麻石和坟堆的外面便是密密榛莽。吴翠红种瓜种豆，种茄子辣椒油菜萝卜，反正有什么种什么。月季走后，靠北边的那一角便隔出来，给了月季，恰好与外面的坟堆连成一片。修坟不同于一般种菜，得买。几经商议，吴翠红给东家及当地村民小组各出了一笔钱。都是熟人，价钱上也没怎么吃亏。

此前跟着月季，陈青石也来过对门山两三次。傍晚时分，到菜地唤人回来吃饭，顺带送个筐、帮着挑回点红薯萝卜什么。出城，过河，沿公路走一华里左右，然后沿一条田埂小道往山垅延伸，再从更小更窄的田埂小道上山。月季鼻翼右边有条微微的皱痕，平日不见，每次爬最后那段山道时，她会不时回头同陈青石笑，侧身的工夫皱痕便显出来了。她有时会把手伸过来让陈青石抓住，似乎要拉他一把，或者让他拉一把。手与手拉住了，月季的脚步便迈得越发轻快，身子一起一伏，弹性十足。哪能想到这才过去多久，月季便独自住到对门山的菜地里，再不离开了？

离开歌山的头一天，陈青石吃过中饭，又早早来到对门山的坟边看看。他点了香，烧了纸，还给月季跪拜过几下。闲下无事，他继续半跪半蹲着，以手当锄，去扯坟边的草茎草根。菜地上仍种着熟悉的菜蔬，吴翠红却再没心思经营，任其处于自生自灭状态。杂草趁着秋后的短暂时光嗖嗖往上直冒，倒比菜棵更高也更茂密。陈青石扯完坟草，接着去扯菜畦上的草。山间很静，脚底下进垅的那条田埂道上，不时有一个两个行人经过。那是从垅深处的几个村庄走出，到城里办事买东西的人，或者是办完事买好东西，又走回村庄去的人。也有人走着走着，忽然便踏上旁边这条更窄的山道。其实那仍是行人，是住在右边山脚下那几户人家的人，其中一户便是吴翠红认下的干亲戚。陈青石又扯过一会草，发现不对呀，刚刚踏上这边山道的两个女人并没有进山脚下的人家，倒一直朝上走来。朝上的地方是哪里呢，不就是此刻自己所处身的这块菜地，还有身边新起的坟堆么？陈青石一惊站起，探出身子朝下望了望。于是更吃一惊。

沿山道而来的两个女人一老一少，老的是吴翠红，少的是小月。

今天是什么日子，吴翠红她们来给月季上坟了？三七吗？不对的。四七？也不对。陈青石有些后悔，来前没仔细查清楚，现在面对面遇上，太意外，也太尴尬。他下意识朝身后的草丛望望，琢磨着是不是到哪躲上一躲，或找条另外的路溜掉？躲当然不能躲，溜也不能溜。说不定吴翠红在山下已经看到他了。也有可能，他一到对门山，就有人发现他了？或者，他一过河，甚至他一出门，便有人在哪个暗处守着，及时向吴翠红作了报告，吴翠红这才带上小月，专程寻过来了？那么，吴翠红寻上他会干点什么？陈青石紧张思索。闹事？寻衅？一算往日的总账，清偿他一两年带给这个家庭的所有伤害、他犯下的全部罪孽？

陈青石所猜都对，吴翠红正是冲他而来的。时间、地点、见面的方式，都经过精心谋划和选择。实在弄不清她从哪得到的信息。陈青石不敢问，也没那个心思，没那个时间问。不过吴翠红绝不是找他算什么账，不是寻衅找麻烦。恰恰相反，吴翠红像以前任何一次那样，找他，只为着求他。

吴翠红要求他这次去广东，顺便把小月带上。

“你，明天走?”吴翠红是这么说的。吴翠红在他面前，始终表现出那么一副惶惑模样，看看他，随着又把两眼滑到一旁去，然后再转过来看他，“几点的车?”

若非迫不得已，走投无路，吴翠红今天绝不会来对门山找他。吴翠红怕他，不敢见他。吴翠红比他更怕，更不敢。

“早上的车，天还没亮……”陈青石想否认点什么，又知没用，没必要。

“把小月带着，可以吧?小月跟着你，我们就放心了。跟其他人，我们不放心呢。小月懵懂，不开窍……”吴翠红结结巴巴。“我生了这么三个人，老二不在了，老大就是个废人，而今剩这个小的。你不带走，她就没了指靠，一个人活不下去的……你是唯一让我们放心的。”

“我不能带小月。这个时候怎么还能带小月。那不可能……那不行的!”陈青石嚷叫着。陈青石失去控制，不由大叫出声。

陈青石同样结结巴巴，重复一个意思，说那怎么可能，这个时候，在这个地方，我怎么还能……我真的不行……我已经害了这一家。再不能了。我带不了小月的。帮不了，救不了。我连自己也救不了。

慢慢地，吴翠红似乎倒冷静下来，也镇定起来，很认真倾听着，想从对方零乱的语句中找出完整意思。她做到了。

吴翠红说，如你不带，更会害了小月。她只能跟你一起，跟小陈哥哥一起。小月说她怕。跟小陈哥哥一起，她才不怕。吴翠红介绍，小月懂事了，她清楚这个时候，不应该再跟小陈哥哥一起。她已经出外过一段时间。是她自己要求出去的，跟乡下另外一个表姐到制衣厂做衣。做了一段时间的衣服，也有些做不下去，小月说她想回来。

“天天在家坐着也不是办法吧，我们怕她更会出事。有几天我们问她怎么办，是继续在家这么坐，还是再次出去。出去又到哪去。小月想来想去，突然想起来，说她想跟着小陈哥哥。她只想跟小陈哥哥一起。”

吴翠红说，让小月跟着小陈哥哥，是月季同意的，并且是月季特意交代过的。今天她带着小月到对门山来，用意就在这里，想当着月季的面，把事情讲定。当着月季的面，谁还会讲假话。真是月季自己提出来的。当时在抢救室，月季还能说话。月季可能清楚自己马上会说不出话，于是高声叫妈，叫吴翠红。她把吴翠红叫应了，清清楚楚说了那番话。说她走后，让小月跟着小陈哥哥。小月懵懂，不开窍，需要有个可靠的人照顾，小陈哥哥也需要人照顾。他们在一起，正好相互有个照顾。月季说了又说，说了好几遍。直到吴翠红答应了，她这才放下心，神情也松弛下来。

吴翠红说当时月季交代这些，旁边有医生的。也有护士，好几个护士。医生、护士姓什么，叫什么，她都记得。陈青石若是不信，可到医院去问。

吴翠红把这事装在肚里许久，一直不说，当然是觉得这事过于离奇，不好说，无法开口。她一直打不定主意。而今打定主意了，不管说不说得出口，她都得说出了。

“这不行，真不行的，不行。”陈青石迷迷糊糊着。月季同意也不行。正因月季同意，更不行。

“这怎么可能。这不可能。完全不可能。”

嘟哝来嘟哝去，表达的意思还是那一个：我帮不了小月，只会害了小月。我做不了这个，能力有限。以前是我做错了。我以为自己行，但真不行。再不敢了。好好一个家庭就毁在我手上。怎么再敢。

他这么讲着讲着，忽然一愣。因为他看到，面前的吴翠红渐渐身子发软，软到一定的时候，直挺挺已跪倒在菜土之间，跪在他面前。

陈青石往起一蹦。他原本要跳开的，却又停住，趋前一步想把吴翠红扶起。手待伸出，结果仍往一旁跳开。就这工夫，吴翠红双手往前一捞，把他衣襟拽住了。两人于是陷入无声却又持久的揪扯中，动作夸张而怪异，一个要对方答应要求，另一个则急着让对方站起，谁也没说服谁。陈青石双膝打弯，试探着也想给对方跪下。他转过身看看小月，似乎希望小月能上前帮帮忙，劝吴翠红能站起身。小月呆立在不远的地头，头习惯性地紧紧低着，像个示众的罪犯，始终不朝两人这边看一眼。陈青石又迟疑着四处张望，他担心下面的路途上有人发现这边的一幕好戏。路上真有一个人朝这边看，又不太像。因为那人在朝路的另一头喊叫什么，似是在同什么人打招呼。果不其然，路那头随后又走出两个人。三个人合为一处，说着话往垅外去了。陈青石趁此机会再次一跳，终于挣脱揪扯，干净利落跳到一边。

“你快起来，不要总跪着！”陈青石道。“你要再跪，我就先回了。”

陈青石的身子呈现出奔跑的姿势，但他又把自己按住，期望吴翠红能站起身。吴翠红不理，继续跪着。陈青石发一声喊，撒开双腿朝山下狂奔而去。到一个拐弯处，他微微又朝上张望过一下，隐约看到，吴翠红仍跪着，而小月则始终像个雕像，紧低头罪犯一般站立。

遍身大汗到家，陈青石顾不得洗个脸，更没同隔壁邻居打声招呼，提起收拾好的行李包，出门就往车站去。他买了张短途票，到三十华里外的一个镇子住下，第二天一早，再从镇汽车站坐上由县城直发广东的长途车。

4

还是早先那个建筑队，早先那伙天南海北凑在一起的傻乎乎民工。陈青石没心思另寻更好的地方，也不愿另寻一个地方，直接把电话打到张天师手上。张天师当然欢迎，电话里声音都提高了好几倍，一口一个称他为大兄弟。他说自上次大兄弟离开后，他一直有些不习惯的，总觉少了些什么。现在大兄弟能重新回来，求之不得，求之不得哟！张天师嚷嚷着。见面后，他带着陈青石仍去见了一次苏国河，有次苏国河出差，也专程弯道来这边看了看。

这是一座新兴的海滨城市，颇具规模的火车站广场正处于前期施工中。站在噼啪飘扬的五颜六色彩旗边，不远处可以看到一小片乌蒙蒙的海面，两三艘驳船紧靠短堤随意漂泊，男男女女几个很小的人影沿着滩涂寻觅，不知是踏浪，或采拾什么物品。身后一声长鸣，巨大的火车机头喷吐着白汽，哐唧哐唧在山岗与稀疏的树木间出没。

小月是乘上午十点四十五分那列快车到达的，车站施工的人员较杂，单建筑队就有四五家之多，经过一番不小的周折，这才从广场一角把陈青石找到。陈青石不吃惊，陈青石相当平静。自上次收到吴翠红的信，他发现自己一直处于此种似平静又似迷糊的状态之中。吴翠红告诉他，小月过几天就来广东。吴翠红说原本她打算送小月过来的，也考虑到路上花费过大，吃呀住呀用呀，还有车票，加在一起吃不消，不如让小月一个人动身。反正年纪已不小，前前后后也出外过好几次了。

“能节约一个是一个。”这是吴翠红信中的原话。

信中的字笔画歪斜，却语意坚定，同时也带几分傻气，不容反驳，分明出自吴翠红本人之手。陈青石不再像上次那样，想到什么躲避。当然也没有回信。所有的挣扎都是徒劳，该来的一定会来，逃到天边也会来。他一心一意等着。等到后来，竟然有些不耐烦起来。后来又接到一封吴翠红的信，这不，信一到，第二天小月就现身了。

正值午饭时间，民工们手捧大碗，三三两两蹲伏在地面吃饭。吃完了的，一脸意犹未足神情，面对太阳发一阵呆，然后艰难地立起身，抓了碗筷到水龙头前清洗。水龙头仅有几只，三五十号人洗衣洗被，洗洗刷刷都在这同一时刻，水池周围一时很为热闹。不远处的广场中心，有两三个老人架起废木料、废塑料烧水，黑烟白烟吹向这边，吹向那边。广场对面，及广场斜对面，另有一伙一伙同样的民工手抓碗筷从房体那边下来。小月瘦了，白了，也更高了，牛仔裤，红衬衫，短夹克，短头发，一副男孩子打扮。

“倒点水我喝。”小月道。

小月侧身取下额头的发卡，用唇抿了，并拢五指将散发扶扶正，夹住，一屁股坐到陈青石身边的水泥台阶上。

征得张天师同意，小月被安排在厨房给两位河南大嫂做下手，洗米、洗菜、破鱼之类，后来还照料过一段时间的搅拌机。自小月来后，陈青石好像已经承认了所有的现实，渐渐从恍惚状态恢复过来，变成一个清醒的人。他甚至能考虑起一些极其世俗的问题，意识到自己似乎处身于一个很恶劣很糟糕的环境之中，内心不由平添出一层惶恐，一份责任。一天下来看看筋疲力尽的自己，看看从早到晚双臂湿淋淋的小月，他会突然感到手足无措，想我还真的在一个建筑工地上这么长久待下去，给人做一辈子帮工，卖一辈子廉价的劳力？

在小月来南方不久，杨大力几乎脚挨脚也到了广州，这些都是吴翠红在信上说到的。杨大力是跟随早年玉田柴油机厂的一位同事，也就是那个接连上门找他三次，但三次都在麻将桌上下不来的同事一起来的。同事姓李，名字就叫李南方。这个名字也许是他父母偶然间随意取下，不想后来在他的生活和生命中，竟起了不可思议的作用。厂里上班时，李南方各方面都不起眼，人长得高，瘦，背明显驼着，见了谁都喜欢笑。讲好听的话他笑，讲不好听的，他也笑，甚至欺负他一下，占他一点便宜，他照样笑。于是在大家印象里，总觉这人什么地方有些不太灵醒，傻里傻气。杨大力与他分属不同的车间，平日并无过多交往，更不了解。只是有一段时间，李南方迷上了钓鱼，杨大力也迷上钓鱼。镇前的大河，周边远远近近的水库山塘，两人时不时碰在一起，自然会交流一些钓鱼心得，提供一点哪里鱼多哪里鱼少等等信息，谈得投机，于是相约着下次一起出门。有个周末两人骑着自行车外出一天，李南方手气特别背，竟然一条也没钓着，而杨大力的收获又特别丰厚。杨大力二话不说，将蛇皮袋里面的东西二一添作五，一人一半。李南方特别感动，以后见着杨大力，笑得更起劲了，人也显得更傻。

李南方去南方，带有很强的传奇色彩，而他在南方的遭遇，就更传奇了。这么一个傻傻的人从工厂出来，要说有什么不同一般的想法，那是不可能的。李南方什么想法也无。回到老家的村子上待过一段，不断有幼时伙伴相邀着出外做工，李南方也说出去做工。伙伴们问他往哪去，他犹豫一阵，说自己叫南方，要出外，那就往南方去吧。李南方就这么靠着自己名字的指引来到南方，零零碎碎给人打点小工，夜里睡车站，睡街沿，更多的时候，一味四处闲逛。他几乎把远远近近几个城市逛遍了。也许真所谓机缘凑巧，有天他逛到一处鱼场。想起当初在老家钓鱼的经历，感觉异常亲切，找到鱼塘边正一心给鱼撒食的老头，对着他傻笑。笑来笑去，老头竟生出几分好感，把他收留下来，让他代替自己看场子，撒鱼食。老头就是这处鱼塘的主人。老头只有一个女儿，觉得身边静寂，几月之后干脆把李南方认作了干儿子。再过两年，李南方和老头女儿结婚，成了人家正儿八经的女婿，把老头的几处鱼塘、几处房产一并承继下来。老头死了，李南方也渐渐摸出门道，用他自己的话说，长这么大，他第一次觉得开了窍，由一味养鱼，发展到贩鱼。接着在城里的水产市场租下一处门面，开设鱼行。鱼行由一家扩大为几家，形成连锁，经营淡水产品，也经营海产品。

傻人傻福，当真不是假说的。谁能想到，当初柴油机厂那么个见人就傻笑的傻人，短短几年工夫，摇身一变为十足的钱老板了。人有了钱，神态气质诸方面大概定会发生相应变化，这真是没办法的事。初初一看，这人是谁？杨大力几乎认不出了。首先长胖了，瘦脸变成胖脸、圆脸，瘦身材变成胖身材，尽管背部仍驼，也许因胖，更显其驼。一身的衣服很整齐硬挺，应该都是些名牌吧。仍喜欢笑，笑的幅度也大，笑容整个扩散开去，却不再显露傻样，言谈举止间，热情中隐隐给人某种威严与冷峻之感。

“操！”当着亲戚朋友的面，也当着往日工友的面，当着杨大力的面，李南方习惯涨红脸这么骂，“都说我全靠走个狗屎运，半路上绊到一块狗头金。碰到个好老头，骗到个好老婆，做了个好女婿。可我吃的苦受的罪有谁知道？说出来吓死你们！”

李南方说：“我死都死过，死过好几次了。贩鱼的时候骑摩托摔死过一次，从渔船上落水淹死过一次，为着开鱼行，与同行打架，让人打死过两三次，当然我也打死过别人好几次。若说这就是走狗屎运，是走在半路上绊到狗头金，你们哪个愿意走这样的运，绊这样的狗头金?”

那次在牌桌上，李南方答应会到车铺来玩，杨大力当然不会相信。一个在牌桌上那般醉生梦死的人，谁敢相信。甚至有关李南方的种种传奇说法，如何走狗屎运如何捡狗头金，如何做女婿如何发财之类，杨大力都开始怀疑。可李南方毕竟找到车铺来了，尽管在说与找中间实在拖得太久太久。李南方也兑现了当初承诺，给杨大力提供了应有的帮助，把他带到南方。杨大力的工作就是李南方当初所做的那个工作，看守从老头手上接过来的几个鱼塘。事务不多，每天就撒撒食，换换水，早晚沿着水塘走动走动，观察鱼群的活动，有时也打点药，另外养两条狗。实在闲得发慌，杨大力会自作主张找一把镰刀，到前后山丘上割些青草，背回倾倒在水塘四周，作为鱼食的调剂。李南方开出的工资真的不低。第一当然是看在往日的情分，是一种有意的照顾，另外在李南方心里，可能也把这几口鱼塘看得有些非同一般。他说别看眼前这几口塘，可以说是他发家的龙兴之地，是他的聚宝盆。尽管这个时候，鱼塘并不能带来多大收益，反而要费下不少人工，不少钱粮维持，他也舍不得废弃，或转手他人。

近距离接触之后，真正认识到李南方是何样一个人物。有关他吃过多少苦，受过多少累，甚至死过多少次，所有各种说法，也一齐相信了。别看回到老家通宵达旦赖在麻将桌上，那是在老家。一到南方，李南方的模样整个便变了。说是几个大鱼行的老板，但他比做杂事的普通工人还拼，围一件大皮裙，着一双高筒靴，在鱼鳖的残肢断体及红彤彤血水中走来走去。刚到的时候，杨大力在鱼行帮过几天忙。脸盆那么大的龟和鳖，比人还长的形形色色咸水鱼和淡水鱼，还有什么虾呀蚌呀，都似给吹过气般，巨大得吓人。杨大力无法想象，这么巨大的东西，到底是供给什么人来吃?又有什么样的人，能吃得动如此巨型动物，他们的嘴巴该得多大?莫非就是电影电视里看到的那种食人生番?杨大力跟在李南方的后面在鱼行出来进去，几趟走过，感觉自己走进了什么巨型动物的内脏之中。幸亏出了鱼市，便是这个城市那条有名的大江，有时鱼市的血水，直接就流到了江里。渡轮码头上挤满游客，江面上更多了来来去去的游轮。特别到了夜里，所有的游轮亮起一层层灯光，跟岸上的灯光相互辉映，又相互穿插，当然了，也跟鱼市上的灯光不时辉映一阵，穿插一阵。

在断断续续接到的几封家信或电话中，吴翠红边介绍杨大力的情况，边催促陈青石和小月，若是抽得出时间，一定到杨大力那里去看看。陈青石和小月答应着，说就去就去，有时间的话一定去。可他们却一直没去。离不开是原因，更大的原因，似乎有些怕。陈青石在怕，小月也在怕。小月似乎更怕。他们都无法承受一两年来这个家庭所经受的一系列变故，无法面对由此而形成的种种阴影。只能一天天往后拖。他们根本不能预料，杨大力会找过来，杨大力毫无征兆突然出现在几百里外这个海滨城市，出现在建筑工地赤裸裸的房体之间。杨大力是什么人，杨大力这一辈子，何曾有一时主动找过别人？他只有躲人的分。可这次，他真的主动找上门来了。陈青石和小月头一个念头，以为家里出了什么事。家里出了大事，大得不能不让杨大力找过来的事。看看神情，又全然不像有什么事。

好吧，就说没事。没事仍是一个事。陈青石和小月忐忑着把他带到住处。他们不知道杨大力会说些什么，不知自己又该对杨大力说些什么。他们该如何找到更好方法打破僵局，避免面面相对时的可怕尴尬。

杨大力曾经讲到，事隔多年后头一次见到李南方，对方身上所发生的种种变化，没想这才隔过几个月，杨大力自己身上其实也发生了不小变化。杨大力能够主动找上门，已表明他的变化有多大。杨大力话多了。他基本上已经恢复到同陈青石最开始相交时的样子，低低的声音，略嫌急促的话语，有一句没一句那么说。说在外面这些日子的生活，说他的鱼塘，说李南方。却一句也没提到父母和家庭，没提往日的一切，似乎知道面前两人在担心着什么。吃过饭，他起身要走，说今天没工夫，以后再来玩。今天他特意同李南方请了个假过来看看。陈青石和小月也不多留，相跟着送他去坐火车。时间还早，三个人去逛站前那家大型超市。杨大力大约有备而来，装作无意的样子，让小月试过几次衣服。其中一套小月穿上特别合身，杨大力二话没说，不声不响付钱就买下了，这边两人怎么拒绝都不行。后来他还买了几根雪糕，一人一根塞在手上。

为什么突然要给小月买衣服，并且是花如此价钱买下的衣服？接连几天，陈青石和小月都有些不解，不安。小月说自记事以来，杨大力似乎还从来没有给她买过什么东西，一次也没有。更不用说买衣服了，不用说买这么贵的衣服。他是不是认为，现在赚了些钱，有条件给妹妹买点什么，同时也算对早先的遗憾做些弥补？或者说，买衣服，其实暗含着一种责难？对陈青石的责难，怪他对小月照顾不好，没有尽到一个男人的应有义务。也是对这边两个人的责难，对他们的同情？杨大力定是看出了什么。看到两个人至今待在这样一个地方，住在这样一个地方，他有些受不了？

5

随着雨季来临，工程进展缓慢，张天师情绪不好，常无缘无故将手中正理着的扑克牌朝桌面胡乱一抛，跳起来到旁边生闷气。那天陈青石同小月一道坐车到市区逛街，回来后张天师不客气地给了他脸色看。另一天陈青石夜半醒来，迷迷瞪瞪觉察小月正缩在被子里抽泣，伸手一摸，果然触着满掌的泪水。拉亮灯一问，才知半上午时张天师到厨房取火点烟，见小月蹲在房檐前刮鱼鳞，禁不住火冒三丈，硬说那鱼鳞刮坏了。说一个个在家坐吃山空还吃出了新鲜，连鱼鳞也要刮掉。陈青石故作轻松地一乐，边给小月好言相慰，边笑张天师狗儿子让这雨逼急了，逼疯了，见什么人咬什么人了。

直到小月破涕为笑，平平静静睡去，陈青石自己却再也无法安宁，天一亮即悄悄起身，出门找着张天师论理。在此之前，陈青石可能早有不满，这刻找到事由一起发作，不禁神情冲动，言辞激烈，张天师明知有错，嘴头也不服软，两人越吵越凶。此后不久，恰好接着苏国河打来的电话，陈青石于是没有片刻犹豫，上上下下略作过交代，带着小月返回广州，当天夜里便在苏国河陪同下来到那家酒店报到上班。

酒店很小，位置也偏僻，来头似乎却不小，名义上是外省一家大型企业开办，但从经济到业务，到一般人员的录用、调配，所有的权力让那位招聘来的副经理牢牢抓在手里，作为那家企业代表的经理反做了一件真正的摆设，成天躺在房里看录像，看武侠小说，逗女孩子，不分闲忙地找着陈青石扯闲篇。直到一两年后离开，陈青石也没能弄清其中的奥妙，只隐约听说这酒店的设立与一笔什么贷款有关。

陈青石和小月的住处离酒店不远，由一条笔直宽阔的水泥公路连通着。房东是乡下农民，儿女们有的在城内，有的在外地，老夫妻住着原先的旧平房，而将新建的一栋两层小楼专用于出租。酒店生意不好，日子也就显得格外清闲，上午八九点钟，陈青石和小月同骑一辆旧自行车，慢腾腾到店里吃些早点，然后上班，夜里八九点钟再一同骑着车子回来。陈青石属于副经理这边的人，具体管着客堂及厨房一摊，小月做服务员兼迎宾小姐。

第二年深秋的某一天，酒店里来了一伙客人，男男女女嚷个不休。后来大概都有些醉了，陈青石不得不找辆车子把他们送回住处。下一天这伙人又来了，继续吵吵嚷嚷要酒要菜，还特意将经理、副经理以及陈青石拉住，说是表示谢意。客人们来自遥远的大西北，在某所农业专科学校做老师，校长姓年，就是坐在当中那位粗门大嗓，满脸皱纹的中年男人。年校长一行此次来广东专为购置一批教学器材，假若时间许可，顺带到周围一带经济发达地区走走。当他得知陈青石的具体情况，不由得大为兴奋，连叫可惜了可惜了，浪费了浪费了。一位难得的人才怎么放在这酒店里空耗着，真不如跟我们走，我们学校正急需水利水电方面的专业教员。

客人们越说越认真，围着陈青石左劝右劝，夜里还步行几里地，到他们住处看望。客人们说尽管我们那里属于少数民族地区，也正因此，政府舍得花本钱，学校各方面的待遇都很优越，像你这种条件，一到任，学校马上可分得三室两厅的住房，一年后转副高职称，业务上负责一个教研室，家属解决正式工作。坐在小月身边两位胖胖的女客人插话说，杨小姐年纪还小，如果你愿意读书，完全可以作为教职工家属受到照顾，录取为我们学校正式的在籍学生，毕业后享受国家统一工作分配。

陈青石、小月不能不怦然心动。这边一松口，年校长他们催得更紧，返校不久即寄来一张接收函，上面赫然盖有学校及自治州有关主管部门好几颗鲜红的大印，附信建议他们先过去看看，来去路费学校报销。信上还说万一陈青石不放心，第一年可不必正式调入，等上班过一段时间，再任你考虑是去是留。

陈青石请的是半个月假，结果十天不到就回来了。回来的时候，他的身上已装上了一把崭新锃亮的住房钥匙。

6

去学校报到前，陈青石和小月回过一趟歌山，在黄田镇陈青石的家里补办了一个简单的婚礼。在女方那边的亲戚中，竟然出现了一个让人诧异的身影，就是杨大力的前妻周玉燕。这对冤家当时死吵活吵闹翻天，终于把婚离掉，可看现在的样子，出来进去又总凑在一起。说不上亲热，同样也说不上不亲热。哪怕是再无关的人一眼也可以看出，这一男一女，加上中间的女孩杨斯，肯定是有假包换的一家三口。

周林燕能参加婚礼，吴翠红、杨竹生他们当然高兴。更为高兴的是这次来，竟是她自己主动提出的，其他人根本没作过这方面的打算，甚至连个暗示也谈不上。不用说，其中显示了一种非常明确的态度，一个强烈的信号。说起来，周玉燕走到今天，真还不容易。当初离婚时，大家以为她心里早有人在，会很快重新结婚建立家庭。但是周玉燕没有，她把缝纫铺关了，孩子寄放到周家湾母亲处，独身一人跑到浙江什么地方的制衣厂做工。周玉燕做工，当然不同一般人，她是带着心计，到发达地方学艺的。一年后回到歌山，与一位早年的姐妹合作，在县城南郊租借下县饮料公司一处闲置仓房，也办起一家制衣厂来。

每隔十天半月，吴翠红、杨竹生夫妇会带着些吃食，到玉田看杨斯。有时也会把孩子接到县城住几天。随着制衣厂开工，周玉燕太忙，杨斯基本上全丢到了祠堂这边。杨斯渐渐大了，在城内的第一小学读书，接送当然也全靠两位老人。平常的日子，周玉燕会在下班后，骑着自行车把孩子接到身边过夜。可周玉燕实在太忙了，很多时候等她赶来，已是夜里十来点钟，孩子早做完作业睡觉了。吴翠红和杨竹生费了太多口舌，说服她只管去忙自己的厂子，杨斯有他们，完全可以照顾得好好的。周玉燕没法，尽管一百个不放心，也不忍心，最终只能不了了之。

让杨大力从南方回来，照顾孩子，照顾家庭，是吴翠红夫妇思谋又思谋之后，小心提出的一个设想。这个时候，双方来来往往已经太久，不是一家人，在外人看来也成了一家人。让人略显意外的是，周玉燕在两个老人面前，竟也沿袭着以前的叫法，以“爸”“妈”相称。给杨斯买东西的时候，一般也会给两位老人买上点什么，逢着年节，从不忘了提些礼物过来。吴翠红与杨竹生把这些看在眼里，暗下里开始唧唧咕咕，接下来又唧唧咕咕，样子就像阴暗角落里意图不轨的一对老贼。有天趁着周玉燕进门，其中的一个贼大着胆子叫了声小周，然后把她拉到旁边。另一个贼随着紧跟过来。他们准备好了许许多多理由。家里的理由，孩子的理由，还有周玉燕自己的理由。上了年纪的人毕竟上了年纪，体力明显有些差。孩子越来越懂事了，认的字越来越多，学的知识也越来越复杂，不是爷爷奶奶所能满足、能对付得了的。孩子应该有让她满足的人。报纸上电视里不是总说么，父母双亲，对孩子来说缺一不可，知识方面的，情感方面的，还有心理方面的。缺了一方，孩子就不可能好到哪里去。

两个贼真像贼。他们以为周玉燕会不高兴，周玉燕也许会发火。他们讲得吞吞吐吐，有一句没一句。周玉燕却没发火。周玉燕把两位老人的话仔仔细细听完，轻轻点下了头。周玉燕说，她同意让杨大力回来。孩子需要，家里需要，其实她的厂里也需要。那么大一爿厂房，几十台机子，几十个工人，她一个人真是管不过来的。至少至少，她需要有一个人，一个能坐得住又能让她放心的人，帮她守守那片摊子，免得她有时出门办事时，两头牵挂。而这个人，她想来想去想了半年了，想了一年了，始终只想到一个人。就这样，杨大力以最快的速度给从李南方的南方召了回来。

婚礼办完，两边的家庭希望新郎新娘能在家多待些日子，至少过完春节再走，陈青石和小月不愿意，推说春节尚早，怕逾期不至，学校那边会发生什么变故。

出门的东西该收拾的早已收好拾好，捆扎停当，夜里一家人仍寻寻觅觅忙碌着，生怕还有哪处遗漏的地方。加上祠堂上下的邻居不时过来串门，纷纷乱乱，时间便过得格外快，刚刚上床没躺稳，这又急慌慌要起身了。饭菜很丰盛，一碗一碗摆在桌上。也不知是夜里没睡好，或远行前过于紧张，小月捏着一双筷子朝碗里扒来扒去，硬是不能完整地咽下一口。吴翠红在一旁看得发急，说："尽管吃饱点，等会要坐那么远的车的！"

这么说过几遍，小月干脆将筷子往桌面一搁，说："不吃了。"

"坐那么远的车，不吃饱还行啊？"吴翠红嚷。

"吃饱了。"小月掏出手绢擦擦嘴，擦擦额头，伸手拎过脚边的牛仔包。

天光确已不早，众人动身出门。陈青石的妹妹金姑头天下午特地从乡下赶来送行，这时与小月手牵手走在前头。陈青石说要同杨大力、周玉燕打个招呼，弯了好大一圈跑到河沿制衣厂那边，却见厂门紧锁，杨大力、周玉燕已先一步去车站了。一行人穿过检票口，开往市里的客车灯光明亮，车厢里人头拥挤，检票员贴紧车门核点人数。

陈青石、小月对照票号找好位置，周玉燕守在窗前同小月说着什么，杨大力、杨竹生则忙着往车顶运行李。

车子发动了，吴翠红忽然出现在检票口的铁栅栏前，边跌跌歪歪往这边跑，边高举着手中的一只油腻腻纸袋，隔过车窗交在小月手中。

“包子还是热的，赶紧吃下，别让肚子空着！”吴翠红气喘吁吁。

图书在版编目（CIP）数据

斜岭路三号 / 丁伯刚 著. -- 北京：作家出版社，2016. 12
（中国作家·江西原创）
ISBN 978-7-5063-9307-2

Ⅰ. ①斜… Ⅱ. ①丁… Ⅲ. ①长篇小说－中国－当代
Ⅳ. ①I247. 5

中国版本图书馆CIP数据核字（2016）第324543号

中国作家出版集团 · 江西作协长篇小说重点扶持工程

斜岭路三号

作　　者： 丁伯刚
责任编辑： 秦　悦
装帧设计： MORE创意·设计
出版发行： 作家出版社
社　　址： 北京农展馆南里10号　　**邮　　编：** 100125
电话传真： 86-10-65930756（出版发行部）
86-10-65004079（总编室）
86-10-65015116（邮购部）
E-mail:zuojia@zuojia.net.cn
http://www.haozuojia.com（作家在线）
印　　刷： 北京玺诚印务有限公司
成品尺寸： 152×230
字　　数： 277千
印　　张： 20
版　　次： 2017年2月第1版
印　　次： 2017年2月第1次印刷
ISBN 978-7-5063-9307-2
定　　价： 40.00元